# 獵殺第四行者

## Three are dead.

# I AM NUMBER FOUR

Pittacus Lore 彼達咯斯・洛里 著
崔宏立 譯

# 佳評推薦

約翰・史密斯剛搬到俄亥俄州的派拉代斯鎮，這位十五歲的少年長久以來一直躲躲藏藏，逃避摩加多星人的追殺，所以此處不過是他在小城鎮之間搬來搬去的其中一站罷了。他和其他八名洛里星的小孩好不容易來到地球躲避災禍，但是這些可怕的外星異形不計任何代價都要將他獵捕到手。摩加多星人得要按照數字編號的順序把倖存的行者一一找出來。前面三個已經死了，接下來就要輪到第四行者約翰。他天生具有異能，若干絕對的超能力，卻不知是否來得及發展成熟，用來和敵方作戰？《獵殺第四行者》這部科幻小說，情節緊湊讓你想要一直看下去，讀者一定會在心中默默為這位外星青少年加油打氣，陪著他修煉掌握火的力量，不但自救，還要拯救他的人類友伴，更得解救他的星球。這將是整套好幾本書的第一集，從這初部曲看來，一定會為近幾年來不太注重主角個人特質發展的青少年小說注入一股活水。所以呢，科幻迷們要準備好啦，地球保衛戰即將開打，新來的小子要上場囉。

（亞馬遜網站每月選書，二〇一〇年八月）

彼達咯斯・洛里是個假名嗎？書中的介紹說，洛里已經活了一萬歲，而且是從洛里星逃來避難的，所以我想應該是假名沒錯。這個行銷上的小趣味倒是指出本書要徹底符合它所設定的前情提要：十年前，有九個小孩從戰亂之下的洛里星逃了出來，和他們的成年師傅一塊找到地球落腳。隨著年紀增長成熟，每個小孩都會發展出不同的異能，這將有助於他們對抗邪惡的摩加多星人。必須依照數字順序才能殺死這九個倖存的小孩，而且三號才剛被解決掉。接下來就要輪到四號啦，也就是我們的主角約翰・史密斯。至少，這是他最新的化名，另外還有他的保護人亨利，搬過無數次家之後又來到一個新的小鎮。約翰在此遇到霸凌、墜入情網，還開始學會用念力移動物品的本事。雖然最後的結局是場混亂的人獸大戰，其他部分倒是相當引人入勝。在此同時，書中稍微提到的背景故事把希臘眾神直到尼斯湖水怪的一切全都扯上和洛里星有關，絕對可以再寫個好幾本沒問題，我想洛里現在早就在他的太空船上動筆了呢。

（《推薦書單》雜誌）

## 洛里傳奇

《獵殺第四行者》是洛里傳奇系列的第一部，第二部《第六行者的超能力》（The Power of Six）也已預計出版。故事主軸是一小群力量強大的外星人，因為另一幫凶惡的摩加多星人攻占他們的星球大肆破壞，從洛里星逃來地球避難。摩加多星人占據洛里星搶奪豐富天然資源，同時還把原先的居民全都屠殺，殘忍至極。

## 天堂般的生活

第四號行者一直都和他專屬的護法亨利合力躲避敵人追捕。他們搬家的次數早已多到數也數不清，在美國各地不同的小城鎮之間移來移去。最近的一個停留地點是位於俄亥俄州的派拉代斯。第四行者以約翰・史密斯為假名，試著在不受注意的情況下悄悄融入學校的芸芸眾生當中。然而，他一遇見令人傾倒的超正美女莎拉，一切都變得不一樣了。她為主角提供一個勇敢活下去的堅實理由，要為她挺身而戰。過沒多久，約翰真的開始打啦……不過先是和莎拉的前男友，校內炙手可熱的四分衛馬克起衝突。然而一旦約翰的異能開始顯現，要隱藏自己的真實身分變得更為困難。更何況，他在學校裡唯一的朋友還極度沉迷於異形入侵的陰謀論。約翰和同儕之間的關係越來越緊密，這時他才曉得一發現有什麼風吹草動就揮揮手走人，並不像之前那麼輕而易舉。事實上，他根本沒有勇氣一走了之。

## 非讀不可

彼達咯斯・洛里把外星來的異形擬人化，這在青少年小說是個新的嘗試。很可能會成為一股新興的少年小說風潮，或者變成像是少年吸血鬼現象，這恐怕要換用流行病來形容還更加貼切。不論如何，《獵殺第四行者》是部扣人心弦、充滿武打場合的羅曼史，適合所有的青少年讀者欣賞。

（Suite101.com）

I AM NUMBER FOUR

# 目錄

# 楔子

門板開始抖了起來。雖然叫它是門，不過是一片薄薄的東西，由小段的麻繩將細竹條纏繞綁縛而成。震動十分輕微，而且幾乎是立即就停了下來。房內的人抬起頭仔細傾聽，一位是個十四歲的男孩，還有一位五十歲的男子，大家都以為這人是男孩的父親，然而，他的出生地是在好幾百光年之外的星球，另一個截然不同的叢林旁邊。他們光著上身，各自靠牆躺在小屋的兩旁，每人的行軍床上都掛著蚊帳。他們聽到遠方傳來的碎裂聲，就好像是動物弄斷樹枝所發出的聲音，不過，聽起來像是整棵樹被攔腰截斷。

「那是什麼東西？」男孩問。

「噓……」男人回答。

他們聽到昆蟲的鳴叫，除此之外並無任何動靜。又開始震動，此刻，男人的雙腳已移到行軍床側邊。這次震動更持續，更堅實，然後是另一次碎裂聲，感覺又更靠近了。男子站起身來，放慢腳步走到門邊。寂靜無聲。男子深吸一口氣，一吋一吋慢慢把手移往門閂。男孩在床上坐起。

「不要動！」男子小聲地說，就在此時劍鋒刺穿門板深深插入男子胸膛，這柄利劍長而耀眼，是由地球上沒有的亮白金屬製成。劍尖從男子的背部伸出幾乎二十公分，很快又抽了回去。男子發出一聲咕噥。男孩嚇得憋住呼吸。男子吸口氣，擠出兩個字：「快跑。」倒在地上已無任何生命跡象。

男孩由行軍床上一躍而起，衝破後牆往外逃。他才不管什麼門啊窗戶在哪，真的就是穿牆而出，牆板雖是由很堅硬的非洲桃花心木製成，卻像片薄紙一樣裂開。他急速衝入外頭的熱帶叢林之夜，在樹梢間跳躍，以幾近一百公里的時速向前奔馳。他的視力和聽力，遠遠超乎人類極限。他在樹木之間迂迴閃避，在糾結的藤蔓間穿梭，腳一抬就飛步跨過小溪。沉重的腳步緊追在後，越來越接近。追捕他的對手也是天賦異稟；而且，他們還帶著一種東西，這東西他只聽別人拐彎抹角提到過，從沒想到居然能在地球上見著。

碎裂聲又近了些。男孩聽見一聲低沉、強力的嘶吼。他曉得，不管後頭追來的是什麼，那東西正在加快速度。他見到前方的林子裡有塊透空之處，待他來到那個位置，才發現眼前原來是個巨大的峽谷，約一百公尺寬一百公尺深，最底部有溪水流過，河岸滿布巨石。如果摔到那巨石上，恐怕會跌個粉身碎骨。唯一的逃命機會就是跳過峽谷，成功抵達對岸。他的助跑距離很短，而且只有一次機會。只有一次機會能夠活命。這對他是幾乎不可能的一大步，要地球上其他的同類來跳也一樣。往回走，往下跳，或是試看看和後面追來的傢伙決戰，一樣會沒命。他只能賭一把再說。

身後傳來震耳欲聾的一聲吼叫。他們離此僅有十幾二十公尺了。他往後退了五步，然後向前急奔：剛好在懸崖邊上他離地而起，開始飛越峽谷。他在空中停留了三、四秒那麼久。

他放聲大叫，手臂直往前伸，等著看究竟是安全抵達對岸，還是一命嗚呼。他撞到地面，往前撲倒，停在一棵巨杉的根部。他笑了。他不敢相信自己居然成功了，想不到還能逃過一劫。他不想讓對方看到自己落地的位置，而且他也曉得還要跑得更遠才行，所以就站起身來。他還得繼續跑。

他轉身往叢林裡去。就在此時，有隻巨大的手掌緊緊扣住他的脖子。他被抬離地面。他掙扎，亂踢，用盡方法試著要脫離，不過他心知肚明，一切都完了。他早該想到，敵人應該會在河兩岸都部署妥當，一旦行蹤被他們發現，就絲毫沒有可能脫逃。這位摩加多星人將他舉到半空中，以便清楚看到男孩的胸膛位置，掛在脖子上的護身符，這是他和同伴專屬的護身符，別人不可能戴。他將護身符一把扯了下來，塞進身上穿的黑斗篷裡頭，再將手抽出來時，已是握著那柄陰光閃閃的白色金屬長劍。男孩瞪著摩加多星人深邃而冷漠的黑色眼睛，說：「傳人不滅。他們終將會合，而且等他們準備好，就會回去把你們解決掉。」

摩加多星人笑了，笑得奸邪且不懷好意。他舉起寶劍，宇宙間唯有這種武器能夠破除一直保護著男孩的法術。當然，還有其他人仍活在這護身咒的保衛之下。劍鋒閃閃發出銀光，當它指向天際，化成一道火燄，就好像是活了起來似的，感受到它的使命等著它完成，因熱切渴望而發笑。隨著劍鋒落下，一道弧光閃過叢林的黑暗，男孩依稀覺得自己還有某些部分將會繼續活下去，有某部分能夠成功回歸故鄉。劍尚未碰到他的身上，他將眼睛闔了起來。然後一切就結束了。

# 1

# 環形疤痕

一開始，我們總共有九位。離開的時候我們都還很小，幾乎什麼也不記得。幾乎是吧。

聽說，那時大地震動，空中到處都是亮光和爆炸。正值每年一度的特別日子，那兩個星期之中，雙月分別掛在地平線的相對位置。本該是歡慶的時刻，一開始，爆炸還被誤認為是放煙火。那並不是在放煙火。有一陣溫暖、柔和的風從水面拂過。他們一直在講那時的天氣是怎樣，很溫暖，有一陣微風。我從來不了解，這些事情有什麼大不了。

我記得最清楚的，要算是祖母那天的表情。她心神不寧，而且很哀傷。她的眼眶中帶著淚水。在她後方，祖父直挺挺站著。我還記得，他的老花眼鏡將天空中的光線聚在一點。我們相互擁抱道別。祖父和祖母都交代了一些話。他們說了些什麼，我已經不記得。除此之外，沒別的印象。

來地球就花了一年時間。抵達時，我五歲。我們得要適應地球的文化，直到回去的時機成熟，也就是要等待洛里星能夠再次養育生命。我們九個人必須分散開來，各自想辦法生存下去。究竟要多久，沒人曉得。至今依然不知何時才是歸期。他們不曉得我身在何方，我也不曉得其他人到了哪裡，或者他們是什麼模樣。我們藉此方式自我保護，因為我們離開的時候被施了護身法術，只要彼此分散開，要殺我們只能按照編號的順序一個一個來。如果聚集在一起，法術就失效了。

如果有人被敵方找到並且被殺死，其他依然活著的人就會在右腳踝出現一圈疤痕。我們的左腳踝則留有一個小疤，這是施行洛里星法術所留下的記號，圖案和每個人脖子上所戴的護身符一模一樣。環形疤痕是法術的另一部分，這是種示警系統，我們彼此靠近的時候就會知道，敵人追來的時候也會知道。第一道疤痕是在我九歲的時候出現。我在睡夢中驚醒，它直接燒烙進我的皮肉裡。那時我們住在亞歷桑納州，某個靠近墨西哥邊境的小鎮。我在夜裡尖叫著醒來，既痛苦又害怕，眼睜睜看著疤痕烙入肌膚。這是第一個記號，顯示出摩加多星人終於在地球上找到我們了，這也是第一次顯示出我們身陷危險當中。疤痕出現之前，我幾乎已經說服自己，腦中的記憶是錯的，亨利跟我講的那一套也都是錯的。我想要當個普通的小孩，平平常常的過日子，然而，至此我總算認清，無可懷疑也沒得商量，我絕對不是普通小孩。隔天我們就搬到明尼蘇達州。

第二道烙痕是在我十二歲的時候出現。那時我在科羅拉多州，正在學校裡上課，參加拼字比賽。疼痛一開始，我就曉得那東西又要來了，二號出事了。那痛得真是折磨人，不過這次還算能夠忍受。我必須留在台上，可是那熱度把襪子燒得著火了。主持拼字比賽的老師用滅火器對著我噴，急忙送我上醫院。急診室的醫師發現疤痕，立刻通知警方。亨利趕到，警察威脅說要以虐待兒童的罪名將他逮捕。不過，由於第二道疤痕出現的時候他根本不在現場，警方只好讓他離開。我們回到車上迅速開走，這回是到緬因州。所有東西都留下，除了有個洛里寶匣，每次搬家亨利都會隨身攜帶。至今算起來總共搬了二十一次家。

第三道疤痕，是在一個小時之前冒出來的，我坐在一艘平底船上，船是學校最受歡迎的那人家裡的，而且他爸媽一點都不曉得我們要在船上舉辦派對。之前上學時，都沒人邀請我參加什麼派對。我都是獨來獨往，因為我曉得隨時有可能要離開。不過，在這之前已經有兩年毫無動靜，亨利並沒有發現什麼新聞消息，會讓摩加多星人找到我們，或是可能讓他們有所警覺。因此，我交了幾個朋友，其中一位還介紹我認識主辦派對的那小子。大夥在碼頭某處集合，現場有三個冰桶，放著音樂，還有那些我只敢遠遠欣賞卻不曾交談的女孩子，雖然我心裡一直很想找機會和她們說上兩句。我們的船離開碼頭，航向墨西哥灣，離岸大約七、八百公尺。我本來是坐在浮筒邊，雙腳浸在水裡，和一位名叫塔蘭的黑髮碧眼女孩聊天，就在此時，我感覺到疤痕又要出現了。我腳邊的水沸騰起來，而且疤痕要燒結之處的小腿開始發光。這是第三個洛里符號，第三次提出警告。塔蘭放聲大叫，大家都圍到我身邊來。我心知肚明，但怎麼也說不清，而且我知道，我們得要立即離開此地。

現在，風險極度升高了。他們已經找到三號，不論他或者她在哪裡，三號已經死了。所以，我安撫塔蘭讓她平靜下來，還在她的臉頰上親了一下，跟她說，真高興能夠認識她，我祝她一輩子幸福美滿。我往舷外跳水離船，開始游泳，一直保持潛在水面下，只有在差不多半程的地方換口氣，盡全力往前游，直到上岸。然後我沿著高速公路旁邊跑，剛好就在植栽線以內，和路上的車子一樣高速前進。等我回到家，亨利正坐在掃描器和電腦螢幕堆成的高牆後頭，他就是靠這些東西搜尋世界各地的消息，還要探查附近一帶的警方行動。我用不著開口講話，他已經知道發生了什麼事，不過他仍然拉起我濕透的褲管，看看那道疤痕。

▲

一開始，我們一共有九人。

已經走了三個，死了。

我們種族還剩六人。

他們繼續到處搜捕，而且他們絕不會罷手，直到把我們全都殺光為止。

我是四號。

我曉得，下一個就輪到我了。

# 2 永遠離去

我站在車道中央，抬頭瞧這房子。它的外牆是淡淡的粉紅色，很像蛋糕上的糖霜，離地架高在三公尺的木柱上。屋前有棵棕櫚樹，隨風搖曳。屋子後頭，有座棧橋直直伸入墨西哥灣，長達十七、八公尺。如果這屋子的位置再往南邊一公里半，棧橋就直入大西洋了。

亨利抱著最後幾個盒子走出來，有些盒子從上次搬來至今還沒時間打開呢。他把門鎖上，然後把鑰匙留在門邊的投郵孔裡。此時是凌晨兩點。他穿著卡其短褲和一件黑色POLO衫。他的皮膚曬得很黑，臉上掛滿鬍渣看來十分憂愁。他也很捨不得這兒。把最後幾個盒子放到貨卡的後車斗，我們全部的家當都在這了。

「該走了吧。」他說。

我點點頭。我們站著望向屋子，傾聽晚風吹過棕櫚樹條狀葉片的咻咻聲。我手裡抱著一袋芹菜。

「我會想念這裡的，」我說。「比別的地方更讓人懷念。」

「我也是。」

「可以放火燒了嗎？」

「可以了。你想自己動手，還是要我來？」

「我來就好了。」

亨利掏出皮夾，整個丟在地上。我把我的皮夾取出，也一樣照著做。他走向貨卡，回來時帶著護照、出生證明、社會安全卡、支票薄、信用卡還有提款卡，把它們全都丟在地上。這些文件和證明，都和我們在此的身分有關係，全都是偽造杜撰而來。我從貨卡上拿來一小罐汽油，這是留著緊急時用的。我把汽油灑在那一小堆紙片上。目前我用的名字叫丹尼・瓊斯。我的說法是，小時候住在加州，因為爸爸做電腦程式設計的工作才搬來這裡。丹尼・瓊斯就要消失了。我點燃一根火柴，手一鬆，整堆紙片陷入火海當中。又一段人生，就此結束。就和之前一樣，我和亨利站在旁邊看著那堆熊熊烈火。拜拜囉，丹尼，我心裡這麼想，很高興能認識你。等火燒盡，亨利轉過來看看我。

「該出發了。」

「我曉得。」

「這些小島真是不夠安全，太難迅速脫身，太難逃離。我們會來這種地方實在是不聰明。」

我點點頭。他說的一點也沒錯，我也知道。可是我還是捨不得走。我們會到此地全是因為我想要來，而且亨利第一次讓我選擇應該上哪去。我們在這住了九個月，自從離開洛里星之後，這是我們待得最久的地方了。我一定會懷念這裡的陽光和溫暖氣候。我會懷念那隻掛在牆頭的壁虎，每天早上吃早餐的時候牠都要瞪著我瞧。雖然理論上佛羅里達州南方的壁虎大概有好幾百萬隻，我敢發誓那隻壁虎會跟著我到學校，而且我走到哪牠就待在哪。我會懷念那些來得急去得快的雷陣雨，還有，清晨燕鷗還沒來之前一切安詳沉靜的感覺。我會懷念那些海豚，夕陽西下之際偶爾會有幾隻來找我討食。我甚至還會懷念海草在岸邊腐爛發臭的硫黃氣味，那股味道充塞在屋裡每個角落，就連睡夢中也聞得到。

「把芹菜處理掉，我在貨卡上等你，」亨利說。「然後就該上路了。」

我往卡車右側一片濃密樹叢鑽了進去。已經有三隻凱鹿等在那兒。我把整袋芹菜都倒在牠們腳邊，彎下腰來每隻輕輕拍一拍。牠們讓我撫摸，早就克服原先膽怯怕生的天性。其中有一隻還抬起頭看著我，深沉、清澈的眼眸直直望過來。

那感覺幾乎就像是牠傳遞了某個訊息給我。一陣寒意湧上脊背。牠低下頭繼續吃。

「祝你好運啦，小傢伙。」我對牠說，然後走向貨卡爬上客座。

我們看著那屋子在後視鏡裡越變越小，直到亨利開上大馬路，再也看不見了。這天是星期六。我在想，我離開之後，派對不知進行得怎麼樣了。我用那種方法離開，不知道他們會怎麼講；還有，發現我再也不回學校上課之後，又會傳出什麼流言。我真希望能夠正式向大家道別。我不再有機會見到在此認識的人，我不再有機會和他們講話，而且，他們絕對不知道我的真實身分，無法理解我為什麼要離開。幾個月之後，也許只要幾個星期，恐怕沒有人還記得曾有我這號角色。

上高速公路之前，亨利把車停下來加油。當他忙著操作加油機的時候，我開始研究放在椅子中間的一張地圖。自從我們來到這個星球，一直是用這張地圖。圖上畫著線拉過來拉過去，標出我們之前曾經住過哪些地方。如今，交錯的線條遍布美國本土各州。我們也曉得，應該把這張圖丟掉，然而它卻是之前所有生活的唯一片斷。普通人會有相片本、錄影帶和日記；我們有這張地圖。我把地圖拿過來仔細研究，可以看出亨利在上頭畫了一條新的線，由佛羅里達州牽往俄亥俄州。講到俄亥俄州，我想到的是牛和玉米，還有和藹親切的居民。我知道俄亥俄州發的車牌上寫著：「一切的中心」。「一切」是什麼意思，我不知道，不過我想我會找出答案的。

亨利回到貨卡上。他買了好幾罐汽水還有幾包薯條。他把車開上路，朝向一號國道，這條路會帶著我們往北前進。他欠身過來要拿地圖。

「你覺得俄亥俄州有人住嗎？」我開起玩笑。

他咯咯發笑。「我猜大概會有一些人吧。而且說不定我們的運氣夠好，還能遇到汽車還有電視機。」

我點點頭。也許，並不像我想的那麼糟。

「你覺得『約翰・史密斯』這名字怎麼樣？」我問道。

「你決定了要用這個名字嗎？」

「我想是的。」我說。我之前沒試過約翰，史密斯也沒用過。

「這聽起來再平常不過了。我要說的是：很高興認識你，史密斯先生。」

我笑了。「好啊，我想我喜歡『約翰・史密斯』。」

「下一回停車休息，就幫你弄身分證件。」

又開了一公里半，我們離開那島，車子駛上跨海的大橋。海水從我們下方流過。海面沒有太大起伏，月光灑落在細碎浪花上，在浪頭最高處形成斑斑白點。橋的右邊是大西洋，左邊則是墨西哥灣；實際上，都是一樣的海水，不過是名字不同罷了。我有一股想哭的衝動，不過我忍了下來。並不是因為必須離開佛羅里達州而難過，我已經厭倦這種逃難的日子。我厭倦每隔半年就要想出一個新的名字。厭倦新家、新學校。我想，恐怕我們永遠也不可能安頓下來。

# 3 派拉代斯

我們停下來買吃的，加油，還有買新手機。我們到一處休息站，點了絞肉火腿還有通心粉加起司，亨利總是說這要比洛里星的任何食物都還好吃。我們一邊吃，他一邊用筆記型電腦假造新的身分證件，用的是我們的新名字。我們一到目的地，他就會把文件印出來，不管我們編出什麼故事，大家也只能信以為真。

「你確定要用約翰・史密斯嗎？」他說道。

「是啊。」

「你的出生地是阿拉巴馬州的塔斯卡路撒。」

我樂得哈哈大笑。「你怎麼會想到那個地名？」

他對我微笑，示意要我看看幾張桌子之外坐著的兩個女人。兩人都穿得很辣。其中一人的T恤上印的是「塔斯卡路撒最棒」。

「而且，下一次我們就要去那瞧瞧。」他說。

「說來奇怪，好久之前我就想去俄亥俄州住看看。」

「是哦。你覺得去俄亥俄州還不錯嗎？」

「我想交幾個朋友，我想在同一間學校待得久一點，不要每次都只有幾個月，我想要過過真實的生活。我在佛羅里達州才開始這麼做。那種感覺真的很棒，而且打從我們到地球以來，我第一次感覺到幾乎就像個普通人。我想找個地方，一直住在那裡。」

亨利看來若有所思。「你今天有檢查看看那些疤痕嗎？」

「沒有啊，怎麼了？」

「因為那不僅是你個人的問題。這件事關係到整個種族能不能延續，我們幾乎是被完全滅種了，而且這還關係到如何讓你能夠活下去。倖存的行者就只有你們最後幾位，每死去一名，機會就更加渺茫。你是四號，下一個就輪到你了。有一群殘暴無情的屠夫，動用全部力量要把你找出來。只要有一點不對勁我們就得離開，這件事沒得討論。」

整趟路全都是亨利負責開車。途中休息幾次，製造新的證件，總共大約花了三十個小時。大部分時間我不是打盹就是在玩遊樂器。因為神經反射很快，不管是什麼遊戲，我用不了多久就能玩得很熟練。全破一個遊戲，最慢差不多要一天。我最喜歡的是外星人大戰和太空遊戲。我可以假裝又回到洛里星，打倒摩加多星人，把他們砍成兩半，化為灰燼。亨利覺得這很奇怪，還試過要我別玩這種遊戲。他說我們得活在現實當中，戰爭和死亡都是千真萬確的事情，才不是裝模作樣。等我玩遍所有遊戲，才抬頭看看窗外景色。一直坐在這貨卡內，真令人厭煩。儀表板上的時鐘顯示，現在是七點五十八分。我打個哈欠，揉一揉眼睛。

「還要多遠？」

「幾乎就要到了。」亨利說。

四周一片漆黑，不過在西方有淡淡的光暈發亮。我們經過農莊，裡頭有馬匹和牛隻，然後是荒涼的原野，再更遠的地方，放眼望去全都是樹林。亨利就是要找這種地方，平靜的小鎮，來去都沒人在意。每星期，他都要掛在網路上搜查，每回都要六、七甚至八個小時，更新一張全美國各地的租屋清單：他的標準是要偏遠隔絕、鄉下地方、隨時能夠入住。他跟我說，總共打了四次電話，一通打到達科塔州，一通是新墨西哥州，一通是阿肯色州，直到最後才聯絡上我們接下來要去的那處出租房屋的仲介。

過沒幾分鐘，我們看到稀疏的燈光，表示城鎮要到了。我們經過一塊招牌，上面寫著：

歡迎光臨俄亥俄州，派拉代斯（天堂）鎮，居民五千二百四十三人。

「哇賽，」我說。「這比我們之前在蒙大拿待過的地方還小。」

亨利笑了。「你以為誰會認為這是天堂啊？」

「大概是牛吧？還是稻草人？」

我們經過一間老舊的加油站，一間洗車店，一處墓園。然後開始出現房子了，大約每隔快二十公尺就有一間拼板屋。大部分的屋子都在窗戶上掛著萬聖節的裝飾。每間屋子的小院子都有個走道，從馬路通到它的前門口。小鎮的中央是個圓環，當中有座雕像，是某人持劍騎在馬背上。亨利把車停了下來。我們倆看看那雕像，全都笑了出來，因為我們可不希望這鎮上會出現手裡拿著劍的別種生物。他繼續順著圓環前進，一等我們繞過去，車上附的GPS就告訴我們應該在這轉彎。我們開始往西前進，離開鎮上熱鬧的區域。

我們又開了快要五公里，然後左轉來到一條碎石路，穿過採收過的空盪田地，這在夏天也許會種滿玉米吧，然後穿過一片茂密樹林又開了一公里半。最後，我們總算找到那間屋子了，深埋在過分雜蕪的植物當中，有個破舊的銀色信箱，上頭用黑漆寫著幾個大字：舊廠路十七號。

「最近的住家離這有三公里以上。」他一邊往裡面開，一邊這麼說。碎石車道長滿亂草，散置的坑坑洞洞積滿髒水。他踩下煞車，把貨卡的引擎關了。

「那是誰的車呢？」我問，指指停在亨利前面的一台黑色SUV。

「我猜那是房屋仲介的車。」

屋子的側影被樹木遮遮掩掩。黑暗中看起來十分詭異，就好像上一名房客是被嚇跑的，或是被趕走，要不然就是逃走的。我離開貨卡。引擎發出滴滴答答的聲響，而且我可以感覺到從那散發出來的熱氣。我從載貨台上一把拿起我的背包，抱著站在車旁。

「你覺得怎樣？」亨利問道。

屋子只有一層。木質的護牆板。大部分的白漆已經剝落。正面有個窗戶破了。屋頂用黑色木瓦覆蓋，看起來都捲曲不平而且一碰就碎。三層木階梯通到一個小小的前台，上頭擺了幾張搖搖晃晃的椅子。庭院是長形的，長滿植物。草皮已經好久沒修剪。

「看來真像是天堂呢！」我說。

我們一起往前走。在此同時，門廳裡走出一位衣服很講究的金髮女子，年紀和亨利差不多。她身著套裝，手裡拿著一個筆記板和檔案夾，裙子腰際掛著一台黑莓機。她對我們微笑。

「您是史密斯先生嗎？」

「沒錯，」亨利說。

「我是安妮．哈特，派拉代斯地產的經紀人。我們之前通過電話。我本來想早點打電話給您的，可是好像關機了。」

「對呀，應該是吧。來這的路上電池居然沒電了。」

「哦，我最討厭這種事。」她一邊說一邊向我們走過來，和亨利握手。她問我叫什麼名字，我就跟她說了，雖然我和之前一樣很想說：「我是四號。」亨利簽租屋契約的時候，她問我幾歲，還說她的女兒和我年紀差不多，就在本地的高中念書。她很熱心、和善，而且很健談。亨利把合約書遞還給她，我們三人一起走進屋內。

屋子裡的家具大多是用白布罩著。沒有罩上白布的少數幾件，覆著厚厚一層灰塵，還有昆蟲的屍體。窗上的紗網似乎一碰就會碎掉，而且牆面是用便宜的夾板當壁板。總共有兩間臥室，一間不大不小的廚房，用的是萊姆綠的油布，一間衛浴。起居室寬廣方正，位於屋子正面。最裡面的角落有個壁爐。我走進比較小的那個房間，把背包丟在床上。牆上有張褪色的超大海報，是某位身著亮橘色制服的美式足球員。照片裡他正在傳球，而且背後有個身穿黑金相間制服的壯漢，似乎就要將他撲倒在地。上面寫說，這是克里夫蘭棕人隊的四分衛，伯尼庫沙。

「來和哈特女士說再見。」從起居室傳來亨利的喊叫聲。

哈特女士和亨利一塊站在大門邊。她跟我說，在學校一定要去找她女兒，說不定我們可以交個朋友。我笑著說，好哇，那真棒。等她一離開，我們馬上開始把家當從貨卡上搬進屋裡。我們的家當有哪些，是依據離開時有多麼匆忙而決定，要嘛就是極輕便，也就是只有我背包裡幾件衣服，亨利的筆記型電腦，還有外表雕得很漂亮的洛里寶匣，這東西我們不管到哪都一直帶著，要不然，還會多拿一些東西，通常是亨利在用的其他電腦還有器材，他用這些東西設立起安全的上網環境，在網路上搜尋可能和我們有關係的消息和報導。這回，我們帶的是寶匣、兩台高性能的電腦、四個電視螢幕，再加四台監視攝影機。我們也有帶些衣服，不過，在佛羅里達州穿的衣服大概也不太適合俄亥俄州的生活環境。亨利帶著寶匣進他房間，然後我們把所有器材都放在地下室，那將成為他工作的地方，這樣就不會被訪客發現。等所有東西都搬進屋裡，他開始設置監視器，把螢幕都打開。

「要到早上我們才有網路可以用。不過，如果你想明天就去學校，我可以幫你把新的身分證明文件印出來。」

「如果我待在家裡，就得幫你打掃房子，還要把所有東西都搞定是嗎？」

「沒錯。」

「我要去學校。」我說。

「那你最好睡飽一點。」

# 4 發光的手掌

另一個新的身分，另一間新學校。這些年來總共待過幾間學校，我已經記不得了。十五間？還是二十間？全都是在某個小鎮，某間小學校，全都一成不變。新來的學生會吸引別人注意。有時候，我會懷疑這種只挑小鎮過活的策略，因為在這種地方很難不被注意，甚至可說是絕無可能。不過，我曉得亨利是怎麼想的：在小鎮裡，我們的敵人也一樣難以藏身。

學校離我們住的屋子將近五公里遠。亨利一早開車送我過去。這學校要比我之前上過的其他幾間都還小，而且看來極不起眼，校舍是一長排低矮的單層建築。大門邊的外牆上有片壁畫，圖案是位口中啣著刀的海盜。

「你現在要去當海盜囉？」亨利在一旁對我說。

「看來是這樣子。」我回答。

「你曉得規矩。」他說。

「我又不是第一天上學。」

「別太愛現。這樣人家會討厭你。」

「我可不敢。」

「別太突出，或是引起太多注意。」

「只要做一隻牆上的蒼蠅。」

「而且別傷害人。你比人類強太多了。」

「我知道。」

「最要緊的是，要有充分準備。準備好隨時可以離開此地。你背包裡放了什麼？」

「五天份量的乾果。備用襪和衛生衣。雨衣。手持GPS。筆型小刀。」

「我隨傳隨到。」他深深吸了一口氣。「還有，注意任何徵兆。你的異能隨時有可能出現。不計一切代價別給其他人看到，然後立刻打電話給我。」

「我知道，亨利。」

「隨時都有可能出現，約翰，」他又重覆一次。「如果你的手指開始變不見，或是你開始飄在空中，很劇烈發抖，或是你沒法控制肌肉，或者沒有別人在講話卻聽到聲音。只要有一點不對勁，馬上打電話來。」

我拍了拍身上的背包。「手機我有帶了。」

「放學的時候我就在這等你。上學順利囉，小子。」他說道。

我對他笑笑。他已經五十歲了，也就是說，我們到地球的時候他四十歲。像他這種年紀，更難適應地球的生活。他講話還是帶著濃厚的洛里腔，往往會被別人誤以為是法語。這

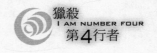

在一開始成為很好用的藉口，所以他就取了亨利這個名字，而且延用至今不曾換過，只換個和我一樣的姓氏。

「我這就去征服學校啦。」我說。

「要乖啊。」

我朝向校舍前進。校園裡，學生三五成群聚在一塊，和大部分的高中沒兩樣。他們會分成各種小團體：校隊隊員和啦啦隊員，樂隊成員帶著樂器，成績好的戴眼鏡還有課本和黑莓機，吸毒的自成一區，和其他人明顯區分開來。有個傢伙，瘦瘦高高，眼鏡鏡片極厚，孤零零站著。他穿了一件黑色的ＮＡＳＡ紀念Ｔ恤還有牛仔褲，恐怕體重還不到四十五公斤。他拿著一個手持望遠鏡，往空中搜尋，可是天空幾乎都被雲擋住了。我發現有位女孩在攝影，在各個小團體之間來去自如。她真是美呆了，平順的金髮披在肩膀後面，膚色如象牙般白淨，顴骨很高，藍色的眼睛充滿柔情。好像每個人都認識她還跟她打招乎，而且沒人反對她為大家照相。

她看到我來，笑著對我招手。我覺得很奇怪，轉過身看看是不是有誰站在我背後。是有兩個學生在討論數學作業，除此以外沒有別人了。我回過頭來四下尋找。那女孩向我走了過來，臉上掛著微笑。我從未見過這麼美的女孩子，更沒有和這種美女講過話，而且根本不曾有人對著我微笑揮手，就像是好朋友一樣。我馬上變得好緊張，臉開始紅了起來。不過我心中有所疑慮，這是多年以來所受的訓練。等她走近，舉起相機開始拍照，我伸出手把臉擋住。她把相機放下，笑了。

「別這麼害羞嘛。」

「沒有啊。只是想保護妳的鏡頭。我的臉可能會害它碎掉。」

她放聲笑了出來。「臉色那麼難看，說不定會弄壞相機鏡頭哦。笑一個吧。」

我淺淺笑了一笑。我好緊張，覺得自己好像要爆炸了。我可以感覺到脖子在發熱，手心也變燙。

「這樣笑好假啊，」她開著玩笑說。「笑的時候要露出牙齒才行。」

我大大笑了開來，她拿起相機拍照。通常，我不會讓別人為我照相。如果相片最後被放在網路上，或是刊在報紙上，會讓敵人更容易找到我的確切位置。之前發生過兩次，亨利氣得要命，把相片搶去撕個粉碎。要是他曉得我現在給別人照相，我的麻煩就大了。我可沒辦法，這女孩太漂亮太正了。當她在幫我照相的時候，有一隻狗對著我跑過來。這是隻小獵犬，黃褐色的耳朵塌下來，腳和胸部是白色，黑色身體十分精實。牠又髒又瘦，大概是流浪好一陣子了。牠對著我的腳磨蹭，嗚嗚叫，想要引我注意。那女孩覺得牠很可愛，要我蹲下去讓她幫我和小狗合照一張。她一開始要按快門，小狗就跑開。每試一次，小狗就跑得更遠。最後她放棄了，又幫我多拍幾張。那狗坐在大概十公尺之外盯著我們看。

「你認得那隻狗嗎？」她問道。

「之前沒見過。」

「牠一定很喜歡你。你應該就是約翰沒錯吧？」

她伸出手來。

「是滴，」我說。「妳怎麼知道？」

「我是莎拉・哈特。我媽是你們的房屋仲介。她跟我說，你今天可能會來學校，還說我應該特別照顧你一下。今天出現的新人就只有你囉。」

我笑了。「是啊，我見過妳媽。她人很好。」

「你到底要不要和我握手嘛？」

她的手還伸著等在那。我笑了和她握手，那感覺真的是前所未有的好。

「哇嗚！」她說道。

「怎麼了嗎？」

「你的手摸起來好燙啊。真的很熱，就好像發燒還是生了什麼病。」

「應該不是吧。」

「有可能是你的火比較旺。」

她將手鬆開。

「是啊，大概吧。」

遠方傳來鈴聲，莎拉告訴我說，這是預備鈴，還有五分鐘可以趕到教室上課。我們說拜拜，我目送她離開。然後，我的手肘後方被什麼東西撞了一下。我轉過身看，是一群美式足球隊員，全都穿著校隊的夾克，魚貫由我身邊掃過。其中有一個人緊盯著我看，我曉得了，就是他走過我身旁的時候用背包擠我。我想這恐怕不是意外，所以我就跟了上去。我知道也沒辦法怎麼樣，就算我有能力也不行。我只是很討厭恃強凌弱這種事。此時，穿ＮＡＳＡ紀念Ｔ恤的男孩向我走了過來。

「我猜你是新來的，我教你些規矩。」他說。

「關於什麼事？」我問道。

「那人是馬克・詹姆斯。他是本校的大人物。他老爸是本鎮警長，而且他是美式足球隊的明星球員。本來莎拉和他在一起，那時她還是啦啦隊的，可是她退出啦啦隊又把他給甩了。他還沒法接受這個事實。我要是你的話才不會多管閒事。」

「謝了。」

那小子急忙跑開。我慢條斯理往校長辦公室走去，選好課，然後才能開始在這間學校的生活。我轉過身來，看看那隻小狗是不是還在附近。沒錯，牠就坐在原來的地方，看著我。

▲

校長的名字是哈里斯先生。他很胖，頭頂幾乎全禿了，只有少數幾根長髮留在腦袋後面和側面。他的胖肚子都跑到皮帶外頭來，眼睛細小如豆，彼此極為靠近。他坐在辦公桌的另一端對我咧嘴而笑，笑臉似乎要把眼睛擠得看不見了。

「你說之前是在聖塔菲念二年級是吧？」

我點點頭說沒錯，雖然實際上我們根本沒去過聖塔菲，甚至連新墨西哥州也不曾去過。撒點小謊，可以避免我們的行蹤被追查出來。

「難怪皮膚曬得那麼黑。怎麼會搬來俄亥俄州來呢？」

「因為我老爸的工作。」

亨利並不是我爸爸，不過我都一直這麼說，才不會引人猜疑。事實上，他是我的守護者，換作地球上比較容易了解的說法，他是我的監護人。洛里星的住民分成兩類，有一批具有異能或是超能力，每個人的超能力都不一樣，有些會隱身法，有些會讀心術，還有的能夠飛上天操控風或閃電之類的大自然力量。擁有異能的叫做行者，而沒有上述能力的則稱為護法，或守護者。我是屬於行者的一員。亨利則是位護法。每個行者都在幼年時就被指派給某位護法。護法會協助我們學習星球的歷史，將天賦的本領充分發揮。護法和行者兩種人——一群人負責實際運作星球，另一群人負責守護星球。

哈里斯先生點點頭。「他是做哪一行的呢？」

「我爸是作家。他希望能住在小巧而安詳的城鎮，把手頭這個作品寫完。」我如此解釋，這套說辭是我們的標準講法。

哈里斯先生點點頭，眼睛四下打量。「你的體格看起來不錯。有沒有打算參加什麼運動項目？」

「要是可以的話就好了。我有氣喘，校長。」通常我是用這當作藉口，避免暴露出我的力量和速度。

「那真是可惜。我們的美式足球隊永遠歡迎好手加入，」他說，同時眼睛往牆上的架子瞥了一瞥，最上層有個美式足球獎盃，日期標的是上個年度。「去年我們贏得先鋒聯盟的冠軍。」他說道，言談間透露著驕傲的神氣。

他伸手從辦公桌邊的檔案櫃抽出兩張文件，交給我。第一張是我的課表，有幾處還空著未填；第二張則是現在還能選擇的課程。我挑好選修課，填到課表上，然後把文件又都交還校長。他給我上了一堂入學指導，在我聽來幾乎是講了好幾個鐘頭，學生手冊一頁又一頁講解，任何惱人的細節都不放過。鈴響了，然後鈴又響了。等他總算說完，還問我有沒有什麼疑問。我說沒有問題。

「那好。第二節還剩半小時，你選的是波登女士的天文學。她是位好老師，是本校最優秀的教師之一。她之前得過州政府頒的獎，是由州長本人簽發的。」

「那太棒了。」我說。

等哈里斯先生好不容易從椅子上起身，我們離開校長室，走過大廳。他的皮鞋在才打過蠟的地板上吱吱作響。空氣中儘是新油漆和清潔劑的氣味。置物櫃羅列於兩旁的牆邊。有好多格貼上為美式足球校隊加油的標語。整座建築不超過二十間教室。這是我經過的時候一間一間數出來的。

「我們到了，」哈里斯先生說。他伸出手來。我和他握握手。「歡迎你來念我們學校。

我總是說，學校就像是親密的大家庭。很高興你能加入我們。」

「謝謝您。」我說。

哈里斯先生打開門，把頭探進教室裡去。此時我才發現自己有一點緊張不安，有種暈眩感不知由何處冒了出來。我的右腳抖個不停；胃裡有東西動來動去。我不知道是什麼原因。絕對不是因為接下來要第一次在這個學校上課。這方面我可有豐富的經驗，不可能還覺得有什麼好緊張的。我深深吸一口氣，試著把緊張情緒全都趕走。

「波登女士，很抱歉打斷您上課。這位是我們的新同學。」

「哇，太好了！請他進來。」她高亢的音調充滿熱情。

哈里斯先生開著門，我就走進課堂裡。

教室是完全的正方形，裡頭的學生差不多有二十五人，全都圍坐在幾張有餐桌那麼大的矩形桌子旁，每邊三人。所有人的眼睛都盯著我看。我回望這些學生，然後才瞧一瞧波登女士。她的年紀差不多六十歲上下，穿著粉紅色的毛衣，紅色塑膠框眼鏡連著一條鏈子掛在脖子上。她笑得十分燦爛，頭髮灰白而捲曲。我的掌心冒汗，而且我覺得臉頰發熱。我可不想滿臉通紅。哈里斯先生把門關上。

「請問您是？」她問道。

我的情緒還沒平復下來，幾乎要說出「丹尼爾·瓊斯」，不過我忍住了。我深深吸了一口氣，回答說：「約翰·史密斯。」

「很好！你是從哪裡來的呢？」

「佛——」，我正要開始說，不過還沒講完馬上又克制下來。「聖塔菲。」

「同學們，請以最熱烈的掌聲歡迎新同學。」

大家都拍手。波登女士示意要我坐在教室中段的空位，兩名學生之間。她沒有問更多問題，真讓我鬆了一口氣。她轉過身去走到教師桌子那邊，我邁開腳步順著中間的走道前進，直接正對馬克・詹姆斯，他和莎拉・哈特坐在同一張桌子。我經過他身旁的時候，他把腳伸出來絆了我一下。我失去平衡，不過還好沒跌到地上。整間教室爆出陣陣竊笑。波登女士猛地轉過身來。

「怎麼了嗎？」她問道。

我沒有回她的話，反而直直瞪著馬克看。每間學校都有這種人，霸凌，大欺小，或是什麼其他的稱呼，不過之前遇到的都還不會這麼快就出手。他的一頭黑髮抹了好多髮膠，很小心弄出造型，往四面八方直挺挺立了起來。他的鬢角很仔細推平，臉上掛滿鬍渣。深色眼睛上方橫著兩道濃眉。我看他穿的是校隊制服，應該是高年級生，而且在年分上方還用金色的草體繡著他的名字。我們眼神相對，教室內發出一連串笑罵詛咒的聲音。

我看看三張桌子之外的座位，然後再看看馬克。我根本就能把他打爛，這可是說真的。我可以把他舉起來扔到好幾公里之外。要是他想逃走，還上了汽車，我光用跑的就可以比他開車還快，然後把他連人帶車全都放到大樹上。可是，以上所說的做法不但是反應過度，而且亨利的話還在我心中迴盪：「別太突出，吸引太多人注意。」我知道，應該遵照亨利交代的話做，也就把剛才發生的事置之不理，和之前的處理方式一樣。這我最會了，融入周遭的環境，保持低調。可是我覺得有點控制不住，心情激動，而且我還來不及再想一遍，已經開口了。

「你是不是想怎樣？」

馬克把眼神移開，在教室裡四下搜尋，猛地站起身來，然後回頭瞪我。

「你在講什麼東西啊？」他問道。

「我經過的時候你把腳伸出來。而且剛剛進教室之前你還撞了我一下。我想你大概是想找我麻煩吧。」

「發生什麼事了？」波登女士站在我身後問道。我轉頭看看背後。

「小事，」我轉回來面對馬克。「你說啊？」

他的手緊抓著桌邊，不過沒吭聲。我們四目相對，一直到他嘆了口氣轉往別的方向看。

「我就知道。」我放話損他，繼續往前走。我來到指定的座位，一邊是個紅髮的雀斑姑娘，另一邊是個肥仔，他們看著我嘴巴都闔不起來了；其他的學生都不知要怎麼反應才好，大部分都還呆呆坐著發愣。

波登女士站在教室最前方。她看來有點不知所措，然後決定假裝什麼事也沒發生，開始講解為什麼會有土星環，以及土星環為什麼主要由冰粒和塵埃組成。過了一會兒，我把注意力從她那移開，轉向其他的學生。又是一批新的人群，我得要再度設法與大家保持距離。這中間的界線很難拿捏，要和人們維持恰到好處的互動關係還能保持神祕，而且不會變得怪異反倒過於突出。今天我的表現實在是太差勁了。

我深深吸一口氣，慢慢把氣呼出來。我的胃還是隱隱翻動，雙腳微微顫抖不已。我的手更熱了。馬克・詹姆斯坐在我之前三張桌子的地方。他曾經回過頭來看我一眼，然後在莎拉耳邊說了些悄悄話。她把頭別了開來。她看來十分冷淡，不過她之前和馬克交往而且還坐在一起這件事讓我覺得很奇怪。她對我和善地笑了一笑。我也想回報微笑，可是我僵住了。馬克又想跟她講悄悄話，但是她搖著頭把他推開。如果我專心的話，我的聽力要比人類強得多，可是她的一顰一笑讓我神魂顛倒，沒法集中注意力。我真希望能聽到他們在說些什麼。

我把手掌打開，然後再合起來。我的手心冒汗，而且開始有種灼熱感。我再做一次深呼吸。我的視線漸漸模糊。過了五分鐘，又過十分鐘。波登女士還在講課，可是我沒能聽她說話。我將雙拳緊握，然後打開。在此同時，我感到喉頭一緊。右手掌冒出一點淡淡的光暈。我往下看看自己的手，嚇傻了，驚訝不已。幾秒之後，那光變得更亮。

我緊握雙拳。一開始我是害怕我們的人又出事了。可是會發生什麼事呢？要按照順序才能殺了我們。這是法術的功效。可是，這也保證他們不會受到別種傷害嗎？難道是誰的右手被砍掉了？我根本無法求證。不過，如果真的發生什麼事，腳踝上的疤痕一定會有感覺。直到這個時候我才恍然大悟，一定是我的第一項異能正在逐漸展現。

我把背包裡的手機拿出來，傳了個簡訊給亨利寫道：「來找我」，不過我本來想要傳的是「趕快來找我」。我太暈了，沒辦法輸入更多字。我緊握雙拳，放在大腿上。兩手都發熱發抖。我將手掌張開，我的左掌是淺紅色，右掌還在發光。我瞄了一眼牆上的時鐘，發現這堂課就快結束了。如果我能離開這裡，就可以找間空的教室，打電話給亨利，問問他這是怎麼一回事。我開始讀秒：六十，五十九，五十八。我覺得手掌裡好像有什麼東西要炸開了。我專心倒數讀秒，五十，四十九。現在開始有刺痛感，就像是無數小針刺入手掌裡。三十八秒，三十七秒，我睜開眼睛，直往前瞧，盯著莎拉看，希望看著她能夠讓我分心。十五秒，十四秒，看著莎拉結果更糟糕。本來是像針刺，現在變得像是釘子釘進肉裡。是那種放進火爐裡，加熱到發紅光的釘子。八秒，七秒。

鈴聲響了，同一時間我站起身來衝出教室，急忙超過其他學生。我覺得好昏，腳步都站不穩。我順著走廊一直前進，不知道要往哪個方向比較好。我感覺到有個人跟在後面。我從後口袋拿出課表，看看我的置物櫃是幾號。運氣真好，剛巧在我的右手邊。我站在櫃子前面，頭靠在金屬做的門上。我搖搖頭，發現剛才急急忙忙衝出教室的時候，把背包和裡面的手機全都忘了。而且這時有人推我一把。

「怎麼了，硬漢？」

我往前踉蹌幾步，回頭看。馬克就在我身後，對著我發笑。

「是哪裡不舒服了啊？」他問。

「沒有啊。」我回答。

我的腦子一片天旋地轉，我覺得好像快要昏倒了，而且我的手掌像是著火一般。不管發生了什麼事，實在是太不湊巧了。他又推了我一下。

「老師不在就不怎麼樣嘛，是不是啊？」

我沒法保持平衡，連站都站不住，翻了過去跌倒在地。莎拉站到馬克前面。

「不要鬧他了。」她說。

「這件事妳不要管。」他說。

「是啊。你看到新同學和我說話，馬上就要和人家打一架。每次都這樣，這就是我們會分手的原因。」

我站起身來。莎拉伸過手來要扶我，她一碰到我的手，雙掌的疼痛更加劇烈，而且好像腦子被雷劈過一樣。我轉身逃開，和通往天文學教室的方向相反。我曉得每個人都會認為我逃走是個懦夫，可是我幾乎就快昏倒了。我會去向莎拉說謝謝，還要處理馬克的事，不過那些等以後再說。現在我只想找間可以上鎖的房間。

我來到走廊另一頭，和學校的大門通道相交。我回想之前哈里斯先生所做的簡介，其中還有講到學校裡有幾間特別的教室。如果我記得沒錯，走廊的這一端是禮堂、樂器排練室，還有美術教室。我以目前所能運用的全部能力，儘可能朝向美術教室跑去。我聽到後方傳來馬克對著我吼，還有莎拉對著他叫。我遇到第一間教室就把門打開，進去把門關上。謝天謝地這門可以鎖，我就把鎖扣了起來。

這是間暗房。烘乾處垂掛一條又一條的膠卷底片。我癱軟倒臥在地板上。我的腦子裡天旋地轉，手掌發燙。我一見到手掌發光，就一直保持雙手握拳。現在再看看，可以見到右手掌還是發亮，明暗交替脈動。我慌得很，不知怎麼辦才好。

我坐在地板上，汗水刺痛我的雙眼。兩隻手都痛得不得了。我曉得會有異能，可是我沒想到還有這些徵兆。我打開雙手，右掌極為明亮，而且光線開始集中；左掌則是淡淡閃爍，可是燒灼的感覺幾乎無法忍受。我真希望亨利就在身旁，但願他已經出發趕過來了。

我把眼睛閉上，雙臂繞著身體環抱。我在地上前後打滾，體內四處發痛。不知道過了多久，一分鐘？十分鐘？鈴聲響了，告訴大家下一堂課要開始了。我可以聽見門外有人在講話。門搖動了幾下，不過門上鎖了，沒人進得來。我只能一直滾來滾去，眼睛緊緊閉著。門上又開始敲啊敲的，聲音模模糊糊，聽不出說些什麼。我睜開眼睛，看到手掌所發出的光把整個房屋都照亮了。我用力把雙掌擠成拳，想要讓光線停止，不過光線不斷從指縫之間灑漏出來。接下來門開始很大力晃動。人們見到我的手心發亮，會怎麼想？已經無處可躲了。我得要怎麼解釋？

「約翰？開門，是我。」外頭傳來一個說話聲。

我真是如釋重負。這是亨利的聲音，全世界我只想聽到這個聲音。

# 5 異能

我爬到門邊，把門鎖解開。門板刷地一聲打開。亨利身上都是泥土，穿著園藝服，看來之前原本是在我們的院子裡做事情。我實在很高興能夠看到他，有一股衝動想要跳起來雙手環抱他，而且我也試著這麼做，卻因為太暈跌落地面。

「裡面都還好嗎？」哈里斯先生問道，他就站在亨利身後。

「一切都還好。麻煩給我幾分鐘，拜託。」亨利回答他。

「需不需要叫救護車？」

「不用！」

門關上。亨利往下瞧，看到我的手掌。右手掌的光仍然明亮得很，但左手掌光芒潛潛閃動好像是想要隱藏起來。亨利高興的笑了，臉色極為燦爛。

「啊，感謝洛里，」他吁了口氣，從背包裡拿出一隻皮製的園藝用手套。「剛好我在院子裡做事，實在是太幸運了。把手套戴上。」

我照著做，手套將光線完全遮蔽。哈里斯先生把門打開，頭探了進來。「史密斯先生？

一切都還好吧？」

「是的，一切都還好。再給我們半分鐘，」亨利說，然後回過頭來看著我。「你們校長越幫越忙啊。」

我深深吸一口氣，再呼出來。「我曉得是怎麼回事，可是怎麼會這樣？」

「你的第一個異能。」

「我知道啊，為什麼會發光？」

「我們回貨車上說。你走得動嗎？」

「大概可以吧。」

他扶我站起來。我沒辦法站穩，還會抖個不停。我抓著他的上臂做為支撐。

「我們離開前得要把背包拿回來。」我說。

「背包放在哪？」

「我放在教室裡了。」

「幾號教室？」

「十七號。」

「我們先讓你上車，然後我再去拿背包。」

我把右胳臂搭在他肩膀上。他把左臂環抱我腰際，以便支撐我的體重。雖然第二次鈴聲已經響了，我還是聽見走廊裡有人。

「你必須盡一切努力挺直了正常走路。」

我深吸一口氣，試著把僅存的一丁點力量集中起來，努力把這一大段路走完。

「出發吧。」我說。

我拭去額頭上的汗水，跟著亨利走出暗房。哈里斯先生還待在走廊。

「只是氣喘發作比較嚴重。」亨利這麼告訴他，繼續走過去。

有一群大概二十多個人還聚集在走廊裡，大部分脖子上掛著一台相機，等著要進暗房上攝影課。好在莎拉並不是其中一員。我竭盡所能往前走，一步接著一步。校門口離這大概還有三十公尺遠。這可要走好多步才行。人們竊竊私語。

「真是孬種。」

「他還會再來上學嗎？」

「我想是吧，長得很可愛嘛。」

「你覺得他在暗房裡是在幹嘛，弄得滿臉通紅？」我聽到有人這麼問，眾人一片哄笑。

我們可以集中聽力，當然也可以把它關掉，身處嘈雜混亂之間你想集中精神的話，這就很有幫助。因此我將噪音關掉，緊緊跟隨在亨利身後。每跨一步都好像要花十倍的力氣，不過我們最終還是走到校門口了。亨利幫我開門，扶著，貨車就停在正前方，我試看看自己走回貨車上。最後二十步，我又把手臂掛在他的肩膀上。他把車門打開，我跌坐進去。

「你剛才說是十七號教室？」

「沒錯。」

「你應該一直隨身帶著才對。小失誤會造成大錯。我們不能出錯。」

「我知道。對不起。」

他把車門關上，走回校舍。我在椅子上屈身，試著調整呼吸，額頭上冒出一堆汗。我坐起身子，把遮陽板翻開來，用上頭的鏡子自己照一照。我的臉比想像中還紅，眼睛水水的。不過，歷經痛苦又精疲力盡，我笑了。總算來了，我想。等了這麼多年，這麼多年只能靠聰明智慧和躲躲藏藏逃避摩加多星人追殺，我的第一種異能總算出現了。亨利拿著我的背包走出學校。他繞著貨車到另一邊的駕駛座，開門，把背包放到椅子上。

「謝謝你。」我說。

「別客氣。」

我們駛離停車格，我把手套取下仔細研究我的手掌。右掌的光線開始自行集中成為一道光束，就像是手電筒一樣，可是更亮。灼熱感開始緩和下來。我的左手掌依然隱隱閃爍。

「你應該一直都戴著手套，等我們到家再拿掉。」亨利說。

我把手套戴回去，看看他的表情如何。他極為驕傲對著我笑。

「哇靠等了好久。」他說。

「啊？」

他往我這看過來。「哇靠等真久，」他說。「等你的異能出現。」

我也笑了。亨利在地球上學會好多事，不過講髒話他一直不怎麼拿手。

「他媽的等真久。」我糾正他。

「沒錯，我就是這意思。」

他轉入通往我們房子的小路。

「然後呢？這就表示我可以用手發出雷射光嗎？還是怎麼樣？」

他咧嘴笑了。「這樣想也不錯，不過沒辦法。」

「好啊，那我要這些光有什麼用？我被追的時候，可不可以要光出現然後照他們的眼睛？還是要用來把他們嚇得別靠近我，諸如此類的？」

「別急，」他說。「目前你還不能了解它的功用。我們先到家再講。」

這時我想起一件事，讓我幾乎要從椅子上跳起來。

「這就是說我們終於可以打開寶匣了嗎？」

他點頭微笑。「不用過多久。」

「哇靠，好極了！」我從小就一直掛念著那個雕刻精美的木頭箱子。那是一個看來很脆弱的小盒，兩側有洛里星的標記，有關它的一切亨利都一直祕而不宣。他從來不告訴我裡面有什麼東西，而且也打不開，我會這麼說是因為之前不知試過多少次，數都數不清了，全都毫無所獲。有個扣鎖把它關起來，可是根本看不出鑰匙孔在哪。

等我們回到家，我發現在這之前亨利做了很多事。前面涼台上的三張椅子已經被清掉了，窗戶也都打開透氣。屋子裡面，家具上覆蓋的那些布都被拿開，有幾件還擦乾淨了。我把背包放在客廳的桌上，打開來。一時之間，我的心情立刻跌落谷底。

「那狗雜種。」我說。

「你說什麼？」

「我的手機不見了。」

「到哪去了？」

「早上我和一個名字叫做馬克‧詹姆斯的起了一點小小的爭執。大概是被他拿走的。」

「約翰，你才在學校一個半小時。哇靠怎麼和別人起爭執了呢？你知道該怎麼做才對啊。」

「這可是高中校園。而且我是新來的。很容易就會衝突起來。」

亨利從口袋裡拿出手機，撥我的號碼。然後他把手機按一下關上。

「沒開機。」他說。

「那當然囉。」

他盯著我看。「發生什麼事了？」從他發問的語氣當中我可以感覺得到，他心裡正在盤算要再搬到別處。

「沒事啦。不過是一點可笑的爭執。可能是把手機放進背包的時候把它掉在地上了，」雖然嘴上這麼說，但我心裡明白根本不是這麼回事。「那時候我太不小心了。手機大概在失物招領處等我去拿回來吧。」

他在屋裡張望一番，嘆了口氣。「有誰見到你的手掌了嗎？」

我看著亨利。他的眼睛好紅，比早上他載我去學校的時候更是滿佈血絲。他的頭髮亂成一團，而且看起來很虛，幾乎隨時都會倒下去。上回入睡是在佛羅里達州，那已經是兩天以前了。我不曉得他怎麼還有辦法直挺挺站好。

「沒人看到。」

「你才到學校一個半小時。你的第一個異能開始出現，就幾乎要和別人打起來，而且把背包忘在教室裡了。這可不是隨便的事。」

「這又沒怎樣。絕對沒有嚴重到要搬去愛達荷州，或是堪薩斯州，或是他媽的接下來得去的什麼地方。」

亨利瞇起眼睛，思索眼前的情況，盤算著是不是應該動身離開此地。

「現在可不能隨隨便便。」他說。

「每一間學校裡，每天都會有學生發生衝突。我可以保證，他們不會因為有惡霸欺負轉學生就找到我們的啦。」

「不是每間學校新來的轉學生都會手掌發光。」我嘆了口氣。「亨利，你的樣子很糟。好好小睡片刻。等你稍微休息一下，我們再來決定。」

「還有好多事要跟你講。」

「之前都沒看過你這麼累。先睡幾小時，然後我們再談。」

他點頭同意。「小睡一下應該有點幫助。」

▲

亨利進到他的房間，把門關上。我走出屋外，在院子裡逛了一下。樹蔭很濃密，清風徐徐吹來。我手上還戴著手套。我把手套拿掉，塞進褲子的後口袋。兩手掌的情況和之前沒什麼不同。等了這麼多年之後，我的第一個異能總算出現了，說老實話，我內心只有一半算得上是十分欣喜。另一半則是大受打擊。我們不斷搬家讓我覺得好累，事到如今，已經沒辦法融入當地或者好好待在一個地方。這種情況下，根本不可能交朋友，或是覺得自己和大家一樣。我已經受不了那些假名還有謊話。我早已厭倦一直要回頭看看後面有沒有人跟蹤。

我彎下腰，摸一摸右腳踝的三道疤痕。三個圈就表示已經有三個人遇害了。將我們緊緊維繫在一起的力量，不僅僅因為是同一個種族而已。當我撫摸這些疤痕的時候，我試著想像：他們是什麼樣子，是男是女？他們都住在哪裡？死去的時候是幾歲？我試著回想和我乘坐同一艘太空船的那些小朋友，並為每個人指派一個編號。我還在想，如果能夠遇到他們，在一塊玩，不知是什麼狀況。如果我們都還待在洛里星，又會發生什麼事呢？如果我們少數幾個人的命運並不會決定整個種族的存亡，又會如何？如果我們全都不需時時面對死於敵人之手的生命威脅，又會如何？

知道自己就是下一個被獵殺的目標，實在是太可怕了。然而我們不停搬家，不斷往前，還沒被追上。雖然我已經厭倦四處奔波，但是我心裡明白，就是因為這樣我們才能活到今天。要是我們停下來不動，他們就會找上門來。而且接下來就輪到我了，他們絕對會加緊腳步努力搜尋。當然他們也知道我們會越來越強，得到異能。

而且，另一邊的腳踝上也有個疤痕為記，那是我們離開洛里星之前的最後一刻，施行洛里星法術所留下的記號。就是這烙印將我們緊緊連繫在一起。

# 6 無懼火焰

我走進屋內，躺在房裡還沒有任何鋪蓋的床墊上。早上發生的事真累死我了，只想閉上眼睛休息。等我再度睜開眼睛，太陽已經升上樹頂。我漫步走出房間。亨利坐在餐桌前，筆記型電腦開著，我曉得他和之前一樣又在搜尋新聞，尋找各種情報或消息，也許能得知其他人身在何處。

「你有沒有休息一下？」我問。

「稍稍瞇了瞇。我們已經有網路了，而且自從離開佛羅里達之後，都還沒時間查看新聞。這讓我覺得心裡不太舒服，怪怪的。」

「有什麼特別的消息？」我問。

他聳了聳肩。「非洲有個十四歲的少年從四樓摔出窗外，結果毫髮無傷離開現場。孟加拉有個十五歲的，自稱是先知彌賽亞。」

我笑了。「我想那個十五歲的小孩並不是我們的人。另一個會有可能嗎？」

「才不可能呢。摔個四層樓沒事根本不算什麼，再說，如果是我們的人，應該不會那麼不小心。」他一邊說，一邊對我眨眨眼示意。

我笑了笑，在他的對面坐下。他把電腦闔起來，雙手放在餐桌上。他的手錶顯示，現在是十一點三十六分。我們來到俄亥俄州才不過半天，就發生這麼多事。我把雙手的掌心朝上。和上次觀察時做比較，它們已經暗了下來。

「你知道自己擁有的是哪種超能力嗎？」亨利問道。

「手會發光。」

他咯咯發笑。「這叫做神聖之光。假以時日，你就能控制手上的光。」

「那樣最好，要是不能趕快把這光關掉，終究會被別人發現。不過，我還是搞不懂這有什麼用處。」

「神聖之光不僅是會發光那麼簡單。我可以向你保證。」

「還有什麼？」

他走進臥室，出來的時候手裡拿著打火機。

「你對爺爺奶奶還有多少印象？」他問道。我們是由祖父母那一輩負責帶大的。二十五歲自己有小孩之前，我們和父母親很少有機會見面。洛里星人的壽命差不多是兩百歲，這可要比地球人長壽得多，而且孩子出生之後是由祖父母負責養育下一代，那時做爸媽的才不過二十五到三十五歲吧，此時他們還得繼續勤練，精進異能。

「我只記得一點點。問這做什麼？」

「因為你的祖父擁有同樣的天賦。」

「我不記得看過他的手會發光。」我說。

亨利聳聳肩。「也許是因為他沒機會表現。」

「那可好，」我說。「這本領看起來很讚，實際上根本就用不著。」

他搖了搖頭。「把手伸過來。」

我把右手伸過去，他把打火機點著，移過來讓火苗燒到我的指尖。我把手抽了開來。

「你要做什麼？」

「相信我。」他說。

我又把手伸過去給他。他把我的手抓好固定住，再將打火機點燃。他直直盯著我的眼睛看。然後他笑了。我往下看，發現他正把火苗移到我的中指下方。我一點感覺也沒有。出於直覺，我很快把手抽了回來。我揉一揉手指。感覺起來和之前沒有兩樣。

「有感覺嗎？」他問道。

「沒有。」

「手再伸過來，」他說。「如果有感覺，馬上跟我說。」

他又從指尖開始，很緩慢的把火苗往上沿著手背移動。火燄碰到皮膚的地方，會有一點癢癢的，除此之外沒什麼感覺。一直等火碰到手腕，我才覺得燙。我把手抽回來鬆開。

「哇噢。」

「這個異能就稱為『神聖之光』，」他說。「你會變得不怕火不怕熱。你的手是天生就擁有這種本領，不過其他身體部位就得靠練習。」

我的臉上浮現笑意。「不怕火和熱，」我說。「所以我再也不會被燒死了？」

「到最後是這樣沒錯。」

「這太強了！」

「這個異能還不壞嘛，是不是啊？」

「一點也不差，」我也同意。「那發光又是怎麼回事？會不會熄掉啊？」

「會熄滅。也許要等你好好睡過一覺，等你忘記這件事，忘記自己的手會發光，」他說。「不過接下來你要小心，這陣子可別太過激動。情緒不穩，就會讓這些光線又再出現，像是太緊張，或是很生氣，或者心情沮喪。」

「這種狀況會持續多久？」

「一直要到你學會能夠控制手掌發出的光亮。」他把眼睛閉上，雙手揉揉臉。「不管怎說，我得再去睡一下。等幾小時，我們再來討論要怎麼訓練。」

亨利離座，我還待在餐桌邊，雙手打開再合起來，做幾個深呼吸，試看看讓心情平靜，光才會熄滅。當然，根本沒什麼用。

屋裡所有的東西還是亂糟糟，只有少數幾樣，亨利在我上學的時候稍微整理了一下。我知道他很想要離開，不過還不到無法說服他留下來的地步。也許，等他醒來發現房子變乾淨了，就能將他導入正確的方向。

我從自己的臥室開始做起。我把灰塵拍掉，窗戶洗一洗，地板也掃了一下。所有東西都弄乾淨了，我把床單、枕頭和毯子鋪到床上，衣服也折好。五斗櫃很舊而且搖搖晃晃，不過我還是把衣服都放進去，然後把帶來的幾本書放在最上頭。這才像話，房間乾乾淨淨，所有私人物品全都拿出來擺好。

我移到廚房，碗盤取下來，把餐櫃擦一擦。這麼一來我就有事做了，而且心裡不用時時刻刻想著手掌發光的事，雖然說，我一邊打掃，一邊還在想馬克・詹姆斯。我這一輩子首次和別人面對面發生衝突。之前我也一直想這麼做，可是從來都沒有成功，因為我遵照亨利所說的要保持低調。採取下一步行動之前，我都是儘可能壓抑、拖延。可是今天就不一樣了。被別人欺負之後反嗆回去，會有一種心滿意足的感覺。還有一件事，就是我的手機，它被別人拿走了。當然，再去買一只新的就好啦，可是這樣哪能叫公平？

# 7 家政課

鬧鐘還沒響，我就醒了。屋裡涼爽而沉靜。我把雙手從被單底下伸出來。兩隻手都很正常，沒有發光，也沒有發熱。我爬下床，走到客廳。亨利已經坐在餐桌旁，邊喝咖啡邊讀當地的報紙。

「早安，」他說。「感覺如何？」

「棒極了。」我說。

我倒了一碗穀片，坐在亨利的對面。

「今天有什麼工作要做？」我問。

「主要是跑跑腿吧。我們的錢快要用完了。我在想，是不是應該去銀行領些現金。」

洛里星是個自然資源極為豐富的星球，當然你也可以說那是以前的往事了。有些資源就是地球人所謂的寶石和貴金屬。我們離開的時候，每一位護法都帶了一大袋的鑽石、翠玉還有紅寶石，等抵達地球就可以變賣換錢。

亨利也隨身帶了一批寶石，然後他把換來的錢全存到美國境外的銀行帳戶。我不知道總共有多少金額，我也從來沒問過。但是我曉得那些錢我們十輩子也用不完。亨利差不多每年要提領現金一次。

「不過我還沒決定，」他繼續說。「我不想跑太遠，以免今天又發生什麼事情。」

我不想再在昨天的事情上打轉，就沒有接話。「我不會有事的。去拿錢吧。」

我看看窗外。已是破曉時分，萬物都罩上一層淡淡的光暈。貨卡上覆著一層露水。我們好久沒遇上真正的冬天了。我甚至連一件夾克外套也沒有，而且現有的毛衣也都穿不下了。

「外面好像很冷的樣子，」我說。「也許我們應該趕快去採買一些衣服。」

他點點頭。「昨天晚上我就有想到，所以才需要去銀行一趟。」

「那就去吧，」我說。「今天不會出事的。」

我把整碗早餐穀片吃光，用過的盤子放進廚房水槽，趕快沖個澡。十分鐘之後，我穿著一條牛仔褲還有一件黑色的保暖衫，不過袖子捲到手肘的高度。我在鏡子裡照了一照，再看看兩個手掌。我覺得心情十分平靜。我得要一直保持這樣才行。

到學校的路上，亨利拿了一副手套交給我。

「記得要隨身帶著這玩意。誰知道什麼時候會用到。」

我把手套塞進牛仔褲後面的口袋。

「我應該用不上這些東西。我覺得好極了。」

到了學校，好幾輛校車在門口排成一列。亨利把車停在校舍邊。

「我不喜歡你的身上沒手機可用，」他說。「隨時都可能出事。」

「別耽心。我馬上就可以把手機拿回來。」

他嘆了口氣，搖搖頭。「別做傻事。下課的時候我就在這等你。」

「不會啦。」我說，隨即下車。他把貨卡開走了。

進到校園裡，走廊裡熱鬧得很，同學們三三兩兩聚在置物櫃前面，聊天、說笑。有幾個人盯著我看，竊竊私語。我不曉得那是因為我槓上馬克，還是因為我跑到暗房躲起來。很有可能兩件事情都成了他們的八卦話題。這是間小學校，在小學校裡有什麼事發生都會變得全校皆知。

我走入大門口，向右轉，來到我的櫃子前面。裡頭空無一物。我還有十五分鐘可用，接下來就要上三年級的作文課。我走過教室，確定教室的正確位置，然後朝向辦公室而去。進門時，祕書對著我微笑。

「嗨，」我說。「昨天我把手機弄丟了，不知道有沒有人撿到把它送到失物招領處？」

她搖搖頭。「沒有，恐怕沒有人送手機來。」

「謝謝您，」我說。

來到走廊，四處都見不著馬克。我選了一個方向，往那走過去。人們還是盯著我看，交頭接耳，不過這都無所謂。我看到馬克了。就在我前方十五公尺。立即我就覺得腎上腺素大量分泌。我往下看看自己的雙手。正常得很。我很怕它們會發光，而且耽心不安的情緒正好會讓它們亮起來。

馬克靠在櫃子上，雙手環抱在胸前，站在一群人中間，總共是五男兩女，在一塊談天說笑。莎拉則是坐在窗台上，離他們差不多有五公尺遠。她今天還是非常亮麗，金色的頭髮往後紮成馬尾，身上穿的是灰毛衣還有裙子。她正在看書，不過當我走向那群人的時候，她抬起頭來。

我站在他們那群人的最外圍，盯著馬克看，等他出招。差不多過五秒鐘，他發現我站在旁邊。

「你要幹嘛？」他問道。

「你知道我要的是什麼。」

我們互相瞪著對方看，誰都沒有把視線移開。旁邊的人很快聚集成群，先是十個人、然後變成二十個人。莎拉站起來，走到人群的最外緣。馬克穿著他的校隊制服，黑髮很仔細做出造型，就好像他是下了床就直接套上衣服來學校。

他的手一推，離開置物櫃，朝向我這邊走過來。距離只剩下幾公分的時候，他停下腳步。我們幾乎身體要碰到一起了，他身上的古龍水氣味十分刺鼻。他差不多有一八五，要比我高上十公分。我們的體格相似。他並不曉得，我的身體構造和他可不一樣。我要比他反應更快，更強壯。這麼一想，我的臉上浮現自信滿滿的笑容。

「你今天可以在學校待久一點嗎？還是說又會像個孬種逃跑？」

人群當中發出陣陣竊笑。

「我們就等著看好了，怎麼樣啊？」

「呦，我想也是。」他一邊說著，一邊又向前更貼近一些。

「我要拿回手機。」我說。

「我沒拿你的手機。」

我對著他搖搖頭。「有兩個人看到你拿了我的手機。」我扯了個謊。

從他蹙眉的樣子，我就能確定自己猜得沒錯。

「呦，是我拿的又怎樣？你要採取什麼行動嗎？」

現在，旁邊差不多聚集了三十人。我猜第一堂上課之後不出十分鐘，這件事就會變得全校皆知。

「我已經警告你了哦，」我說。「我等你到放學。」

我轉身離開。

「要不然怎樣？」他在背後對著我喊。我根本沒理他。就讓他一直去想這個問題。我的雙拳緊握，而且我總算知道心情緊張和腎上腺素暴增是不一樣的事情。我為什麼會這麼緊張？是因為不確定會發生什麼事嗎？還是因為我生平第一次和某個人槓上？害怕我的手掌會發光？很有可能以上三項都是。

我走進廁所，挑了一格空的，把門鎖上。我將雙手打開。右手掌發出淡淡的光暈。我閉上眼，嘆了口氣，專心把呼吸調慢。過了一分鐘，還是在發光。我搖搖頭。我認為異能不應該這麼敏感才對。我一直待在廁間裡。我的額頭滲出汗來；兩隻手都在發熱，不過還好左手掌還保持正常。人們來來去去，我一直待在廁間裡，只能等。手掌的光還是亮著。終於，第一堂課的鈴聲響了，廁所全都沒人。

我無奈地甩甩頭，只好接受這個不可避免的事實。我沒有拿回手機，而且亨利正在往銀行的路上。我實在太笨了，只能怪自己。我把手套從褲子的後口袋拿出來，戴好。皮製的園藝用手套。這和穿著小丑靴和黃色外褲沒啥兩樣，看起來真是蠢斃了。要和普通人一樣的代價真大。我了解到，不能再和馬克瞎耗下去。算他贏。就讓他拿走我的手機；今天晚上亨利和我可以再去買隻新的。

我離開廁所，走過空空盪盪的走廊，往教室前進。進教室的時候，每個人都瞪著我，然後是一直瞧我手上戴的手套。根本藏也藏不住。我就像個呆瓜一樣。我是個外星人，我擁有超越凡人的力量，還有更多超能力會出現，而且我能夠達成很多人類只敢幻想卻做不出來的事情，然而我還是像個呆瓜。

▲

我在教室的正中央就座。沒有任何人和我講話，而且我滿腹委曲挫折，根本沒在聽老師上課。等下課鈴響，我把東西收一收，全都塞到背包裡，緊緊靠在背上。我還戴著手套呢。走出教室，我抓起右邊的手套一角，偷偷瞄一眼看看掌心的狀況如何。它還在發光。

我一步一步緩緩穿過走廊。呼吸要慢。我試著集中精神不要東想西想，一點也不管用。當我進教室的時候，馬克坐在和昨天相同的座位，莎拉則在他旁邊。他放話譏諷我。為了耍酷，他並沒有盯著我的手套看。

「怎麼啦，落跑的傢伙？我聽說路跑社在招收新社員哦。」

「別這麼爛。」莎拉對他說。我走過她旁邊的時候，看著她水藍色的眼睛，那雙眼睛讓我害羞起來，扭扭捏捏，一時間胸口漲熱。昨天我坐的位置已經有別人了，所以我往更後面走。教室已經坐滿了，昨天警告我要小心馬克的那個傢伙就坐在我旁邊。他穿的是另一件黑色T恤，中間是NASA的標幟，腳上是一雙耐吉的網球鞋。他的頭髮沒有分邊，淺沙色，栗色眼睛躲在眼鏡後方。他取出一本筆記，上頭畫滿了星座和行星的圖案。他盯著我看，而且他並不掩飾。

「怎麼了？」我問。

他聳聳肩。「你為什麼要戴手套？」

我正要張口回答，可是波登女士開始講課了。坐我旁邊的那個傢伙大部分時間都在畫畫，看起來大概是在畫他想像中的火星人。身體小小的，頭、手和眼睛都大大的。這和電影裡經常見到的典型外星人沒啥兩樣。每一張畫的最底下他都會簽上名字：山姆．古德。他發現我在看，所以我就把眼光移向別處。

波登女士講的是土星的六十一個衛星，此時我又往馬克的後腦勺看過去。他正趴在桌子上，寫些東西。然後他坐正了，把紙條傳給莎拉。她讀都不讀就把紙條丟回去給馬克。我看了真想笑。波登女士轉過身來，把燈熄掉，開始放影片。投射在教室前方螢幕上的行星，讓我想起洛里星。宇宙中只有十八個行星能夠孕育生命，洛里星是其中之一。地球又是另一個。很可惜，另外還有一個摩加多星。

洛里星。我閉上眼睛，陷入回憶當中。那是個古老的星球，要比地球的歷史老一百倍。地球目前所遇到的問題，洛里星也都曾遇到過：不管是污染、人口過剩、全球暖化、食物短缺全都一樣。到了某個時刻，我們的行星開始走向滅亡，那是在大約二萬五千年前。那時我們還沒學會在宇宙間旅行的本事，而且洛里星人必須採取行動，才可能存活延續。慢慢地，他們下定決心改變生活方式，確保整個星球永遠都能自給自足，捨棄一切有害的東西：像是槍砲武器、有毒的化學物質、污染物等等，假以時日，星球所遭受的傷害開始往好的方向扭轉。過了好幾千年之後，藉著演化，有些居民發展出各種超能力以保衛這個星球，並協助星球永續生存，這些人就是所謂的行者。看來，洛里星的居民因為祖先有如此遠見，敬天愛地，至今蒙受前輩的庇蔭。

波登女士把燈打亮。我睜開眼睛，看看現在是幾點鐘。差不多就要下課了。我又再平靜下來，幾乎忘記手心放光的事。我做了個深呼吸，把右邊手套腕口處翻開來瞧瞧。光亮已經熄了！我笑了笑，兩隻手套都脫掉。又再恢復正常。今天還有六節課。我得要保持心情平靜，乖乖把課上完。

▲

前半天過得很平順，沒什麼事情發生。我維持心情安寧平靜，而且也沒有再和馬克發生進一步的衝突。到了午餐時間，我點了分量最少的基本餐，然後在餐廳最裡面找到一張沒人坐的桌子。我正在吃披薩餅的時候，天文課的那小子跑來坐在我對面，他的名字是山姆・古德。

「放學後你真的要和馬克幹架嗎？」他問。

我搖了搖頭。「沒有啊。」

「大家都在講這件事。」

「他們搞錯了。」

他聳聳肩，繼續吃他的東西。過了一分鐘，他又問：「你的手套跑哪去了？」

「我把手套脫了。手已經不冷了。」

他開口想要說些什麼，可是有顆肉丸子不知從哪裡飛了過來，正中他的後腦勺，我很確定那原本是要衝著我來的。他的頭髮、肩膀上都沾滿肉屑還有麵醬。還有一些噴到我身上來。我正要開始整理儀容，第二顆肉丸子橫飛而來，正中我的臉頰。餐廳裡發出連串驚呼。

我站起來，用餐巾抹抹臉，一股怒氣直沖腦門。此時此刻，我才不在乎手掌會不會發亮。就讓它們大放光明吧，要是情勢發展下去，我和亨利大可今天下午就遠走高飛。他媽的我絕對不會就此善罷干休。本來今天早上過完就算了……但是現在可不行。

「別發作，」山姆說。「如果你和他們對抗，他們會和你沒完沒了。」

我走了過去。餐廳裡人聲沸沸揚揚。上百隻眼睛集中在我身上。我的臉糾結扭曲成一團。馬克・詹姆斯的身邊坐著七個人，全都是男孩子。我一靠近，七個人全都站起來。

「你有什麼問題嗎？」其中一個這麼問我。他很高大，體格像是位發動攻勢的鋒線球員。他的鬢角和下巴留著一縷一縷的紅毛，好像是想要留鬍子。這讓他的臉看起來更髒更難看。他和其他人一樣，穿的都是校隊的制服。他將雙手環抱胸前，擋住我的去路。

「不干你的事。」我說。

「你得過我這關才能找上我兄弟。」

「你要是不讓路，我就把你放倒。」

「我想你也沒這種本事。」他說。

我的膝蓋直直往前一伸，正中他的胯下。他倒抽一口氣，彎著身子倒在地板上。整間餐廳都驚叫起來。

「我已經警告過你囉。」我說，而且我跨過他，直衝向馬克。我就要走到他面前的時候，有人從後面拉我一把。我轉過頭，雙手握拳，準備動手，不過最後一刻我認出那是餐廳的服務員。

「鬧夠了吧，孩子們。」

「強生先生，你看看他剛剛是怎麼欺負凱文的，」馬克說。凱文倒在地上，上氣不接下氣。他的臉紅得像是甜菜根。「送他去見校長！」

「閉嘴，詹姆斯。你們四個人一起去。別以為我沒看見肉丸子是你丟的，」他說，還盯著仍然躺在地上的凱文。「站起來。」

山姆不知從哪冒出頭。他試過要把頭髮和肩膀上的亂七八糟弄乾淨。幾塊大的肉屑擦掉了，可是醬汁抹得到處都是。我搞不懂他為什麼要湊過來。我往下看看自己的雙手，準備好如果看到一丁點光就要馬上脫逃，不過出乎我的預料，它們並沒有發光。是不是因為情勢十分緊急，所以不會被緊張情緒左右而能採取行動？我也搞不清楚。

凱文站了起來，死盯著我不放。他驚魂未定，呼吸都還不順。他抓著身邊夥伴的肩膀，撐住身體。

「你等著瞧。」他說。

「很難吧。」我依然全身緊繃，身上滿是食物。他媽的我才不要擦掉。

我們四人魚貫走進校長室。哈里斯先生坐在辦公桌後，正在吃微波加熱的午餐，襯衫領口塞了一條餐巾。

「很抱歉打擾您用餐。剛剛在午餐時間發生了一點小爭執。我想這幾位男孩子會向您解釋。」餐廳的服務員說。

哈里斯先生嘆了一口氣，把襯衫上的餐巾取掉，丟進垃圾桶。他用手背一推，把午餐往桌子旁邊挪開。

「謝謝您，強生先生。」

強生先生離開，順手把門帶上，我們四個人坐下。

「誰要先講？」校長問了，口氣中透露十分不高興。

我保持沉默。哈里斯先生的下巴肌肉抽了一下。我低頭看看自己雙手。還是沒有發光。

我把手掌心朝下放在牛仔褲上，以防萬一。十秒之後，馬克先開口了。「有人用肉丸子丟他。他以為是我扔的，所以就用膝蓋攻擊凱文的卵包。」

「講話別那麼粗，」哈里斯先生說，然後轉向凱文。「你還好吧？」

凱文點了點頭，他的臉還紅得很。

「那麼，肉丸子是誰丟的？」哈里斯先生問我。

我什麼也沒說，依然對那時的場面十分氣憤，不可自抑。我做了個深呼吸，試著平靜下來。

「我不知道。」我的怒氣又更上升。我不想藉用哈里斯來解決我和馬克之間的事情，我寧願自己想辦法，在校長室外頭搞定。

山姆很驚訝的看著我。哈里斯先生無奈的雙手一攤。「那麼，他媽的你們為什麼要打起來？」

「問得好，」馬克說。「我們只不過是乖乖的吃午餐而已。」

山姆發言了。「是馬克丟的。我看見是他，而且強生先生也看到了。」

我轉過身去看著山姆。我曉得，他根本什麼也沒瞧見，因為一開始他是背對著，第二次他正忙著清理。不過他會這麼說真是讓我印象深刻，因為他心知肚明如果和我站在同一陣線，就是與馬克那一批人為敵。馬克皺著眉頭瞪他。

「拜託哦，哈里斯先生，」馬克開始求情。「明天我還要和《通訊報》的記者做專訪，而且星期五還要出場比賽。我可沒時間為這種事情操心。那根本不是我做的，卻受到別人惡意指控。這種鳥事一直出現，我沒辦法專心啊。」

「講話有點分寸！」哈里斯先生吼道。

「我說的沒錯嘛。」

「我相信你，」校長說了，大大嘆一口氣。他看看凱文，他依然很費力的喘氣。「你要不要去保健室？」

「過一下下就好了。」凱文說。

哈里斯先生點點頭。「你們兩人別管午餐間發生的事情，還有，馬克，專心認真點。我們好不容易爭取到專訪的機會。說不定他們會放在頭版。想想看，《通訊報》的頭版！」他一邊笑一邊說。

「謝謝您，」馬克說。「我對專訪十分期待。」

「那好。你們兩人現在可以出去了。」

他們起身離開，哈里斯先生狠狠盯著山姆看。山姆的眼神也沒有閃開。

「講啊，山姆。我要聽事實。你真的看到馬克丟肉丸子？」

山姆的眼睛瞇了一下。他並沒有避開往別處看。

「沒錯。」

校長搖搖頭。「我不相信你說的，山姆。正因為如此，我決定要問問另一個人。」他看著我。「有一個肉丸子丟——」

「是兩個肉丸。」山姆插了進來。

「你說什麼?!」哈里斯先生問，又對著山姆皺眉。

「一共丟了兩個肉丸子，不是一個。」

哈里斯先生用拳頭敲辦公桌。「誰管它有幾粒肉丸子！約翰，你攻擊凱文。以牙還牙是嗎，學校裡不能容許這種事發生。你聽清楚了沒？」

他的臉漲得好紅，我曉得再辯解也沒用。

「是滴。」我說。

「我不想再看到你們兩個被送到我這裡來，」他說。「你們兩人都走吧。」

我們離開校長的辦公室。

「你怎麼不跟他講手機的事？」山姆問道。

「因為他根本不在乎。他只想繼續吃午餐。還有，當心點，」我跟他說。「馬克現在會找你麻煩囉。」

▲

午餐後，我的課是家政課；這並不是因為我對烹飪有興趣，那是因為不選家政就得選合唱。雖然，我的力量在地球上算是無與倫比，我對唱歌可是一竅不通。所以囉，我走進家政教室，挑了個位子坐下。這間教室不怎麼大，就在上課鈴響之前，莎拉走了進來，到我旁邊坐下。

「嗨。」她向我打招呼。

「嗨。」

我的臉龐瞬時變紅，連肩膀也僵硬了。我隨手拿了根鉛筆，用右手轉著筆玩，左手則是把筆記本的角角往後掰。我的心怦怦跳。拜託我的手千萬可別在這個時候發光。我對自己的手掌說話，看著它依然正常無事，鬆了一口氣。保持冷靜，我這麼想。她不過是個女孩子罷了。

莎拉看著我。我覺得全身上下都要融化了。她大概是我所見過最漂亮的女孩。

「馬克找你麻煩實在是很對不起。」她說。

我聳聳肩。「那又不是妳的錯。」

「你們兩人不會真的打一架吧，對不對？」

「我並不想打。」我說。

她點點頭。「有時候他真的很爛。總想表現出他是老大的樣子。」

「這是一種缺乏安全感的表現。」我說。

「他才不是心裡沒安全感。就是個爛人。」

馬克就是這種人沒錯。不過，我可不想和莎拉爭辯。而且，她說得這麼斬釘截鐵，我反倒懷疑自己是不是搞錯了。

她看著我襯衫上乾掉的麵醬，伸過手來，從我頭髮上取下一塊已經凝結的肉凍。

「謝謝。」我說。

她嘆了口氣。「我真不願意看到這種事發生。」她直盯著我。「我們並沒有在一起，你知道吧？」

「沒有嗎？」

她搖搖頭。我覺得很有意思，她居然覺得有必要向我解釋她和馬克之間的關係。這堂課的老師是班雪芙女士，她先花了十分鐘說明要如何做煎餅，其實我一句話也沒有聽進去，然後她要我和莎拉配成一組。我們往教室後方走去，那有個門通往廚房區，差不多是講堂的三倍大。裡面有十組廚具設備，有冰箱、櫥櫃、水槽、爐子，一應俱全。莎拉走向其中一套設備，從抽屜裡取出一件圍裙，穿在身上。

「麻煩你幫我綁一下好嗎？」她問。

脖子的部分我拉太緊了，又得重綁一遍。透過指尖，我可以感受到她下半背的曲線玲瓏有致。幫莎拉綁好圍裙，我把我的圍裙穿上，開始自己綁。

「我來幫你啦，笨瓜。」她說，把拉繩搶過去幫我繫牢。

「謝謝。」

我開始敲雞蛋，第一個，太用力了，整粒雞蛋全都掉進碗裡。莎拉哈哈大笑。她又拿顆雞蛋放到我手中，握著我的手，教我怎樣在碗緣敲蛋。她的手在我手上多停了幾秒，比需要的時間更久。她看著我微笑。

「要像這樣子。」

由莎拉負責攪拌麵糊，這時有幾絲頭髮往前落到她臉上。我好想伸手過去幫她把散落的頭髮放到耳後，可是我忍住了。班雪芙女士過來我們這邊，查看進度如何。目前為止還算不錯，這都是莎拉的功勞，因為我根本搞不清楚自己在幹什麼。

「現在你覺得俄亥俄州怎麼樣？」她問道。

「還好。第一天上學應該表現得好一點才對。」

她笑了。「到底發生什麼事了？我很耽心呢。」

「要是我說，我是外星人，妳會相信嗎？」

「別亂講，」她開玩笑說。「究竟是怎麼一回事？」

我笑一笑。「我患有很嚴重的氣喘。由於某種原因，昨天剛好氣喘大發作。」我覺得必須對她說謊真是抱歉。我不想讓她看到我有什麼弱點，更何況這弱點並不是事實。

「是哦，我很高興你好多了。」

我們做了四個煎餅。莎拉把四張煎餅一起疊在盤子上。她在上頭倒了好大一坨的楓糖漿，交給我一把叉子。我看看其他同學，大部分都是分別用兩個盤子裝著吃。我伸手接過來，切下一塊嘗嘗。

「還不壞。」我一邊嚼一邊說。

我根本一點也不餓，不過我為了她把全部煎餅吃光光。我們輪流一人一口，直到盤子見底。吃完的時候，我覺得肚子有點怪怪的。然後，莎拉洗碗，我負責擦乾。下課鈴響，我們一起走出教室。

「你知道嗎，二年級的像你這樣算是不錯了，」她一邊說，一邊用手肘推我。「我才不管別人怎麼說。」

「謝謝哦，妳也算還不錯啦——不管是幾年級的。」

「我是三年級的啦。」

我們默不作聲又走了幾步。

「放學後你不會真的和馬克打架，對吧？」

「我要把手機拿回來。再說，妳看看我這個樣子。」指指我的襯衫。

她聳聳肩。我在置物櫃之前停了下來。她把號碼記下來了。

「那麼，別和他打。」她說。

「我並不想打架。」

她的眼珠轉了又轉。「男孩子就是愛打來打去。總而言之，我們明天見囉。」

「祝妳今天都很順利。」我說。

▲

第九節，美國歷史，下課後我慢慢走向置物櫃。我在想，乾脆悄悄離開學校，別去找馬克。不過這時我又想到，如此一來我就會永遠被認為是個膽小鬼。

我走到置物櫃，把背包裡用不到的書全都放進櫃子裡。然後，我僅僅站著就感覺得到自己全身上下都極為緊張。我的手還是正常沒有變化。我想到應該先把手套戴上以防萬一，不過我沒有這麼做。我做了個深呼吸，把櫃子的門關起來。

我聽到有人說了聲「嗨，」真把我嚇了一大跳。是莎拉。她往背後瞄了一瞄，又轉過來看著我。「我有樣東西要拿給你。」

「不會是更多的煎餅吧，對不對？我的肚子快要脹爆了。」

她很不安的笑笑。

「不是在說煎餅啦。可是，如果我把東西給你，你就要答應別打架。」

「沒問題。」我說。

她又往後看了看，很快把手伸進她包包的前袋，拿出我的手機，交到我手裡。

「妳怎麼弄到的？」

她聳了聳肩。

「馬克曉得嗎？」

「不可能。你還想打一架，證明自己很強嗎？」她問。

「我想不需要了。」

「那好。」

「謝謝妳。」我說。我真不敢相信，她為了幫我做到這種地步，我們根本還沒那麼熟。

我這麼想可不是得了便宜還賣乖。

「不用客氣。」她說，然後轉身很快離開順著走廊走掉了。我看著她的身影漸行漸遠，忍不住笑得好開心。等我走到外頭，馬克・詹姆斯還有他的八個弟兄在大廳堵我。

「嘿嘿嘿，」他說。「居然撐過一整天了，啊？」

「是啊。看看我找到什麼了。」我說，把手機拿出來讓他看。他驚訝得說不出話來。我從他身邊走過，朝向大廳，走出校舍。

# 8 重回洛里

亨利停車的位置，就是早上他講的那個地方。我跳上貨卡，臉上還掛著微笑。

「今天過得不錯嘛？」他問道。

「還不壞。我把手機拿回來了。」

「沒有打架吧？」

「沒那麼嚴重。」

他很懷疑的看著我。「我是不是得要弄清楚你這麼說是什麼意思比較好？」

「最好別問。」

「你的手有發亮嗎？」

「沒有，」我扯了個謊。「今天過得怎樣？」

他順著學校車道繞行。「好極了。我放你下去之後，開了一個半小時到哥倫布市一趟。」

「為什麼要去哥倫布市？」

「那裡才有大間的銀行。我不想太過招搖，跑到銀行裡要求轉一筆帳，總數要比整個鎮全部的現金加起來還要多。」

我點了點頭。「想得很周到。」

他把車子開上大馬路。

「你要不要告訴我那個女孩子叫什麼名字？」

「啊？」我問道。

「你笑得那麼詭異，一定有什麼特殊理由。最簡單的解釋就是因為女孩子的關係。」

「你怎麼會知道？」

「約翰，老弟，你眼前這位老護法在洛里星好歹也是個萬人迷。」

「別胡扯了，」我說。「洛里星上才沒有什麼萬人迷這種事。」

他點點頭表示嘉許。「你之前還有注意聽我講嘛。」

洛里星人過的是一夫一妻制。如果兩人相愛，那可是一輩子的事。適婚年齡差不多二十五歲前後，而且結婚也沒有什麼法律規定。全是依據彼此之間的相互承諾還有奉獻犧牲，除此之外並無約束。亨利和我一起離開之前，已經和老婆結褵二十載。十年過去了，不過我曉得他依然每天都掛念著妻子。

「到底是哪家的小姐？」他問道。

「她的名字是莎拉‧哈特，就是租屋給你的那位房地產仲介的女兒。她和我一起上兩門課。她是三年級的。」

他點點頭。「漂不漂亮？」

「美呆了。而且很聰明。」

「是啊，」他慢條斯理的說。「很久很久以前我就在等這一刻了。你可別忘了，我們隨時都可能在一聲令下就得離開。」

「我曉得。」我說，接下來開回家的路上全都沒什麼話好說。

▲

等我到家，洛里寶匣端端正正放在餐桌上。它的大小差不多和微波爐一般，幾乎是完美的正立方體，每邊長約四十五公分。我全身上下都興奮起來。我走了過去，把鎖握在手裡。

「我覺得，我比較想知道要怎麼打開它，裡面是什麼不太重要。」我說。

「真的嗎？那麼，我可以教你怎麼把它打開，然後我們再把它鎖起來，放在一邊，別管它裡面放了什麼東西。」

我對他笑。「別急嘛。拜託。裡頭放了些什麼？」

「那是你的天命。」

「你說那是我的天命，怎麼說？」

「每個行者出生的時候，就拿到這麼一個寶匣，當他們的異能出現時，就要由守護者拿出來用。」

我高興得猛點頭。「那裡面有什麼東西？」

「就是你的天命。」

他的回答冷冰冰，真讓我沮喪。我把鎖頭拿起來，像以前一樣，想要用力把它打開。當然，一點動靜也沒有。

「沒有我幫忙，你沒法打開，而且沒有你在場我也打不開。」亨利說。

「是哦，那我們要怎麼開它？根本就沒有鑰匙孔。」

「靠的是意志力。」

「哦，別鬧了，亨利。別再搞神祕了。」

他把鎖頭從我手中拿過去。「這道鎖只有我們倆一起才會開，而且要等到你的第一個異能出現之後才行。」

他走向前門，把頭探了出去，然後把門關起來，上鎖。他又走回桌邊。「把手掌對著鎖的這一面。」他說，我照著做。

「感覺熱熱的。」我說。

「好極了。這就表示你已經夠資格了。」

「然後呢？」

他把手掌貼在鎖的另一面，我們兩人的手指彼此交纏在一塊。過了一秒鐘。鎖咔的一聲就解開了。

「真神奇！」我說。

「這是受到洛里星的咒語保護的，就像你我一樣。沒辦法把它弄壞。就算是用壓路機碾過去，也是絲毫不會損傷。只有我們兩個人一起才能把它打開。要是我死了，那又另當別論；那時你就可以自己打開它。」

「是哦，」我說，「我希望不會發生那種情況。」

我試看看要把箱子的上蓋掀起來，可是亨利伸手過來制止我的動作。

「還不是時候，」他說。「裡面有些東西，你還不能看。過去坐在沙發上。」

「亨利，拜託啦。」

「相信我就對了。」他說。

我搖搖頭，去坐了下來。他把箱子打開，拿出一塊石頭，差不多是十五公分長，五公分厚。他又把箱子鎖上，然後拿著那塊石頭走過來。它的外表極為平滑，是十分優美的橢圓形，外面是透明的可是中間有點霧霧的。

「這是什麼？」我問。

「洛里星的水晶石。」

「要做什麼用的？」

「拿著。」他說，把石塊伸過來給我。我的手一碰到那石頭，手掌和石頭都同時大放光芒。甚至要比前天更亮了。石塊開始發熱。我把它舉起來，仔細研究一番。中央的霧狀團塊在打轉，像是波浪一樣層層疊疊。我還感覺到，脖子上戴的墜子也在發熱。如此發展，我有點嚇到。我這一生都在辛苦等待，等待我的超能力何時才會出現。當然，有時候我也會想乾脆都不要出現好了，那麼我們就可以找個地方安定下來，過正常生活；但是現在，手上拿著水晶石，它的核心處還有一團煙雲飄渺起伏，然後又知道自己的手能夠不怕火不怕熱，而且另外還有更多異能會陸續出現，最後是主要的超能力——可以上場戰鬥的能力，這實在是有夠酷，我好興奮。

「這石頭怎麼了？」

「它正在和你的異能結合。你的手一摸，它就啟動了。如果你還沒有發展出神聖之光，那麼水晶石就會像你的手一樣，某天突然亮起來。不過現在的情況剛好相反。」

我瞧著這塊水晶石，看它裡面的煙雲打轉放光。

「可以開始了嗎？」亨利問。

我很快點了點頭。「媽的，可以開始了。」

▲

天氣已經轉涼。除了偶爾有風吹過，弄得窗子咯咯作響，整間屋子十分安靜。我躺在木頭做的咖啡桌上，雙手垂掛在桌子兩旁。亨利在兩手下方某個位置各起一盆火。我的呼吸緩慢平順，完全遵照亨利指示。

「你必須保持雙眼緊閉，」他說。「就聽聽風的聲音吧。我把水晶石順著手臂往上的時候，可能會有一點灼熱感。儘可能別去管它。」

我專心聆聽屋外風吹過樹林的聲音，幾乎可以感受到樹枝隨風彎曲搖曳。

亨利先從我的右手開始。他用水晶石壓在我的右手背上，然後推著它往上到手腕再來到前臂。就像他先前所說，有種燒灼感，不過並不會熱到讓我把手抽回來。

「敞開心靈自由飛翔，約翰。去你該去的地方吧。」

我不知道他是什麼意思，不過，我試著把頭腦放空，呼吸調慢。突然，我感覺到自己往遠方飄移。我可以感覺到，太陽的熱度由某處照過來，和暖的薰風襲人，比我們屋外呼嘯而過的風要溫熱得多。當我張開雙眼，已經不在俄亥俄州。

我的位置是在一片遼闊無際的樹冠之上，極目四望只有叢林。天空是湛藍色，炙熱的陽光灑落，幾乎是地球這邊太陽的兩倍大。一陣暖和、輕柔的微風吹過我的髮絲。往下看，河川深深切割，劃過一片綠海形成險峻峽谷。我就飄浮在一個深谷之上。各形各色的動物，在岸邊飲用清涼的河水，有些體形瘦長，有些矮胖四肢頗短，有些身披長毛，有些則是深色的外皮，看似十分堅韌。遠方的地平線略呈弧形，我曉得這就是回到洛里星了。這個星球的尺寸只有地球的十分之一，如果視角夠遠，你就可以看出地表的弧度。

不知為什麼，我居然能夠在空中飛行。我往上衝，身體在空中一轉，朝下直落，然後貼著水面快速前進。動物們抬起頭來，充滿好奇，可是並不驚慌。洛里星的全盛時期，生機盎然，萬物繁茂。這和我想像中好幾百萬年前的地球很像，那時，大地統御萬物的生命，那時人類尚未出現也還沒有反過來掌控大地。我曉得如今它已經面目全非。我一定是活在某個記憶之中。當然，這並不是我自己的記憶。

然後，白晝過去，黑夜來臨。遠處，開始施放壯麗的煙火秀，煙火在高空爆開形成各種動物和樹木圖案，還有好幾顆月亮以及數也數不清的星星為背景襯托。

「我可以感覺到他們的無助，」我聽見某處傳來有人說話的聲音。我轉過身去四下搜尋。附近並沒有別人。「他們知道另外一人的下落，不過咒術發揮功效。他們得要先把你殺死，才有辦法傷害她。不過他們持續追蹤她的位置。」

我飛向高處，又朝下俯衝，找尋聲音的源頭。這聲音究竟是從哪傳來的？

「我們現在得要非常小心。我們現在得要保持領先跑在他們前面。」

我奮力衝向放煙火的地方。那個聲音讓我心中十分不安。或許，煙火爆炸的巨響可以把它蓋過去。

「他們本來想在你們的異能出現之前就把大家全都殺掉。不過我們躲得很好。我們必須冷靜。前面那三個人太慌張了。前面三號都已經遇害。我們得要保持頭腦清醒，小心謹慎。心中慌亂，就會出錯。他們很清楚，如果倖存下來的這幾位長大，他們就更難對付，要是你們完全發展成熟，那就是反攻的時刻到了。我們一定會反攻回去，為前輩報仇雪恨，他們也曉得這點。」

我看到數也數不清的炸彈從外太空落下。爆炸的震波撼動天地，風中傳來人們的尖叫聲，一陣陣火燄吞噬大地，橫掃樹海。森林燒起來了。幾乎有上千艘的各種飛行器，全都由高空降落，登陸洛里星的地面。摩加多的士兵蜂擁而出，他們所配備的槍砲威力強大，遠比地球上的武器還要厲害。他們的身材比我們高，除了臉部之外，看起來外表並沒有差太多。

他們沒有瞳仁，而且他們的虹膜是深赭色，有些人是黑色的。他們有很深的黑眼圈，皮膚極白，幾乎是毫無血色，青青的沒有生氣。他們的嘴巴似乎從來不曾闔上，露出牙齒，牙齒好像是用銼刀磨過，形成很不自然的角度。

緊接著從太空船裡出來的是摩加多的惡獸，眼裡透出同樣的冷漠。有些惡獸大得像一間房子，露出尖利的獠牙，吼叫聲幾乎要震壞我的耳朵。

「我們那時候太不小心了，約翰。因此我們才會那麼輕易就被打敗。」那聲音說。現在我曉得，之前聽到的聲音是亨利在講話。但是我沒有看到他，而且現在我的注意力緊盯著下方發生的殺戮和破壞，無法把目光移開去找他。人們跑來跑去，發動反擊。摩加多星人被殲滅的數目，不下於壯烈犧牲的洛里星人。但是洛里星人打不過那些惡獸：口中噴火，利齒撕咬，四肢和尾巴猛力揮擊，一下就殺死幾十人。時間快轉，要比正常的速度快得多。究竟過了多久？一小時？兩小時？

由行者領頭作戰，所有的異能全力施展出來。有些在空中飛，有些移動的速度太快看起來只有模模糊糊的影子，有些根本隱形消失。有的手中射出雷射光，有的身體化成一團烈火，有能力控制天候的人聚集雷雨，暴風陣陣襲擊。可是他們還是節節敗退。他們的人數遠遠不及對手，只有五百比一。他們的能量不夠。

「我們的防備鬆弛。摩加多星人早有周詳計畫，他們知道什麼時候我們最弱，那就是長老們不在的時候，就挑這個時間發動攻擊。最偉大的長老彼達咯斯・洛里，長老的領袖，在敵人來襲之前召集大家。沒人知道長老們怎麼了，也不知道他們到哪去了，更不清楚他們是否還安全健在。也許，摩加多星人先把他們解決掉，一旦長老們都被擺平了，他們就發動攻擊。我們只知道，長老們聚會的那天，有一道強烈閃耀的白光射向天際，直達人們目力所及之處。那光線持續一整天，然後就消失了。我們整個種族，早該看出那是個信號，有什麼事不對勁了，可是我們視而不見。發生後來的事，我們只能自己怪自己，怨不得別人。我們還能有人逃離已是萬幸，更何況還有九位年輕的行者，總有一天可以再戰鬥，永保種族的命脈。」

遠方有艘太空船發射，快速直衝上天，留下一道藍色的尾跡。我身處高空的有利位置，一直看著它消失不見。這看起來有點眼熟。然後我想起來了，我就在那艘太空船上，還有亨利也是。就是那艘太空船載我們到地球來。洛里星人一定知道他們已被徹底擊潰。要不然，為什麼要把我們送走？

再多殺戮也無所助益。在我看來就是如此。我降到地面上，走過一團火球。憤怒的情緒油然而生。垂死的人有男有女，有行者也有護法，還有手無寸鐵的兒童。宇宙間怎麼能發生這種事？摩加多星人居然如此心狠手辣，膽敢下這麼重的毒手？而我，何德何能可以逃過此劫？

我衝向身旁的一名敵方士兵，卻是直接穿越他的身體，撲倒在地。我看到的一切，都是之前已經發生過的事情。我只能旁觀，看著自己的種族滅亡，無法插手。

我轉過身，正面對著一隻惡獸，牠大概有十多公尺高，肩膀很寬，紅色的眼睛，還有六公尺長的犄角。牠的長牙又尖又利，口水四溢。牠發出一陣怒吼，然後往前猛衝。

牠穿過我的身體，卻傷及我身邊好幾十位洛里星人。就像這樣，我的同袍一個接一個被屠殺。惡獸一直向前衝，殺害更多的洛里星人。

我聽見一種搔抓的噪音，穿透我所處的殺戮現場傳了過來，並不是洛里星上所發生的慘劇。我被帶著飄走，或是說又飄回現實。我的肩膀被兩隻手壓住。我將眼睛張開，又回到俄亥俄州的家裡。兩隻手臂垂掛在咖啡桌旁邊。手臂下方幾公分的地方，放著兩盆火，我的雙手還有手腕全都陷入火燄的包圍之中。我並沒有感覺到火對我有什麼作用。亨利站在我旁邊。一分鐘前我所聽到的搔抓聲音，是從前面涼台傳來的。

「那是啥？」我小聲問，並且把身體坐直。

「我不知道。」他說。

我們兩人都不作聲，很緊張地注意聽。門上又傳來三次搔抓聲。亨利朝下看看我。

「外頭有人。」他說。

我看看牆上的時鐘。幾乎過了一個小時。我一直冒汗，上氣不接下氣，剛才看到的屠殺景象讓我內心激動不已。我這輩子第一次真正了解到洛里星遇到什麼狀況。今晚以前，那些都不過是故事罷了，和我在書上讀到的其他故事沒什麼不同。然而，如今我見到流血、流淚，見到死去的人。我見到了星球的滅亡。我也是其中的一份子。

屋外，夜幕已悄悄降下。門上又傳來三次搔抓聲，還有低吟的吼叫。我們倆都跳了起來。我馬上聯想到，那些惡獸也會發出低沉的吼叫聲。

亨利衝進廚房，從水槽邊的抽屜裡抓了一把刀。「躲到沙發後頭。」

「什麼，要做什麼？」

「照著做就對了。」

「你以為那把小刀就能打倒摩加多星人？」

「如果我能正中他的心臟，就可以殺死他。趕快趴下去。」

我從咖啡桌爬下來，屈著身體藏在沙發後面。那兩盆火還燒著，洛里星的景象依然在我腦海裡一幕幕閃過。前門外面傳來一陣不耐煩的嘶叫。毫無疑問，有人在外面，或是有某種動物在我們的門外。我的心跳加速。

「趴好。」亨利說。

我抬起頭，這樣才能從沙發背後偷看。流了好多血啊，我心裡這麼想。顯然他們知道大勢無可挽回。可是他們依然奮戰到最後一刻，為拯救別人而死，為拯救洛里犧牲性命。亨利緊緊握著那把刀。他慢慢伸手過去拉黃銅做的門把。一股怒火冒了上來。我希望自己也能奮戰到底。就讓摩加多星人進來吧。我會和他拚鬥到最後一刻。

我才不要躲在沙發後面。我往前把火盆取來，手伸進去，拿出一根燒得火旺的木頭，另一端都發紅了。摸起來涼冰冰的，不過火仍然在燒，火燄冒上來包住整隻手。我想拿這塊木頭當匕首用。讓他們來吧，我想。不要再逃避了。亨利往我這看了過來，做了個深呼吸，然後把前門打開一條縫。

# 9 伯尼庫沙

我身上的每根肌肉都緊繃起來，一切變得好緊張。亨利跳著走過門廊，我也預備好要跟隨在他後頭衝過去。我可以感覺到心臟在胸膛內咚咚咚的跳動著。我的手還緊緊抓著一根燃燒中的木棍。一陣風灌了進來，我手中的火冒得更高，燒到手腕了。外面沒人。一瞬間，亨利的身體放鬆下來，一邊咯咯笑一邊看著自己腳邊。那有雙大眼睛朝上對著亨利瞧，正是那隻昨天在學校遇到的小獵犬。這隻狗大力搖著尾巴，用爪子刨抓地面。亨利彎腰拍了拍小狗；然後，讓那狗往他身旁一擠，吐著舌頭慢慢踱入屋內。

「這狗怎麼會在這？」我問。

「你認得這隻狗嗎？」

「我在學校見過。差不多昨天你把我放下來的時候，牠就跟在我後面。」

我把木頭放回去，在牛仔褲上抹抹手，褲腿前面留下一條焦黑的炭痕。那狗坐在我腳邊，很期待地朝上看著我，尾巴拍得硬木地板咚咚作響。我坐在沙發上，看著兩堆火在燒。突發狀況的興奮感已經消退，我的思緒又回到幻影中所見的林林種種。我的耳中依稀可以聽到那些尖叫，眼前依然見到灑落的鮮血在月光之下閃閃發光，還能見著屍體橫陳滿地倒木，摩加多的怪獸眼冒紅光，而洛里星人的眼神中充滿恐懼。

我看看亨利。「我見過那些。至少是一開始的部分。」

他點了點頭。「我想你應該記得一些。」

「我能聽到你講話的聲音。是你在和我說話嗎？」

「是的。」

「我不太懂，」我說。「那是場屠殺。如果目標只是我們的資源，不應該有那麼大的仇恨。除此之外一定別有用心。」

亨利嘆了嘆氣，隔著咖啡桌坐在我對面。那小狗跳上我的大腿。我拍拍狗。牠好髒啊，手摸過的地方都是硬硬油油的毛皮。他的項圈上掛著一個橄欖球形狀的牌子，好像很舊了，大部分已經鏽掉，而且字體也看不清楚。我把它取下來放在手裡，一面是數字19，另一面寫著：伯尼庫沙。

「伯尼庫沙，」我說。那狗用力搖動尾巴。「我猜這就是牠的名字，和我房間牆上海報中的那個人同名。也許是附近一帶的名人，我猜。」我的手滑過牠的背部。「似乎是無家可歸的流浪狗，」我說。「而且牠很餓了。」不知為何我就是這麼覺得。

亨利點點頭。他低頭看看伯尼庫沙。那狗伸了伸脖子，下巴放在他的手心，眼睛閉了起來。我將打火機點起來，把火焰放在手指下方，然後移到手掌，沿著手臂內側往上。一直到距離手肘大概兩三公分的位置，我才有少許燒灼感。不論亨利做了些什麼，都有效了，而且我不怕火的部位已經散布開來。我猜，要不了多久就能全身不怕火煉。

「那時到底發生了什麼事？」我問。

亨利深深吸了一口氣。「我也有看見那些幻象。那麼真實，就好像身歷其境一樣。」

「我從不知道最後會變得那麼慘。我的意思是說，之前聽你說過，可是我並不能真正體會，直到我親眼目睹這一切。」

「摩加多星人和我們很不一樣，隱祕又愛操控，幾乎什麼也不信任。他們擁有某些能力，可是那和我們所擁有的能力很不一樣。他們喜歡聚集在一起生活，擠在擁塞的城市裡。人口密度越高越好。正是由於這個原因，我們現在一直避免大城市，即使住在大城市裡有可能比較容易藏身。大城市也讓他們更容易隱沒在人群當中。

「差不多一百年前，摩加多星開始走向毀滅，就和二千五百年之前洛里星所遇到的狀況一模一樣。然而，他們的反應方式和我們不同，反而像是現在地球上的人們一樣，不知道事情的嚴重性。他們置之不理。他們把海洋毀了，河川和湖泊裡都是廢棄物和廢水，還一直增加城市的數目。植物開始死亡，這就造成草食動物死亡，然後過沒多久肉食動物也活不下去了。他們了解到，得要採取斷然的措施。」

亨利閉上雙眼，整整一分鐘不發一語。

「你知不知道，離摩加多星最近的有生物行星是哪一顆？」最後他問了這句話。

「我知道，就是洛里星。或者應該說曾經是，我想。」

亨利點點頭。「沒錯，就是洛里星。而且我想你也很清楚，他們來的目的就是要奪取自然資源。」

我點了點頭。伯尼庫沙把頭抬起來，打了個長長的哈欠。亨利用微波爐加熱一塊冷藏的雞胸肉，切成一絲一絲，然後把盤子拿到沙發後面，放在小狗正前方。牠立刻狼吞虎嚥，似乎有好多年沒吃東西了。

「地球上有很多摩加多星人，」亨利繼續說。「我不清楚究竟有多少人，不過我睡著的時候都能感覺到。有時會在夢境當中看見他們。我也不曉得他們躲在哪，或者他們說話的內容。然而我就是看得見他們。而且，我認為你們六個人並不是他們來地球的唯一理由。」

「你這麼說是什麼意思？他們在地球上還能做什麼？」

亨利直直看著我的眼睛。「你知不知道，離摩加多第二近的有生命行星是哪顆？」

我點點頭。「是地球，對不對？」

「摩加多星的大小是洛里星的兩倍，然而地球則是摩加多星的五倍大。以防守的角度來看，地球由於尺寸較大，比較能挺過外來的攻擊。摩加多星人在能夠真正發動攻擊之前，得要更了解這個星球。我沒辦法告訴你為什麼我們這麼容易就被擊潰，因為有太多事情我還沒能搞清楚。不過可以確定的是，部分原因是由於他們對我們星球和星球上的居民都瞭若指掌，而且，除了我們的智慧和行者所具備的各種異能之外，我們毫無反抗能力。不管你多麼討厭摩加多星人，他們在作戰方面可是一流的謀略專家。」

我們又沉默了好一陣子，外頭的風依然狂暴呼號著。

「我不覺得他們是想要奪取地球的自然資源。」亨利說。

我嘆了口氣，抬頭看著他。「為什麼不是？」

「摩加多星仍然走向滅亡之路，雖然他們挖東牆補西牆，先修復一些最急迫的事情，他們的星球最終逃不過滅亡的命運，他們心裡清楚得很。我猜他們是在計畫要把人類都殺光。我想，他們要的是把地球占為己有。」

▲

晚餐後，我幫伯尼庫沙洗澡，還用了洗髮精和潤絲精。我從抽屜裡找到一把前任房客留下來的舊梳子，拿來幫牠刷理整齊。牠看來漂亮不少，味道也改善很多，不過項圈還是很臭。我把項圈解下來丟掉。上床睡覺前，我幫牠把前門打開，可是牠一點都不想回到室外。牠反而是躺在地板上，一雙前腳墊在下巴底下。我可以感受到，牠很想待在屋裡和我們一塊。我在猜，不知牠能不能感覺到我也是這麼想的。

「我想我們有了一隻新的寵物。」亨利說。

我笑了。之前一看到這隻狗，我就很希望亨利能讓我收養牠。

「好像是這樣呢。」我說。

半小時後，我爬上床睡覺，伯尼庫沙跟著我一起跳到床上，在我腳邊蜷曲成一個球形。

沒過幾分鐘牠就打起鼾了。我躺了好一會兒，盯著無邊黑暗，千萬種思緒閃過腦海。戰場裡的景象：摩加多星人貪婪、飢渴的樣子；惡獸的可怕模樣；死亡還有鮮血。我想到洛里星的美麗景色。它還能再度充滿生機嗎，或是說，亨利和我是不是要一直在地球等下去？

我試著把這些想法還有影像全都從腦中掃除，可是沒過多久它們又全都湧了上來。我起床，踱步，晃了好久好久。伯尼庫沙抬起頭來看我，不過牠沒多久又自顧自地睡著了。我嘆口氣，把放在床頭櫃上的手機拿過來，一項一項檢查，確認馬克沒有把它亂調。亨利的號碼還在，不過通訊名單不是僅有他一位。另外又增加了一個號碼，列在「莎拉」這個名字項目。上一次電話響之後，而且是拿到我的置物櫃來之前，莎拉把她的手機號碼加到我的手機裡。

我把手機闔上，放回床頭櫃，笑了。過兩分鐘，我又把手機拿過來檢查，確定我不是見了鬼。才沒有。我把手機蓋上，放回去，五分鐘之後又再拿起來，只不過是要再看看她的手機號碼。我不知道一直這樣過了多久，不過最後終究還是睡著了。早上醒來的時候，我手裡還握著手機，抱在胸前。

# 10 莎拉哈特

早上醒來的時候，伯尼庫沙正在扒我的房門。我開門放牠到外頭去透透氣。牠在院子裡巡查，沿途一直用鼻子在地上到處嗅啊嗅的。等牠把院子全都搜尋過一遍，立刻橫衝穿過院子，消失在樹林裡。我把門關上，跑去沖個澡。十分鐘之後洗好走出來，牠已經回到屋裡，坐在沙發上。看到我，一樣是不停搖動尾巴。

「是你放牠進來的嗎？」我問亨利，他正坐在餐桌邊，手提電腦打開，而且面前堆了一疊報紙。

「是啊。」

很快解決早餐之後，我們準備出門。伯尼庫沙在前面帶頭猛衝，然後停下來坐著等，緊盯貨卡的客座。

「這真是很奇怪，你覺不覺得？」我說。

亨利聳聳肩。「很顯然，牠對乘車出遊並不陌生。讓牠上車吧。」

我把車門打開，牠就跳上座位。牠坐在中間的位子上，吐著舌頭。當我們駛出車道，牠就移到我的大腿，腳掌搭在玻璃窗上。我把車窗搖下，牠把半個身子都伸到車外，半張著嘴，讓風帶著耳朵甩來甩去。五公里之後，亨利開進學校。我把車門打開，伯尼庫沙比我還先跳下車。我把牠抱起來放回車上，可是牠立刻又跳了下來。我又再抱牠上車，而且關車門的時候還得攔著牠，阻止牠跳出來。牠用後腿站著，前腳趴在窗緣，窗戶還是放下的。我拍了拍牠的頭。

「你有帶手套嗎？」亨利問。

「有滴。」

「手機？」

「有滴。」

「心情如何!?」

「棒極了。」我說。

「很好。要是遇上任何麻煩，打電話給我。」

他把車開走，伯尼庫沙仍透過後窗一直看向我這邊，直到貨卡到街角轉個彎，再也瞧不見了。

我和前天一樣覺得有些緊張，不過今天是由於別的原因。我心裡有一半想要馬上看到莎拉，然而另一半的我則是希望根本別遇到她。我不曉得該和她談些什麼。要是我滿腦子空白一句話也講不出來，像個呆瓜站在那發愣怎麼辦？要是我見到她和馬克一起出現怎麼辦？我應該和她打招呼，卻冒著發生另一次衝突的危險，還是應該直直走過去，假裝那兩人我都沒看見？至少至少，第一堂的時候會遇到他們兩個。這是躲也躲不掉的。

我走向置物櫃。我的背包裡面裝了一堆本來想要在晚上讀的書，不過連翻都沒翻開過。我的腦子閃過太多想法、太多影像。它們並未消退，而且恐怕此後將永遠擺脫不掉。事情和我所預期的差好多。死亡和電影裡演的並不一樣。聲音、表情、氣味，全都差太多了。

一來到置物櫃旁，我馬上就發現有些不太對勁。金屬把手沾滿泥巴，或者某種像是泥巴的東西。我不太確定是不是要打開，不過我深吸了一口氣，用力將門把往上一拉。

置物櫃裡塞滿牛糞，而且我把門打開的時候，還有好多灑出來掉到地板上，把我的鞋子都埋住了。那氣味真是可怕。我用力一甩，將櫃子的門關上。山姆・古德站在我身後，而且他突然冒出來把我嚇了一大跳。他看起來臉色凝重，身穿一件白色的ＮＡＳＡ紀念Ｔ恤，和昨天那件大同小異。

「嗨，山姆。」我說。

他低頭看了看地板上的那一堆牛糞，然後又看看我。

「你也被放了？」我問。

他點點頭。

「我正要去校長辦公室。想不想一起來？」

他搖搖頭，然後轉身走開，一句話也沒講。我走到哈里斯先生的辦公室，敲敲門，而且不等裡面出聲回應就走了進去。校長端端正正坐在辦公桌後，繫上印有學校校徽的領帶，超過二十個小小的海盜頭，散布在領帶的正面。他很驕傲的對著我笑。

「今天是個大日子呢，約翰，」他說。我不知道他在講什麼。「一個小時之後，《通訊報》的記者就要來學校了。這篇報導會登在封面！」

此時我才想起來，他是在講待會馬克・詹姆斯要和當地報紙進行了不起的專訪。

「你一定覺得十分驕傲。」我說。

「派拉代斯高中的每一位學生都讓我引以為傲。」他的臉上依然掛著微笑。他往後靠到椅背上，兩手十指緊扣，雙掌放在肚皮上。「找我有什麼事嗎？」

「我只是要來和你說，今天早上，我的置物櫃裡被人塞滿了牛糞。」

「你說『塞滿』是什麼意思？」

「我的意思是說，置物櫃裡全部都是牛大便。」

「塞滿牛糞？」他很不解地又問。

「是的。」

他放聲笑了出來。這種完全不尊重別人的態度真是夠了，一股怒氣湧上心頭。我的臉微微發燙。

「我來跟您說這件事，是想麻煩您找人把它清理一下。山姆・古德的置物櫃也是一樣，被塞滿牛糞。」

他嘆口氣，搖搖頭。「我會請工友霍伯先生立刻去弄，而且我們會全面調查這件事。」

「我們倆都很清楚這是誰幹的，哈里斯先生。」

他的臉上閃過一絲苦笑，是那種要跟我討交情的笑臉。「我會負責找出真相的，史密斯先生。」

再多說什麼也沒有用，所以我走出校長辦公室，直往洗手間去，打開水龍頭用冰水沖沖手洗把臉。我得要冷靜下來。今天我並不想要再戴著手套。或許我應該撒手不管，隨它去好了。事情會不會就此結束？再說，還有什麼別的選擇？我一個人勢單力薄，而且我唯一的盟友是個不到五十公斤的瘦皮猴，只對外星生物有興趣。或許事實上並沒那麼糟：莎拉・哈特也許會站在我這一邊。

我低頭往下看。我的手掌好得很，沒有發光或發熱。我走出洗手間。工友已經把置物櫃裡的牛糞清掉，課本挑出來，其他全都扔進垃圾桶。我從他身旁走過，進到教室，等老師開始上課。今天上的是文法規則，主要在講動名詞和動詞之間的差別，還有為什麼動名詞不是動詞。我比昨天還認真聽講，可是快結束的時候我又想到下一堂課而變得緊張起來。然而，這並不是因為我可能會遇到馬克……那是因為我可能會遇到莎拉。她今天還會對我笑嗎？我覺得最好能夠比她更早進教室，這樣才能先找好位子，看她走進來。這樣我就能知道她是不是會主動和我打招呼。

鈴聲一響我就衝出教室，急忙走過走廊。我是第一個走進天文學教室的人。學生陸續進來，山姆又坐在我旁邊。鈴響之前，莎拉和馬克一塊走進來。她今天穿的是白色的襯衫，配上黑褲子。她坐下之前對我笑了笑。我也回以微笑。馬克根本沒有往我這邊看。我還能聞到鞋子上的牛糞臭味，也許那臭味是從山姆身上傳過來的。

他從背包裡抽出一本小冊子，封面上印的名稱是《異形就在你身邊》。看起來像是某人在自家地下室印的東西。山姆翻到中間部分的篇章，很認真的開始讀了起來。

我盯著在我前面四張桌子的莎拉，看她的金髮往後紮成馬尾。我可以看出那清瘦頸項的彎曲弧度。她的雙腳交疊，挺直著腰坐在椅子上。我真希望自己可以坐在她旁邊，這樣就能牽起她的手。我真希望現在已經是第八堂課了。我在想，家政課不知道還能不能和她搭檔。

波登女士開始講課。她繼續談土星。山姆拿出一張紙，隨手畫些東西，剛才那本雜誌就打開放在旁邊，他不時停下筆來參考其中的內容。我探頭過去，看到文章的標題是：〈蒙大拿州整個小鎮被異形綁架〉。

昨夜之前，我絕對不會對這種報導有興趣。不過，亨利相信摩加多星人正在計畫占領地球，而且我也必須承認，就算山姆那本雜誌所刊登的報導十分可笑，最根本的概念倒是值得注意。就我所知，事實上洛里星人經常造訪地球。我們觀察地球的發展，長期下來看著它成長昌盛萬物蓬勃，也看著它度過冰雪蓋地毫無生機的階段。我們對人類伸出援手，教他們生火，給他們工具以便發展口語和文字，因此我們的語言和地球人說的話極為相似。而且，就算我們從來不曾綁架人類，並不必然表示「外星人綁架地球人」這種事不會發生。我看著山姆。我從未遇過有誰對異形這麼著迷，居然會閱讀外星陰謀論還認真做筆記。

就在此時，教室門開了，哈里斯先生把頭探了進來，臉上掛著笑容。

「很抱歉打斷您上課，波登女士。我得要和您借一下馬克。《論壇報》的記者已經來了，要為馬克做專訪。」他的聲音好大，教室裡每個人都能聽見。

馬克站起來，手裡拎著他的包包，晃晃悠悠走出教室。我從門縫中窺見哈里斯先生拍了拍他的背。然後我又回過頭盯著莎拉看，幻想我能夠坐在她身邊空出來的位子。

▲

第四堂是體育課。山姆和我分在同一班。換好運動服，我們並肩坐在體育館的地板上。

體育老師華勒斯先生穩穩站在我們前方，兩腳與肩同寬，雙手握拳放在背後。他穿著網球鞋，短褲，大了好幾號的T恤。他看似一隻鸛鳥，只露出膝蓋和手肘，雖然身高並不算高，卻十分細瘦。

「好啦，同學們，聽我說。這可能是我們最後一次在室外上課，好好把握。先跑操場，全力衝刺。各位的成績會被登記下來，等春天再跑一次以做個比較。認真跑！」

室外的跑道是用合成橡膠鋪成的。跑道圍著美式足球場繞了一圈，再過去則是一片樹林，我猜有可能會通到我們住的屋子，但是我並不十分確定。風很冷，山姆整條手臂都起了雞皮疙瘩。他搓揉手臂想消掉它們。

「你們之前有跑過嗎？」我問。

山姆點點頭。「開學第二週我們就測過了。」

「你跑多久？」

「九分五十四秒。」

我看著他。「我以為瘦子應該要跑得比較快才對。」

「少扯了。」他說。

我和山姆並行，跟在大家後面。總共要跑四圈。跑一哩，就是一千六百公尺，得要繞跑道四次。差不多一半的時候，我開始撇下山姆。我在想，如果認真的話，不知一千六要花多久時間？兩分鐘，可能是一分鐘，也許更少？

運動的感覺真棒，一不留神，我超越了領先的跑者。然後我放慢速度，假裝累壞了。就在此時，我看到有個棕白色的模糊影子由正面看台的入口處衝出，正對著我這邊過來。我的腦子不太清楚了，我這麼想。我不去管它，繼續跑步。我經過老師旁邊。他的手裡拿著計時碼錶。他喊了幾句加油之類鼓勵的話，可是他的眼神落在我的後方，遠離跑道。我順著他的視線看過去。他眼睛盯著那團棕白相間的模糊影子。牠還是直直對我而來，昨天的那些影像一瞬間全部又都湧現出來。摩加多星的惡獸。惡獸也有小隻的，牙齒像匕首一樣鋒利，動作迅速生性殘忍。我開始急速猛衝。

我死命往前繞過跑道大半圈，這才回過頭張望。我身後什麼也沒有。我跑贏了。用了二十秒。然後我又轉過去找，那東西就在我正前方。牠一定是抄捷徑直接跨過球場而來。我突然停下，這回總算看清楚了。那是伯尼庫沙！牠就坐在跑道中間，吐著舌頭，尾巴猛力搖擺。

「伯尼庫沙！」我喊道。「你他媽的把我嚇死了！」

我恢復以慢速跑步，伯尼庫沙在一旁陪著我。我希望沒有人發現我的速度有多快。我停下來，彎著腰，就像是已經精疲力竭，上氣不接下氣。我走了一小段，然後又小小慢跑。還沒跑完第二圈，就被兩個人超過。

「史密斯！怎麼啦？你本來可以讓別人全都在後頭吃灰呢！」我經過華勒斯老師面前的時候，他這麼對我喊道。

我大力喘氣，只是要表演給他看。「我——有——氣——喘。」

他不可置信的搖搖頭。「我還以為我們班上出現了本年度的州運動會賽跑冠軍呢。」

我聳聳肩繼續往前，不時停下來用走的。伯尼庫沙一直陪在我旁邊，有時候走，有時候小跑步。最後一圈，山姆也趕上來了，我們兩人一起跑。他的臉漲得通紅。

「今天上天文學的時候你在看什麼？」我問。「某個蒙大那小鎮整個被外星人綁架？」

他對著我發笑。「是啊，據說是這樣。」他有點害羞的說，似乎有些尷尬。

「為什麼整個小鎮都會被綁架？」

山姆聳聳肩，沒有答腔。

「不能說，是嗎？」我問。

「你真的想知道？」

「當然。」

「好吧，據說政府允許外星人綁架，以此交換科技。」

「真的嗎？那是什麼樣的科技？」我問。

「例如像是超級電腦的晶片和更多炸彈的配方，還有綠能科技。諸如此類的東西。」

「綠能科技交換活體樣本？真詭異。外星來的異形為什麼要綁架地球人？」

「這樣他們才有辦法研究我們。」

「可是這都為了什麼？我的意思是說，他們可能有什麼理由？」

「這麼一來，發動總攻擊的時候他們就知道地球人的弱點在哪裡，就能夠輕易針對這些弱點把我們擊敗。」

我有點被他的回答嚇到了，不過那是因為我的腦子裡還映著昨晚的影像，記得親眼所見摩加多星人用的武器，還有巨大的惡獸。

「他們已經有比我們地球人更強更好的炸彈和科技，難道不能很容易就打敗我們嗎？」

「是哦，有些人似乎認為異形覺得我們會先自己毀滅。」

我看著山姆。他對我咧嘴而笑，想要搞清楚我和他談這些是不是認真的。

「為什麼異形會希望我們先把自己毀了？他們的動機是什麼？」

「因為他們心裡很忌妒。」

「忌妒我們？為什麼，因為我們長得比較帥，比較美？」

山姆哈哈大笑。「大概是吧。」

我點點頭。我們默默跑了一分鐘，我可以看得出來山姆很辛苦，大力喘氣。「你怎麼會對這種東西有興趣？」

他聳聳肩。「這不過是種嗜好。」他說，不過我可以清楚感覺到，他還有些話藏在心底沒對我講。

我們以八分五十九秒跑完一千六，比山姆上一次的成績還好。伯尼庫沙跟著全班回到學校。大家見了都來拍拍牠，而且當我走進校舍的時候，牠也想要和我們一起進來。我不曉得牠怎麼知道我在哪。會不會是今天早上被載到學校來的途中把路線都記住了？這根本就是無稽之談。

牠在門口停了下來。我和山姆一起走到更衣室，他的呼吸一平復就開始滔滔不絕講了好多其他的陰謀論，一個接著一個，大部分都很可笑。我喜歡他，而且我覺得他很有意思，不過有時候我真希望他閉嘴別講那麼多話了。

▲

家政課開始的時候，莎拉還沒進教室。班雪芙女士講解十分鐘，然後我們往廚房移動。我獨自一人站到工作枱前，不得不認清事實，今天得要一個人作菜，就在我這麼想的同時，莎拉走進教室。

「我錯過什麼精彩的？」她問。

「錯過和我好好相處的十分鐘。」我笑著說。

她笑了出來。「今天早上我聽說你的置物櫃被人惡作劇。真抱歉。」

「難道那些牛糞是妳放的？」我問。

她又笑了。「不不，當然不是。但是我知道他們是因為我的緣故，才會找你麻煩。」

「他們有夠幸運，我沒有用超能力把他們丟到鎮外。」

她開玩笑碰了碰我的二頭肌。「沒錯，看看這些肌肉多大。而且你還有超能力。哇靠，算他們走運。」

今天的目標是要做藍莓杯子蛋糕。當我們開始攪拌麵糊的時候，莎拉一邊動手一邊告訴我她和馬克之間的往事。他們交往了兩年，可是他們在一起越久，她越是遠離自己的父母和朋友。她只是馬克的女朋友，沒別的。她曉得自己變了，變得和馬克一樣待人刻薄而好品頭論足，自以為比別人高上一等。她還開始喝酒，學業成績一落千丈。到了上學期結束時，她的父母把她送去科羅拉多州，和阿姨一起過暑假。她到了那裡，開始爬山長途健行，用阿姨的相機拍一些風景照。她迷上攝影，過了一個充實的暑假，發現生命中還有更多值得期待的事情，而不僅只是做啦啦隊員然後和美式足球隊的四分衛交往。她一回到家就和馬克分手，也退出啦啦隊，立志要對每個人都心存善意，和言悅色。馬克還不能適應這個改變。她說，他還認為自己的女朋友就是莎拉，而且認為她一定會回心轉意回到他身邊。她說唯一捨不得的是他養的狗，之前只要去他家就會玩在一塊。我就告訴她伯尼庫沙的事情，還有，第一次來學校那天早上見過之後，居然出其不意出現在我們的房門外。

我們一邊做事一邊聊天。有一次我沒有戴隔熱手套徒手伸進烤爐裡，把杯子蛋糕的烤盤取出。她看見了，問我有沒有怎麼樣，我說沒問題，並且假裝被燙到了，甩甩手，雖然實際上我一點感覺也沒有。我們到水槽邊，莎拉打開溫水幫我處理根本就不存在的燙傷。她看看我的手，我只是聳聳肩。我們為蛋糕上糖霜的時候，她問到我的手機，還說她發現裡面只有一個號碼。我告訴她，那是亨利的手機號碼，還說我把舊手機弄丟了，所有其他人的聯絡電話也都沒了。她問我，搬來這之前，是不是有交女朋友。我說沒有，她就笑了，真是令我心神盪漾。下課前，她告訴我說接下來的萬聖節假期鎮上會有慶祝活動，還說她希望我能參加，也許我們可以一起去逛逛。我說是哦，那一定很棒，還要假裝很酷的樣子，即使我的心早已飛到九霄雲外。

# 11 擁抱希望

我經常見到幻象，它們神出鬼沒，往往是在毫無預期的時候出現。有時只是短暫的小小片段：奶奶拿著一杯水給我，開口說話；可是我從來不曉得她說的是什麼，因為影像來得快去得更快。有時持續得比較久些，更生動：我坐在秋千上，爺爺幫我推盪。我可以感覺到他的手臂多麼有力，將我推向空中，快速落下來的時候就覺得肚子一緊。我的笑聲隨風四處飄送。然後影像就消失了。有的時候，我會想起來那些幻影是小時候的經歷，想起來我也曾活在那裡面。不過，有時候出現的幻影看起來好陌生，就像是之前從來不曾發生過。

起居室裡，亨利拿著洛里星的水晶石在我兩臂上下摩娑，我看到的是：在我很小的時候，差不多只有三、四歲，在我們家前面的院子裡跑來跑去，草坪才剛修剪好。我身邊有一隻動物，身體像是狗，可是毛色卻像是老虎。牠的頭圓圓的，短短的四肢上有個圓桶狀的身體。我沒見過什麼動物長成這個模樣。牠往下一蹲，做勢要撲到我身上。我忍不住放聲大笑。然後，牠跳來跳去而我一直想要抱牠，可是我太小了，結果我們全都跌在草地上。我們扭打成一團。牠比我還有力。然後牠跳到空中，出乎我的預料牠並沒有落回地面，而是變成一隻鳥，在我身邊飛來飛去，伸手抓也抓不著。牠在空中繞圈圈，然後往下俯衝，從我兩腳之間鑽過去，到了五公尺以外降落。牠變成另一種動物，看起來像是少了尾巴的猴子。牠蹲得低低的，想要對我衝過來。

就在這個時候，有個人走進院子裡。他很年輕，身上穿著一件銀藍相間的緊身橡膠服裝，就像潛水員所穿的防寒衣。他講的話我都聽不懂。他說了一個名字，「哈德雷」，還對那動物點點頭打招呼。哈德雷對著這人跑來，牠的外形從猴子變成另一種比較大隻的東西，像是熊，脖子上有獅子的鬃毛。他們差不多一般高，那人輕輕搔搔哈德雷的下巴。然後我爺爺從屋裡出來了。他看起來很年輕，不過據我所知他至少有五十歲了。

爺爺和那人握握手。他們彼此交談，可是他們說什麼我聽不懂。然後那人看著我，將手伸出來，突然我離地而起，在空中飛行。哈德雷跟在後面，這時又變成一隻鳥。我的手腳可以隨意動來動去，可是那人控制了我的去向，一會把手往左邊，一會又把手擺向右邊。哈德雷就和我在半空中玩了起來，用牠的鳥喙啄我，我則是設法想抓住牠。然後我的眼睛突然睜開，幻象全都消失了。

「你的爺爺可以隨心所欲變成隱形人，」我聽見亨利說話，又閉上雙眼。水晶石繼續在我的手臂上遊走，把不怕火的超能力擴散到全身各處。「這算是最稀有的異能，只有百分之一的人擁有這種能力，你的爺爺就是其中之一。他可以讓自己隱形，他接觸到的東西也會完全隱形。」

「有一次，他想開我的玩笑，那時我還不知道他有這種異能。那時你三歲，我剛開始為你們家工作。前一天，我初次登門拜訪，我第二天再來的時候，房子居然消失了。原地還有車道，有車，有樹，可是沒有房子。我以為是自己搞錯了。我繼續往前，經過那個地址。然後，等我發現已經過頭了，又轉過來，就在不遠處，就是那幢房子，我發誓之前絕對不在那兒。所以我開始往回走，可是等我走得夠近的時候，房子再度消失。我只好站在原地，看著房子本來應該存在的位置，卻只能看到屋後的樹木。我只好繼續往前走。直到第三次路過，你爺爺才終於讓房子現出原樣。他一直笑個不停。之後一年半，我們一直拿那天的事開玩笑，直到最後那一天。」

等我打開眼睛，又回到戰場。更多的爆炸，更多火光，更多死亡。

「你爺爺是個好人，」亨利說。「他最喜歡逗人笑，喜歡講笑話。我不記得有哪一次離開你們家不是笑得肚子發疼。」

天空變成紅色。一棵樹飛過空中，是由那個身穿銀藍相間服裝的男人所射出，也就是我在屋子那看到的人。這一記擊倒了兩名摩加多星人，我好想大聲喝采。然而這有什麼好慶祝的？不管我見到有多少摩加多星人被殺死，都無法改變那天的最後結果。洛里星依然是戰敗的一方，被殺得一個人也不剩。我還是會被送到地球。

「我從來沒見過他發脾氣。受到壓力的時候，別人耐不住性子，你爺爺還能保持鎮定。通常這種時候他就會講很多笑話，就這樣大家又都開心的哈哈大笑。」

小隻的惡獸以兒童為攻擊目標。小孩毫無抵抗能力，手裡還拿著慶典時發送的煙火。這就是我們會輸的原因：只有少數人和惡獸作戰，其他人都在忙著救小孩。

「你的奶奶又是另一種人。她的話不多而且很含蓄，充滿智慧。你們家的兩老彼此互補，爺爺無憂無慮，奶奶在幕後把事情都搞定，讓一切都能照計畫順利進行。」

我可以看到空中依然高掛一條淡藍色的凝結尾跡，那是送我到地球的太空船留下來的，上面載著九個小孩還有他們的守護者。這個東西一出現，讓摩加多星人大為緊張。

「還有就是我的太太茱麗雅。」

遠方傳來一聲爆炸，像是地球的火箭發射那種聲音。另一艘太空船升空，後頭拖著一條火尾巴。一開始慢慢的，逐漸加快速度。我被弄糊塗了。我們的太空船不需點火發射升空；它們不是用柴油或汽油。它們會發出小小的藍色煙尾，那是用來做為動力的水晶石所產生的，從來不會像這東西那樣冒出火來。和第一艘比起來，第二艘太空船很慢而且很笨重，不過它還是成功升空了，越飛越高，越來越快。亨利從來沒講過還有第二艘船。那上面載的是誰？它要往哪去？摩加多星人對著它指指點點大肆叫囂。這又讓他們更焦慮了，一時之間洛里星人士氣大振。

「她的眼睛比別人還要綠，淺綠色如同碧玉一般，而且她的心胸寬大無與倫比。她一直在幫助別人，總是把動物帶回家照顧，當成寵物。我再也沒機會弄清楚我在她眼裡是怎麼樣的人。」

大隻惡獸又來了，就是有著紅眼睛和巨型犄角的那一種。口水混著血水從牠們的齒縫間滴出，牠們的牙齒像匕首一樣又尖又利，大到嘴巴裡面都放不下。身穿銀藍相間衣服的人站在惡獸正前方，試著用超能力把惡獸抬起來，而且真的抬離地面三、五十公分，可是再怎麼費力使勁也無法更進一步。惡獸一聲怒吼，搖搖身體，往後一倒跌落地面。牠用力抵抗那人的力量，卻無法掙脫。那人又將惡獸抬離地面。他的臉上血汗交織，在月光照耀之下閃閃發亮。然後，他兩手一合，惡獸就被摔向一旁。地面為之震動。空中雷電交加，卻沒有隨著下起雨來。

「她睡得很晚，每天早上都是我先醒過來。我會坐在書房裡讀報紙，做早餐，出去散散步。有時候，我散步回來的時候她還沒起床。我好心急，迫不及待想要和她分享一天的開始。只要能夠和她在一起，就覺得好棒好棒。我會跑到房間裡鬧她。她會把床罩拉上來，蓋住臉，對我抱怨。幾乎每個早上都是這樣，日復一日。」

惡獸連番攻擊，但是那人依然掌控全局。另一個行者加入戰鬥，各人運用其超能力對付巨大的惡獸，火焰和閃電不斷落在牠身上，四面八方發出雷射光束。有些行者會對惡獸做出外表看不出的傷害，站在遠方舉起手來，集中能量。此時空中正上方聚集了一團雷雲，晴空之中出現一大塊雲越累積越壯觀，裡頭充滿某種能量。所有行者參與其中，他們全都出力協助造出這個毀滅性的雲團。然後，一道最終而巨大的閃電落下，打在惡獸伏身之處。惡獸總算死了。

「我能做什麼？還有誰能做什麼？在那艘太空船上我們一共有十九個人。你們九個小孩，加上我們九個護法，那只不過是我們那天晚上剛好在那附近，再加上一位幫我們駕駛的太空人。我們護法沒有能力作戰，就算是我們能作戰又有什麼差別？護法是行政官僚，是要維持星球的運行，是要教育、訓練新一代的行者，讓他們了解並且操控自己與生俱來的超能力。我們並不是為了作戰而生。我們再怎麼樣也無法派上用場。我們會像其他人一樣喪命。唯一的辦法就是逃離。帶著你們離開求生，直到有一天能回去重建宇宙中最美的星球。」

我閉上眼睛，等我又再睜開，打鬥已經結束了。地上滿布死屍和垂死者，四處冒煙。樹木折斷，森林被燒毀，什麼都沒留下，只有少數幾位摩加多星人能活下來告訴後人事情的真相究竟是如何。太陽從南方升起，荒蕪的大地染上淡淡光暈，沉浸在一片紅色之中。屍體遍地，有些帶著傷，有些殘缺不全。那位身著銀藍色服裝的男人在一座小土丘上，和其他人一樣犧牲了。他的身上沒有什麼能夠相認的記號，他就是死了。

我突然打開眼睛。我喘不過氣來，我的嘴巴好乾，渴得要命。

「水在這。」亨利說。他協助我從咖啡桌下來，帶我到廚房，幫我拉了一張椅子過來。淚水忍不住滴了下來，雖然我還試著眨眨眼，想要把它們收回去。亨利為我倒了杯水，我一口喝光。我把杯子遞給他，又裝了一杯。我的頭低低垂著，還在掙扎吸氣。我把第二杯水也喝了，然後看向亨利。

「你怎麼沒跟我講過還有第二艘太空船？」我問。

「你在說什麼？」

「還有第二艘太空船。」我說。

「第二艘？哪裡看到的？」

「在洛里星上，我們離開那天。我們出發之後有第二艘太空船升空。」

「不可能。」亨利說。

「為什麼不可能？」

「因為其他太空船都被摧毀了。我親眼看到的。摩加多星人登陸的時候，首先占領我們的太空機場。我們所用的那艘是他們攻擊之後僅存的太空船。我們能夠升空真是個奇蹟。」

「我看見還有第二艘。我剛才已經說了。不過，它和別的太空船不太一樣。它是靠燃料前進，後頭冒出一團火球。」

亨利很仔細地打量我的表情。他認真地想，眉頭緊蹙。

「你確定嗎，約翰？」

「當然。」

他往後靠在椅子上，望向窗外。伯尼庫沙趴在地上，看著我們倆。

「它成功離開洛里星了，」我說。「我一直盯著它看，直到看不見為止。」

「那不可能，」亨利說。「我想不出來有什麼可能性。已經沒有另外的太空船了。」

「有第二艘太空船。」

我們默默坐著好一陣子都沒人開口講話。

「亨利？」

「怎麼了？」

「那艘太空船上有什麼？」

他緊盯著我看。

「我不曉得，」他說。「我真的不曉得。」

▲

我們坐在起居室裡，壁爐燒著一盆火，伯尼庫沙趴在我腿上。爐裡偶爾傳來柴火爆裂開來的劈啪聲響，劃破寂靜。

「亮！」我說，手指一擦。我的右手亮了，光線並沒有之前那麼強，不過也沒有差很多。開始接受亨利的訓練沒有好久，我就學會如何控制手掌明滅。我可以將光線集中，或是擴散開來，就像室內照明一樣，或是狹小而聚集，像是手電筒。我的操控能力發展很快，超乎原先預期。左手還是比較暗些，不過已經有很大的進步。我一彈指，說聲「亮吧」，只是想誇張炫耀，我根本用不著費心控制它，也不需下命令。那是出自體內的反應，就像搖搖手指或眨眨眼一樣，用不著花什麼力氣。

「你覺得其他異能什麼時候才會出現？」我問。

亨利從報紙堆中抬起頭來。「要不了多久，」他說。「接下來的應該在一個月之內出現，不論它是什麼。你只需小心注意就好。並不是所有的超能力都像你的手一樣，那麼明顯。」

「全都出現要多久時間？」

他聳聳肩。「有時候會在兩個月之內完成，有時候要花一年的時間。每個行者的情況都不一樣。然而，不論時間長短，最主要的異能總是最後才會出現。」

我閉上眼睛，往後靠在椅背上。我在想，我的主要異能不知道會是什麼，那會讓我有能力與敵人作戰。我不確定自己想要什麼超能力。雷射光？御心術？操控天氣的本領？就像身穿銀藍相間服裝的那個人一樣？或者還是想擁有比較陰險、比較壞的本事，例如隔空殺人？

我用手摸一摸伯尼庫沙的背部。我往亨利那邊望過去。他戴著睡帽，鼻樑上架著一副眼鏡，像極了故事書裡的大老鼠。

「我們那天為什麼會在發射場？」我問。

「我們去那兒看飛行表演。表演結束後，我們順便參觀停在那的太空船。」

「真的只是因為這個理由嗎？」

他轉過來面對我，點了點頭。他吞了吞口水，讓我覺得似乎有什麼事情瞞著沒講。

「那麼，怎麼決定我們要離開呢？」我開口發問，「我的意思是說，像這樣的計畫應該經過仔細安排，而不是幾分鐘就能搞定，不是嗎？」

「我們是在受到攻擊之後三小時才出發的。你一點印象都沒有了嗎？」

「很少很少。」

「我們在彼達咯斯雕像那和你的爺爺會面。他們把你交給我，要我帶你去發射場，那是我們唯一的機會。在發射場底下，有個地底的建築。他說在那會有一架緊急用的太空船，防備類似這樣的事情發生，不過人們都不怎麼認真看待這件事，因為受到外星攻擊的可能性看來實在很渺茫。就像現在，地球上的人也是一樣。如果你告訴某人說，外星異形有可能發動攻擊，那麼，你就會變成眾人的笑柄。在洛里星上也是這樣。我問他怎麼知道有這個計畫，可是他並沒有回答，只是對我報以微笑，然後說再會。很顯然，沒有人真的曉得有這麼一個計畫，或者只有少數人才知道。」

我點點頭。「就像你說的這樣，我們就依照計畫到地球來？」

「當然不是。本星的長老之一，到發射場和我們會面。就是由他施行洛里法術，在你們的腳踝上封印，並把你們幾個的命運全都串連起來，還給每人一個護身符。他說你們都是很特別很有福氣的小孩，我猜他的意思是指你們有機會可以逃命。我們原本的計畫是乘太空船到太空中，等攻勢過去，等我們的人反攻得勝。可是事與願違……」他的話講了一半。然後就嘆了口氣。「我們在軌道上等了一個星期。這段期間，摩加多星人把洛里所有的一切全都掠奪而去。等我們明白已經不可能回去了，就啟程往地球前進。」

「為什麼長老不施個法術，讓我們可以永生不死，用不著管他是幾號？」

「他的能力也有限度啊，約翰。你剛說的根本辦不到。那是不可能的事情。」

我點點頭。法術只能做到這麼多。如果哪個摩加多星人膽敢不依照號碼順序下手殺害我們，他所造成的傷害全都會反過來加諸自己身上。如果有誰想要拿槍射我的頭，子彈會穿過他自己的腦袋。我所受的保護最多只有這樣。如今，如果他們找到我，我就死定了。

我靜靜坐著過了好一會兒，思考這整件事情。太空船發射場。洛里星僅存的長老，在我們身上施法術的那一位，名叫洛里德斯，如今他也死了。長老是洛里星最初的居民，這星球的面貌就是由他們塑造而成。一開始總共有十位長老，他們身上擁有全部的異能。他們年紀很大了，歷經久遠年代，比較像是傳說中的人物而不是實際存在這個世上。除了洛里德斯，沒人曉得其他長老遇到什麼事情，也不知道他們是不是已經死了。

我試著回憶在星球外的軌道等著回去的時候發生了什麼事，可是我一點印象也沒有。我會想起旅程中的少數片段。我所搭乘的太空船，內部是圓形的，沒有隔間，有門通往兩套衛浴。睡覺的床鋪靠著一邊；另一邊則是留給我們運動玩耍用的，以免大家變得太過焦慮。我已經想不起來其他人的長相。我也想不起來玩過什麼遊戲。我記得那時很無聊，一整年都和另外十七人一起待在太空船裡。晚上的時候我抱著一個填充玩具睡覺，而且，雖然我很確定記錯了，那個填充玩具好像還會和我一起玩。

「亨利？」

「怎麼了？」

「我一直見到一個影像，是一個身穿銀藍色服裝的男人。我在家裡看到他，在戰場上也看到他。他可以控制天氣。然後我看到他死了。」

亨利點點頭。「你每一次回到過去，都是回到與你有關的那些場景。」

「那就是我爸爸，對不對？」

「是的，」他說。「照理說他不應該頻繁回來找你，但是他依然故我。他常常陪我們在一起。」

我嘆了口氣。我的爸爸英勇作戰，殺死惡獸還有許多敵方的士兵。但是到最後仍然寡不敵眾。

「我們真的有機會打勝嗎？」

「你怎麼會這麼問？」

「之前如此輕易就被擊敗。如果被抓到了，還有什麼可能會有不同結局？就算是我們全都發展出超能力，而且總算能夠重聚在一起，準備好反擊，面對那些怪獸我們哪有勝算？怎麼會有希望？」

「希望？」他說。「希望一直都在，約翰。新的發展還沒全部出現呢。還有許多未知的成分。不。不要在這個時候就放棄希望。那是最不該做的事情。一旦你放棄希望，一切都會隨之消失。而且，當你以為全盤皆輸，覺得一切都極險惡無望的時候，總還是會有希望的。」

# 12 萬聖節遊行

星期六，亨利和我到鎮上參觀萬聖節遊行，我們來到派拉代斯快要兩個禮拜了。我想，我們兩人都覺得有點孤單難耐。這倒不是因為我們不習慣離群索居。我們習慣得很。但是，俄亥俄州的荒蕪和別的地方很不一樣。它相當寂靜，相當孤寂。

那天十分寒冷，濃厚的白雲在天上急速飄動，偶爾透出一點陽光。鎮上沸沸揚揚熱鬧得很。所有的小孩都穿上造形服飾。之前我們已經幫伯尼庫沙買了條狗鍊，牠的身上穿著超人裝，背後有個斗篷，胸前印了個大大的S。如此打扮，一點也不特別。扮成超人的狗可不止牠這隻。

我和亨利站在「飢餓的熊」餐廳前方的人行道上，剛好就在鎮中央圓環邊，看遊行隊伍表演。餐廳正面的窗戶，掛著一份剪報，就是那篇馬克‧詹姆斯的專訪文章。照片中，他站在美式足球場的五十碼線，身穿校隊制服，兩臂環抱胸前，右腳踏在球上，滿懷信心露齒而笑，五官都扭曲了。連我都不得不承認，他確實長得很帥。

亨利發現我盯著報紙看。

「這就是你那位朋友，對吧？」他笑著問我。亨利現在已經曉得了整件事情的經過，從幾乎要打起架來到牛糞事件到我迷上他的前女友，全都一清二楚。自從他知道這些之後，亨利就說馬克是我的「朋友」。

「我最要好的朋友。」我糾正他。

就在這個時候，樂隊開始演奏。這是遊行的最前端，之後就是各式各樣以萬聖節為主題的花車，其中一台載著馬克和幾位美式足球隊的隊員。有些我認得是同班上課的，另一些則沒見過。他們拿糖果大把大把灑向圍觀的小孩。然後，馬克看到我了，還點了一下在他旁邊的凱文，也就是在餐廳被我踢中胯下的那人。馬克指指我，不知說了些什麼。他們全都笑了。

「那就是他？」亨利問。

「就是他。」

「看起來很討人厭。」

「我就說吧。」

接下來是啦啦隊，步行，全都身穿制服，頭髮往後紮，臉上掛著笑容向群眾揮手。

莎拉跟在她們旁邊走，幫忙照相。啦啦隊員跳躍做動作之際，莎拉就拍些動態的畫面。雖然她穿的是牛仔褲也沒有化妝，卻遠比任何一位啦啦隊員要漂亮多了。我們在學校聊了很多事，而且我止不住總會想她。亨利發現我一直盯著她看。

然後他轉回頭去，欣賞遊行隊伍。「就是那女孩，是嗎？」

「就是她。」

她看到我，對這邊揮揮手，然後用手指了指相機，意思是說她很想過來跟我打招呼，可是她要拍照。我笑著點點頭。

「是哦，」亨利說。「我可以看得出來你為什麼會被她吸引。」

我們觀賞遊行隊伍的表演。派拉代斯的鎮長坐在一輛敞篷車的後座，從觀眾面前經過。他又灑了更多的糖果給小孩們。今天小孩子大概都要玩瘋了吧，我想。

我覺得肩膀上有人點了一下，轉頭過去。

「山姆・古德。怎了？」

他聳聳肩。「沒事。還好嗎？」

「忙著看遊行。這位是我爸，亨利。」

他們握手為禮。亨利說，「約翰常常跟我提到你呢。」

「是嗎？」山姆咧嘴微笑著問。

「真的，」亨利回答。然後，他停了大概有一分鐘那麼久，臉上浮出笑意。「我跟你說，我愛讀些有的沒有的東西。可能你早就聽別人講過了，不過，你知不知道雷雨是外星異形造成的？他們製造雷雨，才能夠登陸地球而不被發現。暴風分散人們的注意力，閃電則是太空船進入地球大氣層所引起。」

山姆笑著，搔搔頭。「別亂扯了。」他說。

亨利聳聳肩。「我是聽別人說的。」

「好吧，」山姆說，顯然他並不想輸給亨利。「那麼，你知不知道恐龍並沒有真正絕跡？外星異形人對他們很感興趣，決定把恐龍全都集中起來，運回他們的星球。」

亨利搖搖頭。「這我可不曉得，」他說，「你知不知道，尼斯湖水怪事實上是從泰拉法瓜星來的動物？他們把這怪物帶到地球上做實驗，看看牠能不能存活下來，結果牠還真的活得好好地。不過，牠被地球人發現了，外星人只好再把牠送回去，因此再也沒人看到尼斯湖水怪。」

我笑了，不是因為那套故事，而是覺得「泰拉法瓜」這名字很可笑。根本就沒有名叫泰拉法瓜的行星，我真不知道亨利怎麼有辦法隨口編出這個名字。

「你知道埃及的金字塔是外星人造的嗎？」

「我聽說過，」亨利笑著說。這說法聽在他耳裡十分有意思，因為雖然金字塔實際上並不是外星人造的，卻是運用洛里星人的知識，並且有洛里星人從旁協助。「你知不知道世界末日是二〇一二年十二月二十一日？」

山姆點頭，咧嘴而笑。「是啊，這我聽說過。地球的預估期限，這是瑪雅曆法的最後一天。」

「期限？」我插嘴。「就像是牛奶盒上印的保存期限？地球會像壞掉的牛奶一樣凝結起來嗎？」

我因為自己講的這個笑話笑了起來，可是山姆和亨利都沒有注意我。

接下來山姆說，「你知不知道，麥田圈原本是用來當作亞蓋瑞昂星人的導航工具？不過那已經是好幾千年以前的事了。如今都是些無聊的農夫幹的。」

我又笑了。我好想問他，如果麥田圈是無聊的農夫弄出來的，那麼編造外星陰謀論的又是哪種人呢，不過我沒說出口。

「你覺得仙達瑞星人怎麼樣？」亨利問。「你對他們認識多少？」

山姆搖搖頭。

「他們是住在地球核心的外星民族。他們很愛吵架，彼此之間經常意見不合，當他們發生內戰的時候，地球表面就被震得不平靜。這時候就會發生地震和火山爆發之類的事情。二〇〇四年的南亞大海嘯？全都是因為仙達瑞星國王的女兒失蹤了。」

「有找到她嗎？」我問。

亨利搖搖頭，看著我，又看看山姆，他還對這整個遊戲十分有興致。「再也找不到了。據說她具有變身的能力，而且她現在就住在南美洲的某個地方。」

亨利的故事太完美了，我認為他不可能這麼快就隨口編出來。我站在那，認真思考一番，雖然我絕對沒聽過有什麼外星人叫做仙達瑞，雖然我曉得其實地球的核心根本沒辦法住人。

「你知不知道……」山姆停頓了一下。我想亨利把他難倒了，這個念頭才剛冒出來，山姆就說了一番極嚇人的話，讓我油然生出一股恐懼。

「你知不知道，摩加多星人想要做宇宙的統治者，而且他們已經殲滅了一個星球，還在計畫接下來要橫掃地球？他們已經來到地球上，想要找出人類的弱點，一旦開戰他們就可以痛宰我們。」

我嚇得嘴巴都合不攏，亨利盯著山姆看，呆若木雞。他屏住呼吸。他的手緊緊捏住咖啡杯，我好怕再多用點力他就要把杯子弄碎了。山姆瞧瞧亨利，然後又看看我。

「你們倆看來好像是見鬼了。這就表示我贏了對吧？」

「你是從哪聽來的？」我問。亨利狠狠看著我，我真希望自己剛才沒問過那句話。

「就是《異形就在你身邊》啊。」

亨利還想不出來應該如何回應。他開口想要說點什麼，可是一個字也講不出來。然後，有個站在山姆身後的矮小女人打斷我們。

「山姆，」她說。他轉過去看著她。「你跑哪去了？」

山姆聳聳肩。「我一直在這啊。」

她嘆口氣，然後對著亨利說，「嗨，我是山姆的媽媽。」

「我是亨利，」他說，和她握了握手。「很高興認識妳。」

她的眼睛一亮，十分驚奇的樣子。亨利的口音讓她興奮起來，開口說起法語：

「哦好極了！您說法語？太棒了！已經好久沒遇到人能和他講法語了。」亨利報以微笑。「很抱歉。我根本不會講法語。不過，我曉得我的口音聽起來有一點像。」

「是哦？」她有些失望。「哇咧，我還以為總算有什麼人物來到鎮上了呢。」山姆看著我，眼珠滴溜打轉。

「好啦，山姆，我們該走囉。」她說。

他聳聳肩。「你們會去公園搭乾草車夜遊嗎？」

我看看亨利，然後又看看山姆。「是啊，當然會去，」我說。「那你呢？」

他聳聳肩。

「那麼，要是可以的話就來找我們吧。」我說。

他笑著點點頭。「好哇，酷。」

「該走了，山姆。而且你大概沒辦法去夜遊吧。家裡有事需要你幫忙。」他的媽媽說。

他想說些什麼，不過媽媽走開了，他只得跟在後頭。

「好個和善的女人。」亨利語帶諷刺。

▲

「你怎麼編得出那麼多名堂？」我問。

群眾開始朝大街移動，離開圓環。我和亨利跟在人們後面來到公園，那兒有食物還有蘋果酒供應。

「你一直說謊一直說謊，後來你就習慣了。」

我點點頭。「那你覺得如何？」

他深深吸了一口氣，再慢慢吐出來。氣溫很低，所以我可以看出他的呼吸。「我不曉得。目前為止我還想不出來。他趁我沒有防備的時候出擊。」

「他趁我們兩個都沒有防備。」

「我們得要研究一下他是從哪得到那個訊息，找出來是誰寫的，還有是在哪裡寫的。」

他滿懷期待對著我瞧。

「怎樣？」

「你必須弄一份來給我看。」他說。

「我會的，」我說。「可是，那還是沒道理啊。怎麼可能會有誰知道？」

「那是別處傳來的消息。」

「你認為那會不會是我們的人？」

「不會。」

「你覺得那是敵人搞的嗎？」

「有可能。我從來沒想過要去查一查外星陰謀論之類的亂七八糟說法。也許他們以為放出這種訊息，我們就會讀到然後就可以藉此追蹤。我的意思是……」他停下來思考，差不多有一分鐘那麼久。「他媽的，約翰，我也不知道。不過，我們得要好好研究研究。這絕非巧合，這倒是可以肯定。」

我們默不作聲走著，多少還有點驚魂未定，腦子裡想過千百種可能的解釋理由。伯尼庫沙在我們兩人之間穿梭，吐著舌頭，斗篷垂掛在一側，掉在人行道上拖行。

小孩子都很喜歡牠，有很多人還停下來拍拍牠。公園位在城鎮的南隅，最遠處有兩個相鄰的湖泊，中間隔著一條小小的土堤，走過去就會通向更遠方的森林。公園本身有三個棒球場、兒童遊戲區，還有個大型的帳篷，好多志工在裡頭分送蘋果酒和南瓜派。碎石車道邊上停了三輛載送乾草的拖車，上頭掛著大大的布告，寫著是：

嚇破你的膽！

萬聖節驚魂之旅

日落即行

每人一百五

車道還沒進入樹林，就由碎石鋪面變成了泥土路，入口處掛了各種妖魔鬼怪的剪紙模型。看起來驚魂之旅就是要穿過那片樹林。我四下搜尋莎拉在哪，可是到處都找不著。

我想她恐怕不一定會來。我和亨利走到帳篷裡。啦啦隊的隊員們聚集一旁，有些人在幫小孩子的臉上畫些扮裝的鬼臉，另一些則是販售抽獎券，預計六點抽出大獎。

「嗨，約翰。」我聽到後頭有人叫我。我轉過身，看到莎拉，拿著相機。

「你覺得遊行好不好看？」我對她微笑，把雙手插進褲口袋。她的臉頰上畫了一個小小的鬼怪圖案。「嗨，妳好，」我說。「我覺得還不錯。我想我漸漸愛上俄亥俄州的小鎮風情。」

「風情？你是要說無趣吧，是不是？」我聳聳肩。「我也不曉得，還不賴啊。」

「嘿，這是學校的那個小傢伙。我還記得你哦。」她說著，彎下腰拍拍伯尼庫沙。牠大力搖擺尾巴，跳來跳去想要舔一舔她的臉。莎拉笑了。我往身後瞧瞧。亨利在我後面差不多六公尺之外，坐在桌邊和莎拉的母親講話。

我很好奇想要知道他們在說些什麼。

「我想這狗愛上妳了。牠的名字是伯尼庫沙。」

「伯尼庫沙？這麼可愛的狗怎麼取這名字。瞧瞧牠的斗篷。真的真的是太可愛了。」

「要是妳一直這樣稱讚牠，連我都要忌妒自己的狗兒了。」我說。

她笑了笑站起身來。「那你要不要跟我買一張獎券。」這是為了重建上個月在科羅拉多州受損的一間非營利動物收容中心。

「是真的嗎？俄亥俄州派拉代斯鎮的女孩，怎麼會知道科羅拉多州的動物收容中心？」

「那是我阿姨在負責的。我說服啦啦隊的所有隊員都來幫我這個忙。我們會有一次活動，到當地協助整個重建過程。我們要一個星期的假，離開俄亥俄州，幫助那些動物。這個方案對雙方都有好處，可以說是兩全其美。」

我在心中想像，莎拉戴著工地帽、揮舞鐵鎚的模樣。這想法讓我臉上泛起笑意。「妳是說，妳要讓我整整一個星期都獨自在廚房裡奮鬥？」我假裝憤怒，一邊嘆氣一邊搖搖頭。

「我現在還不能確定是不是要支持這樣的行動，即使是為了幫助小動物。」

她笑著推了推我的手臂。我取出錢包，交給她五塊錢，買了六張摸彩券。

「這六張獎券很可能會中大獎哦。」

「是嗎？」

「當然。因為你是跟我買的啊，呆瓜。」

就在這個時候，在莎拉的後方，我見到馬克還有其他在花車上的人全都走進帳篷。

「今天晚上你要不要參加驚魂之旅？」莎拉問我。

「是哦，我正有此意。」

「你一定要來，很有意思哦。每個人都會參加。而且真的很恐怖唷。」

馬克看見莎拉和我講話，他的臉扭曲擠成一團。他朝這邊走了過來。和以前一樣，總是這種打扮：校隊制服，牛仔褲，頭髮塗滿髮膠。

「那妳會去嗎？」我問莎拉。

她還來不及回答，馬克就插嘴進來。「你喜不喜歡這次遊行啊，約翰老弟？」他問。莎拉很快轉身過去瞪他。

「我真的很喜歡。」我回答。

「你今晚會參加驚魂之旅吧，還是說，你的膽子太小不敢來？」

我對他微笑。「事實上呢，我會參加。」

「你大概會像在學校一樣轉身就逃，跟個小嬰兒一樣哭著跑出樹林吧？」

「嘴巴不要這麼賤，馬克。」莎拉說。

他看著我，氣得要死。四處都是人，他要是出手會弄得很難看，而且我並不認為他真的會動手。

「你等著看好了。」馬克說。

「你說呢？」

「你的好日子就快過完了。」他說。

「或許是吧，」我說。「那也輪不到你。」

「別吵了！」莎拉吼道。她從我們兩人之間擠了過去，大力往兩邊一推。大家都朝這裡看過來。她四下打量，好像因為眾所注目而有些尷尬，板著臉看看馬克，又看看我。

「那好吧。你們倆愛怎麼打就怎麼打。祝好運囉。」莎拉說，掉頭走開了。我看著她走掉。馬克則是理也不理。

「莎拉。」我叫道，可是她一直往前走，到帳篷後面看不見了。

「走著瞧。」馬克說。

我回過去瞪他。「放馬過來。」

他退回到朋友那裡去。亨利往我這走過來。

「我想他應該不是在請教昨天的數學作業吧？」

「並不是。」我說。

「我倒不是在怕他，」亨利說。「他看起來只是虛張聲勢。」

「我才不怕他。」我說，然後看了一下莎拉最後現身的那個位置。「我是不是應該追過去？」我問，看著亨利，懇求那個也曾與人相愛、結婚，那個每天都在想著自己老婆的亨利，而不是那個想要維護我安全把我隱藏得很好的保護人。

他點點頭。「是啊，」他說，同時嘆了口氣。「雖然我很不想教你，不過你最好跟過去找她。」

# 13 驚魂之旅

溜滑梯和攀爬架上，到處都有小孩，亂跑、尖叫。每個孩子手中都拎著一袋糖果，嘴裡塞滿甜食。小孩子穿上卡通造形的服裝，還有怪獸、妖魔和鬼怪。派拉代斯鎮裡所有的人現在一定都跑到公園裡來了。這一片瘋狂當中，我看到莎拉的身影，獨自一個人坐在秋千的座椅上，輕輕搖盪。

我迂迴前進，穿過一片喧囂與嘈雜。莎拉見著我來就笑了，那雙藍色的眼睛閃閃發亮。

「要不要幫妳推？」我問。

莎拉用下巴示意她身邊剛空下來的座位，我就坐了下去。

「還好吧？」我問。

「是啊，我很好。我真受夠他了。他總是要裝硬漢，而且他和朋友在一起的時候壞得很。」

她坐在秋千上旋轉，讓繩子都糾成一團，然後她把腳抬起，原地打起轉來，一開始還慢慢的，然後越來越快。她一直高興得大笑，金色的頭髮在身後飛揚。我也依樣照做。秋千總算停下來的時候，世界還在轉個不停。

「伯尼庫沙到哪去了？」

「我請亨利帶他。」我說。

「是說你爸？」

「是啊，我爸。」我一直以來就是這麼叫他，該說「爸爸」的時候都是直接稱呼他的名字，亨利。

氣溫降得很快，而且我的手緊抓著秋千的繩子，變得好冷。我們看著小孩子在身邊跑來跑去。莎拉看看我，傍晚時分她的眼睛看起來又更藍一些。我們四目交接，目不轉睛看著對方，雖然沉默無話卻勝過千言萬語。身旁嘻鬧的小孩似乎都消失到背景裡面去了。然後，她很害羞地笑笑，把眼神移開。

「那妳打算怎麼辦？」我問。

「關於什麼事？」

「馬克。」

她聳聳肩。「我還能怎麼辦？我早就和他分手了。我一直跟他講，我並不想要復合。」

我點點頭，不曉得該說什麼才好。

「不過呢，不管怎樣，我想我應該趕快把剩下的抽獎券賣掉才對。離抽獎時間不到一小時了。」

「需不需要幫忙？」

「不用了，沒問題的。你去玩點別的吧。伯尼庫沙可能在想你了。不過呢，別跑太遠，還要參加驚魂之旅呢。說不定我們可以一塊坐？」

「我會參加的。」我說。我的內心湧現陣陣幸福感，不過我得小心不要喜形於色。

「那就一會兒見。」

「祝你中大獎。」

她靠過來，拉住我的手，握著足足有三秒鐘那麼久。然後她就放開了，從秋千椅跳了下來，快步離開。我坐在那兒，慢慢盪著，享受冷冽的微風拂面吹過，我已經好久不曾有這種感受了，因為之前的冬天是在佛羅里達州度過，再上次則是在德州。等我回到帳篷處，亨利正坐在野餐桌邊吃派餅，伯尼庫沙則是躺在他的腳邊。

「還好吧？」

「不錯。」我笑著說。

某處開始施放煙火，空中爆出橘色和藍色的光彩。這讓我想起洛里星，還有異形入侵那天所見到的火光。

「關於我所看到的那第二艘太空船，你有沒有進一步的想法？」

亨利環顧四周，確定沒人能夠聽到我們講話。整張野餐桌就只有我們兩個人，在這個角落之處，離其他群眾還有一大段距離。

「我稍微想了一下。不過，我還是不太了解其中的道理。」

「你認為那艘太空船也能飛到地球來嗎？」

「我不相信。那不可能。如果就像你所說的使用燃料，若無法再添燃料就沒法跑這麼遠。」

我坐著思考了一會兒。

「但願它能夠。」

「能夠怎麼樣？」

「來到地球，和我們在一起。」

「你能這樣想也不錯。」亨利說。

▲

過了差不多一小時，我看到所有的足球隊員列隊橫越草坪，馬克在前頭領軍。他們扮成木乃伊、殭屍、鬼魂，總共有二十五人。他們坐在最靠近棒球場邊的長條椅上，之前在幫小孩畫臉的啦啦隊員則開始為馬克和他的夥伴們上妝，把整個扮裝弄得更完整。到這個時候我才曉得，驚魂之夜要負責嚇遊客，躲在森林暗處的工作人員，正是那些美式足球隊的傢伙。

「你看到了沒？」我問亨利。

亨利看看他們，點點頭，拿起咖啡杯啜了一口，過好久才放下杯子。

「你覺得還要參加什麼驚魂之旅嗎？」他問。

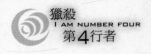

「不想，」我說。「不過我還是會去。」

「我就知道你會這麼做。」

馬克扮的好像是殭屍之類的造型，身上穿的黑衣剪得破破爛爛，臉上塗滿黑色和灰色的油彩，紅色的斑點隨意散置，假裝是流血。他化好妝的時候，莎拉走過去和他講話。他的聲音突然變得好大，可是我聽不到是什麼內容。他邊說邊比手劃腳，動作誇大而且講得好快，我猜他大概是急得舌頭打結了。莎拉兩隻手抱在胸前，對著他直搖頭。他的身體變得極為緊繃。我動動身子想要站起來，可是亨利一把拉住我的手臂。

「別過去，」他說。「他這麼做只是把莎拉往外送，越推越遠罷了。」

我遠遠看著他們，真希望能夠聽到那些談話的內容，不過四處都是小孩子的尖叫聲，根本很難集中注意力。等吼叫停了下來，他們倆都直挺挺站著，瞪看對方，馬克的臉扭曲在一塊，似乎受了打擊，莎拉則是露出不可置信的假笑。然後她搖搖頭，走開了。

我看著亨利。「我現在該怎麼辦？」

「什麼也別做，」他說。「什麼也別做。」

馬克走回他的朋友那裡，頭低低的，板著一張臉。其中幾個人往我這邊看過來。嬉皮笑臉，虛假得很。然後，他們出發往森林前進。緩緩而有規律的行進著，二十五個扮成鬼的傢伙消失在遠方。

▲

為了打發時間，我和亨利走回鎮上熱鬧的地方，在「飢餓的熊」餐廳吃晚餐。等我們又散步回來，太陽已經落到地平線以下，第一輛車堆滿乾草，由一台綠色的牽引機在前面拉動，往森林裡出發。人潮明顯減少許多，留下來的大部分是高中生，還有一些愛玩的大人，總數差不多一百人。我在人群中找尋莎拉的身影，可是遍尋不著。下一班車會在十分鐘後出發。依照大會發的手冊所寫，整趟旅程大概要半個小時，牽引機緩緩在森林裡走著，人們懷抱滿心期待，然後車子會停下來，乘客得要下車，沿著另一條不同的小路步行，真正的驚魂之旅是從這邊才開始。

我和亨利站在帳篷下，我再度掃視尋查排隊等候的人群，還是沒看見莎拉。就在這個時候，我的手機在口袋裡發出震動。我已經不記得上次亨利以外的人打電話來是在多久之前。來電顯示為莎拉・哈特。我精神一振，全身上下都興奮起來。那一天，她把自己的號碼輸入我的手機裡面，一定是同時也把我的號碼抄下來了。

「哈囉？」我說。

「是約翰嗎？」

「是啊。」

「嘿，我是莎拉。你還在公園那邊嗎？」她說。聽她講話的態度，就好像打電話給我沒什麼大不了，而且就算是我從來不曾把我的手機號碼告訴她，接到她打電話來也不用東想西想。

「是啊。」

「那太好了！五分鐘後我會到現場。已經發車了嗎？」

「是啊，幾分鐘之前。」

「你還沒出發吧，對不對？」

「沒有。」

「哦，太好了！等我一下，這樣我們兩個就可以一起坐。」

「是啊，當然，」我說。「現在第二趟差不多要出發了。」

「很好。我還可以趕上第三趟。」

「到時候見。」

我把電話掛了，臉上露出大大的微笑。

「你可要當心點。」亨利說。

「我會的。」然後我頓了一下，想把說話的語氣調得更輕鬆一些。「你用不著在這邊等我。我想應該能夠找到便車送我回去的。」

「我很樂意待在這，也很想住在這個鎮上，約翰。即使說，之前已經發生了那些事情，即使說我們最好還是一走了之。可是有些事情你總得讓步才行啊。例如這件事。我不喜歡那幾個小子瞪著你看的嘴臉。」

我點點頭。「我不會有事的。」

「我也這麼想。不過，我會在這裡等著以防萬一。」

我嘆了一口氣。「好吧。」

五分鐘過後，莎拉到了，她還帶著一位很漂亮的朋友，我之前也有見過，不過還沒人介紹我們認識。她已經換成牛仔褲，羊毛衣，還有一件黑外套。她把右邊臉頰上畫的鬼擦掉了，而且把頭髮放下來，披在肩頭。

「嘿，你好。」她說。

「嗨。」

她的手臂環抱我的身體，刻意給我一個擁抱。我可以聞到香水味從她脖子飄了上來。然後她鬆開。

「嗨，約翰的爸爸，」她對著亨利說。「這位是我的朋友，艾蜜莉。」

「很高興見到你們兩位，」亨利說。「你們準備好要去探索未知的領域了嗎？」

「沒錯，」莎拉說。「這位先生去看看沒有關係吧？我可不想讓他嚇得趴到我身上。」她對亨利說，笑著指指我。

亨利咧嘴笑了笑，我可以看得出來他很喜歡莎拉。「你們最好靠緊一點以防意外發生。」

她轉頭往後張望。第三趟車已經快坐滿了。「我會保護他的，」她說。「我們最好趕快過去。」

「好好玩啊。」亨利說。

莎拉攙著我的手，這真讓我喜出望外，然後我們仨急急忙忙朝著乾草車那邊跑過去，離帳篷差不多還有將近一百七、八十公尺遠。大概有三十個人在那排隊。我們接著排在最後面，開始聊天，不過我有一點害羞，大部分時間都是聽她們兩個女孩子講話。排隊等待的時候，我看見山姆在邊邊閒晃，似乎還在想要不要走過來找我們。

「山姆！」我的叫聲比原先預期還要熱情。山姆晃到這來。「你要不要和我們一起坐？」

他聳聳肩。「你們不介意嗎？」

「拜託哦。」莎拉說，揮揮手要他過來。他站在艾蜜莉旁邊，人家對著他微笑呢。他立刻就滿面通紅，我好高興他可以一起來。突然，有個手持無線電對講機的小子走了過來。我認出來他也是美式足球隊的成員。

「嗨，湯米。」莎拉對著他說。

「嘿，」他回道。「這趟車還剩下幾個位子。你們要不要搭？」

「真的嗎？」

「是啊。」

我們越過排隊的人直接上拖車，四個人一起坐在捆紮好的乾草堆上。我發現湯米並沒有向我要乘車券，這很奇怪。我也很好奇，他為什麼要讓我們完全不用排隊。有些人已經等了很久，不屑地看著我們。這也不能怪別人。

「好好享受啊。」湯米笑著說，這樣的笑臉我也曾經見過，就是聽到討厭的人出事時的那種奸笑。

「這真詭異。」我說。

莎拉聳聳肩。「他可能在暗戀艾蜜莉吧。」

「哦天啊，我可不想。」艾蜜莉說，假裝要昏過去了。

我坐在乾草堆上，看著湯米。拖車只坐了半滿，這又是另一件讓我懷疑之處，因為還有很多人在排隊等待。

牽引機出發了，搖搖晃晃順著小路前進，穿過森林的入口，隱藏的擴音器傳出令人發毛的音效。樹木十分茂密，外面的燈光都透不進來，只剩下牽引機的前車燈亮著。我在想，要是把車燈關了，就會暗得伸手不見五指。莎拉又拉著我的手。她的手好冰，可是有一股暖意充滿我全身。她靠過來，小聲的說：「我有點怕了。」

較低的樹枝上吊著好多鬼怪圖案，垂掛在我們頭頂，車道兩旁有好多殭屍造型倚在樹上。牽引機停下來，把大燈關掉。然後是幾次明明滅滅的閃光，差不多有十秒那麼久。這些並沒什麼好怕的，等閃光停下來我才知道這是要做什麼用的：我們的眼睛要好幾秒才能適應，突然什麼都看不見。此時一聲尖叫劃破夜空，鬼怪在我們身邊飄來飄去，莎拉緊靠著我。我斜眼掃視，發現艾蜜莉已經往山姆那邊靠過去了，而且他笑得很開心。我自己也有一點害怕。我小心翼翼用手環抱著莎拉。有隻手輕輕碰了碰我們的背，莎拉緊緊揪著我的大腿不放。車上有幾位乘客發出尖叫。牽引機突然抖了一下往後，又再繼續前進，除了樹木在車燈照射下而成的剪影，什麼也瞧不見。

我們又繼續往前開了三、四分鐘。一想到接下來得要用走的穿過黑暗叢林就讓人害怕，恐懼感越來越重。此時牽引機繞了一圈迴轉，停止。

「大家都下車。」駕駛喊道。

最後一人也下來，牽引機就開走了。車燈的光亮消逝在遠方，然後就看不見了，只留下漆黑的夜晚，萬籟俱寂，所有的聲音都是我們自己弄出來的。

「媽的。」有個人忍不住罵了一聲，大家全都笑了。

在場的加起來全部有十一人。有一些小燈亮了起來，隱約為我們指引道路，然後又斷電。我閉上眼睛，專注在莎拉與我十指交纏的那種感覺。

「我真搞不懂為什麼每年都要來玩。」艾蜜莉很緊張地說，她的雙手環抱在胸前。

其他的人開始沿著小路前進，我們也跟在後面。燈光排成的路徑不時點亮一下，讓我們能夠保持在正確的道路上。走在前頭的其他人離得有點遠，看不到了。我連腳下踏的地面都看不太清楚。突然前方傳出三、四聲尖叫。

「哦，不要，」莎拉說，緊緊捏住我的手。「聽起來好像前面有狀況了。」

就在這個時候，有某種很重的東西落在我們身上。兩個女生都放聲尖叫，連山姆也在叫。我往前一跌，膝蓋都磨破了，被那不知什麼鬼玩意纏住。這時我才想到，是張網子！

「搞什麼東西啊？」山姆問道。

我把那些糾結在一起的繩子直接扯斷，可是我一脫身就有人從後方猛力把我撲倒在地。有個傢伙把我捉起來拖走，和女孩們還有山姆分開。我掙扎脫困，自己站起來，可是立即又被人由背後補上一擊。這絕對不是驚魂之旅該有的劇情。

「放開我！」有個女孩的聲音叫了出來。某個傢伙放聲大笑做為回應。我什麼都看不見。女孩們的聲音漸漸離我越來越遠。

「約翰？」莎拉在找我。

「你在哪，約翰？」山姆喊道。

我站起來，想要去追他們，可是又中了一拳。不妙，這可不好。我被撲倒，整個人栽在泥地裡，面朝下，一時之間亂了方寸。我急忙爬起來，想要喘口氣，頭靠著一棵樹撐住身體。我從嘴裡清出泥巴和樹葉。

我站在原地好幾秒，除了自己用力喘氣的聲音，什麼動靜也沒有。我還在想攻擊的人可能已經離開了，立刻又有人用肩膀撞我，我站都站不穩直直撞上旁邊的大樹。我的腦袋敲到樹幹，眼冒金星。那人的力量很大，讓我十分訝異。我伸手摸一摸額頭，指尖感覺得出鮮血直流。我再度放眼張望，除了樹木的側影，什麼也沒有。

我聽到有個女孩子的尖叫聲，然後就是掙扎抵抗的吵鬧聲。我氣得咬牙切齒。全身發抖。是不是有人扮裝隱身在四周的樹木之間？我根本無法分辨。可是我可以感覺到，某處有雙眼睛正盯著我看。

「放開我！」莎拉叫道。她被人拉開，這我聽得出來。

「好吧，」我對著黑暗、對著樹木說話。一股怒氣冒了上來。「你想和我玩是嗎？」這回是放聲大喊。附近有人在笑。

我對聲音來處進了一步。背後有人出手打我一拳，不過我跌倒之前勉強穩住身子。我盲目揮出一記，手背擦到樹皮。沒有別的辦法了。如果空有異能卻不能在需要的時候拿出來用，那有什麼道理？就算是這麼一來我和亨利就得連夜打包，東西放上貨卡趁著天色未明開走，至少我得負起我該負的責任。

「你想和我玩是嗎？」我又大叫。「那我也來陪你玩玩！」

一道鮮血順著我的臉頰流下。好吧，我想，就這麼辦。他們想對付我就算了，可是他們可不能傷害莎拉一絲一毫。或是山姆，或是艾蜜莉，全都不行。

我深深吸了一口氣，全身上下充滿腎上腺素。我不懷好意的笑了出來，我感到身體似乎變得更壯，更強。我讓手掌發光，明亮的光束掃過黑夜，突然四周大放光明。

我抬頭往上看。我用手掌發出的光在樹木之間照著，邁開腳步衝入黑暗中。

# 14 親吻

凱文從樹後面走出來，身上披著殭屍的裝扮。就是他把我撲倒的。光線照得他呆在原地，而且他似乎被嚇傻了，想不通那光是從哪冒出來的。他戴著夜視鏡。我想，他們就是靠這東西才能在黑夜中作怪。他們是從哪弄到夜視鏡的呢？

他對著我衝過來，千鈞一髮之際我往旁邊閃躲，讓他整個跌倒在地。

「放開我！」我聽到小徑那一頭傳來喊叫聲。我抬頭張望，用我的光往樹林那頭照過去，可是並沒有東西在動。我聽不太出來那是艾蜜莉還是莎拉在叫。接著傳來一陣男孩子的笑聲。

凱文試著想要站起來，可是他還來不及站穩，我由側面踢他的腰。他又跌倒在地，叫了一聲「唉呦！」我把夜視鏡從他頭上解開，用盡全身的力量把它扔得遠遠的，我猜會飛到好幾公里之外吧，因為我實在是太生氣了，有點控制不了我的力量。然後，我快步衝入森林裡去，凱文都還沒辦法坐起來呢。

小徑一會兒往左轉，一會兒向右彎。只有需要看清路徑的時候我才讓手發光。我有種感覺，應該是越來越靠近了。此時我看見山姆就在我正前方，有隻殭屍的手臂把他扣住。另外還有三個人圍了上來。

殭屍鬆手放開山姆。「別生氣啊，我們只是開開玩笑嘛。如果你不反抗的話，就不會受傷的，」他對山姆說。「坐下來好了。」

我將雙手點亮，用光照他們的眼睛，讓他們全都看不清楚。最接近的那人往前進了幾步，我舉拳一揮，正中他的臉頰，他就倒在地上一動也不動。他的夜視鏡滑到茂密的刺藤堆裡，看不到掉在哪了。第二個人想要由背後把我整個身體抱住，可是我掙脫他的掌握，反而把他抬起來。

「他媽的，怎麼會這樣？」他喃喃自語，不知道該怎麼辦。

我使勁一扔，他就撞上六公尺外的一棵大樹。第三個人看情況不妙，拔腿就跑。這樣就只剩下一個人了，就是抓著山姆的那傢伙。他舉起雙手擋在身前，好像我是拿一把槍對著他的肚子。

「這不是我的主意。」他說。

「他的計畫是怎樣？」

「沒什麼啦，大哥。我們只想開開你們幾個人的玩笑，嚇嚇你們。」

「他們在哪？」

「他們放艾蜜莉離開。莎拉還在前頭。」

「把夜視鏡交出來！」我說。

「不行啊，大哥。我們是向警方借來的。我會很麻煩的。」

我朝著他走過去。

「好好好！」他把夜視鏡脫下，交給我。我也把它扔了，而且比剛剛還要用力。我想它會飛到隔壁鎮上吧。讓他們自己想辦法去跟警察解釋。

我用右手一把拉住山姆的襯衫。如果不把光點亮，我根本什麼也看不清楚。這時我才想到，應該留下兩副夜視鏡給我們用才對。可是我之前沒想到，只好深吸一口氣，把左手點亮，用來照路，順著小徑前進。山姆可能會覺得怪怪的，不過他並沒有問我。

我停下腳步傾聽。什麼動靜也沒有。我們繼續向前，在樹林裡繞來繞去。我把光線弄熄。

「莎拉！」我喊道。

我停下來聽一聽，毫無反應，只有風吹過枝頭的聲響，還有山姆的喘氣聲。

「有幾個人和馬克在一塊？」我問。

「五個人吧。」

「你知不知道他們往哪去了？」

「我不曉得。」

我們繼續往前，我根本不知道這條路會通向什麼地方。我聽到遙遠的某處傳來牽引機的嘶吼聲。第四趟已經出發了。我好激動，很想往前衝，不過我曉得山姆沒辦法跟上。他早已經氣喘吁吁，即使氣溫還不到十度，就連我也是汗流浹背。也可能是因為我把流血誤以為流汗，根本無從分辨。

我們越過一棵枝葉繁盛主幹糾結的巨木，突然有人從背後將我撲倒。山姆大叫，一記重拳擊中我的後腦勺，一時之間我還反應不過來，可是我立即轉身揪住那人的咽喉，用光線直射他的臉。他想要把我的手指掰開，沒有用。

「馬克的計畫是什麼？」

「沒什麼啦。」他說。

「回答得不好。」

我把他身子一帶，撞到三公尺外的樹幹上，再把他抓起來，雙手勒住他的脖子，整個人抬離地面。他的雙腳胡亂踢動，攻擊我，可是我用勁護身，那幾下沒什麼作用。

「他想要搞什麼名堂？」

我把他稍稍放下來一點，讓他的腳碰到地面，鬆開手讓他能夠講話。我知道山姆正在看，一切都被他知道了，不過我也沒辦法。

「我們只想嚇嚇你們幾個。」他喘著氣說。

「你要是不老實說，我就把你撕成兩半。」

「他以為其他的人會把你們兩個捉起來，帶到『放牧者瀑布』。莎拉就是被帶到那個地方。馬克想在她面前把你痛打一頓，然後就會放你走。」

「帶路。」我說。

他跌跌撞撞走在前頭，我把光線滅了。山姆抓著我的襯衫一角，跟在後面。我們經過一塊小小的空地，月光在正頭頂上照著，我發現他在注意我的手掌。

「那是手套，」我說。「凱文・米勒就有戴。某種萬聖節用的道具。」

他點點頭，不過我看得出來他已經搞迷糊了。我們差不多走了一分多鐘，總算聽到前方傳來流水的聲音。

「把夜視鏡給我。」我對帶路的那人說。

他猶豫了一下，我只好拗一拗他的手臂。他痛得身體扭來扭去，很快就把夜視鏡取下。

「拿去，拿去。」他叫道。

我把夜視鏡戴上，看出去一片綠綠的。我用力推他一把，他整個人跌在地上。

「跟過來。」我對山姆說，我們往前繼續走，丟下那人不管。

正前方就可以見到那些壞蛋。我算一算，加上莎拉，總共有八個人。

「我看到他們了。你想在這等還是要跟著我？恐怕要大打一場。」

「我也要一起去。」山姆說。看得出來他很害怕，不過我不確定是不是因為他剛見到擋路的美式足球隊員被打得很慘。

最後這段路，我儘量不發出聲音往前走，山姆小心翼翼緊跟在後。只差幾步路的時候，山姆踩斷一根樹枝發出聲響。

「是約翰嗎？」莎拉問。她坐在一塊大石頭上，兩腳緊靠胸前，雙手抱膝。她沒有戴夜視鏡，斜著眼睛往我們這個方向看過來。

「沒錯，」我說。「還有山姆。」

她笑了。「我就說吧。」她說，我猜她是在和馬克講話。水流的聲音聽起來不過是個小小冒泡的急流。馬克欺身向前。

「歡迎，歡迎，歡迎。」他說。

「少廢話，馬克，」我說。「在我的置物櫃裡放牛糞也就算了，這回你做得太過分囉。」

「你這麼覺得嗎？我們可是八個打兩個哦。」

「山姆和這件事無關。你不敢一對一和我打嗎？」我問。「你不想想後果？你這樣是綁架別人。你以為他們會悶不吭聲嗎？」

「是啊，我就是這麼覺得。等他們看到我怎麼教訓你，就會閉嘴了。」

「你作夢，」我說，然後轉向其他人。「有誰不想下水的，我勸你還是趁現在快走。馬克不管怎樣都得下水。他已經錯過協商機會了。」

所有人都咯咯竊笑。還有一個在問同伴「協商」是什麼意思。

「這是你們最後的機會哦。」我說。

每個人都站在原地不動。

「好吧。」我說。

我的胸膛正中央湧出一股又緊張又興奮的感覺。我往馬克的方向前進，他後退一步，沒留神被自己絆倒，摔在地上。兩個人對著我衝過來，全都比我還壯。其中一人向我揮拳，可是我一掌抵住，另一手對著他肚子痛擊。他往前彎下腰，雙手抱著肚子。我推了第二個人一把，他兩腳離地，重重落到兩三公尺之外的地方，那股勁還沒完，帶著他落入水中。他全身濕透爬上岸來。其他幾位呆若木雞，全都嚇壞了。我感覺到山姆正朝向莎拉那邊移動。我抓起第一個傢伙，拖著他前進。他的腳在空中四處亂踢，可是什麼也沒碰到。等我來到小溪邊，我抓著他的牛仔褲腰帶，整個人舉起來丟進水裡。另一個傢伙對我發動攻擊。我只不過側個身，他就頭下腳上栽到溪裡去。解決三個，還有四個要處理。我在想，莎拉和山姆沒有戴夜視鏡，不知道會看見多少。

「你們想要和我打還太弱了點，」我說。「下一位是誰要上？」

最壯的那個小子猛力揮出一拳，差點就打到我了，雖然我反應很快閃了開來，可是他的手肘撞到我臉上，夜視鏡的帶子鬆掉了。夜視鏡掉到地上。如今我只能見到淡淡的陰影。我揮了一記，打到那傢伙下巴，他就像一袋馬鈴薯一樣癱軟在地。看起來好像沒氣了，我揍他的時候恐怕太過用力。我把他臉上的夜視鏡解開，戴在頭上。

「誰還要來？」

有兩個人把手舉在身體前方投降了；第三個嘴巴開開站著，像個呆子。

「只剩你囉，馬克。」

馬克轉過身去，似乎想跑，不過我一個箭步上前，他還來不及逃走就被我捉住，從背後把他的雙手架起來舉高。他痛得胡亂掙扎。

「這場鬧劇結束了，聽懂沒？」

我更用力擠壓，他痛得哇哇叫。「之前你對我有什麼不滿，全都到此為止。還包括山姆還有莎拉。瞭了沒？」

我再使勁一夾。我好怕要是再更出力，他的手就要脫臼了。

「我說了，你聽懂沒？」

「好啦！」

我拖著他來到莎拉面前。現在，山姆已經到石塊這，和她並肩坐著。

「道歉。」

「別鬧了，老哥。你已經證明你很強了。」

我出力擠壓。

「對不起！」他大聲喊。

「要有誠心。」

他用力吸了一口氣。「對不起。」他說。

「你真是個混蛋，馬克！」莎拉說，狠狠用力甩了他一巴掌。他的身體一抽，不過我緊緊扣住他，根本動彈不得只有挨打的份。

我拖著他來到水邊。其他人站在旁邊看，全都嚇壞了。被我一拳擊倒的那人坐起身子，搔搔頭，好像還搞不清楚剛才發生了什麼事。我如釋重負，吁了一口氣，好在他並沒有受重傷。

「這件事不准和任何人講，你聽清楚沒？」我壓低音量講話，只有馬克才聽得見。「今天晚上發生的事情，就在此了結。我發誓，如果下個星期回學校有一丁點風聲走漏，那你所受的就不止今天這樣囉。懂了沒？一個字也不准提。」

「你真以為我會到處亂講嗎？」他說。

「你要保證你的朋友也都守口如瓶。如果他們膽敢和別人講，我就找你算帳。」

「我們一個字也不會透露的。」

我鬆開手，在他屁股上踹了一腳，讓他一頭栽入水裡。莎拉站在石塊上，山姆則是站在旁邊。我走過去，她緊緊抱住我。

「你學過功夫還是什麼？」她問。

我很緊張的笑了笑。「妳看得很清楚嗎？」

「沒有，不過我可以了解發生了什麼事。我的意思是說，在這之前你是不是都在山上受訓啊？我不知道你怎麼會那麼厲害。」

「我猜大概是因為我很怕妳有什麼三長兩短。而且呢，妳說的沒錯，過去十二年我都在喜馬拉雅的高山上練武。」

「你太厲害了，」莎拉笑著說。「我們離開這裡吧。」

其他幾個傢伙都沒有和我們講話。走不了多遠，我才想到根本不認識路，所以我把夜視鏡交給莎拉，請她在最前面領路。

「他媽的我真不敢相信，」莎拉說。「我是說，他真是個混蛋。等著看他們要怎麼向警察解釋。我絕對不會放過他的。」

「妳真的要去報警嗎？不論如何，馬克他爹是警長。」我說。

「我為什麼不能追究下去？這整件事簡直爛透了。馬克的爹應該維護法律保護百姓，就算是他的小孩犯法也一樣。」

我在黑暗中聳了聳肩。「我覺得，他們已經受到應有的懲罰了。」

我咬咬下唇，想到會牽扯到警察就心慌。如果警方介入，那我就得離開，沒別的好說。亨利一知道警察在調查這件事，不出一小時我們就得把東西包一包離開這個小鎮。我嘆了口氣。

「你不覺得嗎？」我問。「我的意思是說，他們已經弄丟七台夜視鏡了。他們得要為這提出一套解釋。另外，他們全都浸到冰冷的溪水裡去了。」

莎拉不發一語。我們安靜走著，我內心期盼她是在盤算，如果別再追究有什麼好處。

總算，我們看到樹林的邊界了。公園內的光線透進樹林裡。我停下來，莎拉和山姆都看著我。山姆一直保持沉默，我希望這是因為他並不能看得很清楚發生了什麼事情，黑暗再度幫了我的忙，而且我想他可能有點被嚇到了。

「決定權在你們身上，」我說，「不過我真的覺得就這樣算了。我真的不願意去和警察解釋究竟發生了什麼事情。」

光線照在莎拉的臉上，露出疑惑不解的神情。她搖了搖頭。

「我認為他說的沒錯，」山姆說。「我可不願意待會還要去寫什麼可笑的報告。我會遇上麻煩的；我媽以為我早就上床睡覺了呢。」

「你就住在附近嗎？」我問。

他點點頭。「是啊，我該走了，趁她查房之前溜回去。回頭見囉。」

山姆二話不說，急忙走開。很顯然他被嚇壞了。他大概從來沒參加過打鬥，更絕對不曾被綁架或是在樹林裡受到攻擊。我明天再試著和他談一談。如果他看到什麼不該看的，我就告訴他是他的眼睛看花了。

莎拉把我的臉拉過去看，拇指順著我臉上的傷痕撫摸，很輕的在我額頭上滑動。然後是兩道眉毛，直盯著我的眼睛看。

「今天晚上真謝謝你。我就知道你會來。」

我聳聳肩。「我不會讓他嚇到妳的。」

她笑了笑，我看著她的眼珠在月光下閃爍不已。她往我這邊靠過來，當我曉得接下來要發生什麼的時候，突然覺得喉頭一緊。她的雙唇對著我的嘴親了親，我全身都酥了。淺淺的一吻，輕輕啄了一下。這是我的初吻。然後她就離開了，我整個融化在她眼裡。我不曉得要說些什麼。我的腦子裡閃過千思萬縷。我的雙腿有點發軟，幾乎站不直。

「我第一眼見到你，就知道你很不一樣。」她說。

「我對妳的感覺也是這樣。」

她湊上來又吻了吻我，她的手輕輕劃過我的雙頰。一開始那幾秒，我迷失在兩人唇貼著唇的感覺當中，一直想我是在和這位美女親嘴啊。

她又退開，我們倆彼此相對而笑，一句話也不用說，只是看著對方的眼睛。

「好吧，我想我最好去看看艾蜜莉還在不在，」過了差不多十秒之後她才開口說。「要不然我就慘了。」

「我相信她不會有事的。」我說。

我們手牽著手一塊兒走向帳篷。我不停在想剛才接吻的事情。第五趟牽引車轟隆隆上路了。拖車上坐滿人，還有十多個在排隊等著。樹林裡發生了那些事之後，莎拉溫暖的小手被我牽著，我止不住臉上掛著微笑。

# 15 太陽系

兩週之後，降下今年的第一場雪。那只是薄薄的粉雪，像是著了一層灰，只足夠在貨卡罩上細細的粉末。剛好就在萬聖節假期之後，一等洛里水晶把神聖之光超能力擴散到我的全身各處，亨利就開始正式的訓練課程。我們每天練習，從不間斷，不管氣候越來越冷，下起雨來，甚至還開始降雪。雖然他口中不說，我想他內心一定迫不及待想要讓我趕快做好充分準備。一開始是他的神色恍惚心不在焉，眉頭緊蹙咬著下唇，然後是長吁短嘆，最終變成晚上睡不著覺，我醒著躺在自己的房間裡聽他在隔壁走來走去，踩得木地板咯咯作響，還有我們現在的訓練課程，亨利的口氣充滿絕望和挫折。

我們站在後院裡，相距三公尺，面對面。

「今天狀況不太好。」我說。

「我知道你在想別的事情，可是該練的還是要練。」

我嘆了一口氣，看看手錶。才四點鐘。

「莎拉六點會到我們家哦。」我說。

「我知道，」亨利說。「所以我們才要趕快啊。」

他的兩隻手各自握著一顆網球。

「準備好了沒？」他問道。

「一切就緒。」

他先將一個球丟到半空中，等它快到最高點的時候，我就要試著集中身體內部的一切能量，讓網球不要落下。我不了解，亨利怎麼會以為我有這種本事，他只說，我應該能夠辦得到，只需花時間多練習。每個行者都能發展出念力，可以用想的就讓物品移動。就是所謂的隔空施力。而且，亨利似乎急得要命，想盡辦法要喚醒在我體內深處潛藏的能量，而不是等我自己去發現，去探索。

那球落到地面，就和之前千百次沒有兩樣，一秒都不延遲，又跳了兩跳，然後就動也不動停在覆雪的草地上。

我長長吁了一口氣。「我覺得今天不會成功的。」

「再試看看。」亨利說。

他丟出第二顆球。我試著要移動那顆網球，讓它停在半空中，我全神貫注，就是他媽的設法叫它往左或往右偏個一公分也好，可是根本沒用。它還是掉落地面。伯尼庫沙一直待在旁邊盯著我們看，現在牠走向那顆網球，用嘴把它叼起來，帶到別處去了。

「該來的時候就會來。」我說。

亨利搖搖頭，下巴肌肉繃得很緊。他的情緒低落還有不耐煩，連我也受到影響。他目送伯尼庫沙叼著球跑開，然後嘆口氣。

「怎麼了？」我問。

他又再搖搖頭。「我們繼續練習吧。」

他走過去，拾起另一顆球。然後，他將網球往空中一扔。我嘗試讓它停住，不過它依然如常往下落。

「或許明天就會成功了。」我說。

亨利點點頭，盯著地面看。「或許明天就會成功了。」

▲

練功時間結束，我全身都是汗，還有泥巴以及溶雪。亨利對我的要求比平常還更嚴格，而且態度十分嚴厲，這只讓我更覺得恐慌。除了練習隔空施力，我們大部分的時間都在磨練格鬥技巧：徒手搏擊、摔角、綜合散打，再來就是打坐；壓力之下保持自持、心靈控制，如何看出對手眼中透露恐懼，還要學會如何利用對方的弱點。並不是亨利的訓練太嚴格讓我很緊張，我比較害怕他的眼神。他的目光渙散，夾雜著恐懼、不滿以及失望。我不曉得他是不是只因為進度落後而心神不寧，還是有什麼更深層的因素，可是這些訓練課程變得越來越累，不管是體力上還是精神上都很耗費能量。

▲

莎拉準時來了。我走到外頭，她還沒走上門前的露台我就吻了她一下。我取過她的外套，進屋的時候將外套掛起來。再過一週就是家政課的期中考，她想到應該在家裡先把課堂上要做的菜試過一遍。我們一開始煮東西，亨利就抓了件夾克出去散步。他帶著伯尼庫沙一塊出門，我真感謝他能夠讓我和莎拉單獨相處。我們要做的是烤雞胸肉，配上馬鈴薯與燉煮時蔬。煮出來的東西遠比我想像中還要美味。等一切就緒，我們三個人一起坐下來用餐。大多數的時間，亨利一直悶不吭聲。只有我和莎拉小聲交談，講些學校的事，還有下個星期六要去看電影。亨利幾乎都不抬頭看看盤子以外的地方，只是一直在講晚餐有多好吃。

等晚餐結束，我和莎拉把碗盤洗好，到沙發上坐坐休息一下。莎拉帶了一部電影來，我們就用屋裡的小電視放著看，不過亨利大多時間往窗外張望。影片放到一半，他站起來嘆口氣，走到屋外去了。我和莎拉目送他離開。我們手牽著手，她往我身上靠過來，頭放在我肩膀。伯尼庫沙坐在莎拉身旁，頭放在她大腿上，還有條毯子蓋在他們倆身上。外頭也許又冷又颳風，可是我們客廳卻是溫暖又舒適。

「你爸還好吧？」莎拉問。

「我也不曉得。最近這陣子他就怪怪的。」

「晚餐的時候他真的好安靜哦。」

「是啊，我得出去看看。我馬上就回來。」我隨著亨利走到屋外。他站在露台上，眼睛盯著黑暗處發楞。

「怎麼了嗎？」我問。

他抬起頭來看看天上的星星，陷入一番沉思。

「感覺有些不太對勁。」他說。

「你這麼說是什麼意思？」

「我說了你恐怕不願意聽。」

「好吧。有事就明講吧。」

「我不知道還能在這待多久。我覺得這裡不怎麼安全。」

我的心一沉，不知該說些什麼。

「敵人已經氣急敗壞，而且我認為他們越來越接近了。我可以感覺得出來。我認為在這裡並不安全。」

「我不想離開這。」

「我知道你並不願意走。」

「我們躲藏得很好。」

亨利看著我，眉毛挑得高高的。「我不是在說你，約翰，可是我認為你並沒有隱藏得很好。」

「如果有用的話，我都有照做。」

他點點頭。「我們等著看好了。」

他走到露台的邊邊，雙手靠在欄杆上。我站在他旁邊。又來了一場雪。雪花逐漸飄下，灑落地面，細小的白點閃爍著，除此之外一片漆黑。

「另外還有別的事。」亨利說。

「我想也是。」

他嘆了嘆氣。「你早就應該發展出隔空使力的本領了。應該和你的第一項異能差不多同時出現才對。幾乎不會在那之後，而且就算真的比較慢，也絕不會超過一個星期那麼久。」

我望過去看著他。他的眼中充滿憂慮，一副愁眉苦臉的模樣。

「你的異能是來自洛里星。之前一直都會順利出現。」

「你要說的是什麼？」

「我不清楚如果我們一直待在地球的話，還會剩下多少超能力，」他說道，然後頓了一下。「既然我們已經不是住在那裡，我不曉得你還會不會出現其他異能。如果我的憂慮成真，那根本就不可能和摩加多星人作戰，更別說想要打敗他們了。而且，如果我們不能打敗那些人，就永遠沒辦法回到洛里星。」

我看著雪花落下，不知是該憂慮還是該覺得如釋重負，因為或許這麼一來我們就用不著東奔西跑，終於能夠安定下來。亨利指指天空中的星星。

「就在那，」他說。「洛里星就在那個位置。」

我當然很清楚洛里星在哪，用不著他跟我說。有一股力量，總是會把我的眼光拉往那個方位看過去，在幾十億公里之外，就是我們的洛里星。我試著用舌尖接住一片雪花，閉上雙眼，吸進冰冷的空氣。等我再張開眼睛，轉過身去透過窗戶看看莎拉。她跪坐著，伯尼庫沙的頭還是放在她腿上。

「你有沒有想過乾脆定居在這裡，有沒有想過別管他媽的洛里星，在地球上好好過日子？」我問亨利。

「我們離開的時候你還很小。我想你也沒什麼印象，是不是？」

「是沒什麼深刻的印象，」我說。「偶爾會有片斷的記憶重現。但是我搞不清楚那究竟是我記憶裡的東西呢，還是訓練當中所看到的情景。」

「如果你還記得一些東西，就不會有剛剛的那種想法了。」

「可是我沒什麼記憶。問題是出在這？」

「大概吧，」他說。「但是，不論你是否想要回去，摩加多星人並不會停下腳步，不會不再來找你麻煩。而且，如果我們變得隨隨便便，找個地方住下來不動，保證會被他們找到。要是被發現了，我們兩個都會沒命。這是沒法改變的事實。你改變不了的。」

我曉得他說的都對。我和亨利一樣，不知怎地也有那些感覺，夜闌人靜時覺得危險越來越近，手臂上的汗毛直豎，即使並不冷，還是有一股輕微的顫抖順著脊椎冒上來。

「你會不會後悔一直待在我身邊？」

「後悔？你怎麼會有這種想法？」

「因為那裡已經沒有什麼東西在等我們回去了。你的家人全都死了。我的家人也是一樣。回到洛里星，只不過是要去重建它。要不是因為我的關係，你早就可以輕易編造一個身分，在地球某處過著自己的生活。你可以交朋友，甚至再談一次戀愛。」

亨利笑了。「我早就談過了。而且我會一直愛著同一個人，直到我死的那天。我想你也無法體會，洛里星的人和地球人很不一樣。」

我很不屑的嗤之以鼻。「但是，你還是可以融入某個地方啊。」

「我現在就融入一個地方。現在，我是俄亥俄州派拉代斯市的一員，你也一樣。」

我搖著頭說。「你曉得我的意思，亨利。」

「你覺得我缺少了什麼？」

「正常的生活。」

「你就是我的生活重心啊，孩子。就是因為你，還有我的記憶，我才和過去的日子有所連結。少了你，我就失去一切。我是說真的。」

就在這個時候，我們身後的門打開了。伯尼庫沙大搖大擺走了過來，莎拉跟在牠後頭，站在門廊，一半身子在屋內一半身子出了門外。

「你們倆真的要我一個人獨自看完這部電影嗎？」她問。

亨利對著她笑。「我可不敢。」他說。

▲

看完影片，亨利和我開車送莎拉回家。等我們到她家，我送她到門口，我們站在前台上相視而笑。我親親她說再見，這真是纏綿的一吻，同時雙手輕輕握著她的小手。

「明天見。」她說，擰了我的手臂一下。

「祝妳有個好夢。」

我走回貨卡。亨利把車倒出莎拉他們家的車道，向回家的路前進。我止不住一直覺得有股恐懼感，回想起來亨利在第一天上課的時候所說的話：「記住了，我們隨時都可能要動身離開此地。」他說的對，我也知道，可是在此之前我從來沒有這種感覺。我覺得就像是飄浮在半空中，我和莎拉分開的時候心神不寧，就像現在一樣，雖然說我們剛才一起度過了好幾個鐘頭。莎拉讓我們的躲藏和四處奔逃有了目的，要比單獨的苟活求生存更有意義。打敗敵人取得勝利也有了意義。然而，和我在一起可能會讓她的生命陷入危險，一想到這我就怕得不得了。

等我們回到家，亨利走進他的臥室，拿著寶匣走出來。他把寶匣放在餐桌上。

「要打開嗎？」我問。

他點點頭。「裡頭有個東西，好多年前我就想拿給你看了。」

我迫不及待想要看看那裡面裝了什麼東西。我們一起將扣鎖打開，他小心翼翼把蓋子拉起來，不讓我往裡面偷看。亨利取出一個絨布袋，將寶匣闔上，又扣起來。

「這些東西和你的異能沒有關係，不過上次我打開寶匣的時候放了進去，因為我有些不祥的預感。如果摩加多星人捉到我們，也絕對無法打開這東西。」他指了指那匣子。

「袋子裡是什麼東西？」

「太陽系。」他說。

「如果那和我的異能無關，你為什麼從來不曾拿給我看過？」

「因為你得要出現異能，才有辦法啟動它們。」

他把餐桌清空，然後坐在我對面，袋子放在腿上。他對著我笑，感受到我的焦躁不安。然後，他伸手進去，從布袋裡拿出七個大小不一的玻璃球。他把玻璃球舉高，來到面前，對它們吹氣。它們從中央的核心發出亮光，然後亨利把玻璃球往空中一丟，立刻它們全都活了過來，飄浮在餐桌上。這些玻璃球就像是我們那個太陽系的翻版。其中最大的差不多有顆橘子那麼大，這是洛里星的恆星太陽，而且它位在其他玻璃球的中央，發出的亮度就像是個電燈泡，看起來像是個自己放光的熱火球。其他玻璃球繞著它打轉。比較靠近太陽的移動比較快，而比較遠的似乎緩緩前進。所有玻璃球都會自轉，日夜以極快的速度交替。距離太陽第四個行星，就是洛里星。我們看著它移動，看著它的表面開始成形。它的大小差不多像是個壁球。這複本一定不是按比例製作，因為實際上洛里星遠比我們的太陽要小。

「現在怎麼了？」我問。

「那球會變成洛里星的模樣，忠實表現出它在此時此刻的外觀。」

「這怎麼可能?」

「那是個特別的星球,約翰。在它最核心的深處有個古遠的法術。你的異能就是由那而來。就是它讓你的天命出現,並且實際成真。」

「可是你剛才說這些東西和我的異能無關。」

「是無關,只是來源相同。」

高山、谷地逐漸成形,溪谷切割大地,之前也曾經流水淙淙。然後那過程停住了。我尋找是否有任何顏色、動作,任何風吹過那片土地。但是什麼也沒發生。整片地景都是一塊一塊單調的灰色和黑色。我不知道還希望看到什麼,不知道有什麼好期待的。某種動靜,一丁點生命的跡象。我的心情大受打擊。它的表面暗了下來,我們可以看穿它,見著最核心之處開始形成一小點微光。它亮了一下,又暗下來,然後又亮了,就好像某種沉睡中的動物在呼吸。

「那是什麼?」我問。

「我們的星球還活著,還有呼吸。它完全退縮內化,等待時機。或是說,冬眠。不過總有一天會再醒過來。」

「你怎麼這麼肯定?」

「這裡頭的小小亮光,」他說。「這就是希望,約翰。」

我盯著它看。我發現看著它一明一滅十分有趣。他們想要把我們的文明全都毀滅,把星球也破壞掉,然而它依然一息尚存。沒錯,我想,總會有希望的,亨利一直都這麼跟我說。

「這還不算。」

亨利站起來，指尖一彈，所有行星都停下來不動。他把臉湊過去，距洛里星只有幾公分，然後雙手彎曲成杯狀，又對它吹了幾口氣。玻璃球上出現點點綠色和藍色，布滿表面，而且隨著亨利在上頭留下的水蒸氣散發，幾乎很快又消退了。

「你在做什麼？」

「用你的光照它。」亨利說。

我把雙手點亮，當我將手舉高包覆著那個玻璃球時，綠色和藍色又回復了，只不過這回只要我的手照著它，色澤就不會消退。

「遭受攻擊之前，洛里星就是這個樣子。你要不要看一看究竟有多美？有時就連我都忘記了。」

那真漂亮極了。萬物不是青綠就是湛藍，毛絨絨而青翠。星球上的植物看似在陣陣微風吹拂之下隨著起伏，連我都能感覺那風。水面上浮現陣陣漣漪。這座星球真的是生機盎然，活靈活現。但是，當我把手心的光移開，一切色澤全都消散，回復成灰暗的色調。

亨利指了指玻璃球表面上的某個位置。

「就在這兒，入侵的那一天我們就是從這邊升空逃出來。」然後他的手指尖移了一公分，指著另一點。「洛里星的探險博物館原本是在這個位置。」

我點點頭，看了看他所指的地方。還是灰灰的一片。

「博物館怎麼了？」我開口發問。我坐下來，靠著椅背。看到這個情景，很難不會變得心情沉重。

他回過頭看看我。「我一直在想，你看到的究竟是什麼。」

「嗯哼。」我發個聲，促使他把話繼續說下去。

「那是個超大型的博物館，完全以太空旅行的演進為主題。其中有一幢建築物裡，有許多早期的火箭，差不多有好幾千年的歷史。這些火箭是用一種只有洛里星才有的燃料，」他說，然後停頓一下，又往回看了看浮在餐桌上六十公分處的那顆小玻璃球。「是這樣的，要是你所見為真，如果戰爭最激烈的時候還有第二艘太空船能夠逃離洛里星，那就很可能是放在太空博物館裡的古老火箭。沒有別種可能。我還是很難相信那種東西居然能夠使用，而且，就算真的發射升空，也跑不了太遠。」

「要是它不能跑得很遠，你幹嘛一直在想這件事？」

亨利搖搖頭。「你也知道，我並不是很肯定。也許是因為我之前的想法錯了。也許是因為現在我希望自己的判斷並不正確。而且，要是那艘火箭出得來，那說不定也能抵達地球，摩加多星不算，這是離那最近的有生命星球。而且，這就得假設太空船裡有人，並不只是一堆人造物品，或者空無一物，摩加多星人一定十分困惑，百思不得其解。不過我想至少有一個洛里星人在操作那艘太空船，你也曉得，因為那種飛行器不可能自己動起來。」

▲

又是一個輾轉難眠的夜晚。我光著上身站在鏡子前，兩手的光亮著，盯著鏡中的那個人看。「我不曉得還能在這待多久。」亨利今天是這麼說的。洛里星的最中央依然炙熱，而且我們帶出來的物品還能發揮作用，那麼，法術怎麼可能不再繼續作用？還有，其他人不知怎麼了，他們現在也遇到相同問題嗎？他們是不是沒辦法生出異能？

我在鏡子前面把手一縮，揮了個空拳，試看看鏡子會不會破掉，或是打到門上發出聲響。一點用也沒有。只有我一個人像個瘋子一樣光著上半身站在鏡子前，自己和自己模擬揮拳，伯尼庫沙在床上欣賞我的表演。已經快半夜了，我一點也不覺得累。伯尼庫沙跳到床下，坐在我身邊，看著我陷入沉思。我對牠笑笑，牠搖搖尾巴。

「你覺得如何？」我問伯尼庫沙。「你有沒有什麼超能力？你是隻超級狗嗎？要不要再穿上那件斗篷，這樣你就能在空中飛來飛去？」

他的尾巴搖個不停，而且爪子搔搔地面，眼睛吊吊的瞪著我看。我把牠抱起來，舉到頭上，在房間裡跑來跑去。

「看啊！伯尼庫沙來了，偉大的超級狗！」

牠在我的指間扭來扭去，我只好放牠下來。牠側躺著，尾巴打在地墊上叭叭作響。

「好吧，兄弟，我們其中一個應該擁有超能力。而且看起來不像是我哦。除非我們退回去『黑暗世紀』，那我就可以用光照耀世界。除此之外，我想大概派不上用場。」

伯尼庫沙四腳朝天在地上打滾，用牠的大眼睛瞪我，要我摸摸牠的肚皮。

# 16 山姆古德

山姆在學校一直躲著我，似乎是一見到我就立刻消失不見，要不然就是一起待在眾人之中。在亨利不斷的催促之下，我決定到他家來一次突擊訪問；亨利在網路上找了又找，都沒看到類似報導，他非常想弄到山姆所說的那本雜誌。做完那天的訓練項目，亨利就開車送我去山姆家。他們家是在派拉代斯市的外圍，一間小而精緻的房屋。我敲敲門，沒有反應，所以我就試著推門。門並沒有上鎖，我打開門走了進去。

地板上鋪的是棕色的長毛地毯，飾有壁板的牆上掛滿家居相片，都是山姆還很小的時候照的。山姆，他媽媽，還有一個男人我猜是他爸，戴著一副眼鏡和山姆的一樣厚。然後我湊近了仔細看。它們似乎是同一副眼鏡。

我悄悄穿過走道，來到一間臥房門口，我猜這一定就是山姆的房間；大頭釘掛著一個標語，寫道：「擅闖者危險自負」。門開了一個小縫，我往裡頭偷窺。房間裡十分整潔，所有東西都是刻意收藏，各安其位。雙人床鋪得平平的，一條黑色蓋被，上面印著土星的小圖案。同樣花色的枕頭套。牆上貼滿海報。有兩張是ＮＡＳＡ的，一張是電影《異形》，一張

《星際大戰》。還有一張是螢光的，圖中有個綠色的異形頭部，背景是暗色的毛氈。房間正中央，用透明線掛著一個太陽系，全部九大行星還有太陽。這讓我想起來亨利拿給我看的那些東西，那不過是幾天之前的事。我猜如果山姆看到，一定會為之瘋狂。然後，我看到山姆了，他在一張小小的橡木書桌前弓身伏案，掛著耳機。我把門打開，他轉頭往這望過來。他並沒有戴眼鏡，而且眼鏡拿掉之後他的眼睛看起來好小，跟兩粒豆子似的，好像卡通人物。

「你在忙什麼啊？」我隨口問問，就好像我每天都會到他家走走。

他似乎極度震驚，相當恐懼，急急忙忙把耳機扯下來，一隻手伸進抽屜。我看看他桌上，發現他正在讀一份《異形就在你身邊》雜誌。等我抬起頭來，發現他正拿著槍對準我。

「哇賽，」我說，出於本能把雙手舉到面前阻擋。「你是怎麼了？」

他站起來。他的手在發抖。槍正對著我的胸膛。我想他可是嚇傻了。

「告訴我，你們是從哪來的？」他說。

「你在說些什麼啊？」

「我看到你在樹林裡的種種行為。你根本就不是人類。」我就怕這樣，他看到太多事情了，比我預期還要多。

「少扯了，山姆！我被迫和人打架。我之前練了好多年的武術功夫。」

「你的手會發光，跟手電筒一樣。你可以把人丟到很遠的地方，就好像丟紙屑一樣。這可不是平常人可以辦到的。」

「少呆了，」我說，我的手還舉在身體前方。「仔細看好。你看到什麼光嗎？我已經跟你講過了，那是凱文戴的手套。」

「我問過凱文了！他說根本就沒有戴那種手套！」

「你以為，發生那種事他還會跟你講真話？把槍放下來。」

「從實招供！你是哪來的？」

我轉了轉眼珠。「沒錯，我是外星的異形，山姆。我是來自好幾十億公里以外的星球。我有超能力。你想聽的是不是這些東西？」

他瞪著我，手還一直發抖呢。

「你知不知道這聽起來有多蠢多可笑？別發癲了，把槍放下來。」

「你剛說的是真是假？」

「說你很蠢那句話嗎？是啊，我是說真的。你整個人都被這些玩意迷瘋了。你在日常生活裡看來看去都認為是外星人或是異形的陰謀，就連你唯一的朋友也不例外。別再用他媽的手槍對著我。」

他盯著我瞧，我看得出來他正在思考我所說的話。我把手放下。然後，他嘆了一口氣，槍管向地。「我很抱歉。」

我很緊張地吸了好大一口氣。「你是該向我道歉。你他媽的在想些什麼啊？」

「其實沒有放子彈。」

「你早該告訴我的，」我說。「為什麼你這麼願意相信這些玩意？」

他搖了搖頭，把槍放回到抽屜裡。我花了一分鐘才平靜下來，才有辦法應對自如，就好像剛剛的事情並沒什麼大不了的。

「你在看什麼？」我問。

他聳聳肩。「另一份關於異形的報導。也許我應該休息一陣子，別再碰這些東西。」

「要不然就是把它們當做是瞎掰的故事來讀，」我說。「不過，這些玩意一定寫得很逼真。我可不可以瞧瞧看？」

他把最近一期的《異形就在你身邊》遞給我，我很謹慎的坐在他的床鋪邊上。我想，他已經平靜下來了，至少不會再掏出手槍對著我。和之前一樣，這是份印刷品質很差的影印本，字行和紙張邊緣都沒有對正，歪歪斜斜。整本刊物並不怎麼厚，八頁，至多十二頁，印在法律文件大小的紙張上。最上方的日期寫著「十二月」。這一定是最新一期。

「怎麼淨是些奇奇怪怪的東西啊，山姆‧古德。」我說。

他笑了笑。「怪咖就愛怪東西囉。」

「你去哪弄來這名堂的？」我問。

「我跟他們訂閱。」

「我知道啊，可是要怎麼訂？」

山姆聳聳肩。「我也不曉得。突然有一天，信箱裡就放了一本。」

「你是不是還訂了其他的雜誌？也許他們是由那取得你的通訊方式。」

「有一次，我去參觀展覽。我猜可能是在那留下一些基本資料了吧。記不太清楚。我一直以為他們是這樣得到我的地址的。」

我稍微檢視一下封面。上頭並沒有列出網址，而且我想也不會有，因為亨利已經在網路上翻過一遍，毫無所獲。我讀了讀封面故事的標題：

你的鄰居是異形？

不敗判斷法十招！

文章中段放了一張照片，當中的男人一手拎著垃圾袋，另一隻手掀起垃圾桶的蓋子。他正站在家門前的車道上，似乎正要將垃圾丟進桶子裡。雖然這份刊物是黑白印刷，那人的眼睛發出某種光芒。這真是張嚇人的照片：就好像某個人偷偷拍他的鄰居，然後用臘筆把他的眼睛圈起來。這真是笑死我了。

「怎麼啦？」山姆問。

「這張照片真恐怖。好像是《酷斯拉》電影裡的怪物。」

山姆看了一下。然後他聳了聳肩。「我不知咧，」他說。「也可能是真有其事。就像你說的，我把什麼都看成是異形。」

「可是我認為異形應該是那個樣子，」我說，對著他貼在牆上的螢光海報指了指。

「我覺得並不是所有異形都長那樣，」他說。「你也講過，你是個外星人而且具有超能力，可是你長得和它可不一樣。」

我們倆都笑了，我想這個笑話會一直跟著我。只希望山姆不會發現我是在和他說實話。不過，我內心有一部分很想告訴他一切，關於我和亨利的真相，還有洛里星的種種，不知道他會有什麼反應。他會相信我所說的嗎？

我把那刊物前後翻弄，要找發行頁，每種報紙或雜誌都會有這一頁。我找不到，只是登了一些別的報導。

「怎麼沒有發行頁呢？」

「你問這是什麼意思？」

「你曉得啊，雜誌和報紙都會有一頁，列出行政、編輯、撰稿人、在哪印刷，各種這類的資訊，這怎麼沒有？」也就是「若有任何疑問，請和我們連絡」之類的東西。所有出版品都會有這種資料，可是這份刊物沒有。

「他們得要保護自己不被認出來。」山姆說。

「要防誰？」

「異形啊。」他說，笑了笑，似乎也發現這種理由自相矛盾。

「你有沒有上個月的？」

他從衣櫃裡取了出來。我很快掃描一遍，希望摩加多星人的那篇文章就在這一期，而不是刊在更上個月。此時，我在第四頁看到那篇報導。

摩加多星人想要占領地球

摩加多外星人，是來自第九銀河的摩加多行星，來到地球上至今已經有十年之久。他們是個凶險貪婪的種族，想要征服宇宙成為主宰。據說他們已經將另一個類似地球的星體整個殲滅，並且下一步將要接收地球並且定居於此，他們目前正在找地球的弱點。

（下期將有更詳細報導）

這篇文章我讀了三遍。我以為除了山姆講過的那些，還會有其他資訊，可是並沒有。再說，也沒有所謂的什麼「第九銀河系」。我真不知道他們是怎麼編出來的。我前後翻看最新一期來回兩遍。並沒有提到摩加多星人。我的第一個想法是：沒有別的可以講了，所以也就沒有更新的報導。但是我不相信是出於如此原因。我的第二個想法則是，摩加多星人讀到這篇文章，然後就去把這件事給解決了，不論是出了什麼紕漏。

「這本可不可以借我？」我問，手裡拿著上一個月的刊物。

他點點頭。「不過你可要小心啊。」

▲

三個小時過去，已經八點了，山姆的媽媽還沒回來。我問山姆他媽去哪了，他聳聳肩，似乎他也不知道，而且她媽媽不在家也不是什麼稀奇事。大部分的時候我們玩遊樂器、看電視，晚餐吃的是微波食品。我在他家的時候，他都沒有戴眼鏡，這很奇怪，因為在這之前他都是一直掛著眼鏡的。就連體育課測跑的時候，他也戴著。我把他的眼鏡從衣櫃上拿過來，自己戴上。放眼望出去馬上變成一團模糊，幾乎立刻就覺得噁心想吐。

我看看山姆。他正盤腿坐在地板上，背靠著床，膝頭放著一本異形的書。

「老天，你的視力怎麼這麼差？」我問。

他抬頭看我。「那是我爸的眼鏡。」

我把眼鏡摘下來。

「你到底需不需要戴眼鏡啊，山姆？」

他聳聳肩。「其實是不用。」

「那你為什麼要戴？」

「那是我爸的眼鏡。」

我又把眼鏡戴起來。「哇賽，我不知道你怎麼能戴著這玩意走路。」

「我的眼睛已經習慣了。」

「你知道的，如果一直戴下去，你的視力會壞掉，不是嗎？」

「那我就能知道我爸看到什麼了。」

我又將眼鏡取下，放回原來位置。我實在是搞不清楚山姆為什麼要戴這副眼鏡。為了感情上的因素？他真的認為這麼做值得嗎？

「你爸去哪了，山姆？」

他抬頭看著我。

「我不知道。」他說。

「你這樣說是什麼意思？」

「我七歲那年他失蹤了。」

「你們都不知他跑去哪裡了嗎？」

他嘆了一口氣，低下頭，又開始讀放在膝上的書。顯然他並不想講。

「你相不相信世界上有外星人？」沉默了好幾分鐘之後，他開口問道。

「外星人？」

「是啊。」

「當然，我相信有外星人。」

「你認為他們會不會綁架人類？」

「這我不知道。我想，並不能排除有這種可能性。你相信外星人會綁架地球人？」

他點點頭。「大部分的時間是這樣沒錯。可是偶爾也會覺得這種想法很蠢。」

「我了解。」

他抬頭看著我。「我認為我爸爸被外星人綁架了。」他說。

這句話一說出口，他馬上就全身緊繃起來，臉上的表情看來十分脆弱。看他這個樣子，我想之前他一定試過把這些想法告訴別人，可是這人的反應不怎麼友善。

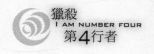

「你為什麼會這麼想？」

「因為他就這樣平白無故失蹤了。他去店裡買牛奶還有麵包，結果再也沒回來過。他的卡車就停在店門口，可是那裡的人都說沒見過他。他就這樣消失了，而且他的眼鏡放在卡車裡。」他停頓了一秒鐘。「我以為你也是要來綁架我的。」

這整個說法真是令人難以置信。如果他的爸爸是在市中心被外星人綁架，怎麼可能不被別人看到？也許他爸爸有什麼不得已的苦衷，就自導自演來個失蹤記。要消失不被人發現並不太難；我和亨利已經幹了十年。不過，山姆對外星人的興趣立刻就得到合理的解釋。也許山姆只是想看到他爸爸曾經看過的東西，不過也可能他自己有點相信那眼鏡會把爸爸最後所見到的影像留下，用某種方式刻畫在鏡片當中。也許他以為長此以往耐心等待，總有一天他也能看到那個景象，而且他爸爸的最後一眼能夠證實他腦子裡編出來的那一套理論。或者，也許他認為只要努力找，有一天他就會看到某篇報導，證明他爸爸是被外星人綁架了，不僅如此，還能有辦法去把他爸爸救回來。

而且，我怎麼有立場去否定他的想法，說他沒辦法找到心目中的證明？

「我相信你，」我說。「我認為你爸爸很可能是被外星人綁架了。」

# 17 亞森斯

隔天，我比平常更早醒來，我爬下床，走出我的臥室，發現亨利正坐在餐桌邊瀏覽報紙，膝上電腦翻開。太陽仍在地平線以下，屋內還暗得很，唯一的光線是由他的電腦螢幕發出的。

「找到什麼？」

「沒呢，沒什麼大不了的。」

我將廚房的燈打開。伯尼庫沙在前門邊上用爪子拍了拍。我把前門打開，牠一溜煙就衝到院子裡，進行每天例行的巡查工作，頭抬得高高的，繞著院子的周圍走一圈，看看有沒有什麼不尋常的事情發生。牠不時停下腳步，在這嗅一嗅，在那又聞一聞。直到牠認為一切都沒變，心滿意足，又衝進樹林裡不知上哪逍遙去了。

餐桌上放著兩份的《異形就在你身邊》，一份是原版，另一份是亨利要留下來用的複印拷貝。兩份文件之間放著一隻放大鏡。

「原版有什麼特別的地方？」

「沒有。」

「那，現在怎麼辦？」我問道。

「就說吧，我運氣還不錯。我交叉比對刊物上的其他文章，找到一些搜尋結果，其中一條帶我來到某個人的個人網址。我寄了封電子郵件給他。」

我瞪著亨利瞧。

「別耽心，」他說。「他們沒辦法順著電子郵件追查。至少用我寄信的方式他們是查不到的。」

「你是怎麼寄的？」

「我把這些郵件導向散布在世界各地的好幾個不同伺服器，這樣一來，原本的位置資訊就在過程中被捨棄，查不到了。」

「真不簡單。」

伯尼庫沙在門板上抓了抓，我開門放牠進屋。微波爐上的時鐘顯示，差一分才到六點。出發到學校之前，我還有兩個小時可用。

「你真的認為我們必須為這篇報導花這麼多力氣搜尋？」我問。「我是說，如果是個陷阱怎麼辦？說不定他們的用意就是要引我們從藏得好好的地方自己跑出來？」

亨利點點頭。「你知道嗎，如果文章中提到我們，那我可能就會抽手。可是它隻字未提。它是在說外星人要侵略地球，就像他們侵略洛里星的做法一樣。其中有太多的事我們還不明白。幾個星期之前，你說我們太容易就被打敗了，一點都沒有說錯。我們真是敗得太快太奇怪。實在是沒道理。整個情勢的發展，還有長老們全都失蹤了，也都沒道理。就連讓你和其他小孩逃離洛里星，也很奇怪，這連我都不曾質疑過。而且，我們透過那些幻象重新觀看事情發生經過的時候，有些事就是兜不起來。如果有一天我們能夠再回去，我想最好能夠了解事情發生的原因，這樣才能避免悲劇重演。就像俗諺所說：不了解歷史的人鐵定要再犯相同錯誤。而且再度犯錯的時候，我們的損失將更為慘重。」

「好吧，」我說。「不過，依照你在星期六晚上所講的，我們能夠回去的機會似乎越來越渺茫。那麼一來，你覺得還值得冒這種危險？」

亨利聳聳肩。「至少另外還有五個人呢。也許他們已經接收到他們的異能。或許你的那一份只不過是有些遲到罷了。我認為最好能為各種可能性做好萬全準備。」

「好吧，你打算怎麼做？」

「只不過是打個電話。我很好奇，想聽看看那人到底懂多少。我也很想知道是什麼原因讓他不再刊出後續報導。有兩種可能，要嘛就是他找不到其他情報也就對此失去興趣，要嘛就是有人在出版後去找他。」

我嘆了口氣。「那麼，要小心點。」我說。

▲

我穿上一件運動褲，還在兩層的T恤外頭套上一件運動衫，繫好我的網球鞋，站直做伸展操。我把要在學校穿的衣服塞進背包，還有一條毛巾，一塊肥皂還有一小罐洗髮精，這樣我到學校的時候就可以沖個澡。今天起，每天早晨我都要跑步到學校。表面上，亨利認為額外的運動有助於我的訓練課程，但是真正的原因是他希望這個做法能幫助我的身體轉變，喚醒沉睡中的異能，如果那些東西真的只是等待喚醒的話。

我低頭看看伯尼庫沙。「準備好跑一跑了沒，小子？嗯？想跟上來嗎？」

牠的尾巴用力甩動，高興得打轉。

「放學後再見囉。」

「好好跑啊，」亨利說。「在馬路上要小心。」

我們走出大門，迎面而來的是寒冷而刮臉的空氣。伯尼庫沙不時興奮得叫了幾聲。一開始我小小慢跑，離開車道，出到碎石路上，狗兒在我身邊快步奔馳，就和我猜的一樣。暖身階段差不多四百公尺。

「準備好更進階了吧，小子？」

牠並沒有注意聽，只是維持著快跑前進，一直吐舌喘氣，樣子高興極了。

「那麼好吧，出發囉。」

我更加快速度，轉換成為跑步，然後沒多久加速為死命衝刺，盡全力飛奔而出。伯尼庫沙被我遠遠拋在後頭。我往後面張望，牠盡全力快跑，不過我還是大幅領先。風吹拂過我的髮間，樹木往後退去看起來都模模糊糊的。這感覺實在是太棒了。伯尼庫沙衝入樹林裡，從視線當中消失。我不太確定是不是應該停下來等牠。然後我轉過身來，伯尼庫沙從林子裡飛奔而出，還在我前方三公尺的地方。

牠看看我，我也看看牠，牠吐著舌頭，眼中透露出一點惡作劇的感覺。

「你真是隻怪狗，曉不曉得？」

五分鐘之後，學校的建築映入眼簾。最後七、八百公尺我飛快狂奔，全力發揮，盡量放開跑，因為這時還是太早了，沒人出門也就沒人會看見我。然後我站著，十指交疊放在腦袋後面，大力喘氣。伯尼庫沙在三十秒後抵達，坐著看我。我蹲下來拍拍牠。

「做得好，老弟。我想我們多了一項每天例行的工作。」

我從肩上把背包取下，拉鍊打開，拿出一個三明治，我把裡頭的培根都給狗狗吃。牠三兩下就把培根全都吞下肚。

「好啦，小子，我要進去了。回家去吧。亨利在等你呢。」

牠看著我，頓了一秒，然後出發往回家的方向衝出去。牠的理解力真是令我大開眼界。

接著我轉身走進校舍，直往沖澡間。

▲

我是第二個走進天文學教室的學生。山姆已經到了，坐在教室最後面的習慣座位。

「哇賽，」我說。「沒戴眼鏡。怎麼回事？」

他聳聳肩。「我想了想你跟我說的那些話。一直戴著爸爸的眼鏡似乎很蠢。」

我笑著坐在他旁邊的位子。我得要習慣他那細小如豆的眼睛，真是很難想像。我把《異形就在你身邊》還給他。他把整份刊物塞進包包裡。我舉起手指彎成手槍的樣子，戳一戳他。

「碰！」我說。

他放聲大笑。然後我也忍不住笑了。我們倆都笑得停不下來。一個人閉上嘴，另一人又開始笑，從頭再來一遍。別人進教室的時候都瞪著我們兩個看。然後莎拉來了。她獨自一人走進教室，朝向我們這邊，一臉迷惑，然後坐在我旁邊。

「你們在笑什麼啊？」

「我也不曉得。」我說，然後又笑了一陣。

馬克最後才到。他坐在老位子上，不過今天莎拉沒有坐在他旁邊，而是另一個女孩子。我猜她是三年級的。莎拉把手伸到桌子下，握著我的手。

「有件事我得和你說。」她說。

「什麼事？」

「我曉得現在才講有點太晚了，不過我媽想邀請你和你爸明天來用感恩節大餐。」

「哇賽。那真是太好了。我得要回去問一下，不過我曉得他沒有別的安排，所以我想答案是我們會去。」

她笑了。「太棒了。」

「因為我們就只有兩個人，通常也沒在過什麼感恩節。」

「是哦，那可是我們家的大日子。而且我兩個上大學的哥哥都會回家來。他們很想見見你。」

「他們怎麼知道有我這個人？」

「你說呢？」

老師進教室了，莎拉眨眨眼，然後我們都開始抄筆記。

▲

亨利一如往常在校門口等我，伯尼庫沙從乘客席探出頭來，一見到我就猛力擺動尾巴，打在門上咚咚作響。我坐進車子裡。

「亞森斯。」亨利說。

「亞森斯？」

「俄亥俄州的亞森斯。」

「去那要幹嘛？」

「《異形就在你身邊》就是在那撰稿印刷。也是從那裡寄出的。」

「你怎麼查得出來？」

「我自有辦法。」

我瞪著他瞧。

「好啦，好啦，我跟你說。總共寄了三封電子郵件還打了五通電話，不過我現在有他們的電話了。」他往我這邊看過來。「也就是說，只要花點力氣並沒有那麼難找。」

我點點頭。我曉得他這是在對我講。摩加多星人也可能像他一樣輕易找上他們。當然，這就是說，天平現在偏向亨利所提出的第二種可能性：有人去找那出刊者，報導無疾而終。

「亞森斯離這有多遠？」

「開車兩小時。」

「你要去？」

「我想並不需要。我會先打電話試試看。」

我們一回到家，亨利立刻拿起電話，坐在餐桌邊。我坐在他對面，仔細聽他講話。

「您好，我是想請問上期《異形就在你身邊》的一篇文章。」

電話另一端傳來低沉的回應聲音。我聽不到他說些什麼。

亨利笑了。「是的。」他說，停頓一下。

「不，我不是訂戶。不過我有個朋友訂了你們的刊物。」

又停頓一陣。「不用了，謝謝您。」

他點了點頭。

「怎麼說呢，我對那篇寫到摩加多星人的文章很有興趣。這個月並沒有如預告一樣刊登後續的報導。」

我探過身去仔細聽，身體緊繃而僵硬。回答的聲音傳來，似乎有些震驚、不安。然後電話就斷了。

「喂？」

亨利把話筒從耳邊拿開，看著它，然後把它放回去。

「喂？」他又問了一次。

然後他把電話掛上，坐在桌面，看著我。

「他說『別再打來了。』然後就掛斷。」

# 18 亨利失蹤

我們為此爭論了好幾個小時，隔天亨利起了個大早，還印了一份從這兒到亞森斯的詳細路線圖。他跟我說，很快就會回來，我們還能來得及到莎拉家去參加感恩節晚餐，而且他還交給我一張紙條，上面記著他要去找的地址和電話。

「你確定這麼做真的值得？」我問。

「我們必須查個水落石出才行。」

我嘆了一口氣。「發生了什麼事，我們都心裡有數。」

「也許吧。」他這麼回答我，可是口氣卻充滿權威，不像是這句話原來應該有的那種不確定性。

「你也知道，要是我們角色互換，你的反應也會和我現在一樣，不是嗎？」

亨利笑了笑。「沒錯，約翰。我知道要是換成是我，我也會反對。不過我認為去看看會有幫助。我想要弄清楚他們做了什麼事，把那傢伙嚇成那樣。我想知道他們有沒有講到和我們有關的事情，是不是在用什麼我料想不到的方式追查我們的行蹤。這能幫助我們藏得更好，遠離他們的追捕。而且，如果這個人見過他們，也能知道他們長的是什麼模樣。」

「我們已經知道他們的長相了。」

「我們知道的是他們發動攻擊時的樣子，那已經是十年前了，但是他們現在可能會有些不同。如今他們也在地球上待了好長一段日子。我想知道他們怎麼混入人類社會的日常生活。」

「就算我們曉得他們是什麼模樣，等我們在街上見到他們的時候，那也來不及了，不是嗎？」

「或許是，或許不是。要是我遇上一個，我就會想辦法把他宰了。又不一定是只有他能把我殺死。」他這麼說，不過此時的口氣充滿不確定，一點霸氣也沒有。

我放棄了。他開車去亞森斯，我卻得坐在家裡乾等，這主意一點也不好。但是我知道，再多說也沒有用。

「你確定能夠趕得回來嗎？」我問。

「我現在就出發，這樣差不多九點就到了。我想在那不會待超過一個小時，頂多兩小時吧。一點以前，就會回到這。」

「那給我這地址幹嘛？」我問，揚了揚手上那張寫著地址電話的小紙條。

他聳聳肩。「以防萬一囉。」

「就是因為這樣，我才認為你不該走這趟。」

「就這麼決定，」他說，沒得討論了。他把資料收一收，從桌邊站起身來，椅子推進去。

「我們下午見。」

「好的。」我說。

他走出門來到貨卡邊，坐上駕駛座。我和伯尼庫沙走到前面的露台，看著他把車開走。不知為什麼，我有種大事不妙的感覺。我希望他能夠回得來。

▲

這真是難熬的一天。有的時候，我們會覺得時間變慢了，每一分鐘都好像十分鐘，一小時彷若二十小時，今天就是如此。我玩玩電腦遊樂器，又在網路上隨便逛逛。我搜尋新聞報導，看看有沒有什麼消息會和我們其他人有關。什麼也沒發現，這不錯。如此表示，我們的人還沒有被查到。這就能避免被敵人捉去。

我不時看一看手機有沒有動靜。中午的時候，我發了一封簡訊給亨利。他並沒有回覆。我吃了午餐，餵餵小狗，然後我再發一封簡訊。還是沒有回覆。一股不安、緊張的感覺慢慢湧上心頭。之前亨利都會立刻回覆，從來沒錯過。可能他把手機關機了。可能是電池沒電了。我用種種可能性想要說服自己，不過我曉得這些藉口都不對。

兩點鐘，我開始耽心了。真的是極為耽心。我們原本是預計三點就要到哈特家的。亨利知道，這次的晚餐對我十分重要。而且他絕對不會把這件事搞砸。我到浴室沖個澡，假想等我洗完出來，亨利已經坐在餐桌邊喝咖啡。我把熱水全開，根本不加冷水。一點感覺也沒有。現在，我全身上下都不怕熱了。只覺得像是一股微溫的水沖在身上，我還真懷念燒燙的感覺呢。從前我都很愛沖熱水澡。站在水柱底下，沖好久好久。閉上眼睛，享受著水柱打在頭上水流順著身體流下。這可以讓我暫時忘記一切。一時間，忘了我是誰，忘了自己是異類。

等沖完澡走出浴室，我把衣櫃拉開，找出最體面的衣服，當然啦，根本也沒啥特別的：卡其褲，襯衫，毛衣。因為我們過的生活要一直搬家，我只有跑鞋，這樣搭配實在是很可笑，一天下來我還是頭一次笑得出來。我走進亨利的房間，到他的衣櫃裡找。他有雙休閒鞋，大小還算合我的腳。看到這麼多他的衣服，又讓我更耽心、更沮喪。我很想相信他只不過是比預計花費更久時間，但是他應該會先通知我一聲才對。一定是發生什麼事了。

我走到前門口，伯尼庫沙坐在這，望向窗外。牠轉頭看看我，哼了幾聲。我拍拍牠的頭，回到臥室裡。我看看時鐘。剛過三點。我查一查手機。沒有簡訊，沒有留言。我決定，如果到五點亨利還沒回來，我就先去莎拉家，然後再來想下一步。或許我可以告訴他們說，亨利生病了，而且我也有點不舒服。或許我可以說亨利的貨卡在半路上拋錨了，我得要去幫他的忙。最好他到時候能出現，我們就可以愉愉快快享用感恩節大餐。這將是我們所過的第一個感恩節。如果他到時還沒回來，我就編些理由。沒有別的辦法。

貨卡被開走了，我決定要用跑的去。我大概連一滴汗也不會流，而且說不定會比開車還快。而且，因為現在是放假日，路上應該沒什麼車才對。我和伯尼說再見，跟牠說我會晚點回來，然後就出發了。我在田邊跑，穿過森林。把能量用一用的感覺也不錯。運動把我的焦慮感帶走了。我做了幾次全力衝刺，差不多是時速九十到一百三十公里。冷空氣劃過臉頰，感覺真是十分奇妙。風聲十分悅耳，就像我們開車在高速公路上奔馳的時候，把頭伸到窗外所聽到的那種感覺。等我二十歲或二十五歲的時候，不知能跑得多快呢。

離莎拉家三十多公尺的地方，我停下來不再跑。我一點也不會覺得呼吸不順。我沿著他們家的車道往門口走去，這時候我發現莎拉站在窗邊往外張望。她笑著對我揮揮手，我才剛踏上門前的露台，大門就打開了。

「嘿，小帥哥。」她說。

我轉過身子往後看，假裝她是在對別人講話。然後我又轉回來，問她是不是在說我。她笑了。

「別鬧了。」她說，在我的手臂上擰了一下，然後把我拉過去給我一個長吻。我用力吸一口氣，還可以聞到食物的香味：上了填料的火雞、馬鈴薯、抱子甘藍、南瓜派。

「聞起來好香啊。」我說。

「我媽一整天都在忙著作菜呢。」

「等不及要嘗一口了。」

「你爸沒來嗎？」

「他有點事走不開。再過一會兒應該會來。」

「他還好吧？」

「是啊，沒什麼大事。」

我們進到屋內，她帶著我參觀家中各處。這是個很漂亮的家。傳統的大家庭房子，臥室設在二樓，還有個閣樓是某個哥哥的臥房，至於生活空間全都在一樓，像是客廳、餐廳、廚房和起居室。我們到她房間的時候，她把門帶上，吻了吻我。這出乎我的意料之外，不過真是令人振奮。

「我整天都在等這一刻。」她鬆手的時候這麼說。正當她往房間門口走過去，我又把她拉回來吻了一番。

「我很期待等下還有機會可以親親妳。」我小聲的說。她笑了笑，又在我手臂上擰了一把。

我們回頭往樓下走，她帶我到起居室，她兩個上大學的哥哥回家來度週末，正和她父親一塊看美式足球的電視轉播。我陪著他們坐下，這時莎拉去廚房幫媽媽和妹妹，準備晚餐。我之前對美式足球並沒那麼著迷。我猜，那是由於我和亨利過的是那種日子，所以在自己的生活之外無法真正對什麼事情產生興趣。我總是在花腦筋想要融入當地躲得好好的，而且隨時準備好要到別處去。她的哥哥和爸爸都在高中的時候參加球隊。他們很喜歡這項運動。而且，今天的這場比賽，爸爸和某位哥哥喜歡其中一隊，而另一位哥哥支持的是別隊。他們彼此爭論、鬥嘴，隨著比賽的發展而高聲歡呼或低吟咒罵。顯然，他們一直都是這樣，甚至一輩子都會如此，而且他們真的是樂此不疲。看到這種場面，我也好希望能和亨利共同分享什麼事情，除了訓練還有永無止境的逃亡和躲藏之外，還能有兩人都熱愛的事情，可以一起分享。這讓我好想有個真正的父親和親兄弟，能夠沒事就在一塊瞎混。

中場時間，莎拉的媽媽通知我們開飯了。我檢查手機，依然沒有任何回應。全部的人入座之前，我到洗手間試看看撥個電話給亨利，可是直接轉到語音信箱。這時幾乎已經五點鐘，我真的慌了。我回到餐桌，大家已經就位。桌上的菜色真是豐盛極了。中央有裝飾的花朵，每張椅子前都放了一塊餐墊，而且餐具的擺設一絲不苟。餐桌當中是一盤又一盤的美味佳餚，烤火雞端坐在一家之主哈特先生的面前。一等我入席坐定，哈特太太也進到餐廳。她已經將圍裙取下，換成漂亮的裙子和毛衣。

「你有接到父親來電嗎？」

「我剛才有試過打電話給他。嗯……他說有點趕不及了，請大家先用不必等他。造成大家的困擾他覺得非常抱歉。」

哈特先生開始切火雞。莎拉坐在餐桌的另一端對我笑了笑，這讓我稍稍覺得好過些，不過只維持了半秒鐘。開始用餐了，每道菜我都取一些品嘗。我想我也沒心情吃太多東西。我把電話拿出來放在大腿上，還把它設為震動，如果有來電或簡訊傳來我馬上就能知道。然而，時間一分一秒過去，我一直在想一切全都完蛋了，我再也見不到亨利了。接下來得要一個人獨自過活的想法真是嚇人；我的異能才剛出現，卻沒有人在一旁解釋訓練，還要自己一個人東躲西藏，逃避追捕，和摩加多星人作戰直到有一方倒下為止，光用想的就受不了。

這頓飯似乎永遠無法結束。時間的流動又再變慢。莎拉的家人一直在問我各式各樣問題。我從來不曾遇過這種情況，在這麼短時間之內有這麼多人問這麼多的問題。他們問我以前的事，我住過的地方，問我有關亨利的事，還有我媽；我和之前一樣，就說她在我很小的時候就過世了。如果說，我的回話有什麼可以和事實扯上一點關係，這就是了。我也不曉得，那些回答會不會自相矛盾。手機放在大腿上，彷彿有幾千斤那麼重。手機並沒有震動。它只是靜靜躺在那。

晚餐後，點心還沒上桌之前，莎拉請大家都到後院，她想為全家拍一張團圓照。我們往外走的時候，莎拉過來問我是不是有什麼不對勁。我跟她說，我很耽心亨利的狀況。她試著要安撫我的情緒，跟我說不會有事的，可是一點用處也沒有。那只是讓我覺得更緊張。我試著推測亨利究竟現在人在哪裡，在做什麼，但是我只能想像他面對著摩加多星人，面露驚恐的表情，知道自己死期將至。

大家集合起在一起拍照的時候，我慌張極了。我要怎樣去亞森斯？我可以用跑的，不過可能會迷路，尤其是我必須避開車流和交通，和主要的高速道路保持距離。也許我可以坐巴士去，但是那太花時間了。也許我可以請莎拉幫忙，可是那就得費一番唇舌解說半天，告訴她說我是個外星人，而且我認為亨利遇到了另一批兇惡的外星人，不是被抓就是已經遇害，這些人一直在找我，想要把我宰了。這主意並不妥當。

大家調整位置的時候，我好想趕快離開，可是我得想出一個方法，不能讓莎拉或是她的家人留下壞印象。我盯著照相機看，直直往它的鏡頭裡瞧，同時心裡在想，有沒有什麼藉口可用而且不會被質問。我現在已經完全被不安的情緒左右。我的手微微顫抖。掌心也有點發熱。我低頭看看自己的雙手，看看它們有沒有發亮。手掌並沒有放光，但是當我抬頭看的時候，發現整台相機在莎拉手中抖個不停。我知道這是因我而起，可是我不曉得是怎麼辦到的，也不知道要怎麼讓它停止抖動。一股寒意湧上脊背。我一口氣換不過來，就在此同時，相機的玻璃鏡頭碎成無數破片。莎拉發出尖叫，然後把相機放下，十分困惑地看著它。她不知如何是好，眼淚汪汪。

她父母衝過去，看看她有沒有受傷。我只能嚇得站在原地不動。我不曉得該怎麼辦才好。她的相機會壞掉和我大有關係，而且她對此十分沮喪，但我因而頗為振奮，因為我擁有隔空施力的超能力了。我能不能控制這股力量？亨利如果知道了一定會高興得要命。亨利啊！驚恐的感覺又回來了。我將雙手握拳。我得要趕快離開這裡。我得要去找亨利。要是摩加多星人抓到他，我會把他們一個一個全都打倒，救出亨利；不過我希望他並沒有落入敵手。

很快思考一番，我走向莎拉，把她拉到一旁不讓她父母聽到，他們還在研究相機，想搞清楚剛才發生了什麼事。

「我剛收到亨利傳來的簡訊。我真的非常抱歉，可是我得回去一趟。」

顯然她十分錯愕，一下看看我，一下看看她的父母。

「他還好吧？」

「是的，不過我得要回去，他需要我幫忙。」她點點頭，輕輕吻了我一下。我希望這不是最後一吻。

我向她的父母還有哥哥和妹妹道謝，在他們還來不及問更多問題之前動身離開。我很快地穿過他們家，而且一走出大門，立刻拔腿飛奔。我順著相同的路線回家。我並沒有上大馬路，僅在樹叢之間穿梭。幾分鐘之後就到家了。我衝進車道，聽見伯尼庫沙在抓門板。顯然牠也很焦慮，似乎牠也感覺到有什麼事不太對勁。

我直接走進臥室，從背包裡取出亨利臨出發前交給我的那張紙條，上面記著他要去的地址，還有電話號碼。我撥了那個號碼，結果切到語音回覆。「很抱歉，您所撥的號碼已斷線或是已無法提供服務。」我低頭看看紙片，又試一次撥號，只有同樣的錄音。

「媽的！」我大叫。我伸腿踢一張椅子，它滑過廚房一直跑到客廳裡去。

我走回臥室。又走出房間。再走回去。我盯著鏡子瞧。我的眼睛發紅；淚水已經泛了出來，就快奪眶而出。我的雙手抖個不停。我好怕亨利已經慘遭不測，憤恨、狂怒還有恐懼的情緒，讓我承受不了。我用力將眼睛閉上，將一切怒氣全都集中到丹田之內。然後我發出一聲大吼，張開雙眼，將手對著鏡子伸了出去，結果玻璃應聲而破，雖然我離它還有將近二公尺遠。我站在原地研究那面破鏡子。大部分的碎片還是貼在牆上。證明在莎拉家發生的事不是偶然。

我看看落在地板上的玻璃碎屑。往前伸出一隻手，同時把注意力集中在某一塊碎片，想試看看能不能讓它移動。我小心調整呼吸，然而所有的害怕與憤怒依然揮之不去。說是害怕實在太輕鬆。恐懼。那才是我真正感受到的情緒。

一開始，那塊碎片並沒有動，等了大約十五秒，它開始抖了。起初還很慢，然後越來越快。此時我想起一件事。亨利曾經說過，異能通常會由於情緒起伏而帶動。顯然現在所發生的狀況正是如此。我全身緊繃，設法舉起那塊破片。我的額頭冒出大顆大顆的汗珠。雖然情勢十分緊急，我還是用盡全身力量集中起來。連呼吸都變得很困難。總算，那塊玻璃破片開始升到空中。三公分。五公分。離地三十公分，再更高，我伸出右手，隨著那塊破片往上舉，直到它升到我眼前。我用手把它取過來。要是亨利能見到這一幕就好了，我想。突然間，恐懼不安再度湧上心頭，蓋過剛才發現的小小幸福感。我看著那塊鏡子的碎片，鑲上壁板的牆壁在它反射之下看來好陳舊、好脆弱。全都是木頭做的，又舊又易碎。就在這個時候，我眼睛一亮，這輩子從來沒有把眼睛張得這麼大。

我還有那個寶匣！

亨利之前曾經說過：「只有我們兩人一起才能打開它。除非是我死了；那麼你就可以自己打開。」

我把破玻璃片放著，從臥室衝進亨利的房間。寶匣放在他床邊的地板上。我一把將它抱起，跑到廚房，一古腦放在餐桌上。洛里星護身符形狀的鎖頭正對著我的臉。

我坐在桌邊，盯著鎖頭看。我激動得雙唇顫抖不已。我試著把呼吸調慢，可是根本沒用；我的胸膛不停上下起伏，就像是剛跑完十五公里的賽跑。我很怕鎖頭會在我的手掌中應聲開啟。我用力大大的深呼吸，閉上雙眼。

「拜託千萬別打開。」我說。

我伸出手握住那鎖頭。我使盡全力擠壓，屏息以待，視線模糊，前臂的肌肉一鬆一緊。看看有沒有咯的一聲會出現。手握著鎖頭，等待它開啟。

不過它並沒有反應。

我把手放開，癱軟在椅子上，雙手抱頭。還有一絲希望。我用手撥撥頭髮，站起來。一公尺半之外的流理台上，有個用過的湯匙。我把注意力集中在那湯匙，舉手於身體前方一橫，湯匙就飛起來了。亨利一定會很高興。亨利你到底在哪啊？我一直想。一定還在某個地方，而且人還活著。我現在要去把你救出來。

我撥了山姆家的電話，老實說，在派拉代斯鎮，我的朋友除了莎拉就是他啦。響第二聲的時候他就拿起話筒接聽。

「哈囉？」

我閉上雙眼，用手捏了一捏鼻樑和眼窩的交界處。做了個深呼吸。又開始發抖，或是說，我根本就不曾停下來過。

「哈囉？」他又問了一次。

「山姆。」

「嘿，」他說，然後接著說：「聽起來很糟啊？你還好嗎？」

「不好。我想請你幫個忙。」

「啊？發生了什麼事？」

「你有沒有辦法請你媽媽開車載你來我們家？」

「她不在。她今年在醫院值班，因為放假天可以領雙薪。出了什麼事？」

「不太妙啊，山姆。而且我需要有人幫我。」

又一陣沉默，接著他說「我儘快到你那去。」

「你是說真的？」

「待會見啦。」

我掛上電話，頭靠在桌面上。俄亥俄州的亞森斯。亨利就在那裡。反正我就是要到那裡去，不管是用什麼方法。

而且要趕快。

# 19 無照上路

等待山姆來我們家的同時，我在屋裡走來走去，隔空舉起一件又一件原本放得好好的物品：廚房工作枱上的蘋果、水槽裡的叉子、前面窗台上的盆栽植物。我只能舉起小東西，而且它們只能稍稍離開地面。如果我試用比較笨重的物品，像是椅子、桌子之類的，那就無效。

之前亨利拿來訓練用的那三個網球，還放在客廳另一頭的籃子裡面。我取了一個網球，伯尼庫沙看到那球在眼前晃動，注意著而站起身來。接下來我隔空讓它飛出，狗狗立刻衝了出去；可是牠還沒碰到球我又將它拉回來，或者是等牠真的快要抓住網球時，又從牠口中拖出，這全都是坐在客廳裡的椅子上辦到的。這能讓我不要一直去想亨利，別去想他身上可能會受了什麼傷，也別管等下要跟山姆撒謊的罪惡感。

從他家到我家的距離超過六公里，他騎腳踏車來差不多要二十五分鐘。我聽他騎進車道往大門口過來。他跳下車，把腳踏車一扔，不敲門就闖了進來，上氣不接下氣。他的臉留下一條條流汗的痕跡，往屋裡四下張望，檢視屋內的狀況。

「到底是怎麼了？」他問。

「我接下來要說的，你可能會覺得莫名其妙，」我說。「可是你得答應我，不要以為我是開玩笑。」

「你要講什麼啊？」

我要講什麼？我要講的是有關亨利的事。他失蹤了，因為他太不小心謹慎，之前他一直對這種隨便、不小心的態度很有意見。我要說的是事實真相，當你拿槍對著我的時候，我和你說的全都是真話。我是外星人。十年前，我和亨利來到地球，而且我們還被另一族兇惡殘暴的外星人追殺。我要講的是，亨利以為如果能更了解敵人，就可以躲過他們的追捕。然而現在他失蹤了。我要講的就是這些，山姆。你弄懂了沒？但是不行，我不能告訴他這些。

「我爸被捉走了，山姆。我還不太確定是誰幹的，我也不曉得他目前情況如何。但是他一定是出事了，而且我認為他被別人抓去關了起來。甚至是更糟。」

他的臉上露出大大的笑。「別胡扯了。」他說。

我搖搖頭，閉上雙眼。情勢極為嚴重，我又覺得呼吸不順暢了。我轉過身，用懇求的眼神盯著山姆看。淚水在我眼眶中打轉。

「我不是在說笑。」

山姆的表情轉換為一副極為震驚的模樣。「你的意思是？他是被誰綁架了？他在哪裡？」

「他追查出來，你那本雜誌上某篇文章的作者住在俄亥俄州的亞森斯，所以他今天前去打探。早上離家之後就沒回來。他的手機沒開。一定是發生什麼事了。不知是什麼壞事。」

山姆變得更迷糊了。「你說什麼？他為什麼會對那篇報導這麼感興趣？我真搞不懂。不過是本可笑的雜誌而已。」

「我也不曉得，山姆。他和你一樣，喜歡看外星異形還有相關的陰謀論，諸如此類的玩意，」我很快的想了一下，就這麼回答。「他這種嗜好真的是有夠笨啦。其中有篇文章挑起他的興趣，我猜他還想知道更多細節，所以就開車過去了。」

「就是談到摩加多星人的那一篇嗎？」

我點點頭。「你怎麼會知道？」

「因為萬聖節那天，我提到那篇報導的時候他的表情真像是見了鬼，」他一邊說，一邊搖搖頭。「可是，他去追查一篇可笑的報導文章怎麼會得罪人？」

「我不知道。我的意思是說，我猜那些人大概有點秀逗了。說不定他們很緊張而且想太多。也許他們以為亨利就是外星人，就和你拿槍指著我一樣。他預計一點鐘就該回來的，而且他的手機也關了。我只知道這麼多。」

我站起來，走到餐桌那邊。我抄起那張紙片，上面記有亨利要去的地址還有電話號碼。

「他今天就是到這個地方，」我說。「你知不知道這是哪裡？」

他看看那張紙，又看看我。

「你想到那去？」

「我也想不出別的辦法。」

「為什麼不乾脆報警算了，把事情全都跟他們講。」

我坐在沙發上，想想要怎麼回答比較妥當。我真希望能跟他講實話，也就是說，如果牽扯到警方的話我和亨利就要趕快離開這裡了。最糟的狀況是亨利會被抓去問話，甚至留下指紋紀錄，送進做事慢吞吞的官僚體系，這會讓摩加多星人有機會追上我們。而且，一旦被他們找到，等於是大難臨頭了。

「要找哪種警察？派拉代斯的那些人嗎？你想想看，我要是一五一十全都告訴他們，結果會怎樣？等過了好幾天之後，他們才會把我的話當一回事，但是我沒那麼多美國時間了。」

山姆聳聳肩。「也許他們會把你的話當真。而且，說不定他只是在路上出車禍耽擱了，或是手機壞了？也許他現在已經在回家的路上了。」

「大概吧，但是我可不這麼認為。感覺不大對勁，我必須儘快出發才行。早在好幾個小時之前他就該到家了。」

「也許他出車禍了。」

我搖搖頭。「這也有可能，可是我覺得並不是這樣。而且，如果他已經受傷了，那我們在此不過是浪費時間。」

山姆看著那張紙片。他咬咬嘴唇，有十五秒鐘沒有開口說話。

「好吧，我大概知道怎麼到亞森斯。可是，到了那，我可不曉得要怎麼找這個地址。」

「我可以上網把路線圖印出來。這我倒是不耽心。我比較煩惱的是兩邊的交通。我房裡有一百二十元。我可以付錢找個人開車送我們過去，但是不知要找誰才好。派拉代斯這沒有幾輛計程車。」

「我們可以用我家的貨卡。」

「哪一輛？」

「我是說我爸的貨卡。我們還留著，就停在車庫裡。我爸失蹤後，貨卡一直停在那。」

我看著他。「你是說真的嗎？」

他點點頭。

「已經多久以前的事了？它還能不能跑啊？」

「八年了。為什麼沒辦法？他買的時候幾乎還算是新的。」

「等等，讓我搞清楚。你是說，我們倆自己開車過去，就你和我兩個人，開兩小時到亞森斯？」

山姆的臉露出一副邪惡的笑容。「我的建議正是如此。」

我坐在沙發上，身體前屈。我忍不住也笑了出來。

「你很清楚，要是被逮到一定他媽的很慘，是吧？我們兩人都沒有駕照。」

山姆點點頭。「我媽會宰了我吧，說不定她會把你也一起幹掉。此外還得面對法律處罰。可是呢，如果你真的認為你爸遇上危險了，我們也別無選擇不是嗎？要是我們倆角色互換，如果是我爸遇上麻煩，我會立刻出發。」

我看著山姆。他提議我們無照駕駛，到兩小時之外的城鎮，臉上並沒有半點猶疑的神色，更別說我們兩人都不知道怎麼開車，也不曉得到那之後要怎麼辦。山姆願意助我一臂之力。這辦法甚至是他提出來的。

「那好吧，我們就來開車去亞森斯。」我說。

▲

我把手機塞進背包，確認所有東西都準備妥當。然後我走到屋子另一端，把所有物品巡過一遍，就好像我再也不會回來了。這想法真是可笑，我知道自己只不過是有點濫情，但是我太緊張了，這麼告別會生出一點撫平情緒的功效。我把東西拿起來把玩，然後再放回原處。五分鐘之後，我已經準備就緒。

「我們出發吧。」我對山姆說。

「你要不要坐在我的腳踏車後面？」

「你騎就好；我跟在旁邊跑。」

「你不是有氣喘嗎？」

「我想應該沒關係的。」

我們動身出發。山姆騎上他的自行車。他使出全力踩踏，不過他的體力並沒有很好。我就跟在他後方幾公尺的地方跑步，還要假裝很累的樣子。伯尼庫沙也跟在後面。等我們抵達山姆家，他已經是全身汗流浹背。山姆跑進他的房間，帶著一個背包出來。他把背包放在廚房的工作枱上，跑去換衣服。我往背包裡瞧了一瞧。裡面放了十字架、幾瓣大蒜、木釘、鎚子、一顆彈力球，還有折疊刀。

「你應該曉得那些人不是吸血鬼吧？」當他回來的時候，我和他這麼說。

「是滴，不過世事難料啊。就像你說的，他們可能腦筋秀逗了。」

「就算是我們真的要去抓吸血鬼，帶個他媽的彈力球要幹嘛用？」

他聳聳肩。「以防萬一。」

我幫伯尼庫沙倒好一整碗的水，牠立刻衝過去喝水。我到浴室換衣服，從包包裡拿出那張詳細路線圖。然後，走出浴室，穿過屋子來到車庫，那裡頭又黑又臭，充滿汽油和舊草根的味道。山姆把電燈開關打亮。牆上的掛鉤板吊著各種工具，都因為好久沒用生鏽了。貨卡停在車庫正中央，用一塊很大件的藍色油布蓋著，上頭覆有厚厚一層灰。「上次掀開這塊油布是什麼時候啊？」

「自從我爸失蹤後就一直是這樣了。」

我拉起一角，山姆拎著另一角，我們一起把油布掀開，放到車庫的角落。山姆瞪著這台貨卡看，眼睛張得好大，臉上掛著笑容。

這台貨卡很小，深藍色，只能坐兩人，要是不介意的話勉強可以有第三個人坐在中間，但是行車期間會很不舒服。這位子給伯尼庫沙剛剛好。八年來所累積的灰塵，一點都沒有進到車子裡，所以它還是閃閃發亮，就像是才剛打過蠟一般。我把背包放在後面的載貨台上。

「我爸的貨卡，」山姆很驕傲的說。「都已經過這麼久了。還是像新的一樣。」

「這就是我們的金馬車，」我說。「你有鑰匙嗎？」

他走到車庫另一側，從牆上的掛鉤取下一串鑰匙。我把車庫的門解鎖，打開。

「要不要猜拳決定誰來開啊？」我問。

「免了。」山姆說，然後他打開駕駛座的車門，坐到駕駛座上。引擎發動時咯咯咔咔響了一陣，總算順利啟動。他把車窗搖下。

「我想爸爸看到我能開他的車一定會很驕傲。」他說。

我笑了。「我也這麼覺得。把車開出來，我好把車庫的門關上。」

他吸了一口氣，慢慢將貨卡駛入車道，一公分一公分畏畏縮縮的滑出車庫。他一下子猛力踩住煞車，貨卡突然停了下來。

「你還沒有完全開出來啊。」我說。

他緩緩將腳放鬆，離開煞車踏板，然後一點一點蹭啊蹭的。我在後面把車庫的門關上。伯尼庫沙自顧自的跳進車裡，我也跟著進到車內。山姆雙手死抓著方向盤的十點鐘和兩點鐘位置。

「很緊張吧？」我問。

「太恐怖了。」

「你沒問題的，」我說。「我們以前都看過人家怎麼開車。」

他點點頭。「好吧。開出車道要往哪個方向？」

「我們真的要這麼做嗎？」

「沒錯。」他說。

「那，我們要往右，」我說，「接下來就直接開往出城的方向。」

我們倆都把安全帶繫上。我讓窗戶開了一個小縫，以便伯尼庫沙可以把頭伸出去，牠馬上就探出頭，後腿站在我的大腿上。

「我嚇得要尿褲子了。」山姆說。

「我也是啊。」

他深吸一口，把氣憋住，然後慢慢吐氣。

「我─們─出─發─囉──」他說，說完最後一個字的同時把踩住煞車的腳放開。貨卡一下衝出車道。他又踩住煞車，猛然停了下來。然後他又再重新開始，這次更慢了些，一點一點沿著車道前進，在大路口停住，往左看看又往右看看，接著就轉進大馬路啦。還是一樣，先是慢慢的，再逐漸加速。他非常緊張，身體住前傾，這麼開了一、兩公里之後，臉上浮出笑意，往後靠到椅背上。

「這沒那麼難嘛。」

「你真是天生就會開車啊。」

他保持著貨卡緊貼馬路右側畫的邊線前進。每次對向有車接近，他就好緊張，可是過了一下子就輕鬆下來，不再那麼在意別的車輛。他轉了個彎，又一個彎，二十五分鐘後，我們開上州際公路。

「真不敢相信，我們居然辦到了，」山姆總算開口說話。「這一定是我做過最瘋狂的事情。」

「我也一樣。」

「到那之後，你有什麼打算？」

「一點頭緒也沒有。我只希望能找到那個地點，去現場看看。我根本不曉得那是間房子還是幢大樓，說不定是什麼別的東西。我甚至不知道地址對不對。」

他點點頭。「你覺得亨利會不會出事？」

「我毫無概念，」我說。

我做了個深呼吸。我們還要再開一個半小時。然後就會到亞森斯了。然後就可以找到亨利。

# 20 超能力

我們一直往南開，來到阿帕拉契山脈腳邊的丘陵地，亞森斯進入眼簾：一座小城從樹林間冒出頭來。藉著淡淡的光暈，我看出有一條小河包圍著它繞了一圈，成為東、南以及西方的邊界，北側則是層層山丘和森林。就十一月而言，氣溫似乎比較溫暖些。我們路過大學的美式足球場。再過去，是一座白色屋頂的體育館。

「從這交流道下去。」我說。

山姆把車緩緩駛離州際公路，向右轉，來到「里奇蘭大道」。一路暢行無阻，安全抵達，沒有被警察抓，我們兩人都高興極了。

「大學城原來就是長這樣子，嗯？」

「我想是吧。」山姆說。

道路兩側有許多高樓和大型場館。都已經十一月了，草坪還是綠油油的，細心修剪得很整齊。我們開上一個陡峭的山坡。

「到頂就是法院路。然後我們應該往左轉。」

「還有多遠？」山姆問。

「一公里多。」

「你想不想先開車經過觀察一下？」

「不用。我想啊，一有位置就應該先停車，然後我們用走的。」

我們順著法院路前進，這是鎮中心的主要大道。商家都放假休息：有書店、咖啡廳、酒吧等等。這時我看到目標了，就像顆寶石一樣明顯。

「停車！」我說。

山姆使勁踩下煞車。

「怎麼了？」

我們後面有輛車猛按喇叭。

「沒事，沒事。繼續前進。找停車位。」

我們又經過另一個街廓，總算找到有個位子可以停。我估計這裡距離我們要去的地址差不多有五分鐘路程。

「剛才是怎麼一回事？你把我的魂都嚇飛了。」

「亨利的車子停在那。」我說。

山姆點點頭。「為什麼你有的時候會叫他亨利？」

「我也不曉得，就這樣叫了。有點像是我們兩人之間的玩笑話，」我這麼說，望著伯尼庫沙。「你想我們應不應該帶牠去？」

山姆聳聳肩。「牠可能會壞事。」

我給伯尼庫沙吃些零嘴，把牠留在車上，窗戶開了一條縫。牠對這安排不太滿意，開始嗚咽哀鳴還一直抓車窗，不過我想應該不會離開太久。我和山姆往回頭的方向走，沿著法院路，我的背包帶子拉扯肩膀，山姆則是用手拎著包包。他把彈力球拿了出來，在手裡捏來捏去，就和那些壓力很大的人做法一樣。我們來到亨利的卡車旁。車門鎖上了。座椅和儀表板都沒留下什麼大不了的東西。

「那麼，這就顯示兩件事，」我說。「亨利還在這，而且，不管是被誰抓去了，他們還沒發現他的車，也就表示他還沒被屈打成招。他才不會那麼做。」

「他有什麼祕密要守住？」

一時之間，我忘了山姆還不知道亨利來此的真正目的。我已經說溜嘴稱他亨利。我得要小心點，別再透露出別的事情。

「我也不知道，」我說。「我是說，誰曉得那些怪胎會問什麼問題。」

「好吧，現在怎麼辦？」

我把地圖拿出來，標有早上亨利交給我的那個地址。「我們走過去。」我說。

我們往過來的相反方向走。大樓換成低矮的房屋。看起來髒髒舊舊的。沒多久我們來到那地址，停了下來。

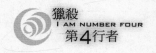

我看看紙片，再看看那屋子。用力吸了一口氣。

「我們到了。」我說。

抬頭看，這是一幢兩層的屋子，外牆板是灰色塑料。前門的走道先通至原木的前露台，有個壞掉的秋千歪歪斜斜掛在一旁。草坪的草很長，沒人打理。看起來像是空屋，不過後頭的車道上停了一輛汽車。我不知道要採取什麼行動。我取出手機。現在已經是晚上十一點十二分。我撥了亨利的號碼，雖然說我曉得根本就無法接通。這個動作只是想活絡頭腦，最好能儘快想出個好點子。我之前沒有想這麼遠，結果真的到這了，反而是腦子一片空白。我撥的電話直接切到語音信箱。

「我們去敲敲門好了。」山姆說。

「要怎麼講呢？」

「我也不知道，隨機應變。」

不過他還來不及敲門，就有個男人從前門走了出來。他的身材高大，身高至少一九五，體重恐怕有九十公斤以上。他留著山羊鬍，頭髮卻是剃成光頭。他穿著工作靴，牛仔褲，黑色的運動衣捲到手肘處。他的右前臂上有個刺青圖案，但是我們站得太遠了，沒辦法看清楚。他對著院子吐一口口水，然後轉身把前門鎖上，走下露台朝著我們這個方向過來。他越靠越近，害我全身僵硬動彈不得。那刺青圖案是有個異形單手持束百合花，似乎要獻給別人。然後那人從我們身邊走過去，一句話也沒講。我和山姆轉過身，目送他離開。

「你看到他的刺青了沒？」

「有啊。只有瘦弱阿呆才會沉迷於異形故事的想法真是夠了。那人好壯啊，而且看起來不太好惹。」

「拿著我的電話，山姆。」

「什麼？要幹什麼？」他問。

「你得過去跟蹤他。拿著我的手機。我要進屋裡。顯然那屋裡沒有人，要不然他不需要把門反鎖。亨利很可能就在屋內。一有機會我就打電話給你。」

「你要怎麼打給我？」

「我不知道。我會想出辦法。拿去。」他不很情願的接了過去。

「要是亨利不在裡面怎麼辦？」

「所以我才要請你去跟蹤那個人啊。也許他現在是要去找亨利。」

「要是他回屋子來怎麼辦？」

「到時會想出辦法的。不過你得趕快跟上。我保證，一有機會我就會撥手機給你。」山姆轉過身，搜尋那人何處去了。現在他離我們已經有十五公尺遠。然後山姆又回過頭望望我。

「好吧，我來跟蹤他。不過在屋內要小心啊。」

「你也小心點。別讓他離開你的視線。而且別讓他發現你在跟蹤。」

「想都別想。」

他轉過去，急忙跟上那個男人。我目送他們離開，一等他們從我視線消失，立刻朝向那屋子走去。窗戶黑黑的，都有白色簾子遮蔽。我沒辦法看到裡面。我繞到屋子後頭，有個小小的水泥鋪道通往後門，不過後門也鎖住了。我沿著鋪道繞屋子走一圈。從夏天以來，院子裡的雜草和雜木就沒修過。我試試窗戶。鎖的。所有窗戶都上鎖了。打破一扇窗子好了？我在刺人的雜木叢裡找看看有沒有石頭，正當我用念力從地上抬起一塊石塊的時候，突然想到一個點子，很誇張但是或許有效。

我把石塊放下，走到後門。只有一個簡單的鎖頭，沒有另外的門鎖。我深吸一口氣，閉上眼睛集中精神，雙手握住鎖頭。我用力抖了一下，將思緒由頭部轉到胸再降到腹部；全身上下都集中在那一點。我的手握得更緊，屏氣凝神，試著想像鎖頭的內部構造。突然我感覺到了，手裡緊握的鎖頭發出咔啦一聲，傳入耳中。我笑了。轉動鎖頭，門扉順勢張開。我真不敢相信，居然能夠藉著精神力就把鎖打開。

廚房極為整潔，真是出乎意料，櫃子的表面一塵不染，水槽裡也沒有待洗的碗盤。枱子上放了一塊新鮮的麵包。通過狹長的走道，我來到了起居室，牆上貼了許多運動海報還有加油的標語，正中放了一架大螢幕電視。起居室最左邊，有一扇門通往臥室。我把頭探進去瞧瞧。那裡面一團亂七八糟，床罩掀到一邊，衣櫃上也是混亂得很。待洗衣物上的汗都還沒乾透，傳來噁心的臭味。

屋子前方，在大門邊，有一道樓梯往上通到二樓。我順著樓梯往二樓走。踏到第三階，木板在我腳下發出聲響。

「是誰？」樓梯最上方傳來吼叫聲。

我僵住了，氣都不敢喘一聲。

「法蘭克，是你嗎？」

我靜靜待在原地不動。我聽到有人從椅子上起身，硬木地板傳來腳步聲離我越來越近。樓梯的頂端出現一個男人。他的黑頭髮亂糟糟，鬢角也沒修，鬍子沒刮。他不像之前那人那麼壯，但是也有相當份量。

「他媽的你是誰？」他問。

「我來找一個朋友。」我說。

他的臉糾結成一團，跑走了，五秒鐘之後手裡拎著一根棒球棍又再出現。

「你是怎麼進來的？」他問。

「如果換作是我，就不會拿著那根球棒。」

「你是怎麼進來的？」

「我動作比你快，而且我比你強多了。」

「你他媽的鬼扯。」

「我要找一位朋友。今天早上他來過這。我想知道他到哪去了。」

「你是他們的人，對不對？」

「我不知道你講的是什麼人。」

「你是他們的人！」他失聲尖叫，像打擊手一樣握著球棒，兩手緊緊扣住最細的位置，隨時要揮擊。他的眼中透露出無比的恐懼。他的下巴緊閉。「你是他們的人！你怎麼就是不肯放過我們呢?!」

「我不是他們的人。我是來找我朋友的。告訴我，他人在哪？」

「你的朋友就是他們的人！」

「不，才不是。」

「所以你知道我在講什麼囉？」

「沒錯。」

他往下走了一階。

「我有警告過你了哦，」我說。「把球棒放下，告訴我他人在哪。」

我因為情況不明而雙手發抖，因為他的手裡拿著球棒，而我只能靠自己。他眼中所透出的恐懼讓我放心不少。他又往下走了一階。我們兩人之間只剩下六層階梯。

「我會把你的頭打爆。這樣你的朋友就會知道我們的厲害了。」

「他們不是我的朋友。而且，我向你保證，如果你傷我的話那正是幫了他們一個大忙。」

「我們等著看好了。」他說。

他開始衝下階梯。除了和他一搏別無選擇。他舉起球棒用力揮出。我伏下身子，球棒咚的一聲擊中牆壁，在木頭做的牆板上打出一個大凹洞。我上前站到他後方，把他抬離地面，一手扣住咽喉，一手鎖住腋下，將他往樓梯上拖。他雙腳亂蹬，踢中我的腳和小腿脛。他手裡的球棒掉了。球棒跳啊跳的滑下階梯，我聽見身後傳來窗玻璃破掉的聲音。

二樓是整層沒有隔間的閣樓。一片漆黑。牆上貼滿各期的《異形就在你身邊》，其他位置則是各種異形迷的必備品，不過和山姆的收藏不同，那些海報其實都是舊照片，又模糊粒子又粗，根本看不出來是什麼名堂，大多是以黑暗為背景的白色光影。有一個橡膠異形假人，鼻子長長的繞在脖子上，放在角落。不知是誰在它的頭上加了一頂墨西哥寬邊草帽。天花板上貼了一些螢光的星星。這些東西和其他物品格格不入，反而像是十歲小女孩房裡會有的小裝飾。

我把那人丟到地板上。他急忙逃離我身邊，站起來。他做動作的時候，我將全身力量灌注在身體中心，對著那人發功，猛力向前一推，結果他往後飛了起來，撞到牆上。

「我朋友在哪裡？」

「我才不會告訴你。他和你們是同一夥的。」

「我才不是你以為的那種人。」

「你們絕對不會成功的！不要來地球作怪了！」

我舉起手，扣住他的咽喉。即使我並沒有直接碰到他，仍然可以感覺到手指之下的軟骨。他吸不到氣，臉漲得好紅。我把手放鬆。

「我再問一次。」

「不要啊。」

我又掐住他的喉嚨，但是這回他臉色變紅的時候，我反而更縮緊更用力。等我放掉，他開始哭了起來，我這樣脅迫他真是覺得不太好受。但是他知道亨利的下落，也欺負過亨利，我心中才剛生出的同情心立即就消失於無形。

等他回復呼吸，一邊啜泣一邊說：「他在樓下。」

「樓下哪裡？我沒看到他啊。」

「在地下室。入口的門是在起居室，『匹茲堡鋼鐵人隊』的標語下方。」

我用房間正中央書桌上的電話撥了撥我的手機號碼。山姆沒有接。然後我把電話從牆上拆了下來，砸成兩半。

「把你的手機拿出來。」我說。

「我沒有手機。」

我走到假人那，把它的長鼻子從脖子上解開。

「拜託哦，老哥。」他向我哀求。

「別囉嗦。你都把我的朋友綁架了。你還違背他的意願把他關著。我只不過是要把你綁起來，已經算是便宜你了。」

我把他的雙手拉到背後，用繩子牢牢纏好幾圈綁緊，然後再綁到一張椅子上。我想這也沒辦法把他綁住太久。接下來，我用封箱膠帶把他嘴巴貼住，免得他大聲喊叫，然後我衝下樓梯，把鋼鐵人隊的標語由牆上撕開，露出一個門，鎖上了。我用之前的辦法把鎖打開。一排木製階梯往下，通入無盡黑暗之中。

裡頭傳來發霉的氣味。我把電燈的開關打亮，往下走，很慢，很怕我會見到什麼情景讓我受不了。屋椽滿布蜘蛛網。一到底下，我馬上有種感覺，覺得另外還有別人，某人和我一起在地下室裡面。我僵住了，用力吸一口氣，然後轉身。

就在那，在地下室的角落，亨利就坐在那。

▲

「亨利！」

他避開光線，眼睛還沒有適應。有一大條封箱膠帶黏住他的嘴巴。他的手被反綁在背後，足踝綁在他坐的這張椅子腳。他的頭髮亂成一團，右側臉頰有一道乾了的血漬，幾乎已經變成黑色了。見到這般景象令我火冒三丈。

我趕緊衝到他身邊，把他嘴上貼的膠帶撕去。他深深吸了一口氣。

「感謝老天，」他的聲音聽起來很衰弱。「你說的對，約翰。我跑來這真是阿呆。我很抱歉。我應該聽你的話才對。」

「噓。」我說。

我彎下腰，幫他把腳踝鬆開。他身上聞起來有股尿騷味。

「我被暗算了。」

「他們一共有幾個人？」我問。

「三個人。」

「我把其中一人綁在樓上。」我說。

我把他的腳踝解開。他伸一伸腿，放心鬆了一口氣。

「我他媽的被綁在這張椅子上一整天了。」

我開始幫他的雙手鬆綁。

「你他媽的是怎麼來的？」他問。

「和山姆一起來。我們開車。」

「你開我玩笑吧？」

「我也沒有別的辦法。」

「你們哪來的車？」

「他爸爸的貨卡。」

亨利有一分鐘都沒講話，他在思索這整件事的來龍去脈。

「他什麼也不知道，」我說。「我就跟他講，你們倆都是異形愛好者，沒別的的。」

他點點頭。「好吧，我很高興你們能夠順利到這來。他現在人在哪？」

「跟蹤另一個人。我不曉得他去哪了。」

頭頂上傳來木板受力的咯咯聲。我站起來，亨利的手還沒有完全解開。

「你有沒有聽到？」我小聲說。

我們都望著門口，大氣不敢喘。一隻腳伸到階梯最上一層，然後是第二階，很快的出現了一個壯漢，就是之前從我旁邊走過，而我要山姆去跟蹤的那一位。

「沒搞頭啦，兄弟，」他說。他拿著一把槍，正對我的腦袋。「聽好，站到旁邊去。」

我將雙手舉到身體前面，往後退了一步。我想到可以用超能力把槍奪下來，不過要是不小心走火了那可怎麼辦？我對自己的能力還不怎麼有信心。那麼做太冒險了。

「他們就說你們有可能會找上門來。還說你們的外表看起來就跟人類沒兩樣。而且你們才是真正的敵人。」那人說。

「你在講什麼東西啊？」我問。

「他們根本活在幻覺中，」亨利說。「他們以為我們是敵人。」

「少囉嗦！」那男人叫了一聲。

他又朝我們靠近三個階梯。然後，他把指著我的槍移開，直直對準亨利。

「再亂動就賞你朋友吃子彈。懂了沒？」

「是的。」我說。

「接好了。」他說。他從身旁的櫃子裡取出一捲封箱膠帶，對著我丟過來。當膠帶在空中移動的時候，我運功讓它停在半空中，離地兩公尺多，浮在我們兩人之間。我開始高速旋轉那捆膠帶。那人盯著它看，十分困惑。

「他媽……」

他的注意力一移開，在此同時我將手臂對著他伸過去，像是甩動什麼東西。那捲膠帶往後飛回去，正中他的鼻子。鮮血噴湧而出，他伸手摸鼻子，結果就把槍鬆開，掉到地上發了一擊。我用手指著子彈，讓它停住，而且我聽到亨利在背後大笑。我移動那顆子彈，讓它浮在那男子面前。

「嘿，肥仔。」我說。

他張開眼睛，看見子彈飄在他面前的空中。

「再叫多點人來才行啊。」

我讓子彈掉落地面，就在他腳邊。他轉身想跑，但是我把他拉回來，橫過房間撞上大柱。這一次撞擊把他弄昏了，癱軟在地。我拿起膠帶，把他綁在柱子上。等我確定已經綁緊之後，轉身面向亨利，繼續幫他鬆綁。

「約翰，我這輩子都沒這麼驚喜過。」他低聲對我說，語氣中充滿如釋重負之情，差不多就要噴淚了。

我很驕傲地報以微笑。「謝啦。晚餐的時候才出現的。」

「抱歉我錯過時間了。」

「我跟他們說你突然有事沒法抽身。」

他笑了笑。

「感謝老天，異能出現了。」他放聲大喊，此時我總算了解到，我身上的異能發展狀況如何，甚至有可能根本不會出現，亨利對此背負極大壓力，遠遠超乎我之前所想。

「你是遇到什麼麻煩了？」我問。

「我敲敲門。他們三個人都在家。等我走進屋內，其中一人從背後猛擊我的後腦。等我醒來就已被綁在這椅子上了。」他搖著頭，講了一大串洛里星語，我曉得那些都是罵人的話。我總算把他解開，他站起來伸伸腿。

「我們得要離開這。」他說。

「我們必須找到山姆。」

就在此時，我聽見他的聲音了。

「約翰，你在下頭嗎？」

# 21 摩加多星人

一切動作都慢了下來。我看到在樓梯頂端還有另一個人。山姆驚呼一聲，我轉過去面對他那個方向，一時之間什麼也聽不到，只有很不協調的嗡嗡聲，就像在看慢動作播放一樣。那人從山姆的身後用力推一把，害他雙腳離地飛了起來，而且，等他落地的時候，一定會撞到樓梯底部的水泥地面。我看著他在空中飛躍而過，手臂胡亂揮舞，臉上露出憤怒又驚恐的神色。我還來不及思考，直覺做出反應，千鈞一髮之際我舉起雙手用念力把山姆接住，再差幾公分，他的頭就要撞到地下室的地板了。我輕輕把他放在地面。

「媽的。」亨利罵了出來。

山姆坐正起來，像個螃蟹一樣四肢並用猛往後退，一直退到沾滿煤灰的牆壁邊上。他的眼睛瞪得大大的，一直盯著樓梯看，嘴巴唸唸有詞卻發不出聲音。把他推下來的那個傢伙站在樓梯最頂端，他和山姆一樣，也還搞不清楚剛才是怎麼一回事。這應該就是第三人了。

「山姆，我是要——」我開口解釋。

樓梯上頭的那人轉身想要逃跑，但是我發功把他往下拉了兩階。山姆看到那人被不知從何而來的力量拉動，然後又發現我對著那人伸出手。他嚇得說不出話來。

我拿起封箱膠帶，再把那人舉起離地，然後帶著他上到二樓，一路都讓他保持浮在半空中。我用膠帶把他綁在椅子上，他大吼大叫，不停咒罵，可是我根本沒在聽，因為我的腦子一直在想應該要怎樣向山姆解釋剛剛他所看到的那些現象。

「閉上你的嘴。」我說。

他又罵了一大堆難聽的話。我受夠了他那個髒嘴，就用封箱膠帶把他的嘴巴貼起來，走回地下室。亨利就站在山姆旁邊，山姆仍然坐在地上，還是那一副面無表情的樣子。

「我真搞不懂，」他說。「剛才是發生了什麼事？」

我和亨利對望了一眼。我聳聳肩。

「告訴我剛才是怎麼一回事。」山姆說道，他是在懇求我們，語氣當中透露出他很想要知道真相，他想要確認並不是自己的腦子壞了，而且剛才所見所聞並非胡思亂想。

亨利嘆了一口氣，搖搖頭。然後他說，「真他媽的該怎麼講呢？」

「什麼跟什麼啊？」我問。

他不管我問的問題，反而轉過身去面對山姆。他抿一抿雙唇，看看癱在椅子上的那人是不是還不醒人事，然後轉向山姆。「我們並不是你所想像的那種人，」他說，然後停頓了一下。山姆沒答腔，盯著亨利瞧。我沒法從亨利的表情猜出他的心裡是怎麼想的，我也不知道亨利接下來要跟山姆講什麼，是不是又要編出一大堆稀奇古怪的故事，還是一不做二不休乾脆說出真相，至於我嘛，倒是希望採取後面那個做法。他往我這邊看過來，我點點頭表示同意。

「十年前，我們從一個叫做洛里星的行星來到地球。我們來這，是因為我們自己的星球被來自另一個行星的人給毀了，也就是摩加多星。他們破壞洛里星只為搶奪資源，因為他們把自己住的那個星球搞成一攤死水。我們來到地球躲藏，為的是等待機會能夠重返洛里星，總有一天我們要回故鄉。可是，摩加多星人追到地球來了。他們就在地球上，四處搜查我們的行蹤。而且我認為他們是要來占領地球，所以今天才會到這裡來，想要知道更多詳情。」

山姆一句話也說不出來。要是這些話是我講的，我敢保證他根本就不會相信，而且他還可能會發脾氣，不過這都是亨利所說，我一直都覺得亨利是個相當正派的人，毫無疑問山姆也有這種感受。他往我這看了看。

「我就說吧，你是個外星來的異形。你承認的時候並不是在開玩笑。」山姆對我說。

「是的，你說的沒錯。」

他又轉回去看著亨利。「那你在萬聖節跟我說的其他事也是真的囉？」

「那可不。那些只是跟你開開玩笑，」亨利說。「都是在網路上閒逛的時候讀到的荒誕故事，搏君一笑，沒什麼。不過我剛告訴你的那些事，保證都是真的。」

「是哦……」山姆說著說著就講不下去了，不知該怎麼回應。「那剛才是怎麼一回事？」

亨利用下巴對著我這邊指了一指。「約翰正在練一些超能力。其中有一項就是隔空施力。你被推倒的時候，是他救了你。」

山姆一直在我旁邊笑個不停，看著我。我望向他那邊，他也對我點頭示意。

「我就知道你與眾不同。」他說。

「還用你說嗎，」亨利對山姆這麼講，「對這件事你得要守口如瓶才行。」然後他又往我這看過來。「我們需要取回情報，然後就必須離開這裡。他們很可能就在附近。」

「樓上那幾個傢伙可能還清醒著。」

「我們去問一問好了。」

亨利走到我身邊，把地上的槍撿起來，彈匣卸下。裡面裝滿子彈。他把所有子彈都取出來，放在旁邊的架子上，然後又把彈匣裝回去，整把槍插到牛仔褲的腰帶內。我扶著山姆讓他自己站起來，然後我們一起爬樓梯上到二樓。我用隔空施力法搬上樓的那個人還一直動來動去拚命掙扎。另一個人則是呆呆坐著。亨利往他那走了過去。

「我們有先警告過了哦。」亨利說。

那人點點頭。

「現在，你們最好乖乖招供。」亨利說著，將那人嘴巴上貼的膠帶撕開。「要是你們不照著做的話……」他把槍上的拉柄往後一扳，瞄準那人的胸膛。「有誰來找過你們？」

「總共有三個人。」他說。

「是啊，我們也是三個人。誰管這啊？再講下去。」

「他們跟我說，要是你們找上門來而我透露半點口風，就會把我給宰了，」那人說道。

「我什麼也不能再多講。」

亨利端著槍，槍口就壓在那人的額頭前面。不知為何，這景象讓我覺得很不舒服。我伸出手，把槍口移開朝向地面。亨利很好奇的看著我。

「試試別的辦法好了。」我說。

亨利聳聳肩，把槍放下。「悉聽尊便。」

我站在那人前方一公尺半的位置。他不安地看著我，眼神帶著恐懼。這人很重，不過自從我將飛在半空中的山姆接住之後，就覺得應該有辦法將他舉起。我伸出雙手，身體因為集中力量而緊繃。一開始沒有什麼效果，然後，慢慢地他開始離地浮起。那人用力掙扎，不過他已經被膠帶牢牢綁在椅子上，無處可逃。我集中精神全心投入，同時我的眼角餘光還能看到亨利很滿意的笑了，還有山姆也是一樣。昨天我連網球都沒辦法移動；現在卻能將一個九十公斤大漢連人帶椅子全都抬到半空中。異能發展得如此神速。

等我把他抬到能夠面對面的高度，我就讓椅子翻過來，那人變成頭下腳上倒吊的狀態。

「拜託！」他喊道。

「你就老實說吧。」

「休想！」他又喊。「他們說過會把我給宰了。」

我放鬆力量，讓椅子往下落。那人嚇得放聲尖叫，不過在他還沒撞到地面之前我又將他撐住。我把他往上舉起，回到原來高度。

「他們一共有三個人，」他用吼的，講得很快。「雜誌出刊那天，他們就找上門了。當天晚上，他們就來這。」

「他們長什麼樣子？」亨利問。

「真是活見鬼。他們毫無血色，幾乎像是白化症的患者。他們戴著墨鏡，不過，我們不肯透露消息的時候，其中有一位就把墨鏡取下。他們的眼珠是黑色的，牙齒很尖，並不像是動物那種自然的利齒。他們的尖牙看來似乎是被弄斷磨尖而成。他們身著長外衣，就像他媽的從老式間諜片裡面出來的那種人物。媽的你們還想知道什麼？」

「他們為什麼要找上門？」

「他們想要知道那篇報導的消息來源。我們就跟他們講了。有個傢伙打電話來，說他有個獨家新聞，然後就開始劈哩叭啦講了一大堆，說什麼有一批外星人要來毀滅地球的文明。可是他打電話來的那天，我們已經付印了，所以並沒有把全部報導都刊登出來，而是刊了一個小方塊，預告下期會有後續詳情。他講得好快，我們幾乎沒法聽懂他在說些什麼。我們本來打算隔天晚上再打電話給他，可是這通電話並沒有接通，因為摩加多星人真的出現在我們面前。」

「你怎麼曉得他們就是摩加多星人？」

「媽的要不然還會是誰？我們刊了一篇關於摩加多外星人的報導，就在同一天，來了一批外星人，想要知道我們如何取得消息。這之間的關連十分明顯。」

那人很重，我一直撐著他的重量有點吃力。我的額頭冒出豆大的汗珠，呼吸也變重。我把他的姿勢翻正，慢慢降下來放回地面。離地板還有三十公分的時候，我讓他整個直直落下，重重地摔落。我往前彎著腰，手扶住膝蓋，大口喘氣。

「搞什麼鬼，老弟？我有回答你的問題了啊。」他說。

「抱歉啊，」我說。「你實在是太重了。」

「他們就只來過這麼一次？」亨利問。

那人搖搖頭。「他們又再回來過。」

「為什麼？」

「為了確定我們不會再刊出其他部分。我認為他們並不相信我們講的，不過打電話來的那個傢伙再也不接電話了，所以我們也沒別的東西好登。」

「那人怎麼了？」

「你說咧？」這人反問。

亨利點點頭。「他們知道那人的地址？」

「他們拿到那傢伙的電話號碼，本來是我要回電給他的。我想他們一定有辦法找得出來。」

「他們有威脅你嗎？」

「媽的，廢話。他們把辦公室弄成一團亂。他們還搞壞我的腦子。從那之後我就變了個人。」

「他們對你的腦子怎麼了？」

他閉上雙眼，再次做了個深呼吸。

「他們就連外表都像是假的，」他說。「我的意思是說，那三個傢伙跑來我們這，用一種低沉、破碎的聲音站在我們面前說話，而且全都穿著長長的風衣外套，戴著帽子，即使是晚上了還戴著墨鏡。看起來就好像是為了萬聖節的派對或類似場合所做的扮裝。他們的樣子真是可笑，不合時宜，所以一開始我還嘲笑他們……」他說著說著，就講不下去了。

「可是我一笑出聲，就知道這下子要糟糕了。另外那兩個摩加多星人把墨鏡摘下，開始往我這邊靠過來。我試著要往旁邊看，可是無能為力。就是他們的眼睛在作用。我被迫要盯著他們的眼睛看，像是裡面有什麼東西把我拉了過去。那感覺好像是看到死亡了。看到我自己的死亡，還有所有我認識的人、我愛的人全都死了。自此之後，一切都變得索然無味。我不單單是眼睛看到自己還有別人死掉，還能感覺得到。死後的無所依靠。死亡時的痛苦。完全而絕對的恐怖感。我已經神遊離開那個房間。接下來出現的是我從小時候就很害怕的東西。各種填充玩具都活了過來，張口露出尖牙，對我伸出利爪。小孩都會害怕的那些東西。狼人。著魔的小丑。巨大的蜘蛛。我以一個小孩的眼光，看著那些東西的影像一直冒出來，真是把我嚇壞了。而且，每次這些怪物咬我的時候，我都會感覺到他們的牙齒刺進肉裡，我還能感覺到傷口噴出鮮血。我忍不住放聲大叫。」

「你有沒有試看看反擊？」

「他們還帶了兩隻小小像是黃鼠狼的動物，胖胖的，四肢很短。和狗差不多大。他們的嘴巴冒著口沫。其中一人用繩子牽著這兩隻動物，可是你很清楚感覺到，牠們想把我們給吃了。他們說，要是我們反抗的話，就放手讓怪物咬。我跟你講真的，老兄，這些玩意是外星來的怪獸。如果牠們是狗的話，那好極了，我們可以打得過。可是我覺得這兩隻怪物雖然沒有很大隻，卻可以將我們生吞活剝。而且牠們直往前衝，把繩子繃得好緊，低聲嘶吼，想要過來咬人。」

「所以你們就全盤招供？」

「是啊。」

「那他們什麼時候又回來？」

「下一期雜誌要出刊的前一天晚上，差不多是一個星期之前。」

亨利很憂心地往我這看了一眼。僅僅一個星期之前，就有摩加多星人在我們住的附近不到兩百公里出沒。他們可能還躲在這裡的某個地方，或許在監視這家雜誌社。大概就是因為這樣，最近亨利才會感覺到有敵人出現了。山姆站在我身邊，所有對話都聽得一清二楚。

「他們為什麼不乾脆殺人滅口，就像對付那個提供消息的人一樣。」

「我他媽的哪曉得啊?也許是因為我們這本雜誌很有份量。」

「打電話來的那個人,他又怎麼會知道摩加多星人的事情?」

「他說,他抓到了一個摩加多星人,還加以嚴刑拷打。」

「在哪抓到的?」

「我不知道。他的電話號碼是來自哥倫布市那附近。哥倫布市的北邊。可能是再北邊九十到一百五十幾公里遠。」

「是你和他通電話的?」

「是啊。而且我不太確定他是不是發瘋了還是怎樣,不過在這之前我們就有聽過類似的傳聞。他一開口劈頭就說,摩加多星人要來摧毀地球的文明,而且他說話好快好急,根本就聽不清楚他究竟講了什麼內容。有件事他一直反覆提到,是說那些異形要來地球追捕什麼東西,也可能是要追捕某人。然後他就說了一串數字。」

我嚇得睜大眼睛。「什麼數字?那些數字是什麼意思?」

「我也搞不清楚。我剛就說了,他講話好快好急,我們只能拚命抄下來。」

「你們講電話的時候還有做記錄哦?」亨利說。

「當然要這麼做。我們可是記者呢,」他很不屑的說。「你以為那些文章全都是我們自己編的嗎?」

「是啊,我是這麼覺得。」亨利說。

「你寫下來的那些筆記還有留著嗎？」我說。

他看著我，點點頭。「我跟你說，那根本毫無價值。我記下來的東西，大部分是在說摩加多星人計畫要來消滅人類。」

「我得要看一看，」我幾乎是在求他了。「在哪？放在哪裡？」

他指了指牆邊的某一張桌子。

「就放在桌上。記在便利貼上。」

我走到書桌邊，桌面堆滿各種文件，然後開始搜尋有沒有什麼便利貼。我找到幾張手寫的，大概記下摩加多星人要征服地球的計畫。並沒有什麼具體內容，也沒有計畫或細節，只不過是一些難以辨認的文字：

「人口過剩」

「地球的資源」

「生物戰？」

「摩加多星」

我找到想找的筆記了。我很仔細的讀了三、四遍。

洛里行星？洛里星人？

一號到三號死亡。

四號？

七號已在西班牙被找到。

九號在ＳＡ四處躲藏。

（他是在講什麼東西啊？這些數字和侵略地球有何干係？）

「為什麼在四這個數字後面有個問號？」我問。

「因為他說了一些事情，可是他講得好快我根本就聽不清楚。」

「你在唬我是吧？」

他搖搖頭。我嘆了口氣。算我運氣太差，我想。和我有關的事情就剛好沒有記下來。

「ＳＡ是什麼意思？」我問。

「南美洲。」

「他有沒有說是南美洲的什麼地方？」

「沒說。」

我點點頭，盯著那張紙片出神。我真希望能聽到他們的對話，希望我能自己問些問題。

摩加多星人真的曉得七號在哪裡嗎？他們真的在跟蹤他或她？如果真的是這樣，那洛里星的護身法術依然有效。我把那幾張便利貼折起來，放到後口袋裡。

「你曉不曉得那些數字是什麼意思？」他問。

我搖搖頭。「毫無頭緒。」

「我不相信。」他說。

「少囉唆。」山姆說，用球棒比較粗的那一端用力戳那人的肚子。

「還有什麼別的事情要說的嗎？」我問。

他想了好一陣子，然後說，「我覺得他們討厭亮光。當他們把墨鏡取下來的時候，似乎十分不舒服。」

我們聽到樓下傳來一些聲響。好像是有人想要輕輕慢慢的開門進來。我們彼此互望一陣。我看看椅子上的那人。

「那是誰？」我小聲地說。

「就是他們。」

「你說啥？」

「他們有說過，他們會監視這裡。他們知道可能有人會找上門來。」

我們聽到一樓傳來很小聲的腳步聲。

亨利和山姆對望，兩人都嚇得要命。

「你怎麼沒跟我講？」

「他們說會把我給宰了。還會殺害我的家人。」

我跑到窗邊，往屋後張望。我們在二樓。離地面有六公尺高。後院有道圍籬圍著。是用兩公尺半的木板築起來的。我很快移到樓梯邊，往樓下瞧瞧。我看到有三個巨漢，身著黑色的長風衣，黑帽子，還有墨鏡。他們帶著亮晃晃的長劍。我們不可能順利從樓梯走下去。我們的異能越來越強，但是還沒有強到足以對付三個摩加多星人。眼前唯一的辦法就是從房間前方，要不是破窗而出就得越過一個小小的陽台。這扇窗戶比較小，不過後院的環境能讓我們脫離這間屋子而不被發現。要是我們從前門離開，十之八九會被看見。我聽到地下室傳來嘈雜的聲響，摩加多星人用一種充滿喉音、很難聽的語言彼此交談。其中兩人往地下室移動，同時第三位則是走上階梯，往我們這邊過來。

我只能思考幾秒就得趕快採取行動。如果我們要從窗戶出去，一定會弄破玻璃。唯一的機會就是從通往二樓陽台的門出去。我用念力把那幾扇門打開。外頭已是漆黑一片。我聽到樓梯上的腳步聲越來越接近。我將山姆和亨利一把拉到身邊，一個接一個扛在肩上，就像是處理兩袋馬鈴薯。

「你要怎麼做？」亨利很小聲地問我。

「我也不曉得，」我這麼回答。「不過我希望這辦法有效。」

我已經能看見第一位摩加多星人的帽子了，趕緊往門那邊衝過去，到陽台邊然後縱身一躍。三個人一起遁入夜色中。我們在空中飛行了兩、三秒鐘之久。我可以見到腳下的街道車子來來往往。我也看到人行道上的市民。我不知道會在什麼地方落地，也不曉得我的身體是否能夠支撐我們三人全部的重量。我們撞上對街某間房子的屋頂，我撐不住了整個趴倒，山姆和亨利壓在上頭。我一時喘不過氣來，而且覺得腿好像摔斷了。山姆掙扎著站起來，可是亨利要他伏下、蹲低。他拉著我來到屋頂的另一頭，問我能不能運用念力把他和山姆放到地面。我行有餘力，也就欣然照辦。他說我得要用跳的。我用顫抖還隱隱作痛的雙腳站起來，往下跳之前，我回頭看，發現那三個摩加多星人就在對街的陽台上，似乎還沒看出破綻。他們帶的大刀亮晃晃閃爍著。我們一秒鐘也不能歇息，悄悄離開現場而沒有被他們發現。

▲

我們回到山姆的貨卡那邊。我得靠山姆還有亨利攙扶才能行動。伯尼庫沙就在車內等著我們。我們決定把亨利的車留下來，因為他們很可能已經曉得他的車是什麼樣子，也很可能依此追蹤而來。我們開車出了亞森斯，由亨利駕駛往回朝向派拉代斯市，折騰這一整夜之後，那裡應該就像天堂一樣才對。

亨利從頭說起，把我們的事一五一十全都跟山姆講了一遍。他一開口就停不下來，直到我們滑進家裡的車道。夜色正濃。山姆轉頭看了看我。

「真是不可思議，」他邊說邊露出滿臉笑容。「這實在是太酷了。」我看著他，我曉得他這一輩子所追尋的想法在我身上實現了，證實他埋首研究那些外星陰謀論想要找出父親失蹤的線索並不是浪費時間，白幹一場。

「你真的不怕火？」他問道。

「當然。」我說。

「老天，真了不起。」

「謝謝你的誇獎，山姆。」

「你會飛嗎？」他又問。一開始我還以為他在開玩笑，不過我馬上就知道他是認真的。

「我不會飛。我不怕火，而且能讓雙手放光。我有隔空施力的本事，這是我昨天才學會的。照理說，應該還有更多的異能會陸續出現。總之，我們是這麼覺得。不過，在它們真正出現之前我根本不曉得會有哪些項目。」

「我希望你能學會隱身術。」山姆說。

「我的爺爺就會。而且，他碰到的一切東西也都會變成隱形。」

「真的假的？」

「不蓋你。」

他開始縱聲大笑。

「我還是不敢相信，你們兩人就這樣一路開車到亞森斯去，」亨利說。「你們倆實在是很有辦法啊。停車加油的時候，我發現那車牌已經過期四年了呢。我真搞不懂，你們怎麼能夠開到亞森斯而沒有被攔下來。」

「是哦，從今以後你可以信任我了吧，」山姆說。「我會不計任何代價助你們一臂之力，阻止那些壞蛋追殺。特別是因為我猜就是他們把我爸捉去。」

「謝了，山姆，」亨利說。「最要緊的是守口如瓶，別洩露我們的祕密。如果被別人發現了，就可能害我們陷入險境。」

「別耽心。我絕對不會告訴別人。我可不希望約翰用他的超能力對付我。」

我們全都笑了，再次對山姆表示感謝之意，然後他就把車開走。我和亨利回到屋裡。雖然開車回來的路上我一直在睡，還是覺得精疲力竭。我在沙發上躺了下來。亨利坐在我對面的椅子上。

「山姆不會洩密的。」我說。

他沒有回我的話，只是盯著地板看。

「他們並不知道我們住在這。」我說。

他抬頭看著我。

「他們真的不曉得啊，」我說。「如果他們知道的話，早就跟過來了。」

他還是沉默不語。我受不了了。

「我才不要因為憑空瞎猜就離開俄亥俄州。」

亨利站起來。

「我很高興你交到了朋友。我也覺得莎拉人很好。可是我們不能留下來。我們要趕快開始打包。」他說。

「不要。」

「等我們東西包好，我就到鎮上買一輛新的貨卡。我們得要離開這個地方。或許他們還沒追上來，可是他們曉得只差一點就可以捉到我們，而且我們很可能還在附近逗留。我相信，打電話給雜誌社的那人確實捉到一個摩加多星人。照他所講，他捉到一個外星人，嚴刑拷打讓他說出真相，然後就把他殺了。我們並不知道他們是用什麼方法追蹤，但是我認為用不了多少時間就會被他們找到。等被他們發現，我們就完了。你的異能開始出現，而且你的力量逐漸成長，但是你要和他們作戰還差得遠了。」

他走到房間外。我坐起來。我並不想離開。這輩子我第一次真正交到朋友。這個朋友知道我不是人類卻不害怕，不覺得我是怪物。這朋友願意和我並肩而戰，願意和我一起出生入死。而且我有了女朋友。即使她並不知道我真正的底細，依然想要和我在一塊。我和女朋友相處愉快，我願意為她奮鬥，願意為了保護她深入險境。我的異能還沒有全部出現，不過也算夠用。我打倒了三個成年的壯漢。他們根本拚不過我。就像和很小的小孩打架一樣。我愛怎麼做就怎麼做，他們毫無招架之力。而且我們還知道了，人類也能夠和摩加多星人戰鬥，甚至將他們捉起來折磨一番，再下手殺害。要是人類都有這種本事，那我當然也做得到。我不想離開此地。我在這有朋友，也有女朋友。我才不要離開。

亨利從他房間走出來。他手裡抱著我們最重要的資產，也就是洛里寶匣。

「亨利。」我叫他。

「怎麼了？」

「我們不要離開。」

「我們要走。」

「想走你就走吧，那我就去和山姆一起過活。我不要離開。」

「這件事還輪不到你做決定。」

「是這樣嗎？被追殺的人是我。處境危險的人也是我。現在你就可以一走了之，摩加多星人才不會去找你的麻煩。你可以去過個幸福美滿、長長久久的正常生活。你可以愛幹嘛就幹嘛。我沒有辦法。他們會一直追捕我的行蹤。他們會持續想辦法找到我，取我的性命。我已經十五歲了。我不再是個小孩子。該讓我自己做決定了。」

他盯著我看，足足有一分鐘那麼久。「講得很精彩，可是沒法改變事實。把你的東西收一收。我們要走了。」

我舉起手，指向亨利，然後把他抬離地面。他嚇了一大跳，說不出話來。我站起來，把他移到房間的角落，一直往上頂著天花板。

「我們要留下來。」我說。

「放我下來，約翰。」

「你答應我們不用離開，我就會放你下來。」

「待在這太危險了。」

「那也未必。他們並沒有到派拉代斯市。他們大概根本不知道我們住在什麼地方。」

「放我下來。」

「你先答應要留在這。」

「放—我—下—來——」

我一句話也沒回。我只是讓他一直飄浮在半空中。他使勁掙扎，想要推動天花板或牆壁，可是完全動彈不得。我施力把他困在同樣位置。而且我感覺得到，使出的力量越來越強。這輩子從來沒有這麼有勁。我不要離開這裡。我不要四處奔波居無定所。我喜歡在派拉代斯市的生活。我喜歡能有真正的朋友，而且，我很愛我的女友。我已經準備好，願意為我所愛的人挺身而戰，不論是要對抗摩加多星人還是對抗亨利。

「你也曉得，我不放你下來你就下不來。」

「你這樣做就跟小孩子一樣。」

「才不呢，我這麼做是因為我開始認清自己的身分和能力。」

「你真的要讓我一直浮在半空中不成？」

「除非我想睡或是累了，不過等我休息夠了還是會再出手。」

「好吧。我們就留下來。不過有條件。」

「什麼條件？」

「先把我放下來，我們再好好討論。」

我把他放低，降到地面。他給我一個擁抱。這讓我很驚訝；我以為他會氣得要命。他鬆開雙手，我們一起坐在沙發上。

「你成長這麼多，我真是引以為傲。我花了這麼多年的時間慢慢等，等這些東西出現，等你的異能冒出來。你曉得，我這一生的目的就是要確保你的安全，讓你變得更強。如果你出了什麼意外，我絕對無法原諒自己。要是你在我面前有什麼三長兩短，我大概也不想活了。遲早摩加多星人會追上來，找到我們。我希望在和他們遭遇之前能夠做好充分的準備。我認為你現在還不行，即使你自認已經夠用。你還需要多加練習。我們可以留下來，暫時的，但是你得答應一切以訓練為優先。訓練要擺在莎拉、山姆以及一切東西之前。而且只要有什麼徵兆發現敵人就在附近，或追蹤到我們的住處，我們二話不說立刻就得上路，不多囉嗦，不爭論，不把我弄到半空中下不來。」

「就這麼辦。」我笑著說。

# 22 作戰訓練

俄亥俄州派拉代斯市的冬天來得很早，也來得十分猛烈。一開始先是起風，然後氣溫驟降，接著就下雪了。起初是輕柔的細雪，接下來是暴風雪掃過將大地披上鋪蓋；結果呢，鏟雪車嘈雜作響就和風聲一樣持續不斷，噴得到處都被灑上一層細白粉末。學校甚至為此停課兩天。靠路邊的積雪由銀白色變成骯髒的灰黑色，最後溶成一窪又一窪小水塘，裡頭積滿退不乾的汙水。不用上學的時候，我和亨利大半都在做訓練，有的在室內，有的要到戶外。如今我可以不需直接用手接觸就要起三顆球，也就是說我可以同時移動一個以上的物品。我試過的東西越來越大件也越來越重，像是餐桌、上星期才買的吹雪機，還有我們新買的貨卡，這部車和之前那輛幾乎一模一樣，而且美國境內恐怕還有好幾百萬台外觀差不多的車子在跑。只要我的體力能夠負荷，那就可以運用念力辦到。亨利認為總有一天精神力將會超越身體所生出的力量。

後院裡的樹圍繞我們，就像是一群哨兵，凍結的枝條彷彿中空的玻璃塑像，上頭都積了兩三公分厚的白色細粉。除了亨利清出的一小塊空間之外，積雪深達膝蓋。伯尼庫沙坐在後門廊，看我們在做什麼。就連牠也不喜歡碰到雪。

「你真的要這麼做？」我問道。

「你得學會和火做朋友。」亨利說。山姆站在他身後，懷著古怪不正經的好奇心態。今天是他第一次參觀我接受訓練。

「會燒多久？」我問。

「我也不曉得。」

我穿了一件很容易著火的服裝，差不多是由各種天然纖維浸透汽油而成，有些燒得很慢，有些則是一點就著。我好想趕快點火，這樣才能去除那些氣味，我的眼睛受不了一直想要流眼淚。我做了個深呼吸。

「準備好了嗎？」他問道。

「一切就緒。」

「記得要屏住呼吸。你並不能抵抗煙霧，而且你的內臟會被燒傷。」

「我覺得這真是亂搞。」我說。

「這是你的訓練項目之一。在壓力下保持自持。你必須學會在被火燄吞噬的時候還能一心多用。」

「為什麼呢？」

「因為一旦開始作戰，我們一定是以寡擊眾。戰爭爆發的時候，火將會是你最好的盟友。你必須學會身上著火的時候還能作戰。」

「噢。」

「要是你覺得不對勁，就跳進雪堆裡打滾。」

我看著山姆，他的臉上掛著好大的笑容。他手頭拿著一只滅火器，以防萬一。

「我知道。」我說。

亨利在擦火柴的時候，大家都默不作聲。

「穿成這個樣子，好像長毛怪哦。」山姆說。

「把話收回去，山姆。」我說。

「我們這就開始。」亨利說了。

在他的火柴剛要碰上衣服之前，我深吸一大口氣。火燄立即席捲我全身。這樣還要保持眼睛張開實在很不自然，不過我還是設法辦到了。我移動視線往上方看。火苗往上直竄，足足有兩公尺半那麼高。外界突然變成罩上各種的橘色、紅色和黃色，在我眼前跳動。我可以感受到熱度，不過就只像是夏天太陽光照到皮膚上的那種感覺。最多不過如此。

「去吧！」亨利喊道。

我將雙手往身體兩旁水平伸出，眼睛瞪得好大，屏住呼吸。我覺得好像是浮在空中盤旋。我走入深雪區，積雪在我腳下溶化吱吱作響，行經之處冒起一股蒸氣。我把右手往前伸，抬起一塊煤炭，感覺起來比平常還重些。這是因為我憋住呼吸不能換氣的關係嗎？還是由於身上著火所造成的心理壓力？

「別浪費時間！」亨利喊道。

我用盡全身的力量，把那塊煤炭對著十五公尺外的一株枯木扔過去。那股勁道讓它裂成無數的小碎片，樹幹上留下一個凹陷的印子。接著我舉起三個吸飽汽油的網球。我把它們一個接著一個拋到半空中。我把這幾個小球往自己身體這邊帶過來。它們著了火，我還是讓它們保持在半空中，在此同時，我還舉起一根細長的掃帚柄。我閉上眼睛。我的身體熱熱的。我猜大概是流汗了吧。如果是這樣，汗一流到皮膚表面就應該被蒸發掉才對。

我咬一咬牙，張開眼睛，往前猛擊，將全身力量注入那木柄當中。掃帚的柄炸了開來，碎裂成無數細屑。我並不讓它們掉落地面；反而是將一切碎片全都飄浮在空中，看起來就像是半空中瀰漫一片灰霧。我將那一大片碎屑往自己這靠過來，讓它們全都被引燃。火燄閃動哼哼作響，不時傳來木材爆開的劈啪聲。我又使力把這些碎片全都集合起來，形成一整塊緊密的矛頭，似乎是由地獄最底層直接飛出來的一箭。

「好極了！」亨利喊道。

又過了一分鐘。我的肺部開始有點灼熱感，一方面是火，一方面是因為還屏住氣息。我把全身能量注入那隻矛，使勁往前送出，它就像顆子彈飛奔而去，打在樹幹上，千百個小小的火燄四散而出，燒遍附近又旋即熄滅。我原本以為那棵枯木會著火，可是它沒有燒起來。網球也落地了。它們掉在離我一公尺半的地上，在雪中吱吱作響。

「別管那些球了，」亨利喊道。「重點是樹。攻擊那棵樹。」

那棵枯木看起來陰森森的好詭異，一片潔白的背景之上映照出它那糾結的肢體側影。我閉上雙眼。我再也憋不住氣了。我的心中胡思亂想，既沮喪又生氣，更因為身上的衣服著火令人很不舒服，而且任務沒能達成。我集中精神凝聚於樹幹所伸出的第一個枝椏上，想要把它弄斷，可是沒有成功。我咬咬牙，眉頭緊縮，總算傳來很響亮的折裂聲在空中迴盪，像是誰開了一槍，而且那根枝條往我這邊飛過來。我將那樹枝握在手中，雙手把它高舉到頭頂上。讓它燒吧，我這麼想。那根樹枝應該有六公尺那麼長。總算它也著火了，我讓樹枝升到上空差不多快要十五公尺那麼高，隔空施力，將它直直往地面一摔，就好像古代士兵打勝仗的時候會站在高崗上，拿著長劍插入地面。這根木頭冒著煙前後晃動，火燄順著它的上半部舞動著。我張開嘴，出於本能吸了一口氣，結果火燄也順勢被吸進體內，立刻就感到一股痛感貫徹全身。我十分慌張，而且那疼痛的感覺好強烈，根本不知道應該要怎麼辦才好。

「到雪地上！到雪地上！」亨利喊道。

我一頭撲倒在地，四處打滾。火燄幾乎是立即就熄滅了，但是我還是滾個不停，只聽到雪碰到那件破爛衣服就會嘶嘶作響，還一直冒出陣陣蒸氣和黑煙。此時山姆總算把滅火器的安全插梢拔開，噴出一大堆消防粉末在我身上，差點都不能呼吸了。

「別噴了。」我叫道。

他停下動作。我倒在原地想要喘氣，可是每吸進一口氣就會使得肺部又痛一次，那真是痛徹全身上下。

「哇靠，約翰。你不能吸氣的啦。」亨利說著，站在我身邊。

「我也沒有辦法。」

「你還好吧？」山姆問道。

「我的肺好像在燒。」

一切都變得模模糊糊的，慢慢才能聚焦在一塊。我躺著動也不動，仰看灰矇矇的一片天空，不時有幾片雪花飄落身上。

「我的表現如何？」

「第一次就這樣算是不錯了。」

「我們用不著再搞一次吧？你說呢？」

「過一陣子看看，到時再說。」

「剛才實在是超酷的啦。」山姆說。

我嘆了口氣，然後費勁做了個深呼吸。「爛爆了。」

「第一次就有這樣表現算是很不錯，」亨利說。「你也不能指望什麼事都那麼輕而易舉。」

我躺在地上點點頭。我在地上待了好歹有一、兩分鐘，然後亨利伸出一隻手拉我起來，今天的訓練課程就告一段落了。

▲兩天之後的午夜時分我醒過來，時鐘顯示兩點五十七分。我可以聽到亨利還在餐桌那忙著呢。我爬下床，走到房間外頭。他正伏案查看一份文件，戴著雙焦距的眼鏡，手裡拿著副鑷子，夾著一張像是郵票之類的紙片。他抬起頭看著我。

「你在做什麼？」我問。

「幫你弄些證件。」

「要幹嘛？」

「我一直在想你和山姆開車去找我那次的事。我覺得繼續用你的實際年齡實在是不夠聰明，因為我們可以依據現實的需求任意更改調整。」

我拿起一張剛做好的出生證明書。上面寫的名字是詹姆・休斯。出生日期要比實際上還大了一歲。這樣我就是十六歲，可以開車了。我彎下腰，看看另一張正在仿造的證件。上面的名字是裘比・法雷，十八歲，已是法定的成年人。

「我們之前怎麼都沒想到這點？」我問道。

「從來沒什麼特殊理由要這麼做啊。」

桌上散置許多不同形狀、尺寸、色澤的紙張，最邊邊有一台大形的印表機。好幾瓶墨水、橡皮圖章、替換式印章、金屬的壓印章，各種工具羅列擺開就好像來到牙醫診間一樣。我一直都不太了解假造證件的整個程序究竟如何。

「我們現在就要更改年齡嗎？」

亨利搖搖頭。「在派拉代斯這邊已經來不及了。這些文件主要是為以後作準備。誰知道會發生什麼事，讓你不得不變換一個新的身分。」

一想到我們將來會搬離此地，我就覺得頭暈目眩。我寧願一直都停留在十五歲不能開車，也不想要搬到別的新的地方去。

▲

莎拉從科羅拉多州回來了，再過一個星期就是耶誕節。我們已經八天沒有見面了呢。我覺得就好像是過了一個月那麼久。客車把女孩們全都載到學校，她再請一位朋友開車直接送她到我們這裡，而沒有先回家。我一聽見車子開進車道，就出去給她來個大大的擁抱，一邊親吻一邊把她抱起來雙腳離地在空中轉圈圈。在這之前又搭機又乘車折騰了快要十個鐘頭，簡單穿著件運動長褲，脂粉未施，頭髮只是稍稍往後束成一個馬尾，但是在我眼裡她是我所見過最美的女孩，我根本不想放手。月光之下，我們互相盯著對方的眼睛瞧，什麼話也沒說，只是相視而笑。

「你有沒有想我啊？」她問道。

「每分每秒都在想妳。」

她在我的鼻頭上吻了一下。

「我也好想你哦。」

「所以說，動物們都有新家了是嗎？」我問道。

「是啊，約翰，真的棒極了！好希望你也能親眼目睹。差不多有三十個人在那邊幫忙，不眠不休輪班上陣。建築工程進行得十分順利，要比之前的設備好得多。我們找個角落蓋了給貓玩的樹，結果你猜怎樣，我們在那的時候一直有貓上上下下玩得不亦樂乎。」

我笑了。「好像很棒呢。要是我也能參加就好了。」

我幫她拿行李，一起走進屋內。

「亨利呢？」她問道。

「上街買東西。差不多十分鐘之前出門。」

她信步穿過客廳，往我的臥室走去，順手把外套掛在椅背上。她坐在床沿，把鞋子鬆開脫掉。

「我們要做什麼好呢？」她問道。

我站在原地看著她。她身上穿的是一件紅色的連帽運動衫，前面是全開的拉鏈。拉鏈只拉上一半。她對我笑，抬著眼望著我看。

「來我身邊。」她說，向我伸出手。

我往莎拉那走過去，讓她牽起我的手。她抬頭看著我，因為燈光的關係而瞇著雙眼。我用空著的手伸指一彈，就把燈給關上了。

「你是怎麼辦到的？」

「變魔術囉。」我說。

我在她的身邊坐下。她把幾縷散落的髮絲搭到耳後，然後欺身過來親吻我的臉頰。接著她雙手捧著我的下巴，把我的臉拉過去，輕柔的吻了幾下。我全身上下為之發麻。她又退開，頭還靠在我的臉頰上。她用拇指順著我的眉毛摸索。

「我真的好想你呦。」她說。

「我也一樣。」

我們雙方陷入一陣沉默。莎拉咬了咬下唇。

「我幾乎等不及要回來找你，」她說。「我在科羅拉多的時候，無時無刻不在想著你。即使和動物玩耍的時候，也是在想，如果你能陪我一起照顧牠們那該有多好。而且，等到今天早上我們總算踏上歸途，整段路程真是難捱，雖然說我也明白只要多往前一公里就等於又靠近你一些。」

她笑了，主要是眼睛，嘴唇形成細細而往上彎曲的弧度，一口貝齒藏在後頭。她又吻了吻我，緩慢而持久，彷彿直到天荒地老。我們兩人都坐在床鋪的邊緣，莎拉的手扶著我的臉頰，我的手則是擺在她的腰椎凹處。透過指尖我可以感受到她那緊緻的腰身，還聞得到她唇上擦的草莓口味的護唇膏。我一把將她拉過來。雖然我們兩人的身體已經緊緊靠在一起，卻覺得好像還不夠接近。我的掌心在她背上摩娑，肌膚彷彿瓷器般光滑。莎拉雙手輕撫著我滿頭亂髮，不知不覺兩人的呼吸越來越沉重。我們雙雙往後倒臥到床鋪上，側著身子躺著。四目輕闔。我不時睜開眼睛偷偷看她。除了有些許的月光從窗戶透進來，房間內一片漆黑。她發現我偷偷睜眼，結果停下親吻的動作。她把額頭靠在我的前額上，瞪著我瞧。

她把手放在我的脖子後方，往她身邊一拉，不其然我們又開始相擁而吻。纏綿。交織。我們兩人都將對方緊緊擁在懷中。平常一直縈繞在我心頭的種種不安念頭全都消失於無形，關於別的什麼星球，還有被摩加多星人追捕獵殺的一切顧慮，全都不重要了。我只是和莎拉躺在床上相擁而吻，融化在彼此的形象之中。世上再也沒有別的事情要去掛心。

此時，客廳的門突然打開。我們倆全都嚇得跳了起來。

「亨利回來了。」我說。

我們很快從床上站起來，一邊笑一邊急忙撫平衣服上的皺褶，兩人之間暗藏著這個小祕密，結果從房間走出來的時候還手牽著手咯咯笑個不停。亨利正在把買回來的日用品放到餐桌上。

「嗨，亨利。」莎拉說道。

他報以微笑。她將我的手鬆開，走過去給亨利一個擁抱，然後開始聊起這次到科羅拉多州的點點滴滴。我走到屋外，把其餘的日用品搬進來。我吸了些冷冽的空氣，試著放鬆四肢，不再像剛才那麼緊繃，並且還要揮去亨利進屋時的那股失望之情。當我拿著其他雜貨走進屋裡的時候，還是很用力的喘著氣。莎拉正在和亨利講她在動物庇護所見到的貓咪。

「妳怎麼沒有幫我們帶一隻回來呢？」

「要是你先講的話，我絕對很樂意帶一隻回來送你的，亨利。」莎拉說著，雙手環抱在胸前而臀部往側邊一歪。

亨利對著她笑。「我就知道妳會這麼做的。」

亨利把日用品擺放到定位，我則是陪著莎拉走到屋外透透氣，在她媽媽來接她回去之前一塊散個步。伯尼庫沙跟我們一起出門。牠在前頭帶路，跑得飛快。我和莎拉手牽著手，走過屋前的小庭院，氣溫幾近零度。雪開始化了，地面上又濕又泥濘。伯尼庫沙跑到樹林裡消失了一陣，然後又折回向著我們奔過來。牠的腹腿弄得髒兮兮的。

「妳媽媽什麼時候會過來？」我問。

她看一看手錶。「再二十分鐘。」

我點點頭。「妳回來了我好高興。」

「我也是一樣。」

我們走到森林的邊緣，可是天色已經很暗了，沒法再更深入。我們沿著院子的周圍閒走，手拉手，不時停下腳步親吻，唯有明月和星辰為伴。我們兩人都沒開口談到剛才所發生的事，不過很顯然我們心中都掛記著同樣的問題。我們還沒繞完一圈，她媽媽就開車來了。這要比原先預估還提早十分鐘。莎拉衝上前去，給她一個大大的擁抱。我走進屋內，去取莎拉的行李。我們互道再見，然後我走到路上，目送她們的車尾燈消失在遠方。我在室外站了一會兒，然後和伯尼庫沙一塊走進屋裡。亨利正忙著做晚餐。我把握時間幫小狗洗個澡。等我幫牠洗好，晚餐也備妥了。

我們在餐桌旁坐下來吃晚飯，彼此之間並沒有交談。我止不住一直想著莎拉的倩影。我呆呆的盯著餐盤發楞，一點都不覺得餓，但是我無論如何都得要把食物吞下去。我設法吃了幾口，然後將餐盤往前一推，靜靜坐著沉默不語。

「你要跟我講了嗎？」亨利問道。

「講什麼？」

「你腦子裡在想什麼。」

我聳聳肩。「我也搞不太清楚。」

他點點頭，又繼續吃他的晚餐。我閉上雙眼，還能聞到莎拉的氣味留在衣領，還能感受到她的手撫過我的臉頰。似乎她的唇仍觸碰著我的雙唇，手指尖還能體會到她的髮絲柔細的觸感。我滿腦子都是想著，不知道她現在正在做什麼，而且我真希望她能夠一直待在我身旁。

「你認為可不可能會有人愛上我們？」我提出問題。

「你說的是什麼意思？」

「我是在說人類。你覺得我們有沒有機會被人類喜歡，甚至被地球人愛上？」

「我認為人類也可能會愛上我們，就像兩個地球人一樣談戀愛，要是他們並不知道我們的身分的話那就更有可能，但是我覺得你無法用和洛里星人談戀愛的方法來對待地球人。」

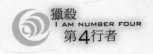

亨利說。

「為什麼呢？」

「因為我們畢竟和地球人並非同種。而且，我們所謂的『相愛』是完全不同的境界。洛里星賦予我們的恩賜之一就是能夠徹底相愛。絲毫沒有嫉妒、不安全感或是恐懼。不會小裡小氣。也沒有怨恨。你可能會對莎拉生出很強烈的情感，但是這些都比不上對一位洛里女孩所得到的那種感受。」

「我也遇不到幾位洛里星的女孩啊。」

「你對待莎拉要謹慎，還有其他的原因。如果我們能夠僥倖活下去，總有一天，我們必須回到原來的星球，繁衍下一代。當然，以現在你的年紀還用不著為這種事情傷腦筋，但是我認為莎拉恐怕無法成為你的伴侶。」

「如果我們和人類生出下一代，那會怎麼樣？」

「這種事在歷史上也發生過好多次。通常是會生出非凡而出眾的天才人物。地球文明史上的許多偉人，事實上就是人類與洛里星人的愛情結晶，像是佛陀、亞里斯多德、凱撒、亞歷山大大帝、成吉思汗、達文西、牛頓、傑弗遜還有愛因斯坦。古希臘的眾神，人們以為那不過是神話傳說，實際上就是人類和洛里星人所生的小孩，主要是因為那段時間我們造訪這個星球的頻率比較高，並且一直在協助地球人創造屬於他們自己的文明。阿弗黛特、阿波羅、荷姆斯還有宙斯，全都是實際存在的真實人物，而且都有洛里星人的血統。」

「所以也不是不可能嘛。」

「是有這種可能。但依照我們目前的處境而論，這麼做是任性而不切實際。事實上，和我們一起來到地球上的那些人之中有位女孩子，她的父母和你們家有很深厚的交情；雖然說我不知道她是幾號，也不知道她如今身在何處。他們之前常會開玩笑說，命運的安排會讓你們兩人最終結合在一起。也許他們所說的終將成真。」

「那，我該怎麼辦？」

「把握你和莎拉在一起相處的時光，但是可別太過依賴，也別讓她太黏你。」

「是這樣嗎？」

「你要相信我，約翰。別的事你不相信那還另當別論，至少聽我這次。」

「你說的每句話我都深信不疑，即使我心中百般不願意。」

亨利對著我眨眨眼。「那就好。」

談過這些之後，我回到房間打電話給莎拉。我一直在想之前亨利和我說的那些大道理，然而我就是情不自禁。我已經黏上她了。我覺得我已經愛上她。我們在電話上聊了兩個小時。掛掉電話時，已是三更半夜。然後我隻身躺在床上，面帶微笑直到天明。

# 23 太空船

天色已經變暗。溫暖的夜晚送來一陣柔和的清風，空中不時發出閃光，把雲層照亮成為亮麗的藍色、紅色還有綠色。一開始是在放煙火。煙火接著卻代換成別的什麼東西，聲響更大，更具威脅性，群眾的歡呼以及讚嘆聲變成嘶吼和尖叫。陷入一團混亂。人們四散奔跑，小孩子都嚇哭了。我站在如此景象當中，冷眼旁觀，卻無法提供任何援助。就像之前見過的場面一樣，士兵還有惡獸如潮水般從四面八方湧出，炸彈不斷由空中落下，爆炸聲極大，耳朵都要受不了了，身體最內部都能感受那股力道。實在是震耳欲聾，連牙齒都在發疼。接著是洛里星人全力反擊，英勇抗敵，如此義行真令人同感驕傲，讓我以身為其中一員為榮。

接著我又開始移動位置，在空中飄移的速度之快，下方的世界都變得模模糊糊，沒辦法對焦清楚。等我停下，已是來到太空發射場的跑道。五公尺外，有艘銀白色的太空船，差不多四十個人站在通往入口的斜梯上。已有兩人進去了，站在門口仰望天際，一位是很年輕的女孩，另一個女子則是和亨利的年齡差不多。然後我發現自己也在現場，才四歲，哭泣著，雙肩低垂。年輕時候的亨利站在我身旁。他也一樣抬頭仰望天空。祖母在我面前低下身子蹲著，緊緊扣住我的肩膀。祖父站在她的後面，神情嚴肅，若有所思，他戴的眼鏡鏡片把空中的光線聚焦在一塊。

「要回來找我們啊，聽到了沒？回到我們身邊。」祖母這麼說，然後就講不下去了。真希望我能夠聽見他們在這之前還說了些什麼。直到如今，我都不記得那天晚上人們對我說過的話。不過，現在我稍稍回想起來了。那時我自己不過四歲，根本還不知要怎麼反應。四歲的我只是怕得要命。完全搞不清楚究竟發生了什麼事，不曉得為什麼需要那麼緊急，也不清楚周圍的人們眼神中為何充滿恐懼。我的祖母一把將我抱過去，然後就鬆手了。她站起來，轉過身去，不讓我看到她在流淚。四歲的我知道祖母在哭，可是並不清楚是為了什麼原因。

接下來是祖父和我道別，他全身是汗，血淚交織。很顯然他一直都在努力戰鬥，而且他的臉糾結在一起，就好像集中全身力量，準備好隨時能再度出擊，為了求生存盡一切努力堅持到最後一刻。不僅是個人的存亡，還關係到整個星球的命運。他像祖母一樣單膝著地。這時我才放眼環顧四周。扭曲糾結的金屬廢料，大塊混凝土碎屑，地面上布滿炸彈轟出的坑洞。偶爾有幾處冒火，碎玻璃灑落一地，灰塵，裂成碎片的林木。在一片斷垣殘壁之中，有一艘太空船，沒有武裝，就是我們所搭的那架。

「我們得要走了！」不知是什麼人喊了一聲。是個男人，深色頭髮、深色眼珠。我不認識這個人。亨利望過去，對著他點點頭。孩子們魚貫走上通入太空船的斜梯。祖父的眼光一直盯著我的身影。他開口想要說些什麼。然而，我還沒能聽清楚他說的是什麼，就被帶著飄移此地，迴旋著往空中升去，腳下的世界又再變得模糊難辨。我試著要看個清楚，但是我移動的速度實在是太快了。唯一能辨別出來的是那些炸彈，持續不斷往下落，四處爆開各色火燄，席捲整片夜空，然後是緊接而來的震耳聲響。

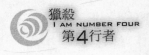

此時，又停下來了。

我到了一間寬廣而開闊的建築裡面，之前從來沒見過。裡面好安靜。天花板是拱形的穹頂。地板則是一大塊的混凝土平板，差不多有整個美式足球場那麼大。這裡頭並沒有窗戶，不過炸彈的聲響依然透了進來，在四面牆壁間迴響不絕。

建築物正中央有個構造，高聳而凸出，孤零零地獨自立著，這是個白色火箭，由地板直直伸到屋頂最高處。

接著，遠端角落有扇門突然打開。我轉過頭去往那邊張望。有兩個男人走了進來，神色慌張，講話很快而且很大聲。突然間，他們後頭有一群動物簇擁著擠進屋內。總數差不多有十五隻，全都一直不停變換外形。有的在飛，有的在跑，原本是兩隻腳，後來又變成四隻腳。最後頭還有一個男人，一進來就把門關上，這樣算來就是第三人了。第一位男人來到太空船邊，打開太空船底部某種像是門閂的東西，開始把動物全都趕進去。

「走啊！走啊！上到裡面去，到裡面去。」他喊道。

動物們走著，全都為了要走進太空艙而變化外形。然後最後一隻動物也進去了，還有個人也鑽了進去。剩下那兩人開始把包裹還有箱子傳過去給他。所有東西全都裝進火箭裡，差不多用去十分鐘。然後，三個人全都在那火箭四周忙著，準備好要發射升空。三個人都汗流浹背，著急的跑來跑去，直到一切全都就緒。正當他們三人要爬進火箭裡面的時候，有個人跑了過來，手裡抱著一包東西看起來好像是嬰兒，不過我沒辦法看得很清楚。他們把那東西也接了過去，走進太空船裡。然後艙門緊閉，嚴密封了起來。時間一分一秒過去。現在炸彈已經落在牆外頭了。突然在建築物之內也傳出一種爆炸聲，我看到火箭底部開始發出火光，很快就擴張成個大火球，建築物裡的一切全都陷入火海。這片大火甚至將我也納入其中。

我猛然張開雙眼。我又回到俄亥俄州的家裡，躺在床上。房間裡一片漆黑，不過我能夠感覺到並不是只有我一人在屋內。有個人形在晃動，投射下來的影子掃過床鋪。為此我突然全身緊繃，已預備好要把手掌的光線打亮，準備好把它抬起來揮去撞到牆上。

「你在講夢話呢，」亨利說。「剛剛睡著的時候，你還一直在講話。」

我把手掌的光打亮。他站在床頭邊，穿著睡褲和白色的T恤。他的頭髮亂成一團；睡眼惺忪，紅通通的。

「我都說了些什麼？」

「你說『上到裡面去，快上去。』發生什麼事了？」

「我剛才是在洛里星。」

「在作夢嗎？」

「我覺得不像。我人在現場，就和之前一樣。」

「你看到什麼？」

我很快由床上坐起來，背靠著牆。

「有很多動物。」我說。

「什麼樣的動物？」

「就在我看的那艘太空船上。老舊的那艘，博物館那個。在我們出發之後才升空的那一艘。我看到有好多動物上了那艘太空船。也不是很多，大概有十五隻吧。另外還有三名洛里星人。我認為他們並不是行者。還有別的東西。有一捆布包。看起來像是一個嬰兒，不過我看不太清楚。」

「你為什麼認為他們不是行者？」

「他們用搬的裝載補給品，差不多有五十個箱子和帆布袋。他們並沒有隔空施力。」

「全都裝進博物館裡的那架火箭裡？」

「我覺得那應該就是博物館。是在一間很大的拱頂建築內，裡面除了火箭之外沒有別的東西。我只能猜它是博物館。」

亨利點點頭。「如果他們是在博物館工作的話，那就應該是護法。」

「還把動物運上太空船，」我說。「那種會變形的動物。」

「奇馬納。」亨利這麼說。

「你說是什麼？」

「奇馬納。洛里星上的一種動物，牠們能夠變化外形。我們稱呼為奇馬納。」

「哈德雷就是其中一隻囉？」我會這麼問，是因為想起來在幾個星期之前的幻象當中，曾經在祖父母家的院子裡和一隻動物一起玩，那次我還被一位身穿銀藍相間服裝的人弄到空中飄浮著。

亨利笑了。「你還記得哈德雷？」

我點點頭。「我有見過牠，就像其他在幻象當中的遭遇一樣。」

「即使不是在訓練的時候，你也會有幻象出現是嗎？」

「偶爾吧。」

「多久會出現一次？」

「亨利，別管那些幻覺了好不好？他們為什麼要把動物載到火箭裡去？那個嬰兒和他們有什麼關係？或者說，那是不是別的什麼東西？他們要到哪去？他們這麼做可能是為了什麼緣由？」

為此亨利陷入一陣沉思。他動了動身子，把重心調到右腳。「有可能和我們的判斷一樣。你想想看，約翰。要是不這麼做，洛里星怎可能再有動物繁衍？牠們也得要找個地方避難。一切都被消滅了。不僅僅是我們這些住民，還有動物、星球上所有的生物全都一樣。也許布包當中不過是另一種動物。一種比較柔弱的動物，或是一隻幼獸。」

「那麼，他們要到哪去呢？除了地球，還有什麼地方可以避難？」

「我想，他們是要到某間太空站。火箭如果是使用洛里星的燃料，大概只能夠跑這麼遠吧。也許他們以為外星人入侵只是暫時的，他們以為可以等到事情結束。我的意思是說，他們可以一直待在太空站裡過日子，只要物資充足就行。」

「洛里星附近有太空站嗎？」

「沒錯，總共有兩座。我的意思是，原本有兩座太空站。就我所知，較大的那間在外星人入侵的同時就被摧毀了。我們與太空站失去聯繫，不到兩分鐘之後，開始有炸彈落下。」

「我第一次跟你說有別艘太空船的時候，你怎麼沒有告訴我這些事情？」

「我之前以為它並沒有載人，只是升空做為掩護。而且我覺得如果有一座太空站被摧毀，那麼另一座恐怕也躲不過。很遺憾，他們的旅程恐怕無法達到目的地，不論他們原先是想要到哪一座太空站。」

「要是補給品都用完了，他們再回到星球上會怎麼樣？你覺得他們能不能在洛里星存活下來？」我很急切地問道。我心中已知道答案，早就曉得亨利會怎麼說，不過我還是開口問了，似乎還想抱持一絲希望，希望我們並不是唯一的倖存者。也許，在遙遠的某個地方，還有另一批人和我們一樣，等待、監看，也在期盼總有一天能重回故土，我衷心希望回去的時候不是孤單無伴。

「不可能。現在星球上還沒有水。你自己也看到了。如今那不過是塊荒蕪的不毛之地。而且，如果沒有水，就無法維持生命。」

我嘆了一口氣，又往後一倒躺到床上。我將頭埋進枕頭裡。為這件事多費唇舌又有什麼用？亨利說得一點都沒錯，我知道得一清二楚。我自己就看到了。如果從櫃子裡拿出來的那幾個圓球可信，那麼洛里星目前不過是一片廢墟，堆滿有害的物質。那顆星球雖然一息尚存，不過在地表還沒能恢復生機。沒有水，沒有植物，毫無生氣。剩下來的只有灰燼和岩石，還有之前文明的若干殘跡。

「你還看到什麼嗎？」亨利問了。

「我看到那天離開時候的情景。快發射之前，我們全都聚在太空船邊。」

「那真是不幸的一天啊。」

我點點頭。亨利雙手抱在胸前，往窗外望出去，陷入一陣沉思。我深深吸了一口氣。

「發生這些事情的時候，你的家人在什麼地方？」我問道。

我已經在兩分鐘之前就將手掌心放出的光熄掉了，然而我依然能看出亨利回望我的時候白了我一眼。

「當天，我並沒有和家人在一起。」他說。

我們兩人都沉默了好一會，然後亨利動了動身體。

「好吧，我最好再回去睡一下，」他這麼說，這次談話就結束了。「好好休息。」

亨利離開之後，我躺在床上想那些動物，想那火箭，想到亨利的家人，還想到他根本沒機會向他們道別。我曉得他一定會無法入睡。那些幻象出現的時候，我都會睡不著，亨利心情不好的時候也是一樣。這想法一定時常在他心中出現，揮之不去，任何人遇到同樣的狀況，被迫離開一直以來所依靠的家園，發現自己將永遠見不著自己所愛的那些人，一定也都會有同樣感觸。

我拿起手機，傳簡訊給莎拉。我睡不著的時候就會傳簡訊給她，或者，如果反過來是她無法入睡，就會傳簡訊過來。然後我們就可以說說話，直到累了想睡為止。我按下「傳送」鍵，過了二十秒，她就打電話來了。

「嗨，妳好啊。」我這麼應答。

「你睡不著哦？」

「沒有啊。」

「怎麼啦？」她問道。她的哈欠聲從電話線另一端傳了過來。

「只不過在想妳囉。就這樣躺在床上，盯著天花板看，都快過一小時了。」

「你這呆瓜。我們六個小時前才見過面的呀。」

「我真希望妳一直都在我身邊，」我說。她咕噥了幾句。我可以聽到黑暗之中傳來她的笑聲。我側向一邊躺著，把話筒放在耳朵和枕頭之間。

「是哦，我也希望還是在你身邊呢。」

我們又聊了大概二十分鐘。通話的最後那十幾分鐘，我們倆就只是靜靜的聆聽對方的呼吸。和莎拉講講話，我覺得好多了，但是這樣一來反而更難入睡。

# 24 雪天使

自從我們來到俄亥俄州，第一次感覺到時光流逝的速度變慢了。不知不覺就放寒假了，我們可以有十一天不用到校上課。山姆和他媽媽利用假期，要去拜訪一位住在伊利諾州的姑媽。莎拉則是待在家裡，沒有出遠門。我們在一起過耶誕節。跨年夜，倒數計時迎接新年的時候，我們在一起相擁而吻。我們在屋後的林子裡散步到很遠，手牽著手，嘴對著嘴，在灰灰暗暗的冬日天空下，呼吸徹寒入骨的冷冽空氣，不管天氣下著雪且很寒冷，甚至有點點要和氣候抗衡的味道。我們待在一起的時間越來越長。放假的這段日子裡，幾乎天天都要見好幾次面。

我們手牽手，並肩走在一片白色遮罩底下，樹木的枝椏上還積滿厚厚的白雪。她會帶著相機，不時停下腳步拍攝照片。除了我們走出的那條路徑，大部分雪地都保持完整沒有人獸的足跡。我們又再沿著路跡來到熟悉的樹林裡，伯尼庫沙在前，於低矮灌木間衝進衝出，追逐兔子，直到兔子躲藏的洞穴或濃密的荊棘叢邊，或是把松鼠趕上樹幹。莎拉戴著一副黑色的保暖耳罩。她的雙頰和鼻頭被凍得發紅，看起來眼睛的藍色更加明顯。我一直盯著她瞧。

「怎麼啦？」她一邊笑，一邊問。

「只是在欣賞美景。」

她的眼珠對著我咕碌咕碌直轉。樹林子裡大部分的地方林木十分茂密，不過沿路不時會經過幾塊零星的空曠處。我也不知道這片林地會往四周延伸到多遠的地方，不過我們散步的時候還沒走到它的邊界盡頭。

「我猜這裡到了夏天的時候一定很美，」莎拉說。「說不定到時候我們可以找個空曠處野餐。」

我感到胸口一陣隱隱作痛。還要再等五個月才到夏季，如果我和亨利五月的時候還在這兒的話，那麼在俄亥俄州就停留了七個月之久。這大概算得上是我們在同一個地方待過最久的紀錄了。

「是啊。」我出聲表示贊同。

莎拉看著我。「你說什麼？」

我滿臉不解的看著她。「妳為什麼會這麼問呢？」

「因為你的口氣不太肯定。」她說。一群烏鴉飛過我們正上方，十分呱噪。

「我只是在想，要是現在已經是夏天了那該有多好。」

「我也覺得。真不敢相信，明天就得回學校開始上課了。」

「哦哦，可別提醒我這一點。」

我們走進另一塊空曠地，這處要比其他幾個地方來得更大些，幾乎是個直徑將近三十公尺的正圓形。莎拉鬆開我的手，衝向空地中央，撲倒在雪地上，大聲笑著。她轉過身來背朝下躺著，開始在雪地上做出一個雪天使的印子。我也倒在她身邊，依樣做一個雪天使。在畫天使翅膀的時候，我們的手指剛好幾乎可以碰到一塊。我們倆都站起身子。

「看起來好像是牽著翅膀一樣。」她說。

「怎麼可能？」我問。「我是說，如果翅膀牽著翅膀，那我們要怎麼飛？」

「那當然有可能囉。天使無所不能。」

然後她轉過身來，把臉埋入我胸懷。她冰冷的臉頰貼到我的脖子，害我一碰到就躲了開來。

「啊！妳的臉和冰塊一樣呢。」

她笑了。「來幫我暖一暖吧。」

我將她抱在懷裡，吻著，只有晴空為伴，環繞四周的樹木恰為見證。大地悄然無聲息，只偶爾傳來幾聲鳥鳴，還有附近枝椏上的積雪掉落地面發出聲音。兩張冰冷的臉蛋緊緊貼在一塊。伯尼庫沙快步跑了過來，氣喘吁吁，吐著舌頭，尾巴猛搖。牠叫了幾聲，坐在雪地上看我們，頭對著某個方向示意。

「伯尼庫沙！你跑去追兔子了是嗎？」莎拉問道。

牠吠了兩聲，跑過來跳到莎拉身上。牠又叫了幾下，一下子跳開，然後似乎有所期待地往天上看。莎拉從地上撿起一根樹枝，把上頭的雪拍掉，然後把它往林子那裡甩過去。牠隨著追了出去，一下子就不見蹤影。十秒之後，牠又從樹林裡冒出來，可是回來的方向和離開空地時的位置不同，而是相反的另一側。我和莎拉都轉過身去看著牠。

「牠是怎麼辦到的？」

「搞不懂，」我這麼說。「牠是隻非常特別的狗。」

「你聽到了吧，伯尼庫沙？你的主人剛剛說你很特別哦！」

牠把那根樹枝放在莎拉的腳邊。我們漫步往回走，手牽著手，天色已經接近黃昏了。整段路上，伯尼庫沙一直在我們身邊跑來跑去，四下搜尋打量，似乎要催促我們趕快前進，保護我們不要受到視線之外黑暗處可能出現的東西危害。

▲

亨利坐在電腦前，餐桌上堆了五份報紙，燈也已經打開了。

「發現什麼？」我習慣性問了問，沒別的原因。已經有好幾個月都沒啥值得一提的消息，這其實是件好事，不過我每次問的時候總是忍不住心裡有所期待，希望會有什麼新鮮事可聽。

「沒錯，我覺得是有點名堂。」

聽到這，我的耳朵就豎了起來，繞過餐桌，站在亨利背後瞧瞧電腦螢幕。「是什麼事？」

「昨天傍晚，阿根廷發生地震。海岸邊的某座小鎮，有個十六歲的女孩從瓦礫堆中救出一位老人。」

「九號是嗎？」

「是啊，我確實認為她就是我們的人。至於她是不是九號，再等著看好了。」

「怎麼說？把一個人從瓦礫堆中救出來，應該不算什麼特別的事情吧。」

「你自己看看，」亨利一邊說，一邊把頁面調到文章的最開頭。螢幕上的照片是一大塊混凝土，差不多有三十公分那麼厚，長寬都超過兩公尺。「那女孩就是舉起這東西救人出來。應該有五噸重吧。再看看這段，」他邊說，邊把頁面捲動到同一個網頁的結尾處。他把最後一段文字標了出來。上面是這麼寫的：「我們無法找到蘇菲亞‧加希亞請她發表意見。」

我把這段文字讀了三遍。「找不到她了。」我說。

「正是如此。並不是她拒絕發表意見；而是她根本就不見了。」

「記者怎麼會知道她叫什麼名字？」

「那是個小鎮，還不到派拉代斯的三分之一大。當地的人應該都會認識她才對。」

「她離開了，對不對？」

亨利點點頭。「我是這麼認為。大概在報紙還沒刊出之前就動身離開當地了。小鄉鎮的缺點就是這樣；很難保持低調不被別人發現。」

我嘆了口氣。「摩加多星人要不被發現也很難。」

「算她運氣差，」我說完就站起身來。「她這樣一走了之，真不知道丟下了什麼沒法帶走呢。」

「完成正確。」

亨利用一種懷疑的眼光往我這看過來，張嘴想要說些什麼，不過又想了一想，轉頭回去盯著電腦螢幕。我回到自己的臥室，把新的換洗衣物放進背包，還有今天上課要用到的課本全裝進去。該回學校開始上課了。我並不是十分期待到學校去，不過能夠再和山姆見面也不錯，我已經快兩個星期沒遇到他了。

「準備好啦，」我說。「我要出門了。」

「祝你一天順順利利。在學校要小心點。」

「下午見。」

伯尼庫沙衝出屋外，在我面前帶路。今天早上牠可真是活力十足。我猜牠大概是很期待例行的晨跑活動，再說我們已經停了差不多快十天，牠迫不及待想要再度恢復一起跑步的習慣。慢跑時，牠幾乎都能跟上我的速度。到了學校，我好好拍了拍牠，還搔搔牠的耳後根。

「好啦，小子，回家吧。」我說。牠轉身，開始往回家的路上跑去。

我好整以暇慢慢沖澡。等我快要整理妥當，已經有其他學生陸續到校。我走到大廳，先把東西放進置物櫃，然後再去找山姆。我從後面在他背上拍了一下。這可把他嚇壞了，等他發現是我，就對我報以一個大大的笑容。

「剛剛我差點就要動手報復了呢。」他這麼說。

「是我啦，老弟。伊利諾州好不好玩啊？」

「哦喔，」他一邊說，眼珠一邊滴溜打轉。「我阿姨幾乎每天都要我坐下來喝茶，還要反覆重播《草原上的小木屋》給我看。」

我哈哈大笑。「聽起來可真是悲慘啊。」

「真的很慘，不蓋你，」他說道，一邊把手伸進袋子裡。「我回到家的時候，發現信箱裡放了這個。」

他把最新一期的《異形就在你身邊》遞給我。我開始一頁一頁翻開瀏覽。

「並沒有講到我們或是摩加多星人。」他說。

「那好，」我說。「你去找過他們之後，他們一定很害怕。」

「是啊，沒錯。」

我往山姆的身後看過去，莎拉正朝著我們這個方向走過來。馬克．詹姆斯在走廊正中央把她攔下，交給她幾張橘色的紙片。然後她繼續往我們這邊前進。

「嗨，美女。」當她走到我們旁邊的時候，我這麼和她打招呼。她踮起腳來，給我一個吻。她的唇上擦了草莓口味的護唇膏。

「嗨，山姆。你還好嗎？」

「還不壞。妳呢？」他問道。現在他似乎比較習慣和莎拉相處了。亨利出事之前，也就是差不多一個半月之前，如果莎拉在場他就會變得很緊張，沒法和她眼神接觸，或是說雙手不知要怎麼擺才對。不過，現在他直視莎拉的眼睛還能報以微笑，充滿自信。

「好極了，」她說。「我受託要交給你們這個東西。」

她把馬克遞給她的橘色紙片交給我們一人一張。這是派對的邀請卡，下個星期六到他們家。

「我受邀請去參加派對？」山姆問道。

莎拉點點頭。「我們三個都有受到邀請。」

「妳想要去嗎？」我問。

「試試又何妨。」

我點點頭。「你有興趣嗎，山姆？」

他把眼神移開，往我和莎拉後面看過去。我轉過身子，看看他在瞧什麼，或是在瞧誰。艾蜜莉站在走廊另一頭的置物櫃邊，也就是和我們一起搭乾草車的那個女孩，而且從那之後山姆就一直對她朝思暮想。她從我們的身旁經過，發現山姆正盯著她看，就很禮貌的笑了笑。

「原來是艾蜜莉哦？」我對山姆說。

「艾蜜莉怎麼了？」山姆一邊問，一邊轉回來看著我。

我瞧瞧莎拉。「我覺得山姆喜歡艾蜜莉・凱納普。」

「我沒有。」他說。

「我可以去請她和我們一塊參加派對。」莎拉說。

「妳覺得她會去嗎？」山姆問。

莎拉看著我。「是哦，或許我不應該邀她，因為山姆不喜歡她。」

山姆笑了。「好啦，別鬧了。我只是，我還不知道人家有沒有意思。」

「她一直問我，你後來怎麼都沒打電話給她。她可能對你有好感哦。」

「這倒是真的，」我說。「我曾經聽她這麼說過。」

「你怎麼沒跟我講？」山姆問道。

「你又沒問。」

山姆低頭看看那張邀請卡。「是這個星期六嗎？」

「沒錯。」

他抬起頭看著我。「那我們就去吧。」

我聳聳肩。「算我一份。」

▲

最後一堂課的下課鈴響，亨利已經在外頭等著我。和往常一樣，伯尼庫沙坐在乘客席，牠一見到我，尾巴就猛力搖個不停。我跳進貨車內。亨利把排檔進到前進檔，起步開走。

「關於阿根廷的那個女孩，還有一篇後續報導。」亨利說。

「是怎樣？」

「只有短短一則，說找不到這個人了。該鎮的鎮長提供一筆不錯的酬金，誰能提供情報知道她人在哪裡就有賞。似乎他們以為這個女孩被綁架了。」

「你會不會耽心摩加多星人已經先把她抓起來了？」

「如果她是九號，就像我們所發現的那些徵兆顯示，而且摩加多星人已經在追蹤她了，那麼她能消失不見也是件好事。就算是她已經被捉去了，摩加多星人也沒法殺她，就連傷她一根毫毛也不可能。這就讓我們心中充滿希望。除了這篇報導，更棒的是，我猜地球上所有的摩加多星人都趕往阿根廷去了。」

「對了，山姆今天收到最新一期的《異形就在你身邊》。」

「有登出什麼值得一提的嗎？」

「沒啊。」

「我並不認為會刊登什麼相關消息。你那招讓人浮在半空中下不來的把戲，好像對他們有很大的作用呢。」

等我們回到家，我就去換衣服，到後院和亨利會合，開始今天的訓練課程。全身著火的時候還要發功，變得比較容易了。我並沒有像第一次那樣緊張。我可以閉氣更久，差不多將近四分鐘。對於抬離地面的物品我更能精確掌握，而且我可以在同一時間舉起更多東西。漸漸地，剛開始練習時亨利臉上所顯現出來的那種焦急神情慢慢退去。他更常點頭稱讚。他也更常露出笑容。表現得特別好的那幾天，他的眼神透出不可置信的模樣，雙手高舉，用盡全身力量大吼「棒極了！」這麼下來，我也漸漸對自己的異能充滿信心。別的超能力還沒浮現，不過我想也不用等太久。至於最主要的那一項，會是什麼都還不曉得呢。

我對於接下來的發展滿心期待，幾乎每天都難以入眠。我想要加入戰鬥。我真希望有個摩加多星人突然跳進後院裡來，那我就能有機會報仇。

今天的課目並不算難。沒有用火。主要是把物品舉到空中，並且讓它們在飄浮的狀態下做各種動作。最後二十分鐘，則是由亨利對我丟東西，有時必須讓它們落在地面，有時則是要讓它們反彈，像是回飛棒那樣對著亨利衝過去。後來，有個槌肉棒往回飛的速度實在是太快了，亨利得要趕快撲倒在雪地上，才不會被擊中。我看了哈哈大笑。亨利倒是一點也笑不出來。伯尼庫沙一直都躺在地上看我們，似乎也來給我們加油打氣。等我們沖澡完畢，做好回家的作業，上餐桌準備吃晚餐。

「星期六有個派對，我想去參加。」

他抬頭看著我，嘴巴嚼到一半停下來。「是誰辦的？」

「馬克‧詹姆斯。」

亨利看起來相當驚訝。

「之前的事情都過去了。」他還來不及出聲反對我就先發話。

「好吧，我想你自己知道輕重。千萬記得，別做冒險的事。」

# 25 失火

接下來的日子，天氣漸漸變暖了。冷風、酷寒以及不曾間斷的降雪已是過去式，藍天露出臉來，溫度也升到攝氏十度左右。積雪開始溶解。一開始，是在車道和院子裡積成一窪一窪的水坑，車輪駛過就把地面噴濺得濕淋淋的，但是經過一天之後那些水坑全都蒸發消失，車子一如往常在路上奔馳而行。這不過是風暴之間的暫時歇息，要不了多久冬天又將重掌權柄君臨大地。

我坐在門廊上等莎拉來我們家，抬頭仰望夜空，眾星群集，是個滿月之夜。一道細細、薄薄的雲霧飄過，將皎潔的明月一分為二，又很快飄走。我聽到車輪輾過碎石的聲響，然後車燈的光亮映射出來，最後那車駛入我們家的車道。莎拉從駕駛座出來。她身穿暗灰色喇叭褲，絳紅色的外套裡是一件海軍藍的開襟毛線衣。外套拉鍊最上端露出一截藍色，和她的眼睛相互輝映。一片金色長髮披在肩膀後面。她面帶羞澀看著我，一邊向我走過來一邊眨眨眼。我看了不禁心頭小鹿亂撞。在一起都已經快三個月了，我每次見到莎拉還是會覺得渾身緊張。這種悸動實在是非常強烈，很難相信它會隨時間拉長而漸漸變淡。

座沒下車。

「是滴。」我說。

「妳真是美極了。」我說。

「是哦，謝謝你，」她一邊說一邊做了個屈膝答禮的動作。「你自己也不差啊。」

我在莎拉臉上親了一下。然後亨利從屋內走出來，對莎拉的母親揮揮手，她還坐在乘客座沒下車。

「你需要我去接的時候就會打電話來，對吧？」亨利問我。

「是滴。」我說。

我們一起走到車子邊，莎拉坐上駕駛座。我則是坐到後面的位子。她已經取得學習駕照好幾個月了，也就是說，只要旁邊乘客席上的人領有合格駕照她就能開車上路。實際的路考排在下星期一，再過兩天。從寒假那時定下這個日期，她就常常焦躁不安。她倒出車道往外，最後總算把遮陽板往下扳開，透過後照鏡對我笑了一下。我也報以微笑。

「你今天過得好不好哇，約翰？」她母親轉過頭來問我。我們隨口閒聊。她說，今天稍早和莎拉兩人去鎮上的購物中心逛逛，還說了些莎拉開車的情況。我跟她講和伯尼庫沙在院子裡玩，以及一起去跑步的事。我並沒有告訴她，跑步之後我在後院進行三個小時的訓練。我也沒有告訴她，我用念力把枯死的樹幹一劈斷成兩截，或是亨利對我扔出刀子但是被反彈回去，擊中十五公尺之外的砂包。我沒有告訴她我身上著了火，也沒說我舉起東西摔落弄個粉碎。另一個不能說的祕密。另一個真假攙半的說詞。我覺得自己活在謊言之中。我好想把一切真相全都告訴莎拉。像這樣隱藏自己的真實身分，多少有點覺得背叛了她，而且這幾個星期以來這感覺越來越沉重。然而我也曉得，這麼做我別無選擇。至少，現在還不是時候。

「就是這間嗎？」莎拉問道。

「是的。」我說。

她把車開進山姆家的車道。他在車道的最盡頭來回踱步，身上穿的是牛仔褲配毛線衣。他抬頭往我們這邊望過來，似乎嚇了一跳，就像小動物突然被強光照射時呆在原地。他的頭髮抹了髮膠。我從來沒見過他這麼講究自己的髮型。他走到車子旁邊，打開車門，鑽進來在我旁邊坐下。

「嗨，山姆。」莎拉說，然後向她媽媽做介紹。

莎拉把車子倒出來，開上路。山姆好緊張，雙手緊緊貼在椅子上。莎拉轉進一條路，之前我沒來過，然後又往右一拐，進入一條彎彎曲曲的車道。車道兩旁停了差不多有三十輛車。車道的最盡頭，是一幢兩層樓的大房子，隱身在樹蔭的包圍之中。我們還沒走到屋子裡，就可以聽見音樂聲傳出。

「哇靠，豪宅呢！」山姆說。

「你們在這要乖哦，」莎拉的母親講話了。「還要注意安全。有什麼需要就打電話給我，或是說你聯絡不到你爸爸也可以先找我。」她看著我這麼說。

「我會的，哈特太太。」我說。

我們下了車，開始往大門口走去。兩隻狗從房子的側邊朝向我們跑來，一隻是黃金獵犬，一隻是鬥牛犬。牠們的尾巴搖個不停，十分興奮地嗅著我的長褲，狂吸伯尼庫沙的氣味。鬥牛犬的嘴裡叼著一根木棍。我費力把木棍取下來，扔到院子另一端，兩隻狗狗都衝出去追。

「牠們的名字是豆子和阿比。」莎拉說。

「我猜，鬥牛犬是叫豆子對嗎？」

她點點頭，好像是要向我表示抱歉一樣，對這笑了笑。我想起來，她一定對這間房子很熟悉。我猜她現在和我又再回來此處，心裡一定感覺十分彆扭。

「這麼做實在是太可怕了，」山姆說。他盯著我看。「我到現在才搞清楚。」

「你為什麼這麼想？」

「因為不過才三個月之前，住在這屋裡的那傢伙拿牛糞塞滿我們兩人的置物櫃，還在午餐時間從背後用肉丸丟我的後腦勺。如今我們居然自己送上門來。」

「我猜艾蜜莉已經來了。」我說，還用手肘推了他一下。

大門進去先通到門廊。兩隻狗狗衝過來從我們身邊擠進屋內，跑到廚房裡，就位在門廊再過去的另一頭。我看到現在是由阿比叼著木棍。音樂放得好大聲迎面而來，我們得要用喊的方能交談。起居室裡有好些人在跳舞。在場的幾乎都是人手一罐啤酒，少數幾位喝瓶裝水或是汽水。顯然，馬克的爸媽出遠門了，今天不會回家。美式足球隊的一整群聚集在廚房裡，其中有半數穿著校隊制服夾克。馬克走過來抱了抱莎拉。然後他和我握手。他和我的眼神交會一秒，然後就移往別處。他並沒有和山姆握手。他甚至看都沒有看他一眼。也許山姆說得對。決定來參加派對，說不定是我判斷錯誤。

「真高興你們都能來。請進。廚房裡有啤酒。」

艾蜜莉站在遠遠的另一邊角落，和別人講話。山姆往她那望過去，然後問馬克洗手間要怎麼走。馬克指了指方向。

「馬上就回來。」山姆對我說。

大部分的美式足球隊員都站在廚房正中央的中島式工作枱邊。我和莎拉走過去的時候，他們全都盯著我瞧。我一一瞪回去，然後從冰桶裡拿了一瓶水。馬克拿了一罐啤酒給莎拉，還幫她打開了。他看著莎拉的模樣，讓我明白我還是不怎麼信任他。而且，事到如今我才理解整個情勢有多麼奇怪。我帶著馬克的前任女友，居然出現在他們家。我真高興還有山姆一塊來。

我彎下腰和小狗們玩，等山姆從洗手間出來。此時，莎拉已經走到起居室的另一邊，和艾蜜莉講話。山姆曉得，我們沒別的選擇，不得不走過去和她們打招呼，站在我身邊全身緊繃。他深深吸了一口氣。廚房裡有兩個傢伙在角落裡燒報紙取樂，只是為了看火燒起來，沒別的理由。

「要記得多說些恭維艾蜜莉的話。」我們走過去的時候我交代山姆。他點點頭。

「你們可來了，」莎拉說。「我還以為你們要棄我不顧了呢。」

「才不敢咧，」我說。「嗨，艾蜜莉。妳好嗎？」

「我很好，」她說，然後轉向山姆，「我喜歡你的髮型。」

山姆就只是呆呆看著她。我推了推他。他露出微笑。

「謝謝，」他說。「妳看起來好漂亮。」

莎拉看了我一眼。我聳聳肩，在她臉上親了一下。音樂開得更大聲了。山姆和艾蜜莉說話，多少有點緊張，不過沒多久她笑了，然後他才稍稍放鬆些。

「你還好嗎？」莎拉問我。

「好得很。我和派對裡最美的女孩在一起呢。還有什麼比這更棒。」

「哦別胡扯了。」她一邊說一邊在我肚子上戳了一記。

我們四個人在一起跳舞，差不多過了快一個鐘頭。美式足球隊的人一直在喝酒。不知是誰帶了瓶伏特加來，過沒多久，就有個人——我也不曉得是哪一位，在浴室裡吐了，弄得一樓都是嘔吐物的臭味。另一個人不勝酒力倒在起居室的沙發上，結果別人拿麥克筆在他臉上亂畫。通往地下室的走道一直有人進進出出。我完全不清楚樓下在搞什麼鬼。已經有十分鐘沒見到莎拉了。我離開山姆，走過起居室和廚房，然後走階梯上樓。鋪上厚重氈子的白牆羅列好多藝術作品，以及家族成員的肖像畫。有幾間臥室的門是打開的。有幾間則是關著。我找不到莎拉。我走回到樓下。山姆獨自一人悶悶站在角落。我往他那走過去。

「怎麼臉色那麼難看？」我問。

他搖了搖頭。

「我可不想把你弄得浮在半空中還頭下腳上，就像對付亞森斯的那幾個傢伙一樣。」

我笑了，可是山姆沒有笑。

「剛剛亞歷斯．戴維斯來堵我。」他說。

亞歷斯．戴維斯是馬克那幫的人，在隊上負責接球。他是三年級，高高瘦瘦的。我之前並沒有和他講過話，而且我也對他並不了解。

「你說『被他堵』是什麼意思？」

「他放話警告我。他看到我和艾蜜莉說話。我猜暑假的時候他們曾經約會過。」

「那又怎樣。你為什麼要為這種事煩惱？」

他聳聳肩。「感覺不好，而且我對這種事很在意，可以吧？」

「山姆，你曉不曉得莎拉和馬克之前交往多久了？」

「好久了。」

「足足有兩年呢。」我說。

「你會在乎嗎？」他問。

「一點都不會。為什麼要在乎她的過去？再說，你看看亞歷斯，」我一邊說，一邊用下巴示意站在廚房那邊的亞歷斯。他歪歪倒倒靠在廚房的櫥子上，他的眼神渙散，額頭上帶著薄薄一層汗。「你覺得她還會懷念，想要和那種人在一起嗎？」

山姆看看他，聳了聳肩。

「你的條件很好，山姆．古德。別對自己沒信心。」

「我並不是對自己沒信心。」

「那麼，就別在乎艾蜜莉的過去如何。我們不應該被之前所做過或錯過的事情所左右。有的人讓自己被自責和悔恨的想法控制。或許是後悔，或許是別的什麼東西。那些都是以前發生過的事情了。你必須超越它。」

山姆嘆了一口氣。他的內心還是頗為掙扎。

「那就衝啊。她很喜歡你。沒什麼好怕的。」我說。

「可是我就是會怕。」

「處理恐懼的最好方法就是正面迎擊。去找她，給她一個吻。我賭她一定會回吻。」

山姆看著我，點點頭，然後往地下室走去，去找艾蜜莉。那兩隻狗兒跑進來，在起居室裡嬉戲。兩隻動物都張著嘴，吐著舌頭，尾巴不停擺動。豆子前胸趴在地板，等阿比靠得夠近再一舉撲到牠身上，然後又趕快跳開。我一直看著牠們倆打打鬧鬧，為了搶一個橡膠玩具拉過來拉過去，最後全都上樓見不著了。再過一刻鐘就要十二點。房間的另一邊，有一對情侶正在熱吻。美式足球隊的隊員還在廚房裡喝酒。我好睏，開始覺得想睡。不過我還是沒看到莎拉。

就在這個時候，一位美式足球隊的成員從地下室的樓梯衝了上來，眼中充滿瘋狂而激動的情緒。他快步跑到廚房的水槽邊，把水龍頭開到最大，還把櫥櫃門一個一個翻開。

「樓下失火了！」他對身邊的那幾人大喊。

他們開始拿起鍋碗瓢盆裝水，一個接著一個飛奔到樓下去。

艾蜜莉和山姆從樓梯上到一樓。山姆看起來頗受驚嚇。

「出了什麼事？」我說。

「這屋子著火了！」

「有多嚴重？」

「失火了還會不嚴重嗎？而且我認為這火是因我而起。嗯……我們弄倒了一根蠟燭，結果燒到窗帘。」

山姆和艾蜜莉兩人都衣著不整，很顯然之前正打得火熱。我心中暗暗記下，之後得要好好向山姆道賀才行。

「你們有沒有見到莎拉？」我問艾蜜莉。

她搖搖頭。

又有好多人從樓梯衝上來，馬克‧詹姆斯也在其中。他的眼神露出恐懼。我這時才聞到燒焦的味道。我看看山姆。

「到屋外去。」我說。

他點點頭，牽起艾蜜莉的手，兩人一起離開。另外有一些人也跟著到屋外，不過有些則是留在原處，醉眼迷濛還搞不清楚狀況。美式足球隊的隊員跑上跑下，往地下室送水，有幾個傢伙還呆呆在一邊給他們加油打氣，把整件事當作笑話看。

我走到廚房，拿起可用的最大容器，是個中型的鐵鍋。我把它裝滿水，然後往樓下走。除了我們幾人還在和火神搏鬥，其他人全都撤到屋外了，火勢比我想像得還要劇烈。地下室已經有一半被火舌吞噬。想要用我手裡這一丁點水把它弄熄，根本是無濟於事。我試都不用試，反而把鐵鍋一扔，趕快轉身往樓上跑。馬克飛奔下樓。我在階梯上將他攔住。他已經醉得兩眼發虛，不過我可看透其中內心極為害怕，已經不知如何是好。

「沒救了，」我說。「火勢太大。我們得叫大家趕快出去。」

他往下看著那火燄。他心裡也很明白，我說的都是實話。硬漢的面具已經卸下。再也不需裝模作樣。

「馬克！」我對著他大吼。

他點點頭，把水罐扔開，和我一起往樓上跑。

「所有人都到屋外去！趕快！」我一跑到階梯最上端，立刻放聲高喊。

有幾個醉倒的傢伙動也不動。還有些人在笑。有個人甚至說：「拿棉花糖來啊？」馬克當面賞給他一巴掌。

「出去！」他失聲尖叫。

我把牆上掛的無線式電話取下，塞到馬克手裡。

「打電話給消防隊。」我得用吼的才行，轟轟的音樂還是不斷傳來，就像是為已爆發不可收拾的混亂場面配樂。樓板逐漸發熱。煙霧開始從我們的腳下絲絲透出。到這個時候，大家才發覺大事不妙。我把他們全都往門外推。

馬克動手撥電話，我從他身邊擠過去，在屋內跑上跑下。我一次踏三層階梯，把房間門一個一個踢開。有一對情侶還在床上纏綿。我對他們倆大吼，要他們趕快逃出去。到處都沒見到莎拉的影子。我又往回衝到樓下，出了大門，來到漆黑冰冷的夜裡。人們聚集在四周觀望，等著事情發生。我可以看得出來，有些人很興奮，等著親眼目睹這間屋子被燒毀。還有的人笑了出來。我感覺到自己越來越驚慌。莎拉在哪裡？山姆站在人群最後面，全部加起來差不多有上百人。我跑到他那邊。

「你有沒有看見莎拉？」我問。

「沒看到。」他說。

我轉回頭望向那屋子。還有人陸續從屋內出來。地下室的窗戶冒出紅光，火舌緊貼著窗玻璃。其中有一扇是打開的。從那開口吐出陣陣黑煙，直往高處竄升。我在人群之中來回穿梭。這時傳來一陣爆炸，屋子搖晃了一下。地下室的窗戶全都被震破。還有些人為此歡呼叫好。火焰燒到一樓，進展得十分迅速。馬克站在人群最前方，眼睛直盯著這幅景象。他的臉被橘色火苗照得發亮。他的眼中帶淚，滿臉絕望，就和我所見洛里星人在摩加多星人入侵日那天一樣的表情。眼睜睜看著你所熟悉的一切被摧毀，實在是太可怕了。大火四處擴散，凶猛又無情。一樓的窗戶也開始冒出火舌。我們站在這，就能感覺到臉上熱熱的。

「莎拉呢？」我問馬克。

他根本沒有聽到我在跟他說話。我搖一搖他的肩膀。他轉過來看我，兩眼空洞無神，看得出來他還是無法相信眼前所見的事實。

「莎拉在哪？」我又問了一遍。

「我不知道。」他說。

我開始在人群中搜尋她的身影，越來越激動。每個人都在觀火。塑膠材質的側面牆板開始冒泡、融解。每一扇窗戶所配的簾子也全都燒化了。前門大開，煙霧從門楣的最上緣冒出，好像放反的瀑布。我們可以直接看到廚房內部的情景，真是有如地獄一般。屋子的左邊，火已經燒到二樓了。就在這個時候，我們都聽到一個聲音。

一陣長而淒厲的尖叫聲。還有狗吠傳出來。我的心裡一沉。在場的每個人都屏息傾聽，真他媽的希望我們聽到的全都是假的。然後，那聲音又再出現。錯不了。尖叫聲此起彼落，這回是連續不停。群眾當中馬上發出各種竊竊私語。

「哦不，」艾蜜莉說。「哦老天，拜託別這樣。」

# 26 暴露身分

大家全都鴉雀無聲。在場所有人都張大眼睛，嚇得呆呆發楞。莎拉和那兩隻狗狗一定還在屋子後邊的某個地方。我閉上雙眼，低下頭。到處都是燒焦的煙味。「千萬記得，別做冒險的事。」亨利之前就警告過了。我他媽的當然曉得這麼做是在冒險，但是他的說法依然迴盪在耳邊。我是在賭命，現在還得再加上莎拉。又傳來那一陣尖叫。充滿恐懼。極為淒慘。

我感覺得到，山姆一直在看我。他曾經親眼目睹我完全不怕火。不過他很明白，我也是被獵殺的對象。我四下打量。馬克跪在地上，呼天搶地，巴不得一切都不曾發生。他寧願狗狗們別再叫了。事與願違，狗狗的吠叫聲一直傳出來，每一聲都像把利刃插進他胸膛。

「山姆，」我很小聲說，只有他能聽得見，「我要進到裡面去。」他閉上雙眼，用力做了個深呼吸，眼睛定定的看著我。

「去救她吧。」他說。

我把手機交到他手上，還告訴他說，要是我遇到狀況沒法逃出來就打電話跟亨利講。他點點頭。我移動到群眾的後方，迂迴著在人堆裡穿進穿出。沒人注意到。等我終於來到群眾最後方，很快直接衝向後院的邊邊，再快步跑到屋子後方，這麼一來我才能進到屋內又不被發現。廚房已經完全陷入火海。我觀望了一陣子。我可以聽到莎拉和狗狗的聲音。聽起來更為接近了。我深吸一口氣，心中生出百般情緒。憤怒、決心、希望與恐懼。我讓它們全都冒出來，感受到它們的存在。然後，我往前猛衝橫掃過院子，往屋內跑去。我立刻就被地獄般的景象吞噬，除了火焰的哼聲和爆裂聲，什麼都聽不見。我的衣服也著火了。火焰一波接著一波襲來，毫無止息。我移到屋子前方，通往樓上的階梯已被燒掉大半。剩下來的部分還在冒火，看起來不太牢靠，不過也沒時間測試了。我往上衝，可是階梯承受不了我的體重，過了一半就轟然垮掉。我隨著這些廢料殘骸跌倒在地，火冒得老高，就像是有人在搧風助燃。有個東西刺到我背上。我咬咬牙，依然屏住呼吸。我站在那堆破片之前，傾聽莎拉的叫喊聲。莎拉嚇得放聲尖叫，深怕自己就要遇難了，要是我不去救她就得孤單的死去。時間緊迫。我必須用跳的上二樓。

我飛身一躍，抓住二樓樓板的邊邊，用力將身體拉上去。大火已經蔓延到屋子的另一側。她和狗狗們一定是在我的右手邊某處。我跳著進到走廊裡，一間一間檢查。掛在牆上的畫像就在原位燒了起來，只留下一些焦黑的殘跡融化在牆上。突然我的腳陷了下去，驚慌之下我吸了一口氣。結果吸進的全都是煙和火焰。我忍不住咳了起來。我用手臂掩住嘴，可是根本無濟於事。我的肺因為高溫的煙和火而被燒傷。我被嗆得單腳跪在地上，不停咳嗽、喘息。此時我體內湧起一股力量，重新站起來再往前挺進，低頭彎腰，咬緊牙根，鐵了心。

然後我總算在左側最後一間房內找到他們。莎拉尖聲叫道：「救救我！」狗兒們嗚咽哭泣。房間鎖上了，我一腳把它踢開，門板帶著鉸鏈全都飛了起來。他們三個緊緊依偎在一塊，儘可能縮在最裡面的角落。莎拉看見是我，就高喊我的名字，站起身子。我揮手示意要她待在原地別動，當我走進房間裡的時候，一根巨大的橫樑掉下來擋在我們兩人中間。我一揮手把它舉起來，衝破僅存的屋頂殘骸飛上天。莎拉見此情景，面露不解的神情。我往她那個方向跳過去，一步就是六公尺，直接穿過火燄而毫髮無傷。狗狗全都縮在她腳邊。我把鬥牛犬推過去要她抱著，自己抱起獵犬。另一手空出，扶著莎拉站起來。

「你總算來了。」她說。

「只要我還活著，任何人、任何事都不能傷妳一分一毫。」我這麼回答她。

另一根大樑落下，砸壞部分的樓板，掉到我們下方的廚房裡去了。我們得要從屋子的背面出去，這樣才不會被別人發現，或是說才不會被看到接下來必須採取的動作。我用右手緊緊抱住莎拉，狗狗則是抱在胸前。我們走了兩步，然後一躍飛過那根大樑落下所造成的大洞，還冒著火呢。我們開始往樓下移動的時候，樓下發生一次大爆炸，幾乎整個屋子都被波及。門廊不見了，本來應該是牆壁和窗戶的位置，很快就被大火吞噬。我們僅存的可能出路就是要破窗而出。莎拉又尖叫起來，緊抓著我的手臂，而且我可以感受到狗狗的爪子扣在我的胸膛。我對著那扇窗戶舉起左手，看著它，集中意志力：玻璃爆破離框飛散，這樣要打開就很容易了。我望望莎拉，把她往我身上抱得更緊。

「抓好了。」我說。

我走了三步，往前一躍。火舌將我們包圍在內，不過我們全都飛了起來，就像一粒子彈，直直對準窗戶的開口衝過去。我很耽心是否能夠成功。我們勉強通過破窗口，我可以清楚感受到凹凸不平的窗框刮傷手臂還有腳背。我盡一切力量抱住莎拉和兩隻狗狗，身體蜷曲，這樣才能用背部著地，而且其他人會落在我的身上。我們咚的一聲掉落地面。豆子連滾帶爬跑開。阿比嗚嗚哀叫。我聽見莎拉呼氣的聲音。我們落在屋後差不多十八公尺的地方。我感覺到頭頂上有個傷口，是被破碎的窗玻璃割到。豆子率先站起來。牠的狀況看起來還不錯。阿比還有一點點反應不過來。牠用前腳一跛一跛走開，不過我想牠並沒有受到什麼大傷。我躺在地上背部著地，抱著莎拉。她開始哭了起來。我可以聞到她頭髮燒焦的味道。血從我的兩側臉頰流下來，積在耳朵裡。

我坐在草地上，上氣不接下氣猛力喘著。懷中抱著莎拉。我的鞋底都融化了。身上穿的襯衫全部燒個精光，牛仔褲也幾乎沒了。兩條手臂布滿不很深的割痕。但是我一點也沒有被燒傷。豆子走過來，在我手上舔了幾下。我拍拍牠的身體。

「你真是隻乖狗狗，」我一邊這麼說，還一直聽到莎拉嗚嗚咽咽的啜泣。「去吧。去找你妹妹，回到屋子的正面去。」

遠方傳來警笛的聲音，應該再過一兩分鐘就會趕到這來。屋子後方再過去六十公尺以外，就進入樹林。兩隻狗全都坐著看我。我對著屋子的正面點頭示意，牠們就站起來，似乎是懂了我的意思，開始往那個方向走過去。莎拉還是躺在我的懷裡。我把她轉個方向變成側著抱，然後朝向樹林前進，讓她可以伏在我的肩頭啜泣。正當我進到樹林裡的時候，就聽到群眾那傳來一陣歡呼。他們一定是看到豆子和阿比了。

這片林子十分濃密。一輪滿月依舊大放光明，卻很難透進來。我讓手掌發出光，這樣才能看得清楚。我開始抖個不停。我很慌張，怕得要命。這該怎麼向亨利解釋？我身上的衣物如今只剩下破破爛爛幾條燒焦的殘片。頭上還在冒血。背上也是，手腿還有多處割傷。每吸進一口氣，就覺得肺部好像燒了起來。而且手裡還抱著莎拉。她現在應該已經曉得我的能力如何，了解我有哪些超乎常人的本領，至少她已經見識過一小部分了。我得要一一向她解釋說明。我得告訴亨利，說她已經知道我的真實身分。這真是屋漏偏逢連夜雨。他一定會說，隨時會有人找上門來。他會堅持必須要離開這裡。這次沒得好商量了。

我把莎拉放下來。她已經不再哭了。她看著我，滿臉疑惑、恐懼、不解。我想我得要找件衣服穿，回到群眾之間，這樣別人才不會起疑。我得送莎拉回到眾人面前，好讓大家知道她還活著。

「妳能走嗎？」我問。

「應該可以。」

「跟我來。」

「我們要去哪？」

「我得要找衣服穿。最好美式足球隊的隊員有人多帶了一套練習後用的換洗衣物。」我們開始走，穿過樹林。我得要迂迴繞一大圈，看看停好的車子裡有沒有放衣服能借來一用。

「剛才是怎麼一回事，約翰？發生什麼事了？」

「妳被困在火場裡，我來救妳出去。」

「平凡人不可能這麼厲害。」

「我就有這種本領。」

「你這是什麼意思呢？」

我目不轉睛看著她。接下來要告訴她的那些話，我原本希望永遠也用不著講。雖然我知道這種想法根本就不切實際，我一直都抱著希望，想在派拉代斯鎮好好藏著不被發現。亨利總是說，千萬不要和誰太過親近。因為，如果你和別人深入交往，總有一天他們會發現你和大家不同，就得多費唇舌解釋說明。而且，這就表示我們得要離開此處了。我的心情十分沉重，雙手微微顫抖，這並不是因為發冷的緣故。要是我還想留下來，或是說今晚做了這麼多還想全身而退，就一定要告訴莎拉真相。

「你所認識的我，並不是真正的我。」我說。

「那你是誰？」

「我是四號。」

「四號是什麼意思？」

「莎拉，妳可能會覺得很可笑很瘋狂，不過我接下來所說的都是千真萬確的事實。妳要相信我。」

她舉起手，輕輕撫過我的臉頰。「如果你說那是真的，我就會相信。」

「是真的。」

「那就告訴我。」

「我是外星人。我們的星球被摧毀之後，就被送到地球來，僅存的九個小孩當中我是編號第四號。我具有許多能力，比任何一位人類還厲害，這些能力讓我能夠做出剛才在屋內展現出的那些動作。而且，地球上還有另一批外星人要追捕我，我們原本所住的星球就是受到他們攻擊；要是被他們找到，就會被殺。」

我以為她會賞我一巴掌，或是嘲笑我，或是失聲尖叫，要不然就是轉身逃走。她停著不動，望著我。直直看進我的眼睛裡。

「你說的都是實話。」她說。

「沒錯，我說的都是實話。」我看著她的雙眼，希望她能相信我。她的眼神在我身上四處搜尋，過了好久，然後點點頭。

「謝謝你救了我一命。我不在乎你是誰，也不管你是從哪個星球來的。對我來說，你就是約翰，我所愛的那個人。」

「妳說什麼？」

「我愛你，約翰，而且你還救了我的性命，這比別的什麼都更重要。」

「我也愛妳。我會永永遠遠愛著妳。」

我將她緊緊抱在懷裡，吻了又吻。差不多過了一分鐘左右，她把我往後推開。

「來找件衣服穿，再過去和群眾會合，大家才知道我們沒事。」

▲

巡到第四台車，莎拉就發現有一套換洗衣物。這和我之前的打扮還十分相像，都是牛仔褲和襯衫，沒人會注意到有什麼不一樣。等我們走到屋前，儘可能站得遠遠的，不過還是近得可讓別人看到。那間屋子已經整個垮了，只剩下一堆扭曲燒焦的黑炭，泡在水裡。偶爾會冒出一陣陣煙霧，在夜裡看起來十分詭異。總共來了三台消防車。我還發現有六輛警車。九組警示燈閃啊閃的，不過警笛並沒有響。群眾聚集，幾乎沒有散去。警方要大家往後退，用黃色的塑膠布條圍起來，不讓人靠近。有些人在接受警員的詢問。火場中央有五名消防員，在廢墟中翻翻找找。

然後我聽到背後有人喊道：「他們來了！」群眾裡所有人都往我這邊看過來。過了五秒鐘，我才曉得那人是在說我。

四位警員朝向我們這邊走過來。還有一個人跟在他們後面，手裡拿著筆記本和錄音機。我們在找衣服換穿的時候，我和莎拉一起編了個講法。我繞到屋子的後面，結果發現她站在那看火燒。她是從二樓的窗戶逃出來，帶著兩隻狗狗一起跳到地面，然後狗兒就跑開了。我們站著觀火的地方離群眾有段距離，但是最後又晃到人多的地方。我已經跟莎拉解釋過，事實真相絕對不能跟任何一個人說，就連山姆或亨利都不行，只要被別人發現，我就得立即離開。我們協調好由我出面回答問題，我講什麼她都說對。

「你就是約翰・史密斯嗎？」其中有位警察開口。這位警員的身材中等，站直的時候有點彎腰駝背。他還不算太肥，但是絕對稱不上體格健壯，小腹微微凸出，看起來十分親切。

「是啊，怎麼了？」

「有兩個人說，看到你衝進屋內然後由屋子後方像超人一樣飛了出來，還抱著兩隻狗和你身邊這位女孩子。」

「真的嗎？」我不敢相信地這麼問。莎拉緊緊跟在我身旁。

「他們是這麼說的。」

我假裝笑了笑。「那屋子著火了咧。你看我這個樣子，像是進過火場的人嗎？」

他的眉頭一緊，雙手叉在後腰。「你的意思是說，你並沒有進到屋子裡？」

「我繞到屋子後方試試，結果看到莎拉站在那，」我說。「她已經帶著兩隻狗逃出來了。我們就待在原地看火燒，然後回到這裡來。」

那警員看著莎拉。「這是真的嗎？」

「是的。」

「那麼，跑到屋裡去的是誰呢？」他身邊的記者插話。他待在旁邊聽了許久，這才開口發言。他用極為機伶的眼神在我身上仔細打量。我很清楚，他根本不相信我的說詞。

「我怎麼會曉得？」我說。

他點點頭，在筆記本上寫了點東西。我沒辦法看到他寫些什麼。

「你的意思是說，那兩位目擊證人扯謊，是不是？」記者問道。

「巴尼斯。」警員說話了，對著他搖搖頭。

我點頭。「我並沒有進到屋子裡，也沒有救她或是救狗。他們已經逃出來了。」

「我有說是你救了她或是救了小狗嗎？」巴尼斯問。

我聳聳肩。「我覺得你剛剛的問話就有這麼暗示。」

「我並沒有暗示什麼。」

山姆帶著我的手機走過來。我試著用眼神對他示意要他現在先別過來，可是他搞不清楚，還是把手機交到我手裡。

「謝啦。」我回他。

「我很高興你安全無恙。」他說。那警員瞧了他一眼，山姆就默默退開。

巴尼斯斜著眼睛目送他走掉。他一邊嚼口香糖，一邊動腦筋，想把所有情報理出個頭緒。他自顧自點了點頭。

「你去後面晃晃，還把手機交給朋友保管？」他問。

「我在派對途中就把手機拿給他了。放在褲口袋裡很不舒服。」

「我才不信，」巴尼斯說。「你到底有沒有進屋？」

「好了啦，巴尼斯，問得夠多了。」警員對他說。

「我可以走了吧？」我問他。他點了點頭。我把手機拿在手上轉身就走，邊走邊按亨利的號碼，莎拉跟在旁邊。

「哈囉。」亨利回應。

「可以來接我了，」我說。「剛剛起了一場大火。」

「你說什麼？」

「你先來接我再說好嗎？」

「好的。我馬上就到。」

「你又要怎麼解釋頭頂上的傷口？」巴尼斯緊跟在後，又問。他一直跟蹤在我後頭，偷聽我和亨利的對話。

「我在林子裡被樹枝割傷。」

「可真巧啊，」他說，在筆記本上寫了點東西。「你曉得，人家騙我的時候我都看得出來，是不是？」

我不理他，繼續和莎拉手牽著手走開。我們往山姆那邊過去。

「我會查出真相的，史密斯先生。我有我的辦法。」巴尼斯在身後喊道。

「亨利已經出發了。」我對山姆和莎拉說。

「這他媽的究竟是怎麼一回事?」山姆問。

「誰曉得?有幾個人說看到我衝入火場,大該是那些喝醉酒的人胡言亂語。」我這麼說,主要是講給巴尼斯聽。

我們就站在車道盡頭,等亨利來接。當他抵達,走下車,看到遠處火燒屋的殘骸。

「哇,靠。這最好沒你的份。」他說。

「不干我的事。」我說。

我們全都進到車內。他一邊把車開離現場,一邊看著冒煙的成堆廢墟。

「你們身上全都是煙燻的味道。」亨利說。

我們誰都沒有吭聲,一路上都沉默不語。莎拉坐在我的腿上。我們先送山姆回家,然後亨利把車退出車道,朝向莎拉的家前進。

「今天晚上我不想和你分開。」莎拉對我說。

「我也不想離開妳。」

等我們到她家,我和她一塊下車,送她走到大門口。我抱抱她說再見的時候,她握著我的手不放。

「到家以後打電話給我好嗎?」

「當然。」

「我愛你。」

我笑了。「我也愛妳。」

她進到屋子裡。我走回到貨卡那，亨利正等著呢。我得要想出個辦法，避免他發現今晚的事情真相，避免亨利要我們馬上離開派拉代斯鎮。亨利把車退出去，往家開。

「你的夾克呢？」他問。

「在馬克家的衣櫥裡。」

「你的頭怎麼受傷了？」

「火一開始，我要從屋裡出來的時候弄到的。」

他看了又看，頗為懷疑。「你的身上煙味最重。」

我聳聳肩。「黑煙到處亂竄。」

「為什麼會起火？」

「酒後鬧事吧，我猜。」

亨利點點頭，車子一轉，進到我們家的車道。

「到啦，」他說。「我實在很好奇，星期一的報紙上會登什麼出來。」他轉過頭來看著我，觀察我的反應。

我沒有回話。

是啊，我想，一定會登得很大。

# 27 謎底

我沒法睡著。躺在床上，在一片漆黑之中瞪著上方的天花板。我打電話給莎拉，聊到三點；掛掉以後，一直躺著，眼睛張得大大的無法入眠。到了四點鐘，我爬下床，走到房間外。亨利正坐在餐桌旁，喝他的咖啡。他抬頭看看我，眼泡好大一個，頭髮也亂糟糟。

「你在做什麼？」我問。

「我也睡不著啊，」他說。「搜尋新聞。」

「有找到什麼嗎？」

「有啊，不過我還不曉得這件事對我們來說代表什麼意義。為《異形就在你身邊》寫稿發行的人，也就是和我們交手的那幾位，被發現遭到虐殺。」

我在他對面坐下。「怎麼會這樣？」

「警方接到鄰居報案，說屋內傳出尖叫聲，結果就發現他們已經遇害了。」

「他們並不曉得我們住在哪裡。」

「當然，他們是不知道。真是謝天謝地。不過，這就表示摩加多星人變得更加無所忌憚。而且他們就在這附近活動。如果我們看到或是聽到什麼異常情況，就必須立即離開這裡，沒得好說。」

「是的。」

「你頭上的傷好點沒？」

「會麻。」我說。一共縫了七針才把傷口合起來。亨利自己動手。我穿的是一件寬鬆的運動衫。我很確定背上的割傷至少有一處也得縫起來比較好，不過這就得把上衣脫掉，那我要怎麼跟亨利解釋其他那麼多傷口呢？這麼一來，他鐵定會知道發生了什麼事。我的肺部還是像被燒傷一樣。如果說有什麼不同，那就是疼痛的感覺越來越嚴重了。

「所以說，火是從地下室開始的？」

「是啊。」

「而你是待在起居室？」

「是啊。」

「你怎麼曉得火是從地下室開始的？」

「因為待在地下室的人紛紛往樓上逃。」

「你到屋外的時候，已經確定所有人都離開了嗎？」

「是啊。」

「你怎能確定？」

我曉得他是要讓我的回答自相矛盾，他並不太相信我編的這一套說詞。我很確定他不相信我會乖乖站在旁邊，和別人一樣眼睜睜看火燒。

「我沒有進屋裡去。」要對亨利說謊真讓我難過，可是我說假話的時候還直視他的眼睛。

「我相信你。」他說。

▲

快到中午我才醒來。窗外傳來陣陣鳥鳴，和暖的陽光照進屋內。我鬆了一口氣。我可以安穩睡到這麼晚，就表示還沒什麼大消息傳來把我牽扯進去。如果有的話，早就會被從床上拖起來，還要我趕快打包。

我轉身從仰躺換成別的姿勢，這時的痛感最為劇烈。我覺得就好像是有人壓在我的胸膛上，用全力推擠。我根本沒法大口吸氣。一呼吸就會痛得受不了。這可把我嚇壞了。伯尼庫沙在我身邊窩成一團打盹。我抓著牠的四肢拉來拉去，把牠搖醒。牠先是出聲嚇唬，然後出力反擊。我們每天早上就要這樣玩一陣。我一起床就把身旁打盹的小狗弄醒。牠猛搖尾巴，吐著舌頭，我一看這模樣就覺得舒服多了。不在乎胸膛裡的疼痛，不在乎今天可能會發生什麼事了。

亨利的貨卡不在。桌上留了張字條：「去店裡買東西。馬上回來。」我走到屋外。我的頭好痛，兩手發紅傷痕累累，割傷的地方有點浮腫，就像是被貓抓的痕跡。我不在乎這些割傷、頭痛，或者是胸膛裡在燒。我在乎的是能不能繼續留下來，繼續待在俄亥俄州，耽心明天能不能再回到已經讀了三個月的同一間學校，更在乎的是今晚是否能見到莎拉。

▲

亨利回來的時候已經一點鐘了。他看起來十分憔悴，很顯然是根本沒睡。他把買回來的日用雜貨全都搬進屋裡，然後就進臥室把門關上。我和伯尼庫沙到樹林裡散步。我想要試著跑看看，結果只能稍稍跑一下下，七、八百公尺之後實在是太痛了不得不停下來。我們只得用走的，應該有六公里吧。樹林的盡頭接到另一條鄉間道路，和我們這邊一個樣。我轉過來往回走。到家的時候，亨利還在臥室裡，房門關著。我坐在門廊上。每當有車子經過我就緊張起來。我一直在想，會有輛車停下來，不過我的期待並沒有出現。

隨著一天即將過去，剛醒來時所抱持的那股信心慢慢地消融殆盡。《派拉代斯論壇報》星期天並不發行。會不會是明天才刊出來？我以為應該會有人打電話來，或是同樣那位記者會親自找上門來家裡找我，或是警察會來做進一步的詢問。我真不明白，為什麼自己要因一個小小的無名記者而擔驚受怕，但是他一直緊追不放、窮追在後的模樣太可疑了。而且我很明白，他並不相信我的講法。

但是沒人來我們家找我。也沒有電話。我的心中有所期待，但期待的事情並沒有發生，這讓我渾身不自在，冒出一種毛骨悚然的感覺，似乎快要隱瞞不住了。「我會查出真相的，史密斯先生。我有我的辦法。」巴尼斯是這麼說的。我在想，乾脆跑到鎮上去找他，試看看能不能說服他別再去查什麼真相，但是我曉得這麼做只會更令人起疑。我能做的只有屏息凝神，祈求一切如願，船過水無痕。

我並沒有進到屋裡去。

我沒有什麼不可告人的祕密。

▲

晚上莎拉到我們家來。我們進到房間裡，我仰躺在床上，將她摟在懷中。她的頭靠在我的胸前，腳跨在我身上。她問了好多問題，問我是什麼人、我的過去，問洛里星的事，還有摩加多星人。莎拉很快、很輕易就相信我所說的一切，而且全都接受，對此我還是十分驚訝。我全都照實回答，前幾天說了那麼多謊話之後，這感覺真是不錯。但是，當我們談到摩加多星人的時候，我開始覺得恐懼。我很怕會被他們找到。我所做的事會暴露出我們的行蹤。我義無反顧，因為要是不出手的話莎拉就要沒命了，不過我還是會怕。我也怕如果亨利知道這件事，會要我們馬上動身走人。雖然我和他並沒有血緣關係，但是不管從哪一方面來看，他就像是我的父親一樣。我很愛他，他也愛我，我並不想讓他傷心。當我們如此並肩躺在床上，恐懼感又更高張。我受不了要等到明天才能知道事情會如何發展，不確定感就像把鋸子，幾乎要把我劈成兩半。房間一片黑暗。不遠之處的窗台上有支小小的蠟燭，發出一絲光亮。我深深吸一口氣，我的意思是說，以目前的狀況儘量用力吸了一口氣。

「你還好吧？」莎拉問道。

我將她環抱在臂膀中。「我好想妳。」

「你很想我？我不就在這嗎？」

「這是思念一個人的最高境界。那人就在你身邊，你卻還是會想她。」

「別說傻話了。」她把手伸過來，把我的臉拉過去吻了一下，嘴對著嘴。我真希望就一直這樣下去直到永遠。我真不願意她停止吻我。只要她一直吻著我，那就是萬事太平。一切都沒問題。若有可能，我情願永遠都待在這房間裡。就讓世界遺忘我，遺忘我們倆。只要我們能依偎在一塊，彼此緊抱懷中。

「明天。」我說。

她抬頭看我。「明天怎麼了？」

我搖搖頭。「我也不太清楚，」我說。「我想只是有點害怕。」

她露出不解的眼神看著我。「害怕什麼？」

「我也不曉得，」我說。「就是會怕。」

▲

亨利和我開車送她回去，等我們一到家，我就回到房裡，睡在她之前躺的位置上。我依稀可以聞到她留下來的氣息。今晚我一定會失眠。我也用不著硬睡。我在房裡踱步。等亨利就寢，我就走到房間外，坐在餐桌上，就著燭光寫字。我寫了些關於洛里星，關於佛羅里達州，關於一開始受訓時所看到的那些幻象：戰爭、動物、兒時的情景。我想要得到某種抒發情感的效果，可是一點也沒用。這些只讓我更加沮喪。

手寫得發疼，我就走到屋外，站在前面的門廊上。冷空氣有助於緩和呼吸時的疼痛。月亮還是接近滿月，側邊稍稍削去了一小角。再過兩小時就要日出了，然後又是新的一天開始，還有報紙會刊出週末時發生的新聞。六點的時候，報紙會送來，有時是六點半。報紙送來的時候我就要到學校，如果新聞裡有提到我的名字，至少我要再見莎拉一面，至少得和山姆打個招呼才離開。

我走進屋內，換衣服，準備今天要用的東西。我輕手輕腳退出，很小心不發出聲音把門關上。才走了三步，我就聽到門板上有爪子搔抓的聲音。我轉身回去，把門打開，伯尼庫沙大搖大擺晃了出來。好吧，我心裡這麼想，我們一起去好了。

我們用走的，經常要停下來喘口氣，然後站著傾聽四周一片寂靜無語。夜色尚未褪去，但是過了一會兒等我們走進校園，東方天際開始出現淡淡的光暈。停車場裡空空盪盪，一輛車也沒有，而且校舍內的燈都還是暗的。在學校正面，海盜的壁飾前方，有一塊大石頭，剛好給之前的畢業班在上面塗鴉。我就坐在那塊石頭上。伯尼庫沙躺在草坪上，離我只有一、兩公尺遠。我在那過了半個小時才有第一輛車到校，是一台箱型車，我猜那是校工霍布斯，他比大家都更早來，先把學校整理好。但是我猜錯了。那貨車開到前門口，駕駛走出來，把車放著沒有熄火。他手裡拎著一疊用線紮好的報紙。我和那人彼此點點頭致意，他就把整疊報紙丟在門邊，然後把車開走了。我待在石頭上沒有動。我很好奇的打量那些報紙。我在心中暗暗咒罵，恨恨地指責它們可能帶來我所害怕的壞消息。

「星期五的時候我沒有進那間屋子。」我很大聲的說，不過馬上就發現這個樣子實在是太可笑了。然後我四下張望，嘆了一口氣，從大石頭上跳下來。

「好吧，」我對伯尼庫沙說。「不管是好是壞，謎底要揭曉了。」

牠匆匆張開眼睛瞧我一瞧，然後又闔上雙眼，繼續在冰冷的地上打盹。

我把繫繩扯斷，拿起最上面的那份報紙。相關的報導上了頭版。最頂端是隔天早上天亮後所拍的，完全被燒毀的一片廢墟。看起來十分詭異，給人一種不祥的感覺。一堆焦黑的灰燼，後方是光禿禿的樹木和結霜的草地。頭條如下：

詹姆斯家被燒個精光

我屏住呼吸，忍不住悲從中來，似乎那篇令我害怕的報導終於要出現了。我很快看完那篇報導。我根本沒有讀內容，只是在找我的名字有沒有出現。從頭到尾掃過一遍。我眨眨眼，甩甩頭，想要把那些亂七八糟的念頭全都拋掉。我很謹慎地笑了開來。然後又再把整篇文章讀過一遍。

「不可思議，」我說。「伯尼庫沙，沒有提到我的名字。」

牠根本沒有理我。我跑著穿越草地，跳回到那塊石頭上。

「我的名字沒有被登出來！」我再次大喊，這次是用盡全力放聲呼叫。

我坐下來，細讀這篇文章。標題是借自喜劇雙人組「齊格與瓊恩」的名片《煙消雲散》，一看名字就知道這是部在講嗑藥的電影。警方認為，起火的原因是在地下室吸大麻煙所造成。他們是怎麼調查的，我也搞不大清楚，更何況這根本就是大錯特錯。文章本身極盡尖酸刻薄，幾乎是在攻擊詹姆斯全家。我並不喜歡這位記者。顯然他對詹姆斯一家人沒有好感。誰知道當中有什麼內情？

我坐在石頭上讀了三遍，才有人到校開門。我止不住笑個不停。我可以繼續留在俄亥俄州，留在派拉代斯。這個小鎮可真是天堂啊。興奮之際，我覺得好像漏了什麼，似乎忘掉了一件重要的事情。不過我太高興了，根本不在乎。事到如今，我等於是立於不敗之地，不是嗎？我的名字並沒有出現在新聞裡。我並沒有跑進屋子裡。手中這份報紙就是最佳明證，白紙黑字。沒人可以說三道四。

▲

「什麼事讓你這麼高興？」上天文學課的時候山姆問我。我忍不住一直面露微笑。

「你早上沒看報紙嗎？」

他點了點頭。

「山姆，報上沒有提到我的名字！我用不著離開這裡了。」

「為什麼要把你寫出來？」他問道。

聽他這麼說，我一時之間不知該如何回答。我正要開口和他爭辯，這時莎拉走進教室。她很從容的順著桌椅間的走道往我們這過來。

「嗨，美人兒。」我說。

她彎腰在我臉上親了一下，這個動作一直讓我不太習慣。

「某人今天心情很好哦。」她說。

「見到妳就高興，」我說。「駕照考試會緊張嗎？」

「可能有一點吧。真想趕快考完趕快結束。」

她在我身邊坐下。今天我出運了，我想。我就是想繼續留下來，而且我也如願了。一邊坐的是莎拉，另一邊是山姆。

我和之前一樣，按課表到教室上課。午餐時我和山姆坐在一塊。我們都沒有談到火災的事。學校裡大概只有我們兩人沒在講。說來說去都差不多，一再重覆。我也都沒聽到有誰提起我的名字。如我所預期，馬克並沒有到學校來。有傳聞說，他和好幾名學生會被停學，原因自然是報紙所暗指的那件事。我也不曉得這消息是真是假。我甚至不怎麼在乎。

到了第八節，我和莎拉一起走進家政課教室的時候，我已經十分確信目前的情況安全無虞。我這麼有信心這麼確定根本是錯的，一定是忽略什麼事沒發現。一整天下來，這種疑懼不時會冒出來，可是很快就被壓抑下去。

我們今天要做的是西米露布丁。這沒什麼難的。課上到一半，廚房的門打開了。是個糾察隊的人。我看著他，馬上就明白是怎麼一回事。就是由他帶來壞消息。這位死神的使者。

他直接向我走過來，遞給我一張紙條。

「哈里斯先生找你。」他說。

「現在？」

他點點頭。

我看一看莎拉，聳聳肩。我不想讓她看見我在害怕。我對她笑笑，往門口走去。離開教室之前，我又轉回頭去看她一眼。她正彎著腰，低頭攪拌食材，身上穿的就是第一天我幫她繫繩子的那件圍裙，就是那天我們一起做鬆餅，兩人共用一個盤子吃光光。她紮了個馬尾，有幾條鬆脫的髮絲垂掛在她面前。她伸手把髮絲塞進耳後，此時，她發現我還站在走道上看她。我目不轉睛，想要把此時此刻的所有細節全都記在腦海中，她手握木杓的模樣，光線由她身後的窗戶照進來，看起來皮膚更加幼嫩白皙，眼中充滿無限柔情。她的襯衫領口有顆扣子鬆了。我在想，她大概還沒發現吧。這個時候，那糾察隊的在我背後唸唸有詞。我對莎拉揮揮手，把門帶上，沿著走廊前進。我故意放慢腳步，告訴自己說這不過是例行公事，可能是什麼文件漏了沒簽名，或是要做筆錄。然而我心裡十分明白這根本就不是什麼例行公事。

我走進校長室的時候，哈里斯先生正坐在辦公桌邊。他的笑容令我心生畏懼，他那天到教室找馬克去接受專訪的時候也是掛著同樣一副笑臉。

「坐啊，」他說。我坐了下來。「好啦，傳說的都是真的嗎？」他問道。他瞄了一瞄電腦螢幕，然後又轉回頭看著我。

「什麼是不是真的？」

桌上有個信封，用黑色墨水寫著我的名字。他發現我在看那信封。

「哦，對了，這是半個小時之前傳真過來指名要給你的。」

他拾起那個信封，丟給我。我把它接住。

「寫的是什麼？」我問。

「我也不清楚。傳真一到，我的祕書就把它裝到信封裡了。」

這麼多事同時爆發。我把信封打開，裡面的東西拿出來。總共有兩張紙。第一張是封面，上面有我的名字，還有用粗黑大字寫的「機密」字樣。我翻到第二頁。只有一行字，全都是大寫。沒有署名。只是在白紙上寫了四個字。

「史密斯先生，傳說是不是真的？是你跑進著火的屋裡去，救出莎拉・哈特還有兩隻狗，對不對？」哈里斯先生問道。我的臉立即漲成紅色。我抬頭看。他把電腦螢幕轉過來對著我，讓我能夠讀到上頭的東西。這是一個和《派拉代斯論壇報》相關的部落格。我用不著看作者的名字，就知道這是誰寫的。標題本身就再清楚不過了。

詹姆斯家大火：未登出的真相

我一口氣鯁在喉嚨喘不過來。我的心跳加速。整個世界都停下來了，至少我的感覺是那樣。我覺得心都死了。我回頭往下看看手中拿的那張紙。白紙，摸起來很光滑。上面寫著：

你是四號？

我的手一鬆，兩張紙都滑了出去，飄落地面，靜靜躺著。我不懂，我心裡這麼想。這怎麼可能？

「你說呢？」哈里斯先生問。

我無言以對。哈里斯笑得很高興。但是我的注意力並沒有在他身上。我在看的是他背後，透過辦公室的窗戶可見到外頭的街景。一團模糊的紅色東西從街角衝出，移動速度極快，超過一般正常的安全速度。那車滑入停車場的時候，輪胎發出吱吱吱的尖銳噪音。那輛貨卡又轉了個彎，把地上的小石礫噴得老高。方向盤後坐的正是亨利，像個抓狂的瘋子。他猛力急踩煞車，整個人往前飛了起來，一聲嘶吼，貨車頓時停住。

我閉上雙眼。

我彎腰把頭埋在手中。

透過窗戶，我聽到貨卡的門打開了。我聽到它關上的聲音。

亨利馬上就會衝進這間辦公室。

# 28 遭遇追擊

「你還好嗎，史密斯先生？」校長問道。我抬頭看著他。他擺出一副很關心的樣子，這種表情頂多只維持一秒鐘，馬上又回復那種咧嘴奸笑。

「不怎麼好，哈里斯先生，」我說。「我覺得很不舒服。」

我把地上的那張紙撿起來。又再看一遍。這是從哪裡傳來的？他們這樣做只是要慢慢折磨我們是嗎？上頭沒有顯示電話號碼、地址或是署名。只有四個大字加上一個問號。我抬頭往窗外看出去。亨利的貨卡已經停下來了，經過剛才猛操之後冒出一陣青煙。他想盡一切可能來了之後要迅速離開。我又把眼光移回來看看電腦螢幕。這篇文章是在十一點五十九分發布的，差不多是兩個小時之前。我很訝異亨利居然過了這麼久才衝到學校來。突然冒出一陣頭昏眼花的暈眩感。我覺得自己都要站不直了。

「要不要叫校護來？」哈里斯先生問。

校護啊，我心裡想。不不不，我不需要校護。保健室就是在家政教室的廚房旁邊那一間。哈里斯先生啊，我只想要回到十五分鐘前所在的地方，回復糾察隊還沒來找我的那個時刻。現在，莎拉一定已經把西米露布丁放在火爐上開始煮了。我想那鍋料說不定已經煮沸了呢。她是不是一直往門口張望，等我回去上課？

有人很大力把校門甩上，校長室也能聽到淡淡的重擊聲傳來。再過十五秒亨利就要衝進來了。然後要上他的貨車。然後回家。然後要去哪呢？到緬因州嗎？密蘇里州？加拿大？另一間不一樣的學校，另一個新開始，另一個新名字。

我已經三十個小時沒睡，現在我才覺得好累好累。然而此時思緒又被別的想法插了進來，在直覺反應而付諸行動之間的電光石火之際，我得要遠離此地不告而別這件事變得好沉重，我再也無法忍受。我瞇著眼睛，臉部表情痛苦得糾結在一塊，想都沒想，連我都不曉得自己在做什麼，縱身一躍飛過哈里斯先生的辦公桌，弄破窗戶衝了出去，把窗玻璃撞成千百萬個小碎片。一陣受到驚嚇的尖叫聲從我背後傳來。

我雙腳著陸，站在外頭的草地上。我往右轉，跑著穿過校園，教室模模糊糊地在我右側快速飛過，我切過停車場進到棒球場後面的樹林裡。我的額頭和手肘留下一些被玻璃割破的傷口。我的肺像是在燒一樣。去他媽的這些痛苦根本不算什麼。我不停前進，右手還抓著那張傳真紙。我把它塞進口袋。摩加多星人幹嘛要發傳真給我？他們怎麼不直接出現就好了？這才是他們最拿手的不是嗎，出其不意，讓敵人事先毫無預警無法防備。這就是突擊的好處。

在樹林裡我來了個往左急彎，在濃密的森林裡迂迴穿梭，直到林木變得稀疏開始出現農地。好幾隻牛站著反芻，雙眼漫無目的看著我急速跑過。我比亨利還早到家。伯尼庫沙不知跑哪去了。我快步衝入大門，突然停下腳步。我幾乎要喘不過氣。餐桌邊站了一個人，亨利的筆記型電腦還是翻開的，一時之間我以為這就是他們的人。這麼一來我就輸了，在他們的精心安排之下我變成獨自一人要面對敵人，不能得到亨利的協助。那人轉過身來，我握起拳頭，準備好發動攻擊。

不過，竟然是馬克・詹姆斯。

「你在這幹什麼？」我問。

「我想要搞清楚究竟是發生了什麼事，」他的眼中明顯透露出驚慌失措的模樣。「你他媽的究竟是何方神聖？」

「你在講什麼東西啊？」

「你自己看。」他一邊說，一邊指著電腦螢幕。

我對著他走過去，不過我並沒有在看電腦螢幕，我的眼睛聚焦在電腦旁放著的一張紙。這和我口袋裡的那張一模一樣，只不過這是用印刷的，所以比傳真紙厚一些。然後我又注意到別的東西。在「亨利」名字的下方，有一行很小的手寫字，是個電話號碼。他們應該不會要我們打電話過去吧？「是啊，是我啦，四號。我在這等你們呦。我們已經逃亡十年了，不過現在請過來把我們宰了；我們不會反抗的。」這沒道理啊。

「這張紙是你的嗎？」我問。

「不是，」他說。「不過，我到這的同時由UPS送來的。我要他看那段影片的時候你爸把它拆開來看，然後他就飛奔而出。」

「什麼影片？」我問。

「看好了。」他說。

我看著電腦螢幕，發現他是連到YouTube。他按下播放鍵。這影片的畫質十分粗糙，品質極差，大概是用手機錄的。我馬上就認出這是馬克家，被一片大火吞噬。鏡頭搖晃得很厲害，不過可以聽到狗在叫，還有群眾四下議論紛紛。然後裡頭有個人開始離開眾人，走到屋子的側面，最後來到屋子後方。攝影機還用望遠鏡頭拉近，特寫傳出狗叫聲的那個窗戶。狗叫聲停了，我閉上眼睛，因為我很明白接下來的畫面會是如何。差不多過了二十秒，此時我用飛的從窗戶出來，一手抱著莎拉另一手抱著兩隻狗，馬克按下暫停鍵。攝影機是用長鏡頭，我們的臉都照得一清二楚，錯不了。

「你是人還是什麼異形？」馬克問。

我沒有管他的問題，反而是問他：「這是誰拍的？」

「我也不知道。」他回答道。

亨利開車回來了，貨卡的輪子壓得屋前地上的碎石子咔咔作響。我站直身體，第一個直覺反應就是要趕快跑，離開這間屋子到學校去，我曉得莎拉下一節課會去暗房沖相片，一直待到四點半然後是駕照的路考。在影片中她的臉和我的臉一樣清晰可辨，這會讓她陷入比我還要危險的處境。但是，有件事讓我不能就這樣跑掉，反而繞到桌子另一邊，等亨利進來。貨卡的車門大力甩上。五秒後，亨利走進屋內，伯尼庫沙在他之前衝過來。

「你騙我！」他在門口大叫，臉色鐵青，下巴的肌肉糾結在一塊。

「我騙了每一個人，」我說。「這是跟你學的。」

「我們不會彼此騙來騙去！」他失聲尖叫。

我們的眼神鎖死在一起。

「發生什麼事了？」馬克問。

「我沒見到莎拉是不會離開這的，」我說。「她陷入危險，亨利！」

他對著我搖搖頭。「這時候不能感情用事，約翰。你沒看到這東西嗎？」他說著，走到屋子的另一端，拿起一張紙，對著我揮動。「你他媽的以為還有誰會寄這種東西來？」

「媽的現在到底是怎樣？」馬克幾乎是用吼的。

我不在乎那張紙也不管馬克，眼睛直盯著亨利。「是啊，我有看過了，就是因為這樣我才要回到學校去。他們會去找莎拉，然後把她抓起來。」

亨利開始往我這邊走過來。才邁出第二步，我舉起手讓他停在原處沒法前進，差不多有三公尺遠。他努力想要往前，可是我把他固定在那不能動。

「我們必須離開這個地方，約翰。」他說，聲音中充滿受傷之情，甚至是用一種哀求的語氣。

把他阻擋在那邊的同時，我開始往後走，朝向臥房過去。他停下來，不再試著前進。他一句說也沒說，站在原地，眼中透露出痛苦的神情，這副模樣讓我覺得比之前更加難過。我不得不把視線移開。等我退到臥室門口，我們的眼神又再度交會。他頹喪著肩，兩臂垂掛在身旁，似乎連手腳要怎麼擺都不知道了。亨利只是眼睜睜的看著我，好像幾乎就要哭出來。

「我很抱歉。」一點一點蹭到可以逃離的最佳位置，然後轉身衝入臥室內，從抽屜裡取出一把匕首，這是在佛羅里達時用來刮去魚鱗的工具，接著就從窗戶跳出去，飛奔進樹林裡。後方傳來伯尼庫沙的吠叫聲，其他的全都聽不到。我跑了大概一公里半，在一塊大型的空曠處停下來，我和莎拉就是在這做雪天使。她本來稱呼這裡是「我們的空地」。本來，我們要在夏天的時候到這來野餐的。一想到夏天時我再也不可能待在此處，心中感到一股刺痛，痛徹心肺，我彎下腰咬緊牙根。要是我能打電話給她，警告她要她趕快離開學校，那就好了。我的手機，還有我帶去學校的其他東西，現在還放在置物櫃裡。我要先將她安置在沒有危險的地方，然後就回去找亨利，接著我們再離開此地。

我往學校的方向跑啊跑啊，以目前狀況所能辦到的最快速度前進。到校的時候，校車已開始一台接一台駛出停車場。我站在樹林邊緣，觀察校內的動靜。學校大門那裡，霍布斯站在正面的窗戶外，要裁一塊三夾板把我剛才弄破的窗戶補起來。我把呼吸調勻，盡最大努力釐清頭腦。我看著車子一輛接一輛緩緩駛離，直到最後，停車場裡只剩下幾部還沒開走。霍布斯把破洞補起來了，進到學校裡。我在想，不知他有沒有接到警告要提防我再回來，是否受指示如果見到我就要報警。我看看手錶。雖然才三點半，好像比平常天黑得更早更快，一團濃密、厚重的漆黑氣息，把周遭全吞噬進去。停車場裡的燈亮起，但是就連這些燈光都好像變得暗沉隱晦。

我離開樹林，走過棒球場，進入停車場。只有十部左右的車子散置。進出學校的門已經鎖上了。我握住門鎖的手把，閉上雙眼集中心神，門鎖咯嗒一聲打開。我走進門內，一個人都沒見到。走廊裡只有半數的燈亮著。空氣滯澀，無聲無息。我聽見某處傳來打蠟機運作的聲音。我轉往大廳，攝影課暗房的門就在眼前。莎拉。莎拉去參加駕照路考之前，會來這沖放相片。我經過自己的置物櫃，把它打開。我的電話不見了；整個櫃子裡空無一物。不知是誰把它們拿走了，最好是亨利。來到暗房的途中，我一個人也沒遇見。那些校隊、樂團，課後留下來改作業或做其他事的老師，都到哪去了？一陣不好的預感從骨子裡冒了出來，我很怕莎拉已經遇上什麼大麻煩。我把耳朵貼到暗房的門板上傾聽，但是我什麼也沒聽到，只有打蠟機的噪音從走廊另一頭傳來。我做了一個深呼吸，試著打開門。這門鎖上了。我把耳朵貼在門板上，輕輕扣門。沒有回應，不過我聽見最裡面有很輕微的摩擦聲。我深吸一口氣，因為不知要面對什麼東西而全身緊繃，然後把門鎖解開。

室內極為幽暗。我讓手掌發出光亮，往一邊掃過去，然後再換另一個方向。並沒有什麼可疑的東西，我想這房間大概沒有別人吧，但是我發現角落出現極細微的動作。我趴下去瞧瞧，原來是莎拉藏在講桌底下，儘可能躲起來不被發現。我把手掌的光熄掉，這樣她才能看到是我來了。她坐在陰暗處往上看，笑了，鬆了一口氣。

「他們到學校了，是不是？」

「如果還沒來，也會很快追上。」

我扶著她從地板上站起來，她用雙手使出好大的力氣環抱我，感覺上好像根本不願意把手放開。

「第八節下課後我就到這，學校一關，走廊裡就傳出各種奇怪的雜音。而且天色變得好黑好暗，所以我把門反鎖，一直躲在講桌底下，嚇得不敢亂動。我就知道有什麼不太對勁，尤其是聽說你從窗戶跳了出去，而且打你的手機又都沒接。」

「真有妳的，不過我們得要離開這裡，要快點。」

我們走出暗房教室，手牽著手。走廊的燈突然熄了，整間學校陷入一片黑暗，雖然說照理應該要再過好幾個小時才到傍晚。差不多十秒鐘之後，燈又亮了。

「發生什麼事情？」莎拉小小聲問我。

「我不曉得。」

我們沿著走廊移動，盡可能靜悄悄不要發出聲響，就算我們發出什麼噪音也好像被某種東西蓋住，傳不開來。離開學校最快的辦法是走後門，直接通往教師用停車場，然而正當我們往那方向移動之際，打蠟機的噪音更大聲了。我猜大概會遇到霍布斯先生。他應該知道玻璃是被我弄破的。他會不會揮著掃把趕我走，還立刻報警。我想，如今這些都無關緊要了。

我們來到走廊尾端的時候，燈光又熄了。我們停下腳步，等光再亮起，可是怎麼也等不到。幫地板打蠟的機器還繼續運作，發出規律的嗡嗡聲。我看不到打蠟機在哪，不過它應該是在黑得不見五指的五、六公尺之外。我發現這很奇怪，機器怎麼還會繼續運作，還有霍布斯怎麼會摸黑打蠟。我把手掌的光點亮，莎拉鬆手站在我背後，雙手放在我腰部。我先找到牆上的插頭，然後是電線，然後見到機器本身。它就固定在某處，對著牆撞啊撞的，沒人控制，自己運作。我全身上下陷入一片驚慌，馬上就轉變為恐懼害怕。我和莎拉得要趕快離開學校。

我把電線一拉，插頭脫落了，打蠟機也停下來，一片安靜之後耳朵似乎還嗡嗡作響。我把手掌的光熄掉。走廊另一邊某處，有扇門慢慢開了一個小縫。我伏下身子，背靠著牆，莎拉緊緊抓住我的手臂。我們倆都怕得要命，一句話都說不出來。我出於本能反應把電線拉掉讓打蠟機停下，現在我又有股衝動想把插頭再插回去，可是我曉得如果他們就在這的話如此做法反而會暴露行蹤。我閉上雙眼，集中注意力專心聆聽。推開的門停住了。不知由何處而來一股清風。我很確定窗戶都是關得好好的。我猜有可能是從我打破的那扇窗戶透漏進來。然後剛才打開的那扇門猛然關上，門上的玻璃應聲碎成片片散落在地面。

莎拉失聲尖叫。有什麼東西從我們身邊跑了過去，可是我看不到，我也不想去細究。我一手帶著莎拉很快衝往大廳。我用肩膀把門頂開，飛奔而出，來到停車場。莎拉倒抽一口氣，兩人都嚇得突然停了下來。我憋著不敢呼吸，脊骨透出一陣寒意。燈光還亮著，可是在如此深沉的黑暗當中顯得極其微弱而無比詭異。就在最靠近的那盞燈下，我們都看到那東西了，大衣外套隨風擺動，帽子拉得好低看不到眼睛。他抬起頭，齜牙咧嘴對我笑了笑。

莎拉緊緊抓住我的手不放。我們倆都往後退了一步，跌跌撞撞急著要逃離。接下來的一段路我們幾乎是橫著走，一直來到門邊。

「快啊！」我一邊快跑一邊叫道。莎拉站在門口等我開門。我推了推門閂，剛剛我們出來之後它就自動鎖上了。

「哇靠！」我大吼。

我的視野最邊邊最角落處又出現另外一個人，他原本是靜止不動的。我眼睜睜看著他朝向我們跨出第一步。他後面還有別人隨後跟了上來。全都是摩加多星人。躲了這麼多年，總算在此見面了。我試著集中精神，可是我的雙手抖個不停，沒辦法把門打開。我可以感覺到他們一步步靠過來，越來越近。莎拉緊緊依偎在我身上，不停發抖打顫。

我沒辦法集中精神把門鎖解開。在壓力之下保持自持？怎麼全都使不出來？後院做的那些訓練課程都跑到哪去了？我可不想死，我這麼對自己說。我不想死。

「約翰。」莎拉的聲音中透露出極度的恐懼，我聽了不得不瞪大眼睛，手腕奮力一扭。鎖頭發出咔嗒一聲。門開了。我帶著莎拉擠進去，趕緊把門闔上。門板另一側傳來一記重擊聲，似乎是有個傢伙上前踹了一腳。我們順著走廊向前跑。吵吵嚷嚷的聲音一直緊追在後。我也不曉得會不會有摩加多星人埋伏在校內。走道裡又有一個窗戶被擊破，碎片四散，莎拉嚇得大聲尖叫。

「我們得要保持安靜別出聲。」我說。

每間教室的門我們都試著推看看，可是全都鎖上了。時間緊迫，我沒法停下來開鎖。某處有扇門猛然叭的一聲甩上，我根本搞不清楚那是在我們前方還是後方。由後頭追趕而來的嘈雜聲更接近了，越來越大聲，縈繞耳際。莎拉拉著我的手，更加速飛奔，我很快盤算一下，先想好這幢建築的平面配置，這樣我就能不用照明，也就不容易被發現。終於有一扇門能夠打開，我們趕快往裡面躲進去。這是歷史教室，位在校舍左側一座小丘頂上，因為外頭是個六公尺高的落差，所以窗戶有裝欄杆。透過窗玻璃看出去，只有無盡的黑暗，毫無一絲光亮。我輕輕把門關上，但願沒有被他們瞧見。我用手掌發出的光掃視整間教室，然後很快把光熄掉。裡面沒有別人，我們就躲在教師用的桌子底下。我試著憋住不要呼吸。大汗淋漓，紛紛從兩邊臉頰流下，還流進眼裡好不舒服。外頭究竟有多少人？我至少看到三個。當然不只這數。他們有沒有帶著傳說中的惡獸一塊來呢，就是亞森斯那幾個記者怕得要死的那種黃鼠狼。我真希望亨利能和我們在一塊，就算是伯尼庫沙也不錯。

門慢慢打開了。我屏住呼吸，小心傾聽。莎拉靠在我身上，我們彼此緊緊擁抱在一起。門悄悄地闔上，咔嗒一聲滑入定位。並沒有腳步聲隨著走進來。他們是不是只把門打開，伸頭進來看看我們有沒有在教室裡？他們真的繼續往前找而沒有進到教室內？花了這麼久時間總算找到我；當然他們不會這麼懶惰。

「接下來要怎麼辦？」過了三十秒，莎拉輕聲問我。

「我不曉得。」我小聲回她。

教室裡悄然無聲無息。不管門是誰開的，一定已經走掉了，要不然就是在走廊等著。不過，我也明白，在此坐得越久，他們就會有更多人來。我們得要離開這裡。我們要冒險一試。我深深吸了一口氣。

「我們得要離開，」我小聲說。「待這裡並不安全。」

「可是他們在外頭。」

「我知道，而且他們並不會善罷干休。亨利在家，一定也是面臨危險。」

「可是我們要怎麼離開？」

我沒有什麼想法，不曉得要怎麼回答。只有一個出口，那就是我們進來的那扇門。莎拉還是雙手緊緊環抱著我。

「我們在這只是坐以待斃，莎拉。他們會找到我們，等到那個時候，恐怕已經被團團包圍。現在採取行動，至少可以出其不意。如果我們能離開學校，我想應該能發動一輛車。要是沒車，我們就要一路打回去。」

她點頭表示贊同。

我深吸一口氣，從桌子底下移出。我伸過去牽起她的手，要她緊跟在我身邊。我們一塊踏出第一步，儘可能安靜無聲。然後再跨一步。花了整整一分鐘才穿過教室，黑暗中我們並沒有撞到別人。我的雙手微微發亮，幾乎沒有光線射出，亮度只夠讓我們別撞上桌子。我看著門口。等會我要把門打開並且叫莎拉跳到我背上，然後我就盡全力死命往前跑，雙手放出光亮，順著走廊往前，到校舍外的停車場，要不然就進入樹林裡。樹林裡我很熟，我認得要怎麼走回去。他們一定派了很多人在那兒等著，不過我和莎拉占有主場優勢。

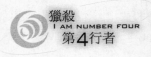

走到門邊的時候，我可以感覺到心臟怦怦作響，跳得好用力，我都怕摩加多星人會聽到心跳的聲音。我閉上眼睛，緩緩伸手去拉門把。莎拉全身緊繃，使勁抓著我的手。還差二、三公分，近得我都可以感受到金屬門把所傳出的冰涼感。我們倆被人從背後一把抓住拉倒在地。

我想要大叫，但是嘴巴被某人的手摀住。我全身充滿恐懼。我可以感覺到莎拉拚命掙扎，我也是一樣，可是扣住我們的那人實在是力量太大了。我從未料到會有這種事，摩加多星人居然比我還強。我之前太過小看他們了。如今不再有什麼希望。我已經失敗了。我對不起莎拉和亨利，我很抱歉。亨利，但願你能好好戰鬥，比我表現得更好。

莎拉大口喘氣，我用盡全身力量想掙脫開來，全都是徒勞無功。

「噓——別掙扎，」有個聲音在我耳邊悄悄說。是個女孩子的聲音。「他們在外頭等著。你們倆都得保持安靜。」

這是位女孩子，各方面都和我一樣強，甚至比我更強。我搞不明白。她把手鬆開，我一轉身就和她面對面。我們彼此打量對方。在我雙手發光照耀之下，那張臉看起來要比我還稍微年長幾歲。淺褐色的眼睛，顴骨高聳，長而深色的頭髮紮成馬尾，嘴巴寬而鼻子很挺，皮膚帶著橄欖色。

「妳是誰？」我問。

她看看門口，沒有說話。是來我幫我們的，我想。除了摩加多星人之外，還有別人知道我們的事。有人到這來助我們一臂之力。

「我是六號，」她說。「我一直努力趕在他們之前先找到你。」

# 29 隱形六號

「妳怎麼知道是我？」我問道。

她往門那邊看了一眼。「三號遇害之後我就一直想盡各種辦法找你。不過呢，這些等以後再仔細講給你聽。首先，我們得要離開這裡。」

「妳怎麼能夠走進來而不被他們發現？」

「我可以隱形。」

我笑了。她和我祖父一樣擁有相同的異能。隱身術。有了這本事，還可以讓手碰到的東西也變成隱形，亨利第二次來我們家就被祖父用這方法開了個玩笑。

「你住的地方離這有多遠？」她問道。

「四、五公里吧。」

我感覺到她在黑暗當中點了點頭。

「你的護法還在嗎？」她又問。

「是啊，當然。妳沒有嗎？」

她調了調站姿，開口之前還停頓了一會，似乎要由別處找尋足以支撐的力量。「之前有，」她說。「她在三年前就過世了。從那之後我就得一切靠自己。」

「我很遺憾。」我說。

「戰爭就是這樣，總是會有人不幸陣亡。現在我們得逃離此地，不然下一個就輪到我們了。如果他們在這附近現身，那就表示他們已經查出你住的地方在哪，也就是說，他們已經到那去找你了，所以一旦我們走出去，也用不著躲躲藏藏。這些只不過是偵察兵。真正的士兵隨後就到。他們佩有長劍。還有惡獸也會馬上趕來。時間緊迫。最多只有二十四小時可用。最糟的狀況就是他們早就到這來了。」

我的第一個想法是：他們已經知道我住哪了。我好慌。亨利還在家，還有伯尼庫沙，而士兵和惡獸可能已經去找他們了。我的第二個想法是：她的護法已經死掉三年，這麼多年來六號都是自己一人過，從十三或十四歲開始，就獨自在一個陌生的星球上生存下來？

「他還在家裡。」我說。

「誰？」

「我的護法，亨利。」

「我想他不會有事的。只要你沒被捉到，他們暫時不會對他下手。他們的目標是你，而且他們會利用他來做誘餌，」六號說著，抬頭望向裝了柵欄的窗戶。我們轉過身，和她往同一個方向看過去。彎進學校這邊的大路上，有一對車燈急速滑了進來，淡淡的看不清車身其他部分，衝過出口車道，然後轉進入口很快就消失不見。六號又回過頭來面向我們這邊。

「所有出入口都被封住了。還有什麼方式可以離開？」

我左思右想，結論是另一間教室裡有個窗戶沒有裝欄杆，最好是從那出去。

「我們可以從體育館底下出去，」莎拉說。「舞台下有條祕道，通到學校後面，出口像是地窖門。」

「真的嗎？」我問。

她點點頭，我感到有那麼一絲驕傲。

「你們都各伸一隻手出來，」六號說。我握著她的右手，莎拉則是牽起她左手。「盡可能保持安靜別出聲。只要握住我的手，就會變成隱形。他們沒辦法看到我們在哪，不過聲音會被聽見。一旦走出這幢建築，就拚全力往前跑。如果被他們發現，那可很難脫身。要想逃離的唯一辦法就是在增兵趕到之前把他們全都殺了，一個都不能留。」

「好的。」我說。

「你了解那是什麼意思嗎？」六號問。

我搖搖頭。我不太確定她問這句話的用意。

「現在我們沒辦法逃離他們的追捕了，」她說。「這就表示你必須和他們作戰。」

我正想回她的話，可是之前所聽到的腳步聲到門外停了下來。一片寂靜。然後，門把輕輕動了一下。六號深吸一口氣，把我的手鬆開。

「別想偷偷溜出去了，」她說。「開始作戰吧。」

她衝上前去，雙手往前一伸，門板順勢飛離門框整個摔到走廊另一側，撞個粉碎。木屑四處散射亂噴。碎玻璃撒滿一地。

「把你的光點亮起來！」她喊道。

我讓手掌放光。有個摩加多星人從破門的殘片之中站起來。他面露微笑，嘴角滲出血，是被門砸到的。黑眼睛，白皮膚，看似從來沒曬過太陽。彷彿是死人堆裡爬出來的殭屍。他往這射出一個東西，看不太清楚，我聽到六號在我身邊哼了一聲。我往他的眼裡望去，一陣痛感將我撕裂，結果就被釘牢在原地，雙腳無法移動。天地瞬時變暗。悲傷隨之而來。我的身體僵住了。入侵日當天的影像如潮水般湧入腦海：婦女、兒童還有我的祖父都慘遭屠殺；淚水，血水，成堆被燒的屍體。這咒術被六號破解了，她把那個摩加多星人舉到空中，往牆上砸過去。他努力想要站起來，六號又將他舉起，這次是用盡全身力量把他往牆壁猛然摜去，然後又是一記。那偵查兵跌落地面，四肢受傷變形，他吸一口氣，然後再也不動了。過了一兩秒鐘。他的身體整個瓦解變成一堆灰燼，還發出一種悶悶的聲音，像是一袋砂子被丟到地板上一樣。

「他媽的怎麼會這樣？」我出聲問，想不透怎麼可能那麼大個身體會像剛剛那樣完全分解消散。

「千萬別盯著他們的眼睛看！」她大聲說，對於我的疑問充耳未聞。

我想到《異形就在你身邊》的記者。我現在總算明白，他在摩加多星人的眼中究竟是看到什麼東西。我猜說不定到了最後一刻他還會愉快地迎向死亡，迎向死亡才有辦法擺脫心中不斷播放的那些畫面。要是六號沒能破除這咒術，那些影像的強度會進展到什麼程度，我只能用想像的去體會。

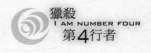

另外兩位偵察兵從走廊尾端往我們這快跑過來。他們的身邊有一團黑霧籠罩，似乎會將一切吞噬進去，全都變成漆黑一片。六號直挺挺站在我們前面，英氣凜然。她比我還矮五公分，可是她的氣勢看起來反而像是更高了五公分。莎拉站在我後面。兩名摩加多星人停在走廊交會的地方，冷笑著露出利齒。我的身體緊繃，肌肉因為過度消耗而發疼。他們大力喘著氣，這就是之前聽到門外傳來的聲音，是呼吸聲，不是腳步聲。只站在原地觀望。這時，走廊裡又出現另一種聲音，而且摩加多星人都轉過身去注意那方向。有一扇門在搖動，似乎是有誰想要破門而入。突然憑空傳來一聲槍響，然後是校門被踢開了。他們兩人都露出吃驚的表情，而且當他們轉身要逃的時候，走廊裡又傳來兩聲槍擊，結果兩名偵察兵都被射中往後倒下。我們聽到有聲音朝這個方向接近，共有兩雙鞋子，以及狗趾甲在地面摩擦的咯咔聲。六號在我身邊緊張得很，準備好要對付往我們這邊過來的任何東西。是亨利！之前我們看到有燈光進校園裡，其實是他的前車燈。他握著一把雙管獵槍，不知是打哪弄來的。伯尼庫沙跟在他旁邊，很快往我這跑過來。我彎下腰，把牠抱起來。牠跟瘋了似的拚命要舔我的臉頰，我也好高興能見到牠，幾乎忘記告訴六號這位拿著槍的男人是誰。

「他就是亨利！」我說。「我的護法。」

亨利走過來，十分警覺，經過教室門口的時候都會往裡面張望一下，馬克則是抱著洛里寶匣緊跟在後。我不知道為什麼亨利要帶他一起過來。亨利的眼神看起來十分恐怖，極度疲憊，充滿恐懼和憂慮。我用那種方式從家裡跑走，已經有最壞的打算，可能要挨一頓罵，甚至會被賞個耳光，可是他反而是把獵槍交到左手，給我一個大大的擁抱。我也用力抱抱他。

「我很抱歉，亨利。我不曉得會發生這種事。」

「我知道你不是故意的。看到你沒事我就放心了。」他說道：「好吧，我們得離開這裡。這他媽的學校被團團包圍了。」

莎拉帶我們走到她覺得最安全的教室，就是走廊另一端的家政教室。進教室後，我順手把門鎖上。六號將三台冰箱移過來擋在門口，誰都別想進來，同時亨利趕到窗邊，把遮陽板拉開。莎拉直接走進我們上課用的廚房，打開抽屜，取出其中最大的一把屠刀。馬克看著她，發現莎拉拿了一把刀，就把寶匣放在地板上，也自己取了一把刀子。他在別的抽屜裡找來找去，拿了一支肉鎚，塞進長褲的腰帶間。

「大家都還好嗎？」亨利問道。

「是的。」我說。

「除了手臂被匕首刺中以外，我的狀況還算不錯。」六號說。

我用手發出淡淡的光線，看看她的手臂。她不是在說笑話。二頭肌和肩膀相接的地方有一把匕首，刀尖從另一側透了出來。她在殺死那位偵察兵之前，我就聽見她啊的叫了一聲。他扔出一把利刃刺中六號。亨利過來把刀子抽出。她痛得咕噥了幾句。

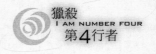

「好在這只是把小刀，」她一邊看著我，一邊說。「士兵會有別的劍，依其能力不同而發出不同顏色的光芒。」

我正想要問是哪些能力，不過亨利插話進來。

「把這吃下去。」亨利說，並且把獵槍交給馬克拿。他用空下來的手把槍接過去，沒有一句怨言，十分崇拜地看著這一切。我在想，不知道亨利和他透露了多少。真搞不懂，亨利為什麼帶他一起來到這兒。我回過頭去看看六號。亨利拿了一張抹布，給她取過去壓在傷口處，然後把寶匣拿起來，放在最靠近他身邊的桌面上。

「到這來，約翰。」他說。

我二話不說就幫他打開寶匣。他把蓋子翻開，伸手入內，取出一塊黑石頭，就像摩加多星人身邊帶著的黑霧一樣烏嘛嘛。六號似乎曉得這石頭是要做什麼用的。她把上衣脫下。她在裡頭還穿了一件黑灰相間的橡皮衣，在我腦海閃過那些影像當中，我也看過爸爸穿著類似的藍銀色相間橡皮服裝。她用力深吸一口氣，把手伸過去給亨利。亨利拿著石頭抵住傷口，而同時六號緊咬牙關，一邊出聲一邊痛得顫抖起來。她的額頭冒出豆大汗珠，臉因為極度忍耐而漲得發紅，頸後青筋都浮現出來。亨利緊握石塊保持這個姿勢，前後將近一分鐘。他將石頭移開，六號彎著腰，大力喘息，調整呼吸。我看看她的手臂。除了還稍稍有些血滲出來，被刀割開的傷口已完全復原，沒有疤痕，沒有留下任何蹤跡，只剩衣服破了個洞。

「那是什麼？」我問道，用下巴示意那塊石頭。

「這是塊療石。」亨利說。

「還真的有這種東西哦？」

「在洛里星上就有這種東西，不過治療時的痛苦要比原本受傷時更加倍劇烈，而且必須是因別人故意要害你或要殺你所受的傷才能用療石治好。還有，必須一受傷就用療石。」

「故意？」我問。「也就是說，如果我不小心跌倒撞破頭，這石頭就沒有效囉？」

「沒效，」亨利說。「這就是異能的重點。自我防備，而且是純潔無私。」

「對馬克或莎拉有作用嗎？」

「我也不清楚，」亨利說。「而且我希望不會遇到那種狀況。」

六號把呼吸調勻了。她站直身子，用手觸摸傷口。她臉上的紅潮漸漸散去。在她身後，伯尼庫沙在擋好的門和窗戶之間跑來跑去，窗戶的位置比較高，牠在地板上並不能看到窗外，可是牠設法用後腳站起來，對著牠以為就在外面的敵人嗥叫。可能是沒事亂叫吧，我想。偶爾牠會憑空亂咬，齜牙咧嘴。

「今天你到學校的時候有沒有拿走我的手機？」我問亨利。

「沒有啊，」他回答道。「我什麼都沒拿。」

「我回來找的時候，已經不見了。」

「是哦，反正現在也無用武之地。」敵人在我們家還有在學校都動了些手腳。電源被切掉，而且還設了不知什麼電磁遮罩，訊號傳不出去。時鐘也都停了。就連空氣也好像滯澀黏稠無法流動。

「我們的時間不多了。」六號插嘴。

亨利點點頭。他看見六號的時候露出淺淺的微笑，看似驕傲，或者甚至是鬆了口氣。

「我還記得妳。」他說。

「我也記得你。」

亨利伸出手，六號和他握了一握。「真他媽的高興能夠再見到妳。」

「超高興。」我糾正他，可是他沒有理我。

「我一直在找你們，找了好久。」六號說。

「卡特琳娜呢？」亨利問。

六號搖了搖頭。她的臉上露出一種哀傷的表情。

「她沒法撐過來。三年前她去世了。那之後我就在尋找其他人，包括你們在內。」

「真令人難過。」亨利說。

六號點點頭。她的視線往伯尼庫沙那望過去，牠剛剛開始很激動的嗥叫。牠好像長高了些，剛好能夠從窗戶最下方看到窗外。亨利把放在地上的獵槍撿起來，走到距窗邊一公尺多的地方。

「約翰，把你的光關掉，」他說。我依言而行。「現在，聽到我下令，就把遮陽板拉起來。」

我走到窗戶邊，把拉繩在手上繞了兩圈。我對亨利點頭示意，莎拉在他後方，把手放在耳朵上摀起來，防備等會兒開槍的巨響。他把獵槍上了膛，瞄準窗外。

「來好好幹一場吧，」他這麼說，然後說了聲「拉！」

我拉動繩索，遮陽板就升上去了。亨利開火。那聲音真是震耳欲聾，過了好幾秒還在耳中迴盪。他又把子彈上膛，保持瞄準的姿勢。我扭著身子往外張望。有二名偵察兵摔在草地上，一動也不動。其中有一人已化成灰，就和走廊那人一樣發出某種空洞的聲響。亨利又對第二人發了一槍，結果他也化成灰燼。他們四周似乎聚集了若干陰影。

「六號，搬一個冰箱過來。」亨利對她說。

馬克和莎拉很驚訝地看著冰箱飄在半空中往我們這過來，安放在窗前，防止摩加多星人進來或是看到室內狀況。

「有這總比沒有好，」亨利說。他轉向六號。「我們還有多少時間？」

「撐不了太久，」她說。「他們在離這三小時的地方設有基地，是在西維吉尼亞州的一座山洞內。」

亨利把槍管扳開，放入兩個彈匣，然後扣上。

「這樣可裝幾發子彈？」我問。

「十發。」他說。

莎拉和馬克交頭接耳彼此小聲交談。我走到他們那邊。

「你們都還好嗎？」我問道。

莎拉點點頭，馬克則是聳了聳肩膀，在如此恐怖的情境之下，他們倆都不曉得究竟要怎麼說才對。我吻了吻莎拉的臉，還牽起她的手。

「別耽心，」我說。「我們會逃出去的。」

我轉向六號和亨利。「他們為什麼只在那等？」我問。「他們為什麼不破窗衝進來？他們明明曉得自己人多勢眾，占有數量上的優勢。」

「他們只想把我們困在這，待在室內，」六號說。「這正是他們想要的，全都待在一塊，關在同一個地方。現在是要等其他人趕來，那些帶著武器的士兵，受過訓練的殺戮能手。現在他們很緊張，因為他們曉得我們的異能漸漸出現了。他們擔不起功虧一簣的責任，也不能冒風險等我們變得更強。他們曉得我們之中有些人如今已能發動反擊。」

「那我們得要離開這裡。」莎拉哀求道，她的語氣無力而顫抖。

六號對她點點頭，表示同意。此時我想起一件事，在緊張當中已忘得一乾二淨。

「等等，妳也在這裡，我們就聚在一塊了，那就打破了法術的保護。現在其他人就不受護身咒的保衛了，」我說。「他們能夠隨意下手。」

我可以看到亨利的臉變得很難看，他的心中也冒出同樣想法。

六號點點頭。「我得要冒此風險，」她說。「我們不能一直逃避，而且我受不了等啊等的。我們全都開始發展出各自的超能力，我們都準備好要反擊了。可別忘了那天他們是幹了什麼好事，而且我也不會忘記他們是怎麼對付卡特琳娜。我所認識的每個人都死了，家人，朋友。就我所知，他們要用對待洛里星人一樣的方式對待地球，而且他們幾乎已經準備妥當。坐以待斃反而會落得和之前一樣被摧毀，同樣會招致屠殺和滅絕。為什麼還要袖手旁觀眼睜睜看事情發生？若是地球死去，我們也無法倖免。」

伯尼庫沙仍然對著窗戶吠叫。我幾乎就要讓牠衝到外頭，看看牠有什麼本事。牠的嘴巴冒著唾沫，露出利齒，毛髮沿著後背的中央直立。我想，這狗已經準備就緒。問題是，其他人做好準備了沒？

「啊，現在妳得留在這，」亨利說。「我們只得祈求其他人平安；盼望他們能自立自強。要是他們撐不下去，你們兩人都會感覺得出來。至於我們，戰鬥已經近在眼前。我們並不求戰，不過如今戰爭已經降臨，我們別無選擇只能面對它，正面迎擊，全力以赴。」他抬頭看著我們，眼睛的白色部分在房間的黑暗之中閃閃發亮。

「我同意妳的意見，六號，」亨利這麼表示。「如今我們應該挺身而戰。」

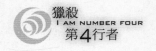

# 30 洛里寶匣

風從破掉的窗戶猛灌入家政教室，擋在那的冰箱只能稍稍阻隔冷冽的空氣進逼。因為電力被切斷，學校內早就凍得要命。六號現在只穿著橡皮裝，幾乎是通體全黑，唯有一道灰條紋在身前斜斜畫過。在我們這群人當中，她以充滿自信的架勢昂首挺立，我好希望也擁有一件自己的洛里服裝。她正要開口說話，可是外頭傳來一陣轟隆隆的巨響。我們全都趕到窗邊，卻看不到究竟發生了什麼事。碎裂的咔啦咔啦聲，然後又傳來好幾下轟然重擊，還有撕裂、擠壓的聲音，似乎是在破壞什麼東西。

「那是怎麼回事？」我問。

「把你的光線點亮。」亨利加大音量說著，遠方一直傳來東西被砸壞的噪音。

我把手上的光打亮，往外橫掃校園。光束最遠只能照到三公尺之外，再過去就陷入無盡的黑暗當中。亨利後退幾步，傾著頭，極度專心凝聽，然後無奈地點點頭。

「他們正在破壞停在外頭的車子，我的貨卡也在那，」他說。「如果我們能活著出去，就得用走的離開學校。」

馬克和莎拉的臉上露出一股害怕的表情。

「我們不能再浪費時間了，」六號說。「不管用什麼戰術，我們一定要趕在惡獸和士兵抵達之前離開。她說我們可以從體育館出去，」六號這麼說，用下巴示意莎拉。「這是唯一可行的辦法。」

「她的名字是莎拉。」我說。

我坐在旁邊的椅子上，六號語氣中的急迫感把我弄得有些坐立難安。她就像是團隊中的穩定力量，即使見到這麼多可怕的事情，依然能在壓力之下保持心情沉穩不慌不亂。伯尼庫沙在門後面守著，抓抓擋在門口的冰箱，不耐煩地狂吠嗥叫。因為我的手掌發出亮光，六號才有機會看清楚牠是什麼模樣。她瞪著伯尼庫沙瞧，然後很快動了動眼睛，慢慢把臉湊過去。她走到狗狗身邊，彎下腰來拍拍牠。我轉過去看著她。我覺得好奇怪，六號怎麼咧著嘴露出笑意。

「怎麼了？」我問。

她抬頭看看我。「你不曉得嗎？」

「曉得什麼？」

她的笑臉張得更大了。她又回過頭去看看伯尼庫沙，牠正從六號身邊跑開對著窗戶猛衝，這裡抓抓那裡抓抓，嗚嗚低吼，還不時失望的吠叫幾聲。學校已被團團包圍，幾乎可以確定我們是死到臨頭，大難將至，結果六號居然還笑得出來。這真讓我生氣。

「你的狗啊，」她說。「你真的不曉得嗎？」

「不曉得。」亨利說。我望向亨利。他對六號搖搖頭。

「到底是怎麼啦？」我問。「什麼事情瞞著我？」

六號看看我，又看看亨利。她哼哼哈哈似笑非笑，正打算告訴我真相。但是話還來不及說出口，她就發現有什麼不對勁，急忙跑回到窗邊。我們跟在她後面，就像之前一樣，在大路要轉進學校停車場的地方，有一組車燈隱隱露出些光亮。另一輛車，也許是教練或者老師回學校來。我閉上眼睛，深吸一口氣。

「可能不是什麼大不了的。」我說。

「把你手上的光熄了。」亨利對我說。

我把手弄暗，雙手握拳。不知為何，外頭那台車讓我覺得十分火大。打從我自校長辦公室的窗戶一躍而下，連串突如其來的事件真他媽的有夠煩有夠累。我再也受不了要一直被困在這間教室裡，明知摩加多星人就在外頭等著，研究怎麼把我們全都幹掉。外頭那輛車，可能是第一批趕到現場的士兵。不過，正當我心中浮出這種想法，我們就見到那光線很快退出停車場，慌慌張張加速離開，沿著進學校的同一條路退回去。

「我們得要離開這他媽該死的學校。」亨利說。

▲

亨利坐的椅子距離窗口還有三公尺，舉著獵槍瞄準窗戶。他的呼吸十分平緩沉穩，雖然我可以看出他的下巴肌肉極為緊繃。我們誰都沒有答腔。六號變成隱形，溜出去偵查。我們只能待在原地等，最後終於被我們等到了。門板上傳來三次輕輕的扣擊聲，六號這麼敲門，我們就可以知道是她回來了而不是偵察兵要闖入。亨利把槍口放低，六號走進教室內，我把其中一台冰箱再放回去將門板擋住。她離開了整整十分鐘。

「你說得沒錯，」她對亨利說。「他們已經把停車場裡的車全都破壞，而且還設法把那些廢鐵搬去把學校的各個出入口全都堵起來。還有，莎拉說的沒錯，他們漏掉舞台的活門沒有派人看守。我算了一下，外面有七個偵察兵，走廊裡還有五個在巡邏。有一個就站在這間教室的門口，不過已經被我解決掉了。他們似乎變得有些不太安分。我猜，這就表示其他人已經到了，也就是說敵人的後援離這沒多遠。」

亨利把寶匣取過來，對我點頭示意。我幫他把箱子打開。他把手伸進去，拿出一些小小的圓形石塊，把它們塞進口袋。我不曉得那些是什麼東西。然後，他把寶匣闔起來鎖上，放到一個烤箱裡面，再將烤箱的門關起來。我移來一個冰箱，緊靠著烤箱放，以免它被打開。實在是沒有別的選擇。寶匣太重了，不可能帶著它作戰，而且我們要想殺出重圍就要大家一起協力，雙手併用。

「我真不想把它丟在這兒。」亨利說，搖搖頭。六號很憂心地點點頭。一想到寶匣會落入摩加多星人手中，他們倆都嚇壞了。

「把它放在這不會有問題的。」我說。

亨利舉起獵槍用力握了一握，看看莎拉和馬克。

「這場戰爭和你們無關，」他這麼對他們說。「我不曉得走出教室會遇上什麼狀況，不過，如果事機不妙，你們倆就趕快退回校舍藏好。他們並不是衝著你們來，而且我不認為他們抓到我們之後還會回過頭來搜尋。」

莎拉和馬克兩人都嚇壞了，面露恐懼的神色，各自抓著之前找來的刀子，右手緊緊握住刀柄不放。馬克的腰帶上插滿廚房抽屜裡找來的東西，好幾把刀、肉槌、起司刀，還有一副剪刀。

「我們出教室之後向左，等我們來到走廊盡頭，過兩道門大概六、七公尺往右，就到體育館了。」我對亨利說。

「暗門的機關是設在舞台正中央，」六號說。「上頭用一塊藍色地墊蓋住。剛剛體育館裡沒有偵察兵，不過並不表示現在那附近也沒有敵人。」

「所以我們就直接走到教室外，試看看能不能跑得比他們還快囉？」莎拉問。她的聲音充滿驚恐不安，呼吸也變得很重。

「我們別無選擇。」亨利說。

我牽起她的手。她全身上下抖個不停。

「不會有事的。」我說。

「你怎麼知道？」她的口氣變得好嚴厲，更像在質問，而不是提出問題。

「我是不知道。」我說。

六號把門口的冰箱移開。伯尼庫沙立即在門上抓了起來，想要到外面去，還一直嗚咽嗥叫。

「我沒辦法讓所有人都變隱形，」六號說。「要是我消失不見了，還是會在各位身邊。」

六號伸手握住門把，莎拉在我身旁邊發抖邊深吸一口氣，死命抓著我的手不放。我看得出來她右手握著的刀子一直抖個不停。

「緊跟著我。」我說。

「我不會離開你身邊的。」

門往外轉開，六號跳到走廊裡，亨利緊接在後。我跟上前去，伯尼庫沙在我們這群人前方跑著，像一團毛球加速衝出。亨利舉起獵槍，一會瞄向左邊，一會又瞄向右邊。走廊裡沒有別人。伯尼庫沙已經跑到走道交會的地方。牠一下就飛奔而去，不見蹤影。六號很快跟過去，還變成隱形，我們其他人都往體育館跑，由亨利在前面帶頭。我讓馬克和莎拉走在我的前方。我們幾乎什麼都看不清楚，只能聽到其他人的腳步聲。我讓手掌放光，協助指引方向，這正是我犯的第一個錯。

我右手邊突然有間教室的門打開。一切都發生得好快，我還來不及反應，肩膀上被一個很重的東西打到。我手中所發出的光都熄掉了。我直接摔到一個玻璃的展示櫃，把它撞個粉碎。我的頭頂被玻璃劃傷，幾乎馬上就有血順著臉頰滴下來。莎拉發出一陣尖叫。我又被那不知名的東西擊中，肋骨發出空洞的悶聲，幾乎無法呼吸。

「把你的光點亮！」亨利喊道。我照著他的話做。有個偵察兵站在我身上，手持一根將近兩公尺長的木棍，這一定是在工藝教室找到的材料。他高舉木棍想要再給我來上一記，但是亨利在六公尺之外先開槍了。那偵察兵的頭被轟掉，炸成碎片。身體的其他部分還沒倒下就化成灰燼。

亨利把槍放下。「他媽的！」亨利看到我流血了，忍不住罵了出來。他往我這上前一步，此時我眼角餘光又瞥見另一位偵察兵，站在同樣那個門口，一根大鎚高舉過頭。他往前衝過來發動攻擊，我用隔空施力把身邊最接近的東西丟出去，想都沒想那究竟是什麼東西。那是個金色閃閃發亮的物體，急速飛越空中。它重重打在那偵察兵頭上，把他的頭骨都撞碎了，然後摔倒在地上，躺著一動也不動。亨利、馬克和莎拉很快跑過來。那偵察兵還活著，亨利就把莎拉手中的刀子取來，刺入那人胸膛，讓他化成一堆灰燼。他把刀子交還給莎拉。她用拇指和食指把刀子接過去，舉在身體前方，就好像人家拿給她的是一條臭內褲。馬克彎下腰，把我剛才扔出去的東西撿起來，現在它已經斷裂成三截了。

「這是我的全勝獎盃，」他說道，然後忍不住咯咯發笑。「上個月才拿到的呢。」

我站起身來。我撞碎的原來就是陳列獎盃的玻璃櫃。

「你還好嗎？」亨利問，檢視頭上的傷口。

「是啊，我還好。我們繼續前進吧。」

我們沿著走廊往前跑，來到體育館，衝過空曠的地帶，跳上舞台。我讓手心發光，看到那張藍色地墊被移開了，就好像自己會動一樣。然後門閂也被打開了。這時六號才又再度現身。

「剛才後面發生什麼事了？」她問。

「遇上一些小麻煩。」亨利說，率先順著梯子爬下去，確保裡面沒有敵人。然後是莎拉和馬克。

「狗狗上哪去了？」我問。

六號搖搖頭。

「妳先走。」我說。她在我之前先下去，只剩下我還留在舞台上。我盡全力吹個口哨，心裡很明白這麼一來等於是自己暴露目前所在的位置。我等了又等。

「快啊，約翰。」亨利在下頭叫我。

我爬進那個小小艙口，站在梯子上，可是上半身還是露出舞台，四處張望。

「拜託！」我自言自語。「你跑哪去了？」就在我不得不放棄的那一刻，還沒有完全進入地道內的時候，伯尼庫沙出現在體育館的另一頭，往這快跑過來，雙耳貼在頭的兩側。我笑了。

「快啊！」亨利這回是用吼的了。

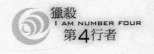

「再一下下！」我用喊的回應他。

伯尼庫沙跳到舞台上，衝進我懷裡。

「來了！」我叫道，把狗交給六號。我往下幾步，將門閂扣上鎖好，讓手掌大放光明，方便大家前進。

牆壁和地面都是混凝土材質，結滿露水。我們得要彎腰低頭走路，要不然頭就會撞到頂。六號在最前方帶路。地道差不多有三十公尺長，真不曉得一開始是為了什麼目的要建這種東西。我們來到地道最末端，幾階樓梯通到一扇對開的金屬製地窖門。她在那等候全部的人到齊。

「這門打開是通到哪裡？」我問。

「教職員停車場後面，」莎拉說。「很靠近美式足球場。」

六號把耳朵貼在門上，透過中間的門縫聽看看外頭有什麼動靜。除了風聲之外，並沒有別的聲響。我們每個人都是灰頭土臉，汗水與恐懼交織。六號看看亨利，然後點點頭。我將手掌的光關掉。

「好吧。」她說，然後變成隱形。

她一點一點把門推開，剛好只夠把頭探出去，四下張望。我們其他人都屏息以待，等著，聽著，所有人都緊張得不得了。她往右邊瞧瞧，然後又往左邊瞧瞧。確定我們成功溜了出來沒被發現，她將門板整個全部往外推開，眾人一個接一個從地道出來。

一切都好靜、好暗，一絲微風也沒有，我們右側的那一大片樹林動也不動安詳矗立著。我四處張望，還可看到一輛又一輛扭曲變形的汽車軀殼，全都被堆放在幾個出入口前方。空中沒有星星，也看不見月亮。就連天空也不見了，我們幾乎就像是被包裹在一個漆黑的大泡泡裡，或是被某種半球形的罩子蓋住，裡頭只有一片陰暗。伯尼庫沙開始嗥叫，一開始是低聲嗚咽，所以我原本還以為牠只是因為焦慮不安才會這麼叫；但是嗥叫越來越大聲，變得更加凶猛，更具威脅性，我曉得牠一定是感覺到外頭有什麼東西出現了。我們都轉頭往牠吠叫的方向看過去，可是並沒有什麼動靜。我向前站一步，將莎拉擋在身後。我想要讓手掌放光，不過我曉得這麼一來要比狗叫聲更容易暴露出我們的行蹤。突然，伯尼庫沙往前飛奔衝了出去。

牠向前跑了將近三十公尺，然後一躍而起，猛力咬住躲藏在那裡的偵察兵，他幾乎可說是憑空出現，好像是某種隱身術失敗才露出原形。一瞬間，他們全都顯現在我們眼前，圍在四周，差不多將近二十人，逐步逼近。

「這是個陷阱！」亨利喊道，發了兩槍，立時轟倒兩名偵察兵。

「回地道裡去！」我對著馬克和莎拉大喊。

一位偵察兵往我這衝過來。我把他舉到半空中，盡全力往六公尺外的橡樹林拋過去。他悶聲跌撞在地，很快又站起來，往我這射出一柄匕首。我讓匕首往別的方向彈開，再把那位偵察兵舉起，更用力往外扔。他在樹根處爆開化為灰燼。亨利又轟了好幾發，槍聲迴盪不已。一雙手從背後緊抓著我不放。我幾乎就要發勁將它們彈開，此時才發現原來是莎拉。六號隱身不見了。伯尼庫沙掠倒一名摩加多星人，牙齒緊咬住那傢伙的咽喉，狗狗的眼中像是要冒火一樣。

「退回到學校裡去！」我喊道。

莎拉還是緊抓不放。一聲雷鳴劃破寂靜，暴風逐漸醞釀成形，如今我們的頭上聚起濃密烏雲，閃電一道又一道撕開夜空，巨大的雷聲撼動大地，每一次都把莎拉嚇得跳了起來。六號又出現了，站在六公尺外，望著天空，雙手高舉，聚精會神，臉部的表情都變了樣。這場暴風就是她造出來的，控制天氣的本領。閃電如雨般密集落下，打在那些偵察兵站的地方，擊中的時候都小小炸了開來形成一道青煙，餘燼的煙塵無聲無息地飄散在校園裡。亨利退到一旁，補充更多彈藥裝入獵槍內。被伯尼庫沙咬住咽喉的那個偵察兵終於斷了氣，爆開化成一團塵土，噴得牠滿臉都是灰。牠打個噴嚏，把身上的灰抖了抖，又去追旁邊另一個偵察兵，一直跑到十五公尺外的樹林裡去，消失不見蹤影。我不由得心中十分害怕，很怕這是我看到牠的最後一眼。

「妳必須回到校舍裡去，」我對莎拉說。「你們現在就得退回去，而且要躲好。馬克！」我喊道。我抬頭看了看，沒見到他的人影。我到處張望。結果，我發現他正往亨利那衝過去，亨利還忙著裝填彈藥呢。一開始我還不知道馬克是要幹嘛，然後我就懂了：有個摩加多星人的偵察兵趁亨利不注意悄悄接近。

「亨利！」我大聲喊叫要他注意。我舉起手要止住他身後的偵察兵舉刀砍下，不過在那之前馬克已經先將他撲倒在地。雙方扭打在一塊，誰也沒占到便宜。

亨利把獵槍咔嗒一聲扣上，此時馬克用腳踢飛偵察兵手中的刀子。亨利開火把那偵察兵打爆。他對馬克說了幾句話。我再出聲叫馬克，他很快就衝過來，上氣不接下氣。

「你得要帶莎拉回校舍裡去。」

「我在這可以幫得上忙。」他說。

「這場戰爭與你們無關。你趕快去躲好！到校舍裡去，帶著莎拉一起躲！」

「好吧。」他說。

「不管發生什麼事，你們都要藏得好好的！」我大聲叫嚷才能壓過呼嘯的風聲。「你們不會有事的。他們要抓的人是我。答應我，馬克！答應我，你會帶著莎拉好好躲著！」

馬克很快點點頭。「我答應你！」

莎拉哭了，不過已經沒時間安撫她的情緒。又一記雷擊，然後是獵槍響起。她很快在我唇間吻了一下，雙手緊緊抱著我的臉，我很明白她寧可永永遠遠保持現在這樣。馬克把她拉起來，帶著她離開。

「我愛你。」她對著我說，而且她凝視我的神情就和之前我離開家政教室那時一樣，就好像這是最後一次能夠看著我，想要把這個景象深深印在腦海中，留存一輩子不要忘記。

「我也愛妳。」我只動動嘴而沒有發出聲音，此時他們已經進到地道內的階梯了；就在我默念這幾個字的時候，亨利發出一聲痛苦的哀號。我轉過身去。有個偵察兵拿了把刀子刺入他腹部。我嚇得全身發麻。那偵察兵把刀子一劃從亨利的身體側面抽出，刀面上鮮血淋淋。他又往前戳刺亨利一刀。我對著那個方向伸出手，千鈞一髮之際把刀子抽掉，所以亨利只再受到他一拳之擊。他哼了一聲，振作起來，把獵槍的槍口對準那傢伙下巴，扣扳機。偵察兵跌倒在地，頭被炸飛了。

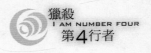

天上開始落雨，又冷又濕，一場傾盆大雨。不多久我就全身濕透。亨利的腹部滲出血水。亨利舉槍對著黑暗之處，但是所有的偵察兵都躲進陰影裡，和我們保持距離，讓亨利沒法瞄準。他們很清楚我們已有兩人撤退還有一人受傷了，不再急著主動出擊。六號還是高舉雙手指向天空。暴風已經成形，越演越烈，陣陣強風呼嘯而過。看來她不太能完全控制暴風。冬季的暴風，春季的雷電。一切來得快去得也快：霹靂、閃電、大雨似乎在轉瞬之間全都停了下來。風雨暫歇，遠方開始傳來一種低沉的怒吼，越來越大聲。六號放下雙臂，我們全都繃緊神經仔細傾聽。就連摩加多星人也轉頭過去探查聲音來源。低吟變成咆哮，很顯然是往我們這個方向而來，聽起來像是某種機器發出的轟隆巨響。偵察兵們從暗處走了出來，高興得闔不攏嘴。雖然我們至少已經殺死十個傢伙，敵人的數目卻比之前還要多。遠方，公路即將彎進學校之處，可見到一片煙雲冒到樹頂上，就好像是有個蒸氣火車頭衝了過來。在場的偵察兵彼此點頭示意，露出奸邪的笑容，又在我們四周呈包圍之勢，顯然是想要逼我們全都退回校舍裡。而且，很顯然那是我們唯一的選擇。六號走到我們身邊。

「那是什麼聲音？」我問。

亨利一拐一拐，獵槍軟軟地垂掛在肩上。他大力喘著氣，右眼下方的面頰被割了一道口子，肚子被刀刺中的地方滲出血來，把灰色毛衣染出一塊圓形的紅色血漬。

「他們的援兵來了，對不對？」亨利問六號。

六號看著他，表情極為震驚，她的頭髮全濕，貼著臉頰。

「是惡獸，」她說。「還有士兵。他們到了。」

亨利咔的一聲把子彈上膛，深深吸了一口氣。「所以說，真正的戰鬥才要開始呢，」他說。「我不知道你們倆是怎麼想的，不過如果情況就是如此，那就來吧。至於我個人的話，有個……」他說著說著就沒再繼續講下去。「反正啊，要是還沒作戰就先倒下，那我真是遜斃了。」

六號點點頭。「我們的族人都是戰到最後一口氣。我也會這麼做。」她說。

遠處冒起的煙柱差不多還在一、兩公里外。活物貨櫃，我這麼想。這就是他們的運輸方法，用超大的半櫃貨車載來載去。六號和我跟在亨利後面，退回階梯。我叫喊伯尼庫沙的名字，可是根本見不著牠的蹤影。

「我們不能再等下去，」亨利說。「沒時間了。」

我又四下搜尋最後一遍，然後把地窖門關上。我們急忙掉頭，穿過通道，來到舞台上，跑著橫越體育館。連一個偵察兵都沒見到，也看不著馬克和莎拉，對此我著實放心不少。我希望他們好好躲著，而且我希望馬克能信守承諾，就一直藏在暗處不要出來。等我們退回家政教室，我就把冰箱推開，取出寶匣。我和亨利合力將它打開。六號拿出一塊療石，緊貼著亨利的肚子按壓。他沒有出聲，雙眼緊閉，憋住呼吸。如此緊繃的壓力之下，他的臉漲得通紅，不發一語。就這樣過了一分鐘，六號把石頭移開。傷口癒合了。亨利鬆了一口氣，額頭上掛滿汗珠。接下來就輪到我了。她把石頭壓在頭頂的傷口處，一陣劇烈的疼痛感覺貫穿全身，比之前受傷時還要痛上好幾倍。我哼哼唧唧哀號不已，全身上下的肌肉都緊緊繃著。治療完全結束之前我根本無法呼吸，而且總算做好之後我只能彎著腰，站都站不直，大力喘氣，足足過了一分鐘。

外頭，機器的怒吼聲停了。我們還看不到那些貨運車是什麼樣子。亨利把寶匣闔起來，像之前一樣放回到烤箱裡，在此同時，我一直往窗外打量，希望能見到伯尼庫沙的身影。根本毫無蹤跡。又出現另外一組車燈，從學校旁邊經過。就像之前一樣，我無法判斷那究竟是輛汽車還是貨卡，而且它到入口處的時候放慢了速度，然後又很快加速逃離，並沒有進來。亨利把襯衫下襬拉好，舉起獵槍。我們往門口移動，此時發出一道巨響，三人都被嚇得停下腳步。

外頭傳來一聲怒吼，音量極大，像是某種動物，一種我從未聽過的淒厲呼號，然後是金屬門閂解鎖、放低、開啟的咔嗒聲。突然一個很響的撞擊，又將我們的注意力拉了回來。我又做了個深呼吸。亨利搖搖頭，嘆口氣，擺出一副幾乎絕望的手勢，只有戰敗者才會做的那種動作。

「總是會有希望的，亨利，」我開口說道。他轉過身來，看著我。「還會有出其不意的發展呢。我們還沒搞清楚事情全貌。別這麼快就放棄希望。」

他點點頭，擠出一丁點笑容。他看著六號，情勢如此發展我們全都沒有料到。誰曉得外頭還有什麼東西在等著我們呢？就在這個時候，他接著我剛才的話繼續說下去，所用的字句就和之前對我的鼓勵一模一樣；那時我心灰意冷，就問他：我們遠離家鄉，又是勢單力薄，怎麼可能打勝那些好戰找死的摩加多星人？「千萬別那麼想，」亨利說。「一旦放棄希望，你就已經認輸了。而且當你以為已經一敗塗地，情勢危急不利的時候，總還是有一線希望。」

「你說得沒錯。」我說。

# 31 戰鬥

又一聲嘶吼劃破夜空，穿透學校一道一道磚牆，這吼聲讓人聽了心頭發涼。惡獸的腳步把地面弄得震動不已，他們一定是把那些怪物放出來了。我搖了搖頭。在這之前，我只在洛里星戰爭的幻象當中見過牠們巨大的身形。

「為了你的朋友，也為了我們自己著想，」六號說，「我們最好趁時間還夠，趕快逃出這間學校。惡獸一來，會把整間學校都毀掉。」

在場三人彼此點點頭表示贊同。

「我們唯一的希望是進到樹林裡，」亨利說。「不管那是什麼玩意，如果能保持隱形的話或許能夠逃過牠的追蹤。」

六號點點頭。「只要一直握住我的手就好了。」

聽到她這麼說，我和亨利就一人牽起一隻手。

「儘量安靜別出聲。」亨利說。

走廊裡既黑又靜。我們悄悄快步走過，儘可能動作輕巧，只發出一點聲響。又是一陣怒吼，而且這聲尚未停歇，又傳來另一聲。我們停下腳步。不只一隻惡獸，來了兩隻。我們繼續前進，走入體育館內。並沒有看到偵察兵的人影。當我們來到場館正中央，亨利停了下來。我往那看過去，但是瞧不見他。

「我們為什麼要停下來？」我小聲詢問。

「噓──」他說。「仔細聽。」

我集中精神專心聽，但是除了血灌進耳朵裡一直不停嗡嗡作響，什麼也聽不見。

「那些惡獸停下來了。」亨利說。

「那又怎樣？」

「噓──」他說。「外頭還有別的東西。」

接著我也聽見了，一種細碎而尖銳的聲響，似乎是某種小動物所發出。那些聲音好像被什麼東西蒙住了，不過很顯然音量越來越大。

「那是啥玩意？」我問。

不知什麼東西在撞舞台正中央的那扇活門，我們原本是想要從那道門借道逃出去。

「把手掌的光亮起來。」亨利說。

我放開六號的手，讓手掌放光，然後對著舞台照。亨利舉槍瞄準。活門往上彈跳，似乎有東西要從裡面頂出來，但是力量不夠。我猜八成是黃鼠狼，就是那種精悍的小動物把亞森斯那些傢伙嚇得魂不附體。其中有一隻奮力衝撞，力道之大把門板砸破整個從舞台飛起，滿地亂滾。剛剛還以為牠們的力量不夠，根本是大錯特錯。有兩隻隨後推擠而出，一見到我們，就往這方向飛奔過來，速度之快我幾乎看不清牠們的模樣。亨利站著看牠們竄出，槍還瞄準著，臉上露出狡黠的笑容。這兩個小傢伙分頭散開，全都從六公尺遠之外一躍而起，一隻跳向亨利，一隻朝我這過來。亨利發了一槍，那黃鼠狼被轟得炸了開來，血和內臟濺得他全身都是；而且正當我用念力要把第二隻扯成兩半之際，牠就在半空中被六號看不見的手抓住，像橄欖球往地下一摔，當場斃命。

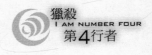

亨利再將獵槍的扳機拉上。「哇，還不算太差。」他說，我還來不及回應，舞台邊上的牆壁被惡獸一拳砸個稀爛。牠把拳頭收回去，然後又是一記，把舞台捶個粉碎，露出外面的夜空。那記衝擊把我和亨利都震得往後退了幾步。

「快跑！」亨利叫道，同時他把獵槍中剩下的子彈全都射向惡獸。這幾發子彈對牠一點作用也沒有。那惡獸往前弓身，大聲嘶吼，連我的衣服都受震波影響擺動起來。一隻手伸過來將我握住，把我變成隱形。那惡獸往前進攻，直接衝向亨利，我嚇得僵在原地，好怕亨利躲不過牠的攻勢。

「不要啊！」我尖叫道。「去幫亨利，去亨利那邊！」我扭動著要掙脫六號的手，總算擺開她緊握的手腕將她推開。我變成會被別人看到，她則是繼續保持隱形。惡獸朝向亨利發動攻擊，然而亨利倒是站得直挺挺的等牠到面前。子彈用盡。沒有別的武器。「去救亨利！」我又再尖叫出來。「去救他，六號！」

「進樹林裡！」她用喊的回我。

我只能眼睜睜看著事情發生。那惡獸站起來差不多有九公尺那麼高，甚至有十二公尺，像座高塔矗立在亨利面前。牠發出陣陣怒吼，眼中充滿怨恨。牠的手臂筋肉暴凸，一拳高高舉起，就直接把學校體育館的屋頂橫樑整根打斷。結果屋頂整個垮了下來，掉落的速度之快，就像轉動的扇葉那樣，幾乎都糊成一片看不清楚。我嚇得叫了出來，以為亨利就要被壓扁在下頭了。我目不轉睛看他站在那兒，亨利的樣子是那麼渺小，獵槍垂掛在身旁。惡獸揮出的拳頭幾乎就要打在他身上，這時亨利突然消失不見了。一拳砸下，擊穿體育館地板，木片四處飛散，衝擊的力道之強，連我站在六公尺之外都受到波及。惡獸轉向我這來，擋住視線，如此我就沒辦法看到亨利原來站的位置。

「亨利！」我喊道。惡獸發出怒吼，就算是有人回我話，也會被這聲音遮掩。牠往我這進了一步。到樹林裡去，之前六號是這麼說的。進到樹林裡去。我站起來，用盡全力跑到體育館後方，剛才惡獸把那的牆壁打穿了一個破洞。我轉過身去，看看惡獸有沒有追上來。牠並沒有跟在後面。也許六號做了什麼舉動吸引牠的注意力。我只知道如今我得要靠自己，單兵作戰。

我一躍跳過瓦礫堆，衝出校舍，盡全力往樹林裡衝去。好多個暗影群聚包圍在我四周，像惡鬼一樣擺脫不掉。我曉得我可以跑得比他們還快得多。惡獸大聲呼號，接著就傳來另一面牆垮掉的聲音。我來到林子裡，那群簇擁跟隨的暗影似乎消失了。我停下來，細心傾聽。

一陣微風吹過，林中的樹木隨之搖擺。這裡有風！摩加多星人不知建了個什麼遮罩，不過我已經逃出來了。我的褲腰間積了些熱熱的東西。背上在馬克．詹姆斯家受的傷又裂開了。

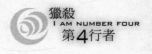

從我所站之處回望，學校的剪影模糊而黯淡。體育館已經完全被摧毀，只剩一堆磚瓦。惡獸站在餐廳的廢墟堆上，逆著光只能看到一團黑呼呼的模樣。牠為什麼沒有追過來？還有，我們之前聽見的另一隻惡獸在哪呢？惡獸又是一拳打下來，再毀掉一間教室。馬克和莎拉還在那裡面的某個地方。我要他們回校舍裡去，如今我才知道這實在是不智之舉。我沒料到，惡獸就算曉得我不在裡面還會大肆破壞。我得要想出辦法，把惡獸吸引到別處。我深深吸了口氣，集中心神，正要跨出第一步，後面就有人伸手拉了我一把。我臉朝下跌入泥地。我摸一摸撞到地面的地方，手上沾滿鮮血，由指縫間滴落下來。我轉過身去看，一開始什麼也瞧不著，接著他就由暗影中走了出來，咧嘴而笑。

那是一名士兵。他們就是長得這副模樣：比偵察兵還高，超過兩公尺，甚至快到兩公尺半，破破爛爛的黑色披風之下露出結實的肌肉。兩條手臂布滿粗大而凸出的血管。黑色長靴。頭上沒有戴東西，長髮散落披在肩上。皮膚和偵察兵一樣，像是灰白、蠟樣的質地。他咧著嘴笑，滿懷自信，頗有終結一切的架勢。一隻手提著長劍。那柄劍閃閃發亮，是用某種我在地球上未曾見過的金屬製成，關於洛里星的那些幻象中也沒出現過，而且看起來似乎一明一暗規律脈動，就像是活的一樣。

我趕緊爬開，血都流到脖子上了。學校裡的那隻惡獸又發出一聲怒吼，我伸手抓住身邊的低矮樹枝，拉著讓自己站起來。士兵站在三公尺之外。我緊握雙手成拳。他漠不經心地舉劍對我揮過來，而且從劍尖射出一樣東西，似乎像是某種小型的匕首。我看著那匕首打轉形成一道弧線，後頭留下淡淡的尾跡，就像是飛機後頭拖著一條煙。長劍發出的光對我下了咒術，讓我無法把注意力移開。

強光一閃，把萬物都吞噬進去，外在世界都變得陰暗無光，退化成無聲的空無。沒有圍牆。沒有聲響。沒有地面或天花板。慢慢地，各種東西的形狀又再度浮現，樹木像是古老的塑像一樣挺立在我四周，呢喃述說曾經有這麼一個超乎現實世界的境地，一個陰魂專屬的居所。

我伸出手，觸摸最近身旁的一棵樹，在整片泛白的世界中這是僅存的一絲灰色調。我的手穿過樹幹，那樹還微微抖動了一陣子，就好像是液體一般。我深深吸了一口氣。等我把氣呼出，後腦勺的傷口，還有在詹姆斯家留下的身上手上各處割傷，又全都開始發疼。不知何處傳來滴水的聲音。慢慢地，士兵的影像逐漸成形，站在五、六公尺外。身形巨大。我們彼此打量著對方。在這個新的天地裡，他手中的長劍更加耀眼。他擠擠眼睛，而我再將雙手緊握成拳。我之前就曾經舉起過比他更重的東西；我可以把大樹劈開，我可以毀壞物品。當然我的力量足以和他抗衡。我將全身上下聚集在體內核心，現在和將來的一切全都灌注其中，直到我覺得快要漲爆為止。

「呀啊!!」我大吼一聲，使勁把雙臂往前伸開。一股勁道離身射出，朝向那士兵擊去。

在此同時，他揮舞長劍護身，上下擺動，就像是拍蒼蠅似的。那股能量被反射到樹林裡，四下彈跳一陣，受力的樹木像是麥田中的麥粒受微風吹拂隨之搖曳，然後又歸於平靜。他對著我笑，笑聲充滿由體內深處所發出的喉音，意思是在嘲諷我的無能為力。他的一雙紅眼開始發亮、打轉，似乎裡面充滿了熱騰騰的岩漿。他舉起沒有握劍的那隻手，我不知道他接下來要做什麼，全身緊繃。還沒弄清楚是怎麼回事，我就覺得喉頭一緊被他扣在手上，兩人之間的距離在一瞬間變得極為接近。他只用單手把我舉到半空中，張開大口呼吸，我都能聞到他的呼氣中充滿酸臭腐敗的味道。我用力掙扎，想辦法要扳開他的手指，可是幾個指頭就像鐵一樣緊扣住我的咽喉。

接著他把我往外摔了出去。

我背部著地落在十多公尺外。我站起身來，那士兵又再度發動攻擊，揮起長劍對準我的頭砍來，我低下身子，用盡全身的力量接他這一招。我蹣跚往後退，但是還挺得住。我試著用念力，但是毫無效果。在這個封閉自成一格的世界中，我的能力被削弱了，幾乎是毫無用武之地。而摩加多星人在此占有優勢。

他笑著看我無法反抗，雙手舉起長劍。那劍活了起來，由閃爍的銀色變成冰藍。刀刃上冒出藍色的火燄。這劍會隨著力量增長而冒火發光，就和六號所說一模一樣。他對著我揮舞長劍，從劍尖又射出另一把匕首，直直朝我而來。這我還有辦法對付，我心裡這麼想。在後院和亨利對練這麼久，就是為這種狀況預作準備。每次都是用刀子，差不多就跟這把匕首相當。難道說亨利知道他們會用匕首不成？我很確定，那些關於入侵日的幻象片斷中從來不曾見過這種武器。不過，我也沒見過剛剛那些怪物。牠們在洛里星上長得不太一樣，看來並沒有那麼奸邪醜惡。入侵的那天，牠們似乎很累而且餓得發慌。牠們恢復如此元氣，難道應該算是地球的錯不成？是不是這裡的資源太豐富，讓牠們長得更壯更健康了？

那匕首真的尖聲叫著往我這飛來。它發出紅光，整個被火燄包裹於其中。正當我要把它彈開之際，它就爆炸開來成為一個火球，火燄都噴濺到我身上。我被圍在當中，形成整團大火。要是別人的話大概要被燒傷，不過我並不怕，這反而讓我恢復不少力量。我能夠喘口氣了。那士兵並不知道，這次攻擊使我更強。這回該換我恥笑他傷不了我。

「你的本事只有這樣而已嗎？」我叫道。

他極度狂怒臉色大變，很不服氣地把手伸到背後，抽出一把像砲管的槍，這槍順應他的體形，裹在前臂上。手臂和槍管開始融合成為一個整體。我由後口袋內取出折刀，這是回到校舍之前從家政教室隨手拿的刀子。小而無用，不過倒也聊勝於無。我翻出刀刃，發動攻擊。火球隨著我往前挺進。士兵蹲低身體，使勁把長劍往下一揮。我用那把折刀挑動他的長劍，但是長劍的重量將刀劈成兩半。我把手上握著的破片丟到一旁，盡全力揮動拳頭。我的拳頭打中那士兵的肚子。他往前彎下腰去，但又恢復直立的姿勢，再度揮動長劍。就在千鈞一髮之際，我整個人趴下躲過這劍。那劍把我頭頂最上方的頭髮削去一片。一劍未完，立刻又補上一砲。沒有時間可以反應了。這一砲擊中我的肩膀，我咕噥一聲跌落地面。圍在四周的士兵們重新集結，把砲口指向空中。一開始我還搞不清楚是怎麼回事。樹木的灰色被抽離出來，全都被吸進槍裡。此時我才明白。是那槍的作用。它要再發射之前需要填充，需要竊取地球的精華本質才能再度使用。樹木顯現出來的灰色並不是陰影；那灰色是樹木生命的最根本形式。而今，它們的生命被盜走，被摩加多星人消耗。這群外星人為了追求發展把自己的星球給搞砸了，現在又來地球重施故技。為了這個原因，他們要攻擊洛里星。為了這個原因，他們將會攻擊地球。樹木一棵接一棵倒下，化成一堆灰燼。那槍變得越來越亮，亮度高到如果盯著看眼睛就會受傷。

時間緊迫，我主動出擊。他一直保持槍口朝上對著天空，長劍輪旋打轉。我伏低身子，對著他整個人撲過去。他氣得直發抖，全身肌肉緊繃。包圍在我周邊的火燒到他所站的位置。但是這樣我就露出破綻。他無力地揮動鋒刃，並不足以把我砍傷，但我也沒辦法阻止劍刃落到我身上。一被劍刃碰到，我整個人蹺曲起來向後退了十五公尺，就好像是被閃電擊中。我癱軟在地，身體還因電擊後的震顫而不停發抖。我抬頭望過去。我們四周有三十堆灰燼，都是大樹倒下的遺跡。照這情況來看，它還能發射幾次呢？一陣風吹起，木灰四散，飄盪在我們兩人之間隨意灑落。月亮又出現了。那士兵帶來的這個異次元世界逐漸開始敗壞。他也知道狀況不妙。槍已經上膛。我勉強掙扎著從地上爬起來。在我身旁不到一公尺的地方，地上躺著一把匕首冒出紅光，原本是那士兵射向我的武器。我拾起那把匕首。

他將砲管壓低，砲口對準我。我們身旁所圍著的一片白幕漸漸退去，萬物重拾色彩。這時，火砲發射了，一道強烈閃光夾雜諸般影像襲捲而來，都是些我所認識的人，像是亨利、山姆、伯尼庫沙、莎拉，但在這個異次元世界裡他們全都變成死去的人，都變成可怕的殭屍模樣，那道閃光實在是太明亮了，我只看得到這些人的影像要帶著我一起走，集結成一個充滿能量的球體往前衝過來，越靠近脹得越大。我試著要把這一擊彈開，但是實在是太強了。白光一直前進攻到火球邊，等兩股力量遇到一塊，突然發出一陣爆炸，將我往後彈開。我咚的一聲摔落地面。我全身上下檢查一遍。並沒有受傷。火球已經熄滅了。它以某種方式將那團爆炸吸收掉，救了我一命，要不然我恐怕免不了一死。顯然這就是那砲的作用，一命換一命。可能是透過摧毀組成世界的基本元素取得這種能量，才有辦法運用恐懼感而取得控制、操縱人心的力量。偵察兵已學會運用心靈力，多少做到一些。士兵們則是依靠武器，可以發揮更大功效。

我站起來，手中還握著那把火紅的匕首。那士兵拉動槍砲身上的某個滑桿，似乎是要再裝上彈藥。我對著他衝過去。等我靠得夠近，就瞄準他的心臟，用盡全力把刀插入。他又再發射一擊。一股橘紅色的火光衝出，我則是送出一記必殺絕招。兩股力量在空中交錯而沒有碰到。我還以為第二發將要打中身體就得一命嗚呼，這時反而發生了另一件事。

我的刀子先刺中。

整個異次元世界突然消失於無形。陰霾退散，又再回復冷冽與黑暗，就好像一直都是這樣未曾改變過。陣陣昏眩襲來。我退了一步，跌倒在地。我的眼睛得要適應突然而來的黑暗。那士兵欺身挺進，我緊盯著他的陰暗身影不敢稍移。出了那個空間，砲火的震波也沒了。但是那柄火紅的匕首還在，刀刃深深沒入士兵的心臟，在頭頂月亮的映照之下，刀柄閃爍橙色光澤。那士兵站都站不穩，然後整把刀就陷入他體內深處消失不見。他痛苦的呻吟著。黝黑的血液由傷口不斷汩汩流出，眼睛變得空洞無神，然後全都縮進腦袋裡。他跌倒在地，躺著一動也不動，接著炸開化成一片煙塵，撒到我鞋子上。一個士兵就這麼被我解決掉了。這是我剛殺死的第一位。卻不會是最後一位。

身在那個異次元領域裡，我的力量被某種東西削弱。我伸手倚靠旁邊的樹幹，把心跳還有呼吸調勻，然而原來的那些林木都不見了。我環顧四周，周遭的樹木都已化成一堆堆灰燼，就如同在之前另一個奇異領域裡的情況一樣，也和摩加多星人死掉的時候一樣。

我聽見惡獸的吼叫，我抬頭張望想看看學校還剩下什麼沒被毀掉。然而，卻有別的東西映入眼簾，四、五公尺之外高高站著，一手持劍，另一手掛著同樣的那種砲管。那砲口正瞄準我的心臟，而且已經點燃發射，冒出火光。又一名士兵。我恐怕沒力氣像剛才那樣拚鬥了。

我手邊沒有什麼武器，而且我們相距太遠，沒辦法搶在他發射之前出擊。就在此時他的手臂抽動，一聲槍響劃破夜空。我的身體不由得打了個冷顫，但願那砲不會把我炸成兩半。但是我竟然安然無恙，毫髮未損。我不解地抬頭看，發現就在那士兵的額頭上開了個口子，差不多有一元硬幣那麼大，湧出大量鮮血。然後他就倒下分解。

「這是為我爸報仇，」我聽到身後有人說話。我轉過身去。那是山姆，右手拿著一把銀色手槍。我對著他笑。他把槍放下。「這些傢伙大剌剌從市中心經過，」他說。「我一看到那貨櫃拖車，就曉得是他們來了。」

我上氣不接下氣，驚魂未定，怯生生看著山姆的模樣。沒多久之前，第一個士兵發出的轟擊波之中，我還看到他是個腐屍要來帶我下地獄。然而現在反而是他救了我一命。

「你還好吧？」他問道。

我點點頭。「你是從哪冒出來的？」

「他們從我家門前經過，我就開我爸的車跟在後頭。十五分鐘之前剛到，結果先來的異形見到我全都一擁而上。所以我把車開走停在一公里外的田裡，走路穿過樹林。」

我們從教室窗戶所看到的第二組車燈，就是山姆開的貨卡。我開口想說些什麼，不過此時傳來一聲雷鳴撼動天際。另一場風暴又再開始醞釀，我感到如釋重負，因為這就表示六號還活著。一道雷電劃過長空，從四面八方湧來大量的雲，聚集成巨型的雲團。天地昏暗，比之前更加深沉，接著就是場大雨落下，我得要瞇起眼睛才看得清楚一、兩公尺外的山姆。學校被搞翻了。不過，一道巨大的閃電劈落，一時之間什麼都變得好亮，我看到惡獸被雷擊中。緊接著傳來一陣痛苦的哀號。

「我得要到學校那去！」我喊道。「馬克和莎拉還在裡面某個地方。」

「你要去的話，那我也要去。」他用喊的回我，才不會被風暴的隆隆聲蓋過。

我們才走不到五步，大風呼嘯而起，將我們往外推，極大的暴雨像針一樣刺在臉上。我們全身濕透，冷得直打哆嗦。不過，如果我還能因發冷而打顫，那就曉得自己還活著。山姆單膝跪地，然後整個人伏倒，才不會被吹走。我也和他一樣。我瞇著眼往天空中看過去，發現濃密、暗沉、不祥的雲形成數個同心圓繞著打轉，我努力想要靠近的那個風暴中心，逐漸浮現出來一個臉孔。

這是個老邁、歷經風霜的臉孔，滿面鬍鬚，看起來很安詳，似乎正在沉睡之中。這臉孔看來要比地球本身還更古老。雲層慢慢降下來，漸漸接近地面，把一切全包了進去，一切都變得黯淡無光，如此深邃漆黑無法穿透，你恐怕會以為太陽已經毀滅人間不復光明。又傳來一聲怒吼，是面對危險而要滅亡的暴怒。我想要站起來，但是很快就被吹倒往後，風實在是太大了。那張臉。它活過來了。它被喚醒了。雙眼睜開，往上仰，扮了個鬼臉。這是六號造出來的東西嗎？那臉孔變成暴怒之姿，好像是要來復仇的。快速往下落。似乎它將決定世間萬物的命運。就在這個時候，它打開一張血盆大口：極度飢餓，咬牙切齒，而且用眼睛偷偷瞧人，只能說是完全充滿惡意。完全而純然的怒氣與怨恨。

然後那張臉觸及地面，音爆撼動大地，一團爆炸升起將整個學校全都籠罩在內，紅色、橘色和黃色的光芒四散，所有東西都映照其中。我被推得往後飛了出去。樹木全都應聲腰折。地面震動不絕。我叭嗒一聲摔落地面，斷枝還有砂土不停落在我身上。耳朵還一直嗡嗡鳴叫，迴盪不已。好大一聲巨響，我猜就連十幾公里之外都能聽到。在這之後雨就沒了，一切重歸寧靜。

我躺在泥濘裡，只能聽到自己的心怦怦跳個不停。雲層退去，露出一輪明月高掛空中。就連一點點微風也沒有。我四下張望，可是並沒有看到山姆在哪。我喊叫他的名字，毫無回應。我好希望能聽到什麼聲音，隨便什麼都好，再來一聲嘶吼，或是亨利的獵槍擊發，然而真的是悄然無聲。

我掙扎著起身，站在森林的泥地上，儘量把土壤和殘枝敗葉拍乾淨。我再試著離開樹林。星星又都出現了，幾乎有上百萬顆，高掛在夜空中閃爍不已。這樣就結束了嗎？是我們贏了嗎？或者這只不過是短暫的停火期間？學校不知怎麼樣了，我這麼想。我得要到學校去看看。我往前跨出一步，這時我發現有些動靜。

另一個吼聲，從我身後樹林裡傳過來。

我又能聽見聲音了。夜色中傳來連續三聲槍響，回音陣陣，我無法判斷是由哪個方向發出。我全心全意誠摯希望這聲音就是亨利在開槍，證明他還活著，還在繼續戰鬥。

地面又開始抖動。惡獸跑了起來，在後頭緊追不捨，我身後的樹被折斷，要不就是連根拔起，這樣應該不可能弄錯了吧。從聲音來判斷好像越來越急，根本就停不下來。會不會是因為這隻的體形最巨大？我沒時間仔細研究了。我邁開大步往學校的方向跑過去，但是這時我才想到根本不應該往那去才對。莎拉和馬克還在那裡，還躲得很好。或者，至少我希望是這樣。

一切都恢復到暴風之前的狀態，許多陰暗的影子如鬼魅般跟在我四周，越來越逼近。有偵察兵，也有士兵。我往右轉，沿著通往美式足球場的林間小徑向前疾行，惡獸緊追在後。我真的有辦法能夠躲過追擊嗎？如果我能成功抵達田徑場另一端的樹林，或許就有可能。我對那片林子相當熟悉，因為從那可以通到我們租的房子。我在那裡面就可以利用主場優勢。我四下打量了一會，見到校園裡有好多摩加多星人。人數實在有夠多，我們的數量遠遠不及。我們真的還能抱持信心，認為自己有辦法打贏嗎？

一柄匕首從身旁飛過，那道紅色閃光離我的臉僅僅只有十多公分。它插入身旁一棵樹幹，那樹就突然著火燒了起來。又一聲嘶吼。那惡獸窮追不捨。看我們是誰的耐力比較好？我進入運動場，直直飛奔越過五十碼的起跑線，然後經過客隊的席位。又一把刀子呼嘯而過，這次是藍色的。樹林很近了，等我總算奔入其中，臉上不自覺露出笑容。我已經成功引牠脫隊，遠離其他人。如果其他人都很安全，那我的任務就達成了。正當我感到有那麼一絲值得驕傲，第三把匕首射了過來。

我驚叫一聲，整個人撲倒在地上。我可以感覺到那匕首擦貼著脊椎而過。一陣疼痛的感覺傳來，害我幾乎無法動彈。我伸手試試要把刀拔開，但是位置太遠了搆不著。感覺起來它還在動，一直往我身體裡鑽，疼痛的感覺擴散開來，就像是被下了麻藥。整個人趴在地面，極度痛苦。我不能用念力把匕首拔開，不知為什麼我的力量使不出來。我開始蹣跚往前爬行。其中有個士兵一腳把我踩在地上，可能是個偵察兵吧，我也分不太清楚了，他彎下腰來，將那刀子取下。我發出幾聲呻吟。刀子已經取走，但是痛苦依舊沒有消退。他把踩在我背上的腳移開，不過我依舊能感覺到他還待在旁邊，所以我奮力掙扎著翻過身來和他正面相對。

這又是個士兵，筆挺站著，笑中帶著憤恨。他的外表看起來和之前那位一模一樣，也佩戴同一種長劍。刺中我後背的那柄匕首，在他緊握的手中扭來扭去。我的感覺就是如此，變化成白色的刀刃內化到肌膚當中。我對著那士兵伸出手想要把他舉到空中，但我曉得這一切都是徒然。我沒法集中精神，眼前一切變得模模糊糊。士兵將長劍往上高舉。他的刀刃嗅到死亡的氣息，在夜空的襯托之下開始發紅放光。

完了，我想。一切都無能為力。我直直盯著他的眼睛。過了十年逃亡的生活，居然這麼容易就結束了，這麼平淡無奇。可是在他身後還有別的東西靠近過來。要比一百萬個佩著長劍的士兵更險惡更恐怖。每顆尖牙的長度就幾乎和士兵的身高相當，白森森的利齒全都露在嘴巴外。那隻惡獸用牠邪門的雙眼一直盯著我們看。

我吸了一口氣卻卡在喉頭，嚇到瞪大瞳仁目不轉睛。牠大概會把我們倆都吃掉，我想。那士兵倒是沒有發現。他一使勁，對著我咧嘴而笑，舉起長劍砍下，要把我一分為二劈成兩半。可是他的動作太慢，惡獸先出擊了，嘴巴一合，像是捕熊用的鐵夾。這一口咬下來根本無人能擋，士兵的身體被斷成兩截，從大腿根部切齊，只剩下雙腿還留在原地站著。惡獸咬了兩下，全都吞下肚。士兵的腳空盪盪倒落地面，一隻往右，一隻往左，很快就分解掉了。

我用盡全身力量，伸手向前，把掉在我腳邊的匕首撿起來，將它卡在牛仔褲的腰帶間，開始爬著逃離此地。我感覺得到那惡獸就在我正上方，還感覺得到牠呼出的氣噴到頸後凹處。那是一種死屍以及腐肉的氣味。我爬到一處小小的空曠地帶。我想那惡獸隨時都有可能發飆，等著牠的尖齒利爪把我撕個粉碎。我掙扎向前匍匐前進，一直到最後力氣用盡，背靠著一棵橡樹。

那惡獸站在空地的正中央，距離不到十公尺。這時我才有機會看清牠的真面目。在這冷冽而黯然的夜裡，浮現出一個模模糊糊的身影。牠要比之前在學校裡看到的那隻更高、更大，用兩隻後腿直立站起來，幾乎有十二公尺。牠周身披著堅韌的厚皮，一塊塊結實的肌肉緊繃凸起。沒有脖子，頭部正面呈三角形，所以說下顎要比上顎更往前凸出。滿口利牙，一組朝天，一組向地，血水和口水直流，滴滴答答。即使是用後腳站起來，長而粗壯的前臂只能離地三、五十公分，看起來有一點向前傾的感覺。牠的眼睛是黃色的，像是兩個圓盤掛在頭的兩側，隨著心臟的脈動而一明一滅，全身上下就只有這部分讓人感覺是個活生生的生物體。

牠往前傾，左前肢撐在地上。手掌具有小而笨拙的指頭，帶著像是猛禽一樣的利爪，不管碰上什麼東西都會被撕個粉碎。牠對著我嗅了嗅，高聲咆哮。這聲怒吼震耳欲聾，要不是我已經靠在樹上，一定會被震得往後倒。牠張開大口，露出滿嘴的尖齒，好歹有五十顆，一顆比一顆銳利。另一隻前肢空了出來，往身體側邊一伸，順勢把旁邊的樹木全都攔腰劈成兩半，至少有十棵、十五棵隨之應聲折斷。

不用再逃了。不用再戰鬥了。我背上的刀傷出血不止；我的手腳都抖得好厲害不聽使喚。牛仔褲腰帶上還插著一把匕首，可是把它舉來又有什麼用？你怎能相信一把十多公分的小刀能對抗十公尺以上的怪物？那不過是以卵擊石。只會讓牠更憤怒更生氣。我只希望能夠先因流血過多而死，不要被牠擊斃再吞進肚子裡吃掉。

我閉上雙眼，接受死亡的那一刻到來。我的手心也不再放光。我不想看到接下來會發生什麼事。我聽見身後有東西在動。我睜開眼睛。一開始，我猜應該是有摩加多星人想要靠近看個仔細，但是我很快就發現自己弄錯了。那種跳躍跑步的姿勢我實在是太過熟悉，我也認得那種呼吸聲。接著牠就進到空地裡來。

是伯尼庫沙。

我笑了，但是笑臉很快就退去。如果我的命該絕，那也用不著拉牠陪我一塊送死。別來，伯尼庫沙。別過來。你得要離開這裡，而且要像一陣風似地努力跑，跑得越遠越好。就當作是我們剛完成每天大清早晨跑上學的運動，現在該回家去了。

牠一邊走過來一邊看著我。牠似乎是在說，我來了。我來這和你並肩作戰。

「別來。」我大聲說。

牠靠到我身旁，在我手掌上舔幾下，要我別耽心。牠用那大大的棕色眼睛看著我。快逃啊，約翰，我聽到自己心裡這麼說。就算是用爬的也行，現在趕快離開此地。由於失血過多，我已經有點神智不清了。狗狗似乎可以和我溝通。伯尼庫沙真的在這嗎？還是我的幻覺呢？

牠站在我前面，好像是想要保護我。牠開始放聲嗥叫，一開始還很低沉，但是越來越激烈，就和那惡獸的怒吼一樣震撼人心。惡獸盯著伯尼庫沙看。四目交接。伯尼庫沙脊背上的毛髮直豎，原本垂掛的耳朵也立了起來。這狗如此忠心，如此勇敢，我幾乎要哭出來了。牠還不及那惡獸的百分之一，卻能挺起胸膛，勇敢迎敵。那惡獸只要發動攻擊，一切就結束了。

我向伯尼庫沙伸出手。我真希望自己能夠站起來，抱著牠離開這裡。牠很激動的吠叫，全身都為之震顫，上下抖個不停。

接下來，出現驚人的發展。

伯尼庫沙開始變大。

# 32 哈德雷

過了這麼久，到現在我才總算明白。每天晨跑的時候，有時我跑得太快讓牠沒辦法跟上。牠會進入樹林裡失去蹤影，之後又出現在我的前方。原本六號也曾想要告訴我。六號一看到牠，馬上就知道真相了。在跑步的時候，伯尼庫沙進入樹林裡變身，變成一隻飛鳥。還有牠每天早晨急忙衝到外面去的行為，鼻子在地面上嗅啊嗅，把庭院巡過一遍。其實是為了保護我，還有亨利。搜查看看有沒有摩加多星人的蹤跡。佛羅里達的壁虎也是牠。每天吃早餐的時候，那隻壁虎總會在牆上看著我。牠這樣跟著我們多久了呢？原來這就是變身獸，就是我看到他們趕進火箭裡的那一種動物；難道他們也成功來到地球了不成？

伯尼庫沙一直變高，越長越大。牠要我快逃。我可以和牠溝通。而且，還不僅如此。我可以和所有的動物溝通。這又是另一個異能。一切都要從離開佛羅里達州那天，和那隻鹿的邂逅說起。那時有一股震顫冒上我的脊椎，似乎是要傳達什麼給我，傳達某種情感。我原本以為那是因為要離開一個地方所以心情激動，但是我弄錯了。再來就是馬克·詹姆斯家的那兩隻狗狗。早上晨跑時在路旁的那些牛隻。都是同樣的道理。我覺得自己真是個大笨蛋，怎麼現在才發現這件事。真相再清楚不過了，就明擺在我的面前。這應驗了亨利常掛在嘴邊另一個諺語：最明顯的事情也最容易被忽略。不過亨利早就知道了。這就是為什麼六號想要告訴我的時候，亨利反而要阻止她。

伯尼庫沙已經變身完成：牠的毛髮退去，取而代之的是緊密的長橢圓形鱗片。牠看起來好像龍，不過沒有翅膀。全身上下都是結實的筋肉。牙齒和爪子都很鋒利，還有一對彎曲的犄角，像似公山羊。這對犄角要比惡獸的角還粗，不過倒是短了許多。怎麼看都是十分兇惡恐怖。兩隻龐然巨獸矗立在空地的對側，彼此咆哮嘶吼。

快跑啊，牠這麼對我說。我試著告訴牠，我辦不到。我不曉得牠能不能了解我的意思。你辦得到的，牠說。你必須快逃。

惡獸揮拳出擊。先是拳頭高舉直入雲端，然後狠狠往下加速全力轟過來。伯尼庫沙用犄角頂住這拳，不等惡獸再出手就直接向前挺進。兩隻獸類在空地正中央發出驚天動地的巨大撞擊。伯尼庫沙朝上突刺，張口一咬，尖牙刺入惡獸的側腰際。惡獸使勁一震，就把牠向後推開。

雙方的動作都好快，你來我往毫無章法可言。彼此都受了傷，遍體鱗傷滿是鮮血。我背靠在樹上，旁觀這場惡鬥。我想要幫點忙。但是我的念力還是沒能恢復。我背後的傷口還一直失血不止。我覺得四肢好沉好重，似乎血液都凝結成鉛塊。我可以感覺得到體力越來越弱，快要撐不下去了。

惡獸還是用後腳站直起來，而伯尼庫沙必須四肢著地應戰。惡獸發動攻擊。伯尼庫沙把頭一低，雙方面對面衝撞，往我右手邊的樹林裡倒過去。最後那惡獸設法占到優勢壓在上方。利齒深深插入伯尼庫沙的咽喉。牠大力甩動，想要把口中所咬的喉嚨扯斷。伯尼庫沙被緊緊咬住，使出全力扭轉身體還是沒辦法脫身。牠用爪子撕抓惡獸的後背，但是惡獸就是不肯鬆口。

這時，背後伸出一隻手，拉住我的手臂。我試著要把他推開，然而我就連這一點力氣也沒有了。伯尼庫沙的雙眼緊閉。牠在惡獸口中奮力脫逃，但是喉嚨被鎖住了，沒法子呼吸。

「不要啊！」我喊道。

「快走了！」我身後的聲音叫道。「我們得要離開這裡。」

「我的狗，」我這麼說，還沒弄清楚身後傳來的是誰的聲音。「我的狗！」

伯尼庫沙被咬住沒法呼吸，就快要不行了，我卻他媽的完全無能為力。我自己也撐不了多久。我寧願犧牲自己的性命去救牠。我大聲尖叫。伯尼庫沙把頭轉過來，看著我，牠的面部糾結在一起，露出痛苦難受的神色，甚至是因為已經感受到緊接而來的死亡氣息。

「我們該走了！」我背後的聲音吼叫道，伸出一隻手把我從樹林的地面拖起來。

伯尼庫沙的眼睛一直盯著我看。走吧，牠對我說。現在就離開這裡，能走就快走。沒有多少時間了。

我設法站起來。天旋地轉，東西看起來都模模糊糊的。只有伯尼庫沙的眼睛還是那麼透亮清澈。這雙眼睛對著我高喊「救救我！」然而牠的理智卻是另一種想法。

「我們得要走了！」身後的人又喊了一次。我並沒有轉過頭去面向他，但我已知道是誰來了。是馬克・詹姆斯，不再躲在校舍的建築物裡，趕到這來想要救我離開險境。他能來助我脫險，那就表示莎拉沒有出事，想到這我一度鬆懈了下來，可是這種解脫感來得快去得也快。此時此刻，我只在乎一件事。伯尼庫沙，側躺在地上，用牠那水汪汪的眼睛看著我。剛才是牠救了我。現在該換我來救牠了。

馬克伸出手由後環抱我的前胸，開始把我往後拖，離開這塊空地，脫離戰場。我扭動身體掙扎著脫開。伯尼庫沙慢慢闔上雙眼。牠快不行了，我想。我不能眼睜睜看著你犧牲，我這麼告訴牠。這世上有很多事我都可以冷眼旁觀不去插手，可是如果我不救你的話那真是天打雷劈。沒有回應。惡獸咬得更緊、更用力。我可以感受到死亡已經不遠了。

我搖搖擺擺跨出一步，將牛仔褲腰間插著的尖刀抽出。我緊緊握住刀柄，那匕首就像活過來一樣開始發光。如果我用扔的話，絕對無法傷牠分毫，而且我的異能已經蕩然無存。要做出抉擇並不太困難。除了往前突擊別無其他選擇。

我深吸一口氣，身體抖個不停。我跌跌撞撞往前衝，精疲力盡之後不管怎麼使勁都痛得要命，全身上下無處不是痠疼難耐。

「別過去！」馬克在後頭喊道。

我往前一傾，衝向惡獸。那惡獸的雙眼閉著，嘴巴緊咬住伯尼庫沙的咽喉不放，流出了好大一攤血，在月光照耀下閃閃發亮。不到十公尺遠了。剩下五公尺。就在我飛身離地的同時，惡獸張開眼睛。我衝到半空中，雙手將那把匕首高舉過頭，直往牠那撲過去，簡直是夢中才會出現的英勇表現；牠那對黃色的眼睛一看到我，氣得都歪了。惡獸鬆口放掉伯尼庫沙的咽喉，轉過來咬我，不過很顯然牠發現我攻過去的時候已經太遲。那匕首的刀鋒因有所期待而發亮，我一股作氣把它刺入惡獸的眼睛深處。一股液體隨即噴了出來。怪物發出一聲驚天動地的慘叫，吼聲之大震撼萬物，就連死人都要被牠吵醒。

我整個人摔落，背部著地。抬起頭來，看著惡獸在我上方發怒咆哮。牠想要把匕首拔起來，不過卻是徒勞，因為牠的手太大而那匕首太小。摩加多星人的武器究竟是如何運作，我恐怕永遠也沒辦法搞得清楚，因為我們彼此所能掌控的領域各不相同，就連如何進入都是個謎。這匕首也是如此，只見漆黑的夜色打轉形成一種漩渦狀的漏斗形雲霧，往惡獸的眼睛裡面灌進去，似乎像是一股死亡旋風。

巨大而濃密的黑雲全都湧入牠的腦袋，匕首順勢被吸入其中，此時此刻，惡獸再也叫不出聲。惡獸的雙臂無力而鬆軟地垂掛在身體兩側。牠的手部開始抽搐。顫抖極為劇烈，整個龐大的軀體也隨之震動。等這陣抽動告一段落，惡獸往前弓著身子跌倒在地，背部撞在四周的樹幹上。即使是坐著，仍然要比我高出差不多有七、八公尺。一切都安靜下來，等著看接下來會發生什麼事。一發槍響傳來，離這好近好近，我的耳朵因此嗡嗡作響，持續好幾秒。惡獸用力吸了一大口氣，憋住，似乎陷入沉思，突然牠的腦袋炸了開來，腦汁、肌肉和頭骨的碎片四散，濺得到處都是，然後又馬上化成灰燼。

樹林又再陷入沉寂。我轉過頭去看看伯尼庫沙的狀況如何，牠依然一動不動側身躺著，雙眼緊閉。我沒法判斷牠究竟是生是死。正當我盯著看的同時，牠的外形又開始發生變化，縮小回復平常原本的尺寸，不過還是毫無氣息。不遠處傳來踩踏落葉與枯枝的聲響。

我用盡一切剩餘的力量，只能稍稍將頭抬離地面兩、三公分。我張開雙眼，往迷濛的夜色中望過去，以為我會看到馬克・詹姆斯。然而，過來到我身邊的是另一個人。我嚇得一口氣卡在喉頭。一個影子浮現出來，和恰巧高掛在他正上方的明月不太能分辨。接著那人又往前跨了一步，遮掉月光，我又害怕又期待，張大眼睛等著他的下一個動作。

# 33 親愛的懷抱

模糊的影像變得清晰。雖然痛苦、恐懼而且精疲力竭，我的臉上冒出笑容，而且還能感受到一絲寬慰。是亨利。他把獵槍往旁邊樹叢一扔，單膝著地伏在我身邊。他的臉布滿血漬，牛仔褲也破破爛爛，兩條手臂有好多道長長的傷口，脖子上也是，除此之外，我還可以從他的眼神當中感受到，他發現我這副模樣是何等震驚。

「已經結束了嗎？」我問。

「噓──」他說。「我問你，你有被他們的匕首刺到嗎？」

「背上。」我說。

他閉上眼睛搖搖頭。把手伸進口袋裡，拿出一粒小石頭，之前我們離開家政教室的時候，就看到他從洛里寶匣裡抓了一把這種石子隨身攜帶。他的手不停顫抖。

「張開嘴巴，」他說著就把一顆小石放入我嘴裡。「一直含在舌頭下。別吞下去。」他把手伸進我的腋下，扶著我起身。我雙腳著地站了起來，然後他一隻手扶著我幫忙平衡身體。他轉過頭去看看我背上的刀傷。我覺得臉有點發熱。一股活力重新灌注全身上下，這都是由那顆石頭而來。我的四肢依然因為使用過度而發疼，不過回復的力量已經足夠讓我自己行動。

「這是什麼東西？」

「洛里星的鹽巴。它能夠減緩並阻隔匕首的作用，」他說。「你會感到身體冒出一股活力，但這沒辦法持久，所以我們必須儘快回到學校去。」

那石塊在口中嘗起來涼涼的，味道一點都不像鹽巴，其實是它的味道太特殊了，獨一無二。我低頭看看，檢查自己所受的傷，然後用手拍掉身上積的灰，這些都是已倒下的那隻惡獸所殘留的痕跡。

「大家都還好嗎？」我問。

「六號傷得很嚴重，」他說。「我們在這講話的同時，山姆正背著她回到貨卡那去；然後他會把車開到學校接我們。正因為如此，我們必須再回到原處。」

「你有沒有見到莎拉？」

「沒見到。」

「剛才馬克還在這呢，」我邊說邊看著他的表情。「我還把你誤以為是他了。」

「我沒見到他。」

我的視線落在亨利後方的狗狗身上。「還有伯尼庫沙，」我說。牠還一直在縮小，身上的鱗片已經褪去，取而代之的是深棕色、黑色還有褐色的毛皮，又回復之前我所認得的那副模樣：耳朵耷拉下來，腿短短的，身體長長的。一隻不停跑來跑去的健康小獵犬。「剛才是牠救了我一命。你知道牠是什麼來歷，對不對？」

「當然，我早就曉得了。」

「你為什麼不告訴我？」

「因為牠可以在我跟不到的地方守護你。」

「可是牠為什麼會在地球？」

「牠和我們一起搭太空船來的啊。」

這時我想起來了，就是之前我愛玩的，我還以為是填充玩偶呢。我的玩偶其實就是伯尼庫沙，雖然那時牠的名字是哈德雷。

我們一起走向狗狗。我彎下腰，用手撫摸牠的身子。

「我們得要快一點。」亨利又說了一次。

伯尼庫沙並沒有任何反應。森林裡好紛鬧，且被一團黑幕籠罩，這代表什麼意思我也很清楚，可是我不管。我低下頭，靠在狗狗的胸部。雖然十分微弱，我還能聽到牠的心臟跳動噗噗作響。還殘存一點生命的微光。牠的全身上下布滿很深的割傷或是刺傷，幾乎都在滲血。牠的前腳扭曲形成一個不自然的角度，應該是斷了。但是牠還活著。我很小心輕輕將牠抱起來，就像對待小嬰兒一樣捧在懷中。亨利扶我站起來，然後伸進口袋裡又拿出另一顆鹽粒，放進自己嘴裡。這讓我想到，他說時間不多了，難道是在講自己的身體狀況嗎？我們倆都走得不穩，搖搖擺擺。這時，我發現亨利的大腿不太對勁。厚厚的血漬下有一處傷口，透出深藍色的光。他也被士兵的刀子刺中了。我猜說不定他是靠著鹽粒的神奇功效才能站起來走，就和我的狀況一樣。

「獵槍不拿嗎？」我問。

「沒子彈了。」

我們走出那塊空地，慢慢前進。在我懷裡伯尼庫沙並沒有任何動靜，不過我可以感覺到牠還有一絲氣息。至少目前還留著一口氣。我們離開樹林，頭上不再有樹木的枝葉掩蓋，空氣中的潮濕腐葉氣味散去。

「你還跑不跑得動？」亨利問。

「沒辦法，」我說。「不過我會試試看。」

從正前方傳來一聲巨響，吼叫幾下然後是鐵鍊撞擊的聲音。

接著我聽見咆哮聲，並不像之前那麼恐怖，不過聲音也夠大了，我們知道那絕對不可能是別的東西，又來了一隻惡獸。

「不會吧。」亨利說。

我們身後的樹枝嘎嘎作聲，是從林子裡傳來的。我和亨利都轉過身去搜尋，可是樹林實在是太濃密了，沒辦法看透。我讓左手掌放光，將光束掃過樹林看個仔細。差不多有七、八名士兵站在樹林的入口處，我的光一照到，他們立刻抽出長劍，劍一出鞘就像是活了起來，發出各種五顏六色的光芒。

「不妙！」亨利喊道。「別用異能；那樣會讓你體力變弱。」

可是已經太遲了。我把光關掉。頭暈、虛弱的感覺又再出現，痛覺也恢復了。我憋住一口氣，等那些士兵往我們這衝過來。可是他們並沒有發動攻擊。除了我們前方傳來清楚而明顯的喘息聲，並沒有其他動靜。接著身後傳出一陣嘶吼。我轉身過去看個究竟。十多公尺外，好幾把亮晃晃的長劍一齊揮舞，往我們這突擊。其中一位士兵還露出極有自信的笑聲。九名精力充沛、全副武裝的士兵，對上三個受重傷力氣耗盡的傢伙，除了滿腔勇氣之外手頭完全沒有可用的武器。一邊是惡獸當前，另一邊有士兵斷後。這就是我們所面臨的絕境。

亨利似乎心情並沒有太大起伏。他又從口袋取出兩顆鹽粒，交一顆給我。

「這是最後兩顆。」他說，他的聲音顫抖不已，似乎是費了好大力氣才說得出話來。

我把這顆鹽粒丟進嘴裡，深埋在舌下，不過之前那片還剩下一點沒有化掉。全身上下突然充滿一股新生的朝氣。

「你覺得現在該怎麼辦？」他問我。

我們被團團包圍。而且只有我和亨利還有伯尼庫沙三個人可以應敵。六號受了重傷，而且已經被山姆帶開了。馬克剛還在這，但是現在已經不知去向。莎拉並不能算進來，我只希望她很安全地躲好在學校裡，就在我們前方不到二百公尺。我深吸一口氣，坦然接受這不可改變的事實。

「不管情況如何都要戰到最後一刻，亨利，」我看著他這麼說。「不過，學校就在我們前面，而且再過不久山姆就會到那和我們會合。」

接著，他竟然笑了，真是出乎我的意料之外。他伸出手，緊緊拍拍我的肩膀。他的眼神疲乏、布滿血絲，不過我看出有一絲解脫，某種平靜安詳的感覺，似乎他曉得一切都將結束。

「我們已經盡力了。逝者不可追。我真的是以你為榮，」他說。「你今天的表現實在是太棒了。我就一直認為你能夠辦得到。我心裡從來不曾對你有所懷疑。」

我低下頭去。我不想讓他看見我掉眼淚。我用力擁一擁懷中的狗狗。我把牠從地上抱起來這麼久，牠首次顯示出一絲生命跡象，稍稍抬頭，剛好能夠舔一下我的臉頰。牠用心念傳給我的只有一個想法，這恐怕是用盡最後一點力量傳達出來要我曉得的。牠說的是：勇氣。

我抬起頭來。亨利往前一步，給我一個擁抱。我閉上雙眼，把頭埋進他的脖子。他一直抖個不停，在我的攙扶之下身子依然相當虛弱無力。我想我自己的狀況也好不到哪去。該來的就讓它來吧，我這麼想。我們要抬頭挺胸，肩並著肩走過操場，毫不逃避在前方等著我們的敵人。至少這麼一來我們還保留一絲尊嚴。

「你的表現實在超棒的。」他說。

我張開眼睛。往他身後望過去，發現那幾名士兵更靠近了，現在離我們差不多只有六、七公尺。他們全都停了下來不再前進。其中一人手持匕首，刀刃變幻著光芒，忽銀忽灰。那名士兵將匕首拋到半空中，憑空接住，對準亨利的背擲來。我舉起手把它彈開，結果刀子偏了，從身邊三十公分處飛了過去。我幾乎立刻就沒力了，雖然說鹽粒還有大半尚未溶解。

亨利拉起我的另一手，繞過他的肩膀，然後用右手撐住我的腰際。我們搖搖擺擺大步向前。惡獸的身形逐漸顯露出來，就在前方美式足球場的正中央。摩加多星人跟在我們後頭。也許他們很好奇，想看看惡獸會有什麼行動，觀賞惡獸大開殺戒。我每走一步，就要比之前一步花費更多力氣。心臟在胸膛裡噗噗跳個不停。死亡越來越近了，我心中對此生出無比恐懼。不過還有亨利和我在一起。還有伯尼庫沙。我很高興不是一個人孤單面對死亡。還有好幾位士兵站在惡獸的後方。就算我們能擺平惡獸，接著又會直接送入敵方懷抱，他們早已將刀劍出鞘等在那兒。

我們別無選擇。來到球場邊，我想那惡獸隨時都會出拳。可是沒有什麼動靜。我們一直越走越靠近，在雙方相距不到五公尺的地方停下來。我和亨利得要彼此靠在一起才能勉強站直。

這隻惡獸的體形只有之前那幾隻的一半大，不過靠牠的龐然暴力就足以把我們全都送上西天。蒼白、幾近透明的外皮緊緊繃著，肋骨凸出而且關節也很膨大。牠的臂上身上有好多肉色的疤痕。兩眼發白，毫無英氣。牠調了調站立的姿勢，把上半身往前傾，頭部放低探到草坪上嗅啊嗅的，探尋眼睛看不清楚的東西。牠已能感受到我們就站在牠前面，發出一聲怒吼。我感覺不到其他惡獸所散發出的那種暴怒和惡意，也聽不出嗜血好殺生的渴望。反而傳達出一種害怕、難過的情緒。我敞開心扉對牠。我看到各種被虐待受折磨的影像。我看到那惡獸一出生就被關在地球，困守在漆黑不見光的潮濕洞穴當中。整夜不停發抖取暖，因為洞裡一直都是又冷又濕。我看到摩加多星人要牠們互相對打，強迫作戰當成訓練，讓牠們變得性情殘暴而且無所不用其極。

亨利鬆開扶著我的手。我再也抱不動伯尼庫沙了。我把牠輕輕放在腳邊的草地上。已經好幾分鐘沒感受到牠有什麼動作，無法判斷牠究竟是生是死。我往前跨一步，單膝著地。圍在周圍的士兵們大聲叫囂。我聽不懂他們在說些什麼，不過從語氣當中我知道他們已經失去耐心了。其中一人揮舞長劍發動攻擊，我差點就被匕首射中，只見一道白色閃光呼嘯而來，劃破襯衫的前襟。我單膝跪著不動，抬頭仰望高高在我上方晃盪的那隻惡獸。陸續射來幾件武器，不過都從我們頭上飛越而過。還有人對空放了一槍，要叫那惡獸趕快下手。惡獸抖了起來。又射出第二把匕首，擊中牠左前臂的手肘下方。牠抬起頭，痛得大聲咆哮。

我真為你難過，我試著這麼跟牠說。我很難過你必須被迫過著這種生活。長久以來一直受到虐待。不應該有什麼生物承當如此折磨。你被迫受盡苦楚，為了一場不相干的戰爭，遠離自己的原生星球。又踢又打、各式苦刑，就連吃也吃不飽。你所受的痛苦磨難，全都要怪到他們頭上才對。你和我其實是站在同一陣線。都被這些壞蛋欺負。

我盡一切努力，把我所見到的影像都傳達給牠，還有我所見過、我感受到的一切。那惡獸凝神專注傾聽。從某個層面來說，牠已經接收到我的心念。我讓牠看看洛里星，廣闊的海洋還有茂密的森林，翠綠青山孕育萬物，充滿生機。動物們飲用清涼湛藍的泉水。人們十分知足，很滿意能夠每日過著和諧的生活。我還讓牠看看接下來發生的事情，百姓被屠殺，不論男女，就連小孩也不放過。都是摩加多星人幹的好事。一群冷血的殺人兇手。這些殘酷的屠夫只因自己的輕忽隨便以及病態想法，走到哪就要把哪裡全都毀掉。甚至連他們自己所居住的星球都慘遭破壞。這要到什麼時候才能停下來？我讓牠看看莎拉，讓牠曉得我對她所生出的強烈情感。和她在一起，我就會覺得無比幸福而美滿。然而我不得不離開她是如此的痛苦，全都是因為這些人所引起。幫幫我，我對牠說。幫我終結這種破壞還有殺戮。我們一起反擊吧。我的力量所剩無幾，不過要是你能和我站在同一陣線，我也願意幫你。

那惡獸抬起頭來，朝天大吼。這聲怒吼深沉且持久不退。摩加多星人也知道是怎麼回事，畢竟這種陣前叛變的事情他們也看多了。他們舉起武器開火攻擊。我看過去，發現全部的大砲都是直接瞄準我這邊。開火了，砲口射出泛白的死訊，但那惡獸及時把頭低下來，反而是由牠承受這一擊。牠因為疼痛而臉部扭曲，雙眼緊緊閉起來，不過幾乎就在同一時間又把眼睛用力打開。這時我才見識到什麼叫做極度暴怒。

我面向下趴在草地上。某個東西在我身上嗅過一遍，不過我看不清楚那是什麼。亨利站在我後面距離快二十公尺，痛得唉唉慘叫，倒在泥濘當中，仰面朝天，身上冒著煙。我並不曉得他是被什麼打到。是某種很大而極其致命的武器。我陷入一片驚慌和恐懼當中。別帶走亨利，我在心中暗想。拜託別讓他離我而去。

惡獸猛力揮拳一掃，解決掉好幾個士兵，他們手中的火砲也少了好幾座。又是一聲咆哮。我抬頭往上看，發現惡獸的眼睛變成紅色，冒出怒火。復仇。反叛。牠往我這看了一眼，很快又追過去攻擊牠的飼主。槍砲齊發，不過很快就有很多人被打倒。把這些傢伙全都殺掉，我這麼想。為了尊嚴與榮譽而戰，但願你能把他們全都殺了。

我抬起頭來。伯尼庫沙躺在草地上，一動也不動。將近二十公尺之外，亨利也是靜靜躺著。我一隻手撐在草地上，抓著草根拉動身體往前，橫切過球場，一點一點，往亨利那邊拖過去。我來到他的身邊，他微微張開眼睛，每吸一口氣都要耗費好多精神。他的嘴角流出血水，鼻子也在冒血。我把他環抱起來，放在大腿上。他的身子十分衰弱，我可以感覺到生命正慢慢流失。突然他睜大眼睛。他看著我，抬起手來，撫著我的臉頰。同一時間，我早已忍不住哭了出來。

「我就在這呢。」我說。

他努力擠出一絲笑容。

「我好後悔，亨利。」我說。「我實在是對不起你。你說要走的時候我們就應該離開的。」

「噓——」他說。「這並不是你的錯。」

「真的很對不起。」我一邊說，一邊嗚咽哭著。

「你做得很棒，」他很小聲的說。「你的表現真的很棒。我就一直認為你能夠辦得到。」

「我們得要到校舍那去，」我說。「山姆應該已經到了。」

「聽我說，約翰。所有東西，」他邊喘邊說。「你需要了解的所有東西，全都放在寶匣裡面。有一封信。」

「戰爭尚未結束。我們還是可以爭取到最後勝利。」

我可以感覺到他已經快不行了。我晃一晃亨利的身體。他很勉強又張開眼睛。嘴角汩汩滲出血。

「我們到這個地方，派拉代斯鎮，並不是隨便選的。」我不曉得他說這是什麼意思。

「看過那封信你就曉得了。」

「亨利。」我叫他，彎腰過去把他下巴的血擦掉。

他直視我的眼睛。

「你是洛里星的傳人，約翰。你，還有其他那幾位。是我們洛里星僅存的唯一希望。那些祕密，」他說到一半，就陷入一陣猛咳。冒出更多血。他又閉上眼睛。「那個寶匣，約翰。」

我把他拉過來抱得更緊，揣在懷裡。他的身體變得柔軟無勁，筋肉失去張力。呼吸極為淺薄，幾乎不能算是在呼吸了。

「我們可以一塊回去的，亨利。我和你一起，我向你保證。」說著我就閉起眼睛。

「堅強起來，」他說沒幾個字就被一陣輕咳打斷，不過他還斷斷續續想要講下去。「這場戰爭……我們會贏……找到其他人……六號……那個東西的威力……」他說著說著，聲音越來越小。

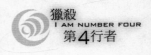

我試著要抱亨利站起來，可是我已經精疲力竭，就連呼吸都沒什麼力量。遠方傳來惡獸的咆哮怒號。四處砲聲隆隆，聲音和光影都已經照到體育館的看台上，不過隨著時間一分一秒過去，槍砲聲逐漸變得稀稀落落，到最後只剩下一支還能發射。我把懷中抱著的亨利放到地上。我讓他的頭側著躺，面向我這邊，他張開眼睛看著我，我曉得這將會是最後一眼。他很無力地微微吸了一口氣，慢慢吐掉，然後闔上雙眼。

「我實在不願錯過那個光榮的時刻，孩子。洛里星的先賢先烈在上。我他媽的對天發誓。」說著說著，當最後一個字脫口而出，我曉得他已經走了。我將他緊緊抱在懷中，顫抖、哭泣，失望與無助感籠罩全身。亨利的手垂落地面，已無生氣。我雙手抱起他的頭，緊緊靠在胸前搖擺，放聲大哭，就好像之前未曾哭過一樣。我脖子上掛的項鏈墜子發出藍光，突然閃了一下，然後又回歸暗沉。

我就這麼抱著亨利坐在草地上，此時最後那一管火砲也沒聲音了。我已經不再感到疼痛，只覺得自己一點一滴隨著夜晚的寒氣漸漸消散。月亮，還有好多星星，高掛在天空中閃閃爍爍。風中傳來一陣刺耳的笑聲。我側耳仔細凝聽，轉頭四下搜尋。頭暈目眩之間，我模模糊糊看到有個士兵站在那，距離還不到五公尺。長長的大衣外套，帽簷拉低遮住眼睛。他把外衣脫下，露出蒼白而片髮不生的禿頂。他把手伸到腰帶後頭，取出一把刺刀，刀刃的長度至少有三十公分以上。我閉上雙眼。我已經不在乎了。那士兵的濃重喘息聲越靠越近，三公尺，兩公尺。然後他停下腳步不再前進。那士兵發出一陣痛苦的呻吟，開始出聲咒罵。

我張開眼睛一看，那士兵就在面前，幾乎能聞到他身上傳來的氣味。他的手一鬆，刺刀掉了下來，在他胸部差不多心臟的位置，冒出一把屠刀的刀尖。然後那刀又抽了回去。這士兵雙膝一跪，往旁邊倒下，化為一陣煙塵。莎拉站在他的背後，顫抖的右手緊握那把屠刀，眼中滿是淚水。她把刀子一扔趕快跑到我的身邊，用雙手將我環抱起來，而我懷中還緊扣著亨利。我一直抱住亨利，直到我再也撐不住而倒了下去，一切都變得昏暗不明，失去意識。戰鬥過去了，學校被整個摧毀，樹木成片傾倒，球場的草皮殘留下來一堆又一堆的灰燼，我依然緊緊抱著亨利不放。而我則是在莎拉的懷抱中。

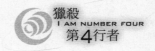

# 34 分離

影像一幕一幕閃過，有些是歡樂的場面，有的則是徒增憂傷感觸。有時會讓人悲喜交織。就在狀況最糟、看不清又摸不透的無邊黑暗之中，卻出現亮麗的幸福讓我無法逼視，影像來來去去，就像是有一隻隱形的手扭開某台看不見的投影機，不斷放映。一幕，又一幕。快門咔咔作響，聲音如此空洞。然後停下來了。停在這樣一個畫面。把那停格扯下來，拿靠近仔細一看，那才夠你受的呢。亨利總是說：回憶的代價就是它總會帶來無比傷感。

某個和煦的夏日，太陽高掛在一片無雲穹蒼正中央，草地上卻還有一絲清涼。吹過水面的空氣，帶來海洋的清新感受。有個男子朝向我們家走來，手裡拎著個公事包。他還很年輕，棕色的頭髮剪得很短，鬍鬚修得乾乾淨淨，衣著簡便並不拘禮。他把公事包從一隻手換到另一隻手，而且前額冒出薄薄的一層汗，這些都透出一絲緊張感。他敲了敲門。前來應門的是我祖父，開門請他進屋，然後就關上。我又繼續在院子裡隨意嬉戲。哈德雷變化成各種形態，一下在空中飛，一下閃閃躲躲，然後又換成另一種外貌。我們打打鬧鬧，笑到肚子都痛了。日子就這樣平平淡淡度過，這就是天真無邪的童年時光。

十五分鐘過去了。或許沒那麼久。對那個年紀的孩子來說，一天就像永恆那麼長。大門又開啟，然後闔上。我抬頭看。剛到我們家拜訪的那個男人，和祖父並肩站在一起，兩人都低頭往我這邊看過來。

「我想介紹一個人給你認識。」他說。

我從草坪上站起來，把手上的泥土拍掉。

「這位是布蘭登，」祖父告訴我。「他就是你的護法。你知道這是什麼意思嗎？」

我搖搖頭。布蘭登。這就是他的名字。過了這麼多年，到現在我才又回想起來。

「這就表示，從今以後他要花很多時間陪你。你們兩人一起，也就是說，你們的命運一體。你們倆彼此榮辱與共。聽懂了沒？」

我點點頭，向那人走過去，伸出手給他，之前我看過好多次大人都是這樣做的。那人笑了笑，單膝脆地。他用右手牽起我的小手，五個指頭合起來把我的手握在當中。

「很榮幸能認識您，先生。」我說。

一雙透亮、親切、充滿生命力的眼睛看著我，就好像是要做出什麼承諾，建立一種生命的連繫，可是我還太年輕，無法體會那種承諾或連帶關係的真正意義。

他點點頭，把左手疊在右手上，我的小手整個被包圍在其間。他對著我點點頭，笑容一直掛在臉上。

「好孩子，」他說。「榮幸之至。」

▲

我猛然驚醒。我的背部朝下仰躺在床上，心跳加速，呼吸沉重，好像才剛跑了一陣似地。雙眼依然閉著，不過我能感覺得到太陽才剛升起，物品的影子拉得好長，室內的空氣十分清新。疼痛的感覺又回來了，我的四肢還是無比沉重。隨之而來的是另一種痛苦，遠比我曾經歷過任何身體上的病痛還要劇烈，只要想到不久之前所發生的事我就會承受不住。

我用力深深吸進一口氣，然後把氣吐出。一滴淚珠落下，滑過我的臉頰。我一直沒有張開眼睛。出於一種不理性的想法，我只盼望要是能夠不醒過來，就能永遠活在幻想之中，那麼昨夜發生的事都可以一筆勾銷。我的身體猛然一震，原本無聲的啜泣轉而成為號淘大哭。我拚命搖頭，任憑悲痛的情緒掌控。我知道，亨利已經不在了，再多的期盼也喚不回。

我感覺到身旁有東西在動。我全身繃緊，試著保持一動也不動，這樣才不會被發現。一隻手伸了過來，觸碰我的臉頰。這個纖細的動作充滿慈愛之情。我張開雙眼，慢慢適應日出之後的光線，直到最後看清楚，眼前是不知哪個房間的天花板。我根本搞不清楚現在身在何處，更搞不懂怎麼會到這裡來。莎拉坐在我身邊。她把手放在我的臉頰上，拇指順著我的眉毛來回滑動。她低下身子給我一吻，溫柔又纏綿的一吻，我好想把它裝起來永遠收藏。她往後退開，我順勢做了個深呼吸，閉上雙眼，在她額頭上也親了一下。

「我們在什麼地方？」我問。

「旅館，距離派拉代斯鎮大概四、五十公里遠。」

「我們怎麼會在這？」

「山姆開車載我們。」她說。

「我是說怎麼會從學校到這。發生什麼事了？我記得昨天晚上妳和我在一起，可是之後我什麼也不記得了，」我說。「就像是一場夢。」

「我們一起在球場上等，後來馬克來了，就背著你到山姆的卡車那。我再也躲不住了。只待在學校裡卻不知道外頭究竟發生什麼事，我實在是受不了。而且，我覺得多少可以幫上一點忙。」

「妳確實幫了大忙，」我說。「妳救了我一命。」

「我還殺死一個外星人！」她這麼說道，似乎還不太能接受這個事實。

她用雙手環抱著我，手掌放在我的頸子後面。我試著要坐起來。只依靠自己的力量沒辦法整個坐正，還要請莎拉協助才行，由她推著我的背，小心翼翼不能碰觸被刀刺中留下的傷口。我把腳一挪，伸到床沿外，然後摸摸足踝處的疤痕，用指尖算算總共有幾條。還是只有三條疤痕，這樣我就知道六號還活得好好的。我早已經接受如此命運，接下來得要一個人過，飄泊度日沒有什麼地方可以逗留。但是，我才不是一個人呢。六號還活著，和我站在同一陣線，她就是我和過去歲月的連繫。

「六號的情況還好嗎？」

「還好，」她說。「她身上受到刀傷和槍擊，不過現在已經好多了。要不是山姆扛著她上貨車，她恐怕沒辦法活到現在。」

「她在哪？」

「就在隔壁房間，和山姆還有馬克在一塊。」

我站起來。我的肌肉和關節都在發疼，全身既僵硬又痠痛。我穿了一件乾淨的T恤，還有一條運動短褲。我的皮膚清清爽爽，還帶有肥皂香氣。全身上下的傷口都被清理乾淨包紮起來，還有幾處被縫過。

「這全都是妳做的嗎？」我問。

「大部分。縫傷口很難。我們只能依照亨利在你頭上縫的傷疤痕跡當做範例。山姆有幫忙。」

我看著莎拉，她盤腿坐在床上。另外還有個東西吸引我的注意，床的腳座邊上有個小小的一團東西，在毯子下動來動去。我緊張了一下，心裡馬上想到那些在體育館裡跑得很快的黃鼠狼。莎拉發現我在看什麼，就笑了。她跳下床，四肢並用爬到床底下。

「有個傢伙要和你打招呼呢。」她說著，然後拉起毯子一角，輕輕掀開，露出睡得正香的伯尼庫沙。牠的前腳整個包上一塊金屬做的固定板，而且身上滿是切割的傷口，都和我的傷口一樣已經被清理乾淨，漸漸要開始癒合了。牠慢慢張開眼，打起精神，眼睛泛紅，露出極為疲累的樣子。牠的頭還是靠著毯子，不過尾巴稍微搖一搖，輕輕拍打在地墊上。

「伯尼，」我說著屈膝跪在牠前面。我的手輕輕放在牠頭上。我一直笑個不停，流出驚喜的眼淚。牠的小小身軀縮成球狀，頭靠在前爪上，眼睛看著我，雖然身心都受了重創，不過總算是歷劫歸來。

「伯尼庫沙，你撐過來了。我的命是欠你的。」我一邊這麼說，同時在牠頭上親了一下。

莎拉順著牠的脊背輕輕撫摸。

「馬克帶你上卡車的時候，我就抱牠回來。」

「原來是馬克。我很抱歉之前曾經懷疑過他。」我說。

她拉了拉伯尼庫沙的耳朵。牠轉過來，嗅嗅莎拉的手，然後舔幾下。「那麼，馬克說的是真的嗎？他說伯尼庫沙長大變成快要十公尺高，而且還殺死一隻幾乎是牠兩倍大的惡獸？」

我露出微笑。「有牠的三倍那麼大。」

伯尼庫沙看著我。你亂講，牠說。我低頭看看牠，對牠眨眨眼。我往後退了一步站起來，看著莎拉。

「這一切，」我對她說。「這一切都發生得太快了。妳怎麼能應付得了？」

她點點頭。「應付什麼？你是說，一直到三天前才發現我愛上外星來的異形，然後就突然被捲入一場戰爭？是啊，我還應付得來。」

我對著她微微笑。「妳真是個福星。」

「才怪，」她說。「我不過是愛到瘋狂。」

她從床上站起來，雙手環抱我，我們就這麼站在房間正中央緊緊相擁。

「你真的得要離開，是不是？」

我點點頭。

她深深吸一口氣，顫抖著身子把氣呼出來，壓抑自己不要哭。過去這二十四小時的眼淚要比我這輩子曾見過的還要多。

「我不清楚你得要去哪裡，也不曉得你要去做什麼，不過我會等你的，約翰。不管你有沒有開口提出要求，我的心全都屬於你。」

我將她一把拉過來。「我的心也屬於妳。」我說。

▲

我走到房間另一頭。桌上擺著洛里的寶匣、三包行李、亨利的電腦，還有上次他去銀行提款拿回來的那些錢。莎拉一定是跑回家政教室把洛里寶匣救出來。我把手按在上面。一切的祕密，之前亨利這麼說過。所有奧祕都收藏在裡面。我一定會趕快把它打開，弄個水落石出。當然不是現在。還有，他說我們會到派拉代斯鎮來絕非巧合，那是指什麼意思？

「我的行李是妳幫我裝的嗎？」我問莎拉，她就站在我後面。

「是啊，這大概是我所做過最困難的工作了。」

我將放在桌上的背包拎起來。下面壓著一個馬尼拉紙做的信封，抬頭寫的是我的名字。

「這是什麼？」我問。

「我不曉得。在亨利的臥室找到的。我們離開學校之後到那停留一下，儘量把東西都帶走；然後就到這來了。」

我把信封打開，取出裡面的內容物。全部都是亨利幫我弄好的各種文件：出生證明、社會保險證、護照等等，好多好多。我把這些東西數了一下。共有十七種不同身分，十七個不同年齡。最上頭一張紙，黏了張便利貼，是亨利的筆跡。寫的是：「有備無患。」最後一張紙之後，還有個黏好的信封，亨利在上頭寫了我的名字。一封信，這一定是他臨終之際提到的那封信。我現在還提不起勇氣看他在信裡究竟寫了些什麼。

▲

我朝旅館房間的窗戶外面望了出去。一片淡灰色的雲層低垂，灑落陣陣粉雪。地面的溫度已經回復，雪一落地就消失不見蹤影。莎拉的車和山姆他爸爸的貨卡並排停在旅社的停車場裡。正當我站著欣賞這些景色的時候，門上傳來一聲叩擊。莎拉把門打開，山姆和馬克走進房間；六號跛著腿也跟在他們後面。山姆給我一個擁抱，要我節哀。

「謝謝你的關心。」我說。

「你覺得怎麼樣？」六號問道。她不再穿著那套橡膠服裝，而是初見面時的牛仔褲，上衣則是亨利的運動衫。

我聳聳肩。「還好。又痠痛又僵硬。我覺得身體好沉。」

「頓頓的感覺是因為那匕首的作用。不過，最後會漸漸淡化掉。」

「妳的傷有多嚴重？」我問。

她掀起上衣，露出身體側邊的疤痕，還有另外一道是在背上。據說，昨晚她被刺中三次，更別提身上別處受到各式各樣的傷，還有右大腿被砲火擊中留下好深的傷口，已用紗布和繃帶牢牢包覆，害她現在走路一跛一跛的。她跟我說，等我們好不容易回到原處，已經來不及用洛里石頭治療。依我看，她能活下來就算很厲害了。

山姆和馬克都還穿著昨天的同一套衣服，全都髒兮兮沾滿泥巴和灰塵，還染上斑斑血漬。他們的眼神昏沉，大概是沒時間睡覺。馬克站在山姆後面，很不自在的原地踱著腳。

「山姆，我就知道你超厲害的。」我對他說。

他心虛地笑了笑。「你還好吧？」

「是啊，我很好，」我說。「那你咧？」

「還不壞。」

我往他身後的馬克望過去。

「莎拉告訴我說，昨天晚上是你背著我離開球場的。」

馬克聳聳肩。「我很樂意能幫上忙。」

「是你救了我一命呢，馬克。」

他直視我的眼睛。「我覺得，昨天晚上大夥同心協力互相扶持。媽的，我就被六號救過三次。而且星期六那天你救了我們家的那兩隻狗狗。我說啊，我們誰也不欠誰。」

我勉強對他笑了笑。「有道理，」我說。「之前我還以為你是個大爛人呢，真高興是我自己搞錯了。」

他的表情似笑非笑。「這麼說好了，如果我早知道你是個外星人而且有本事隨手就把我打趴，第一天見面應該對你客氣些才對。」

六號走進房間，看到我的背包放在桌上。

「我們真的該走了，」她說，然後她很憂慮的看著我，面色和緩許多。「只有一件事情還沒做。我們不確定你想怎麼處理。」

我點點頭。不用問我也知道她講的是什麼事。我瞧瞧莎拉。這一刻終於來了，比我想得還要快得多。我的胃翻攪得好厲害。我覺得好像要吐了。莎拉過來牽起我的手。

「他在哪？」

▲

外頭的地面被溶雪弄得濕濕黏黏。我牽著莎拉的手，一行人默不作聲走過林間的小徑，離旅館差不多一公里多。山姆和馬克在前帶路，順著他們在幾小時之前所留下的泥濘足跡前進。我看到前方有塊小小的空曠地，亨利被放在一片木板上。他們從亨利的床上取來一條灰色的毯子，將他裹在裡面。我走到他身旁。莎拉跟著我走向前，一隻手扶住我的肩膀。其他人則是站在後面。我把毯子掀開，看亨利最後一眼。他雙目緊閉，面色慘灰，嘴唇因為氣溫很低的關係變成藍色。我在他的額頭上吻了一下。

「你想怎麼辦，約翰？」六號說。「如果你想要土葬的話也沒關係。也可以把他火化。」

「怎麼把他火化？」

「我可以起一堆火。」

「我以為妳只能控制天氣。」

「不是控制天氣。我控制的是水、火、土、風四種自然力。」

我抬頭看著她溫柔的臉龐，我看得出她很關心，可是時間壓力也很緊迫，因為我們必須在敵方的增兵趕來之前離開。我沒有回答。我把眼光移開，給亨利最後一次緊緊的擁抱，我們臉靠著臉，不禁悲從中來。

「我真的對不起你，亨利，」我輕輕在他的耳邊告訴他。我閉上雙眼。「我愛你。我也一樣不願錯過那個光榮的時刻。拿什麼給我也不換，」我低聲對著他說。「我還會帶你回去。不管怎樣，我會想辦法帶你回洛里星。我們都開玩笑說你是我爸爸，不過你真的就是像爸爸一樣，再也找不到更好的爸爸了。我不會忘記你的，只要活著一天，我絕對時刻不忘。我愛你，亨利。永遠永遠。」

我鬆開手，把毯子往上拉，再把他的臉蓋起，輕輕放在木板上。我站起身子，抱著莎拉啜泣。她就這樣抱著我，直到我停下來不再哭。我用手背把眼淚抹去，對六號點點頭。

山姆幫我把枯枝和落葉清開，然後我們把亨利的身體放在地面上，這樣才不會把他的骨灰和別的東西混在一起。山姆用火點燃毯子的一角，六號就用這生起一堆篝火。我們看著熊熊烈火燃燒，莫不痛哭流涕。就連馬克也哭了。在場的人全都沉默不語，不知該說些什麼才好。馬克很機伶地從旅館裡找了一個咖啡罐，等火退去，我就把亨利的骨灰收進罐子裡。等到下一站，再找個像樣點的東西裝。往回走的時候，我就把那罐子放進山姆爸爸的貨卡裡，擋風玻璃下方。看著亨利還能和我們在一起，我覺得好過多了，我們離開一個地方的時候他可以幫忙看路，就像之前一樣。

我們又把家當全都放回車上。除了六號還有我的東西之外，還有兩袋是山姆自己的物品。一開始我還搞不太清楚，不過我馬上就曉得他和六號商量過了，結論就是山姆會和我們一起上路。而且我十分歡迎這項安排。我和莎拉走回旅館房間。房門一關，她就握起我的手，拉著我整個人面向她。

「我的心都要碎了，」她說。「為了你，我應該表現得更堅強才好，可是一想到你將要離開，我的內心就在淌血。」

我在她的頭上留下最後的吻。

「我的心早就碎了，」我這麼告訴她。「我們一安頓好我就會寫信給妳。而且等我確定安全無虞，一定會想辦法打電話給妳。」

六號站在走廊上，探頭進來。

「我們真的該出發了。」她說。

我點點頭。她把門帶上。莎拉抬頭面對著我，我們就站在旅館房間裡吻了起來。摩加多星人可能在我們離開前趕來，這樣又會將她置於險境，一想到這，我才有辦法提起力量出發遠行。要不然我大概會受不了。要不然我恐怕會一直留下來不走。

伯尼庫沙還躺在床腳邊等著。我小心把牠抱進懷裡，帶著牠到外面的貨卡，牠興奮得猛搖尾巴。六號把車子發動，放著空轉。我轉過身，看看那幢旅館，我好難過這並不是我們原先住的那間房子，而且我很清楚再也不會回去了。斑駁的木質護牆板、破損的窗戶，黑色的木瓦歷經長久日曬雨淋而翹曲變形。「這看起來還真像天堂啊！」之前我曾經這麼和亨利說。然而這說法已經不再適用。天堂已遠。

我轉過身來對六號點了點頭。她爬進駕駛座，把門關上，坐著等我。

山姆和馬克握手道別，可是我沒聽見他們之間說了什麼。山姆爬進貨卡，和六號一起等著。我和馬克握手致意。

「我欠你好多，一輩子也還不完。」我對馬克說。

「你並沒有欠我什麼。」馬克說。

「才不是這樣呢，」我說。「後會有期。」

我把眼光移開看著別處。離情依依，我覺得自己好想放聲大哭一場。我的決心和意志，不過是懸在一條極其脆弱的絲線上，隨時有可能繃斷。

我點點頭。「總有一天會再見面的。」

「自己多小心。」

我抱起莎拉，將她緊緊擁在懷中，好想永遠也不要放手。

「我一定會回到妳身邊，」我說。「我答應妳，就算臨死前我也一定會設法趕回到妳身邊。」

她把臉埋在我的肩上，微微點頭。

「你可別讓我等太久啊。」她是這麼說的。

最後的一吻。我把她放下來雙腳著地，打開車門。我們倆四目交會，我實在捨不得。她舉起雙手合在一塊，掩住口鼻，誰也不願意把視線移開。我把車門關上。六號排上倒車檔，把貨卡退出停車場，停住，再上檔。馬克和莎拉走到停車場最外邊，看著我們上路，莎拉的臉上掛著兩行清淚。我在座位上轉過身，從後車窗望出去。我舉起手揮了幾下，馬克也揮手回應，不過莎拉只是呆呆站著看。我一直盯著她，看著她的身影越變越小，直到最後成為一個模糊不清的點點消逝在遠方。貨卡慢了下來，然後一個轉彎，再也瞧不見他們兩人。我轉回正面，望向路旁經過的原野，閉上雙眼，試著回想莎拉的一顰一笑。我們一定會再相聚的，我是這麼答應她。在那之前，每分每秒都不會忘了妳。

伯尼庫沙抬起頭，靠著我的大腿，我將手放在牠的脊背上。貨卡顛簸著前進，沿路南下。我們四個彼此相伴，前往下一個落腳處。天涯海角同行。

LINK 12

# 獵殺第四行者 I Am Number Four

作　　者　彼達咯斯・洛里（Pittacus Lore）
譯　　者　崔宏立
總 編 輯　初安民
責任編輯　施淑清
美術編輯　黃昶憲 林麗華
校　　對　施淑清 崔宏立
發 行 人　張書銘
出　　版　INK印刻文學生活雜誌出版有限公司
新北市中和區中正路800號13樓之3
電話：02-22281626
傳真：02-22281598
e-mail : ink.book@msa.hinet.net
網　　址　舒讀網 http://www.sudu.cc
法律顧問　漢廷法律事務所
劉大正律師
總 代 理　成陽出版股份有限公司
電話：03-2717085（代表號）
傳真：03-3556521
郵政劃撥　19000691 成陽出版股份有限公司
印　　刷　海王印刷事業股份有限公司
出版日期　2011年2月　初版
ISBN　978-986-6135-19-4

定價　399元

I Am Number Four

Published by arrangement with William Morris Endeavor Entertainment, LLC
through Andrew Nurnberg Associates International Limited.
Published by INK Literary Monthly Publishing Co., Ltd.

Printed in Taiwan

國家圖書館出版品預行編目資料

獵殺第四行者／
彼達咯斯・洛里（Pittacus Lore）著.
崔宏立譯. --初版. --新北市中和區：INK印刻文學，
2011.2 面；　公分. --（Link；12）
譯自：I Am Number Four
ISBN 978-986-6135-19-4（平裝）

874.57　　100000849